Anke Napp

Die Tränen des Herrn

Das letzte Gefecht der Templer

Die Tränen des Herrn
Das letzte Gefecht der Templer
1. Auflage
2008
ISBN: 978-3-936457-35-3

IMPRESSUM:

Druck und Bindung: Breitschuh & Kock GmbH, Kiel

herausgegeben von

Andreas Leffler Medienverlag
Postfach 71 06 47
81456 München

Danksagung

Ich möchte mich an dieser Stelle bei allen bedanken, die mich in der finalen Phase dieses Romanprojektes unterstützt und mir mit Rat, Tat und Aufmunterung zur Seite gestanden haben:
Marcus Porsch für die Titelfindung, Harald M. Hauk, Andreas Endlich, Chefadministrator von www.templerforum.de, und allen anderen Brüdern und Schwestern des Templerforums, meiner Cousine Monika Krüger und Frau Brigitte Palm für das Lektorat, sowie meinem Mann Jörn für die vielen Gespräche, die mich auf neue Ideen brachten.

Gewidmet der unbekannten Bibliothekarin in Zwickau/Sachsen, die mir vor über zwanzig Jahren ein Buch über die Templer aushändigte und damit meine Faszination ins Rollen brachte!

„Et ut appropinquavit, videns civitatem flevit super illam, dicens: Quia si cognovisses et tu, et quidem in hac die tua, quae ad pacem tibi, nunc autem abscondita sunt ab oculis tuis.
Quia venient dies in te, et circumdabunt te inimici tui vallo, et circumdabunt te, et coangustabunt te undique.
Et ad terram prosternunt te, et filios tuos, qui in te sunt, et non relinquent in te lapidem super lapidem."

Und als er näherkam und die Stadt sah, weinte er über sie und sagte: Wenn doch auch du und die deinen dieser Tage erkennen würden, was zu deinem Frieden dient! Doch jetzt ist es vor deinen Augen verborgen. Aber es kommen die Tage, da werden dich deine Feinde umzingeln und belagern, und sie werden dich überall in Angst versetzen. Und sie werden dich auf die Erde niederwerfen und deine Söhne, die in dir sind, und keinen Stein auf dem anderen lassen.

(Lukasevangelium XIX, 41-44)

Historische Vorbemerkung

Der Orden der Templer wurde wenige Jahre nach dem Ersten Kreuzzug und der Entstehung der Kreuzfahrerstaaten in Palästina gegründet, um den Schutz der Pilger und der Heiligen Stätten zu gewährleisten. Er gliederte sich in Ritterbrüder, die nichtadligen Servienten und Kapläne. Fast zweihundert Jahre lang erfüllte er die Aufgabe der Verteidigung der Christenheit an zahlreichen Fronten. Er gehörte zu den am meisten privilegierten Orden der Kirche, seine Mitglieder dienten Fürsten, Königen und Päpsten nicht nur als Berater und Soldaten, sondern auch als Finanzverwalter. Während dieser Zeit gab es Auseinandersetzungen um Rechte und Privilegien, wie bei den übrigen geistlichen Gemeinschaften auch.

Die Templer standen in keinem schlechten Ruf, als der französische König Philipp IV. im Herbst 1307 einen Befehl erließ, der das mittelalterliche Weltgefüge erschüttern sollte: Verbunden mit der Anklage der Ketzerei und diverser unsittlicher Praktiken ließ er mit staatstreichähnlicher Planung am 13. Oktober sämtliche Mitglieder des Templerordens in den ihm unterstehenden Gebieten festnehmen und ihre Güter beschlagnahmen. Bereits der Verhaftungsbefehl des Königs sagte unmissverständlich, dass mit allen Mitteln schnellstmöglich Geständnisse erbracht werden sollten. Dieses erste Verfahren des Prozesses, das von den königlichen Beamten durchgeführt wurde, entbehrte jeglicher Rechtsgrundlage, selbst nach den Gesetzen der Inquisition. Nichts desto weniger bestimmten die in seinem Verlauf gewonnenen Geständnisse den Fortgang und schließlich Ausgang des gesamten Prozesses, denn die Zeugen wurden immer wieder auf ihre ersten Aussagen verpflichtet und man drohte ihnen bei Widerruf mit dem Scheiterhaufen. Aus diesem Teufelskreis war praktisch kein Entrinnen mehr möglich. Kurz nach der Befragung durch die königlichen Beamten wurde das zweite Verfahren eingeleitet, diesmal unter dem Vorsitz der französischen Inquisition, jedoch eingestellt, nachdem Papst Clemens gegen das Vorgehen in dieser Sache protestiert hatte. Im Sommer 1308 fand das dritte Verfahren des Templerprozesses statt, mit dem Ziel, den widerstrebenden Papst zu einem Vorgehen gegen den Orden zu veranlassen. Hierbei wurden 72 durch die Agenten des Königs ausgewählte Templer aus dem ganzen Königreich dem Papst und einer Kardinalskommission vorgeführt, und außerdem die obersten Würdenträger des Ordens, inhaftiert in der königlichen Burg von Chinon, befragt. Die Verpflichtung aller Zeugen auf ihre früheren Geständnisse machte wahrheitsgemäße Aussagen nicht möglich. Papst Clemens schien nach dieser Farce in Poitiers überzeugt von einer Schuld des Ordens. Er hob die Suspension der Inquisition wieder auf, erklärte damit die von ihr gewonnenen Geständnisse für rechtmäßig und ordnete ein Vorgehen gegen die Templer im gesamten Abendland an.

In den einzelnen Bistümern und Erzbistümern sollten Provinzialkommissionen die auf ihrem Gebiet festgesetzten Templer verhören. Die sogenannte Generalkommission, deren Ziel es sein sollte, den Orden als Gesamtheit zu untersuchen, konstituierte sich - ausgerechnet - in Paris. Ihre Mitglieder waren Gilles Aycelin, Erzbischof von Narbonne, Guillaume Durant, Bischof von Mende, Raynald de Laporte, Bischof von Limoges, Guillaume de Trie, Bischof von Bayeux, Matthäus von Neapel, Apostolischer Notar, Johannes von Mantua, Erzdiakon von Trient, Jean de Montlaur, Erzdiakon von Maguelonne und Guillaume Agarni, Propst des Domkapitels von Aix-en-Provence. Nicht allein die Templer sondern alle Personen, die eine Aussage machen wollten, wurden diesmal durch öffentliche Zitation vor die päpstliche Kommission geladen. Zum ersten Mal seit Beginn des Prozesses wurde auch eine Verteidigung ausdrücklich eingefordert. Als problematisch in den folgenden Monaten erwiesen sich neben den beständigen Behinderungen bei der Veröffentlichung der Vorladung vor allem die Kompetenzstreitigkeiten zwischen Generalkommission und Provinzialkommissionen. Es dauerte mehrere Monate ehe die ersten Templer als Zeugen in Paris erschienen. Die erhaltenen Prozessprotokolle vermerken schließlich über 500 Ordensbrüder, die ihre Bereitschaft zur Entlastung des Ordens erklären, Beschwerdebriefe einreichen und ein rechtmäßiges Verfahren fordern. Die Kommission entschied aufgrund ihrer großen Zahl, dass sie Vertreter wählen sollten. Sie ernannten Pietro di Bologna, früher Prokurator des Templerordens beim Heiligen Stuhl, Rainald de Provins, Komtur von Orleans, sowie die Ritterbrüder Guillaume de Chambonnet und Bertrand de Sartiges. Diese Brüder erhielten die Freiheit die Verteidigung zu organisieren, die Gefangenen zu besuchen und sie vor der päpstlichen Kommission zu vertreten. Dem Verteidigungswillen bereitet allerdings Erzbischof Philipp von Sens ein abruptes Ende, als er im Mai 1310 54 Templer als rückfällige Ketzer verbrennen lässt, die sich als Zeugen vor der Generalkommission zur Verteidigung gemeldet hatten. Pietro di Bologna verschwand unter ungeklärten Umständen. Daraufhin sah sich die päpstliche Kommission gezwungen, am 30. Mai ihre Arbeit einzustellen. Im Dezember des gleichen Jahres nahm sie sie wieder auf, doch war sie auf verlorenem Posten:

Am 18. März 1311 befahl Papst Clemens allen kirchlichen und weltlichen Fürsten eine strengere Anwendung der Folter, um die noch nicht geständigen Templer zum Geständnis zu bewegen. Viele von denen, die früher den Orden entlastet hatten, machten nun zumindest teilweise Geständnisse. Zahlreiche nicht-französische Provinzialkommissionen sprachen die ihnen übergebenen Templer mangels Beweisen für irgendeine Häresie oder unsittliche Handlungen frei. Es waren diese Entlastungsaussagen sowie die Inkohärenz auch der belastenden Protokolle, die die auf dem Konzil zu Vienne versammelten Teilnehmer schließlich dazu brachten, für eine allgemeine öffentliche Verteidigung der Templer vor eben diesem Konzil zu stimmen. Papst Clemens ignorierte das Votum. Am 22. März 1312 wurde auf dem Konzil zu Vienne der Orden aufgehoben - nicht durch richterlichen Entschluss infolge irgendwelcher Beweise, sondern auf päpstliche Verfügung hin. Dass der Papst zu dieser Entscheidung genötigt wurde und dass König Philipp ihn mit einem Prozess gegen seinen Amtsvorgänger Bonifatius VIII. drohte, lässt sich anhand der überlieferten Dokumente nachweisen. Das Verfahren gegen den Meister und die anderen obersten in Frankreich inhaftierten Würdenträger wurde im Dezember 1312 einer Kardinalskommission übertragen. Sie fällte ihr Urteil, das auf lebenslänglichen Kerker lautete, am 18. März 1314. Jacques de Molay und der Provinzmeister der Normandie, Godefrois de Charny, widerriefen daraufhin öffentlich all ihre früheren Geständnisse und erklärten die Unschuld des Ordens. König Philippe IV. ließ sie noch am selben Abend auf einer Seine-

Insel verbrennen.
Der zum Teil unter obskuren Umständen erfolgte Tod sämtlicher großer Antagonisten des Ordens innerhalb der Jahre 1313 bis 1316 erschien vielen Zeitgenossen als göttlicher Richtspruch, in moderneren Zeiten glaubten manche, Racheakte der Templer dahinter zu sehen. Hierfür gibt es keine Beweise.
Die Frage, warum König Philipp die Vernichtung des Ordens mit solchem Eifer betrieb, wurde in der Forschung kontrovers diskutiert. Dass er persönlich von einer Schuld der Templer überzeugt war und im Glaubenseifer handelte, erscheint jedoch unwahrscheinlich - hierzu bemühte er sich zu stark, jedwede Verteidigung mit allen Mitteln zu ersticken. Sicher ist, dass der von Philipp durchgeführte administrative Umbau seines Reiches Unmengen an Geld verschlang und er bereits in den Jahren vor seinem Coup gegen die Templer die ansässigen Juden und die lombardischen Geldverleiher entsprechend geschröpft hatte. Des weiteren sah er den Orden wohl als papsttreues Hindernis bei seinen Großmachtplänen und in seinem herrscherlichen Anspruch. Beides zeigt sich in seinen Auseinandersetzungen mit Papst Bonifatius VIII. bereits sehr deutlich. Die gegen die Templer formulierten Anklagen wegen Häresie und unsittlichen Praktiken benutzte Philipp übrigens in ganz ähnlicher Form auch gegen Papst Bonifatius und gegen den unbequemen Bischof von Pamiers. Heute ist festgestellt, aus welchen Quellen sich diese Anklagen speisten - mit der Wahrheit hatten sie nichts zu tun.

Buch I

Verraten

« Surgite, eamus, ecce
Appropinquavit, qui me tradet.
Adhuc eo loquente, ecce Iudas
Unus de duodecim venit, et
Cum eo turba multa cum gladiis. »

Erhebt euch, Lasst uns gehen,
seht, schon naht jener, der mich verraten soll.
Während er dies sagte, kam Judas,
einer der Zwölf,
und mit ihm eine große Menge Bewaffneter.

(Matthäusevangelium, Gefangennahme Jesu)

Prolog
Palästina, Akkon, 1283

Aufhören! Joral, ich beschwöre dich! Ich..."
„Schweig, du gottverdammte Hure!" Ein Mann in einem roten, paillettenbesetzten Wams packte die halb entkleidete Frau, schüttelte sie. Sie versuchte sich zu befreien, während ein zweiter, dunkel gekleideter Bewaffneter von hinten ihren Peiniger angriff.
Doch ein Faustschlag traf sie am Kopf und sie stürzte rücklings die Holztreppe hinab, blieb verkrümmt zwischen den Stoffballen im Lagerbereich liegen. Einer der Ballen kippte, riss den großen Kerzenständer mit sich. Im Handumdrehen züngelten überall Flammen, neue Nahrung findend, als das Geländer der Galerie unter einem Schwerthieb zusammenbrach. Der Schlag hatte dem Mann im roten, paillettenbesetzten Wams gegolten, aber er hatte ihn verfehlt. Sein Gegner war behände, aber außer sich vor Wut.
„Mörder! Du hast sie umgebracht!!!"
Die Schwerter klirrten aufeinander. „Was hast du gedacht, he, du Ratte? Dass du es fröhlich mit meiner Frau treiben kannst, während ich unterwegs bin?!" Wieder ein Hieb. Diesmal traf es den Schwarzgekleideten am Arm. Er stolperte, landete hart an der Rückwand der Galerie, raffte sich aber wieder auf und ging zum Gegenangriff über.
Das Feuer begann gierig um sich zu greifen, ein beißender Qualm hüllte die beiden Kontrahenten ein und ließ ihre Augen tränen. Durch das Prasseln der Flammen und das Klirren der Schwerter war jetzt noch ein weiteres Geräusch zu hören: das Rufen eines Kindes. Höchstens zwei Jahre alt. Es war aus dem Schlafgemach getappt, brüllte verängstigt nach seiner Mutter.
„Wessen Balg ist das?" Die Treppe gab unter dem Fraß der Flammen nach und riss einen Teil der Galerie mit sich. Die beiden Kämpfer wichen zurück in eines der Zimmer, über das Kind setzend, das aus Leibeskräften schrie. „Ich schicke dich in die Hölle! Und deine Brut gleich mit!" keuchte der Rotgewandete und holte zu einem weiten Schlag aus. In diesem Augenblick warf sich sein Gegner in einem

verzweifelten Angriff nach vorn und rammte ihm die Klinge in die Brust. Einmal, und noch einmal. Blut spuckend ging jener in die Knie.

„In der Hölle… sollst… du… schmoren! Du… gottverdammter… Bastard…“

Ohne ihn weiter zu beachten stürmte der Schwarzgekleidete durch die schon im Türrahmen züngelnden Flammen hinaus auf die Überreste der Galerie und griff das schreiende Kind. Nur ein paar Sekunden, bevor das Feuer vollständig das obere Stockwerk erfasste, sprang er durch eines der Fenster…

Frankreich, Herbst 1307

Jener 12. Oktober begann für die Templerniederlassung von Provins wie jeder gewöhnliche Tag. Noch lag Dunkelheit über dem Land, als Komtur Renalt einen seiner Ordensbrüder zu sich befahl.

„Hier sind die Wechsel für unsere Bank in Paris. Übergebt sie dem Visitator persönlich, Bruder Jocelin." Er schob eine Schatulle über den Tisch. „Reitet nach der Messe los. Dann seit Ihr zur Non in Paris."

„Ja, Sire Commandeur." Der Schein der Kerze glitt über ein noch junges Gesicht mit kurz geschnittenem, dunklem Haar und hellen Augen.

„Ihr werdet ohne Begleitung reisen. Eine Eskorte macht das Gesindel nur neugierig", fuhr der Komtur fort.

Jocelin nickte. Seit der letzten Steuererhöhung des Allerchristlichsten Königs, wie Philipp IV. sich nannte, hatten die Überfälle beträchtlich zugenommen.

Der junge Ordensbruder ergriff die Schatulle und schlug den Mantel um sie. Mit einer Verneigung verließ er die Kammer. Der Komtur blickte ihm nachdenklich hinterher. Jocelin war jetzt seit fast fünf Jahren hier; er war einer der besten Kämpfer, zudem noch weise und gerecht in den Entscheidungen der Kapitelssitzungen, trotz seiner Jugend. Renalt zweifelte nicht, dass dem jungen Mann eine große Zukunft bevorstand. Wahrscheinlich würde er bald eine eigene Niederlassung zur Verwaltung übertragen bekommen, oder gar nach Zypern berufen werden, in den Konvent des Meisters… Eine nicht unerhebliche Karriere für einen Waisenjungen aus Palästina….

Eine knappe Stunde später ritt Jocelin durch das Tor der Komturei von Provins. In den Straßen der Stadt war es noch ruhig. Die Sonne ging soeben auf und kämpfte sich durch tief hängende regenschwangere Wolkenberge. In der Nacht hatte ein Sturm fast sämtliche Blätter von den Bäumen gerissen. Kahl streckte sich das Geäst in den Himmel. Der eisige Wind ließ es ächzen und knirschen. Jocelin war froh, dass man ihm ein zusätzliches Untergewand gestattet hatte. Hinter den Stadtmauern schlug er den Weg über das Landgut des Ordens ein. Dort waren die Bauern bereits an der Arbeit. Es galt die Sturmschäden auszubessern, ehe es erneut zu regnen begann. Zäune waren zusammengefallen, das Vieh entlaufen, Dächer halb weggefegt. Als Jocelin vorüberritt, unterbrachen die Bauern kurz ihre Beschäftigung für einen Gruß. Trotz aller Beschwernis hatten die Untertanen des Ordens keinen Grund zur Klage. Ihre Abgaben waren fest geregelt, die Handwerker erhielten stets ihren Lohn, und keine Fehden bedrohten Land und Leute. Jocelin grüßte mit einem kurzen Winken zurück. Bald erreichte er die weit ausschwingende Ebene vor Paris. Die Stadt selbst lag noch hinter einem dichten Regenschleier verborgen. Ein paar ärmliche Dörfer säumten die Straße, auf der ungewöhnlich viele königliche Söldner unterwegs waren.

Es regnete wieder, zuerst nur ganz leicht, schließlich aber prasselten die Tropfen mit Hagel vermischt nieder. Gemeinsam mit fünf Söldnern suchte Jocelin unter den Bäumen am Wegesrand Schutz.
„Verdammtes Wetter!“ fluchte einer der Bewaffneten. Sein mit der königlichen Lilie verziertes Wams war schlammbespritzt. Jocelin bemerkte, dass es die Galauniform war und fragte nach dem Grund für die Aufmachung. Der Söldner zuckte mit den Schultern.
„Wir haben den Befehl von unserem Kommandeur erhalten, der bekam ihn von seinem Bailli, und der wohl von unserem hochheiligen Herrn König selber.“
Einer seiner Kameraden hörte den feinen Hohn in diesen Worten und setzte hinzu: “Na, unser Herr König soll über seiner Heiligkeit nur nicht vergessen, uns den Sold zu zahlen!“
„Genau!“ pflichtete ein anderer bei. „Aber man hört so Sachen, dass Seine Majestät bald Truhen voller Gold haben soll.“
„Ach, woher denn? Da muss schon ein Wunder passieren! - Aber was soll's!“ Er zog einen Lederbecher aus der Tasche und klapperte herausfordernd mit den Würfeln.
„Machen wir ein Spielchen?“
Jocelin lehnte das Angebot, sich zu beteiligen, mit einem Kopfschütteln ab. Würfelspiel war ein verdammungswürdiger Zeitvertreib und ihm natürlich untersagt.

Stunden später ließ der Regen etwas nach und Jocelin ritt weiter.

Völlig durchnässt kam er am Flussübergang an. Gewöhnlich floss die Seine an dieser Stelle ruhig dahin. Die Regenfälle der vergangenen Stunden hatten sie jedoch in eine tosende Flut verwandelt. Erst auf den zweiten Blick sah Jocelin, dass die Brücke zerstört war. Nur die Uferpfeiler standen noch. Unschlüssig ritt er die Böschung entlang, dann drängte er sein Pferd ins Wasser.
Das Tier scheute, bäumte sich auf, und hätte ihn fast abgeworfen. Nur mühsam gelang es Jocelin, das Pferd wieder zum Ufer zu lenken. Nein, da hindurchzureiten wäre Wahnsinn! Das bedeutete, dass er nach der nächsten Brücke suchen musste. Und… er würde Paris nicht mehr rechtzeitig erreichen...

König Philipp lag ruhig, aber er schlief nicht. Er hielt die schweren Damastvorhänge seines Bettes zur Seite und starrte auf das gegenüberliegende Fenster. In den bleigefassten Rundscheiben vervielfältigte sich das Mondlicht in grotesken Spiralen. Aber der König nahm sie nicht wahr. Seine Augen schienen durch das Fenster hindurchzusehen, die Zukunft zu umfassen, während seine Gedanken durch die Vergangenheit streiften.
Er hörte wieder die stolze, spöttische Stimme Papst Bonifatius VIII.: "Ein Falschmünzer bist du, König von Frankreich!"
Er hörte das Geschrei einer wütenden Volksmenge: "Räuber, Betrüger!"
Ungeschwächt lebte der Aufstand der Pariser Bevölkerung in Philipps Erinnerung. Der Mob hatte den Palast stürmen wollen, Steine und Unrat waren geflogen. Im letzten Moment war Philipp damals die Flucht in die Templerfestung geglückt.
Nur mit einem Untergewand bekleidet hatte er vor dem Komtur gestanden und ihn um die Bezahlung von Soldaten zur Niederschlagung des Aufstandes angefleht. Was für ein demütigender Moment! Bis jetzt hatte er dem Orden nicht einen Sous zurückerstattet... Die Staatskasse war so leer wie damals...
Und schon wieder murrte das Volk über die Steuererhöhungen. Aber bald würde er, Philipp, mehr Gold besitzen als jeder andere Fürst der Christenheit! Gold, mit dem er seine Beamten entlohnen konnte, seine Gesetzeslehrer, all die Männer, die er in der Provinzverwaltung eingesetzt hatte, und die dem Wirrwar in Recht und Gesetz ein Ende bereiten sollten. Den König durchströmte ein

Gefühl seligen Glücks. Keine selbstherrlichen Barone würden die Ordnung des Landes mehr stören, keine kirchlichen Immunitäten mehr der Verfassungsreform im Wege stehen. Frankreich würde ein mächtiges, blühendes Reich sein, dessen Grenzen niemand zu verletzen wagte- und er würde der Herrscher dieses Reiches sein. Philipp IV., Seine allerchristlichste Majestät. Der König war zu aufgeregt um noch liegen zu bleiben. Er erhob sich und schritt zu einem kleinen Tisch, auf dem stets Schreibutensilien bereitlagen.
Fast zärtlich strich Philipp über ein dicht beschriebenes Pergament, das Original von dutzenden Kopien, die ins ganze Land verschickt worden waren. Obwohl er den Inhalt des Erlasses längst auswendig kannte, las er ihn erneut. Ein wohliges Frösteln überkam ihn bei all den darin geschilderten blasphemischen Ungeheuerlichkeiten. Jede einzelne dieser Zeilen würde Folterungen und Tod auslösen.
Aber es berührte ihn nicht. Er würde Gold haben, dass war das Einzige, was zählte.
„Und dir verdanke ich das alles, mein lieber Nogaret", flüsterte Philipp.
Gott allein - oder wohl eher der Teufel - mochte wissen, warum gerade ER die Sache so eifrig verfolgte! Der König entsann sich, wie sein Siegelbewahrer Nogaret ihm jenen Esquieu de Floyran zum ersten Mal vorgeführt hatte. Der Mann war ein zum Tode verurteilter Verbrecher gewesen. Doch allein die Tatsache, dass er sich nicht mehr im Kerker, sondern hier vor ihm im königlichen Palast befand, hatte Philipp von der Brauchbarkeit Floyrans überzeugt. Keinerlei Furcht war in seinen schwarzen Augen zu erkennen gewesen, als er vor dem Thron niederkniete und sagte: "Ich will Euch ein großen Geheimnis verraten, mein Herr König!"
Und was für ein kostbares, funkelndes Geheimnis! Philipp lächelte kalt.

In blendender Nachmittagssonne ritt Jocelin in die Vorstadt St. Nicolas von Paris. Die Siedlung war seit seinem letzten Besuch stark angewachsen und hätte eigentlich einer Mauer bedurft. Dafür fehlte jedoch das Geld. Dicht, als wollten sie sich gegenseitig schützen, drängten sich die Häuser. Schmale Gassen wanden sich zwischen ihnen hindurch. Einige Hühner stakten durch den Schlamm, es stank nach Unrat und Exkrementen. Kaum ein Mensch war zu sehen. Nur

ein paar zerlumpte Kinder spielten im Dreck. Als sie Jocelin gewahrten, stoben sie auseinander.
Plötzlich trat unter einem Torbogen ein Mann hervor und griff ihm beherzt in seine Zügel. Der Ordensbruder erkannte sofort, dass ihm keine wirkliche Gefahr drohte. Der Mann war alt, und außerdem endete sein linkes Bein unterhalb des Knies in einem Holzstock.
„Ich kann dir nichts geben“, sagte Jocelin so ruhig wie möglich. „Komm in unseren Konvent beim Mittagsläuten! Ich muss weiter!“
„Ihr werdet nicht weit kommen!“ erwiderte der Mann und sah unruhig um die Ecke. „Überhaupt ein Wunder, wie Ihr bis hierher gekommen seid…“
„Was redest du für unsinniges Zeug?“ rief Jocelin mit etwas schärferer Stimme, weil der Alte noch immer seine Zügel festhielt.
In einiger Entfernung klang das Schlagen von Pferdehufen. „Folgt mir, Sire! Ich will Euch nichts Übles, glaubt mir!“
Jocelin hörte die Angst in der Stimme des Mannes und wandte sich zur Stadtmauer. Hoch über die übrigen Häuser ragte die Klosterfestung der Templer auf. Sicher war Komtur Robert...
Der junge Ordensbruder brachte den Gedanken nie zu Ende.
Sein Blick blieb an der Spitze des mächtigen Wehrturmes haften. Dort wehte keine Standarte!
Der heruntergekommene Alte, der ihn hier aufhielt, mochte verrückt sein, aber irgendetwas stimmte nicht! Mehr seinem Gespür, als einer willentlichen Entscheidung gehorchend ließ sich Jocelin in einen Hof führen. Der Alte schlug hinter ihm das Tor zu und verriegelte es.
„Was ist hier los, Mann?“
„König Philipp hat heute Morgen die Templer gefangen nehmen lassen.“
„Das ist unmöglich! Der Orden untersteht dem Heiligen Stuhl! Kein weltlicher Fürst kann uns verhaften!“
„Ich habe sie gesehen, Sire! Den Meister und alle seine Würdenträger, die Ritter und Servienten, wie sie in Ketten zum königlichen Palais geführt wurden! Ich habe sie mit eigenen Augen gesehen!“
„Du musst dich geirrt haben!“
Von der Straße her waren Pferde und raues Gelächter zu hören. Fast gleichzeitig drehten sich Jocelin und der Alte zum Tor.
„Na, hab ich nicht gesagt, dass wir ihn kriegen?“ grölte jemand.

„Wolltest du uns entwischen, feiner Herr?"
Jocelin sprang aus dem Sattel, rannte zum Tor und spähte durch ein Astloch. Sein Blick umfasste das Hinterteil eines gewichtigen Pferdes, dann eine blaue Satteldecke mit Lilienwappen. Königliche Söldner. Als sich das Tier ein wenig zur Seite bewegte, sah Jocelin die mit einem Seil am Sattelbogen gefesselten Hände eines Mannes. Seine übrige Gestalt wurde vom breiten Rücken eines Söldners verdeckt. Der Schlag dessen gepanzerter Faust ließ den Gefangenen in den Schlamm stürzen. Er trug die weiße, mit dem roten Kreuz bestickte Tunika der Templer. Jocelins Hand fuhr an sein Schwert, doch dann besann er sich und verhielt reglos. Langsam richtete sich der Gefangene wieder auf, und Jocelin erkannte Robert, den Komtur von Paris.
„Jetzt ist dir dein Hochmut vergangen, was?" höhnte der Söldner. Komtur Robert blickte ihm gerade ins Gesicht.
„Ich verlange den Erzbischof von Sens zu sprechen!"
Die Söldner lachten und ritten im Kreis um ihn herum. „Du wirst gleich den Inquisitor sprechen können!"
In ohnmächtiger Wut schaute Jocelin zu, wie der Söldnerzug sich wieder in Bewegung setzte.
„Der Inquisitor?" wiederholte er halb fragend.
„Ihr habt richtig gehört, Sire! Ihr Templer steht unter der Anklage der Ketzerei! Eine große Schrift war an der Pforte von Notre Dame angeschlagen, ne mächtig prunkvolle Schrift mit Siegel! Die Priester haben sie uns vorgelesen. Ihr seid Wölfe im Schafspelz, hieß es, und man müsse euch ausrotten, ehe ihr das ganze Land mit eurer widerlichen Sitte ansteckt. So gut wie jeder ist in Paris um die Neuigkeit zu hören!"
Unter anderen Umständen hätte Jocelin den Alten des Rausches bezichtigt. Was für ein Unfug! Der Orden der Templer und Ketzerei! Hunderte Ritter hatten im Kampf für die Kirche ihr Leben geopfert! Es war absurd! So sehr, dass es einen beängstigenden Grad an Wahrscheinlichkeit enthielt. Die fehlende Standarte... Der gefangene Komtur Robert...
Nein, es konnte nicht sein! Es musste ein Irrtum sein, ein unglücklicher Zufall! Bruder Jocelin fasste nach den Zügeln seines Pferdes.
„Wenn Ihr jetzt geht, Sire, werden sie Euch aufgreifen, sie werden Euch foltern, und Ihr werdet von mir erzählen! Und ich hab keine

Lust, mit den glühenden Zangen der Inquisition Bekanntschaft zu schließen!“
„Wenn das alles wahr ist, was du sagst, warum hast du keine Furcht, dich mit mir abzugeben? Warum lieferst du mich nicht aus?“
Der Alte lachte und spuckte aus.
„Hab‘ ich gesagt, dass ich‘s glaube, was die Priester schwätzen? Bei allen Heiligen, wenn Euer Orden ketzerisch ist, dann pfeif‘ ich auf die wahre Kirche!“
Er hatte Jocelin in einen Bretterverschlag gedrängt und machte eine weit ausholende Bewegung. „Mein Palast! Hier wird Euch niemand sehen. Na, ist es nicht ein würdiges Plätzchen für einen Untertanen Seiner Allerchristlichsten Majestät?! Ich bin arm! Ich war es schon immer, und niemanden kümmerte es, was aus mir wurde. Die Seele eines Armen wiegt zu leicht in einer Zeit, in der die Priester den Bischofshof wegen fetten Pfründen belagern! Ich konnte es mir nicht leisten, ehrlich zu sein...“
Bruder Jocelins Sinne schweiften ab.
Ketzerei... was für eine Ketzerei? Der Orden der Templer angeklagt. Von wem eigentlich? Sein Blick wanderte zu seinem Pferd. Am Sattelbogen hing die Schatulle mit den Wechseln. Das war jetzt wertloses Papier... König Philipp hatte die Templer gefangengenommen - alle? Oder nur die Komturei von Paris? Was war mit den Brüdern in den anderen Ländern? Was sollte er jetzt tun?
„... sie verurteilten mich also zu einer Bußwallfahrt nach Santiago. Hat man vielleicht je gehört, dass den Ministern des Königs so was auferlegt wurde?! Dabei stehlen die, dass es jedem Dieb Ehre machen würde!“ Der Alte schloss einen langen Fluch an.
„Oben in den Bergen nach Spanien geriet ich in einen Schneesturm, verlor meine Reisegefährten. Am nächsten Morgen überfiel mich eine Bande dieser schwarzen baskischen Teufel... Die klauten mir die Stiefel.“ Er klopfte gegen sein Holzbein. „Das ist die Erinnerung daran! Erfroren! Aber ich schaffte es noch bis in die Ebene, bis zum Hospiz Eures Ordens, Messire. Ah, ich sage Euch, ich hatte wirklich höllische Schmerzen, aber trotzdem waren es die schönsten Tage meines Lebens! Einmal hat man mich nicht behandelt wie einen dreckigen Köter, sondern wie einen Gast! Was sage ich, wie einen König! Ich hatte ein eigenes Bett, die edlen Herren wuschen mich, und es gab Fleisch zu essen...“

Ganz gefangen in seiner glücklichen Erinnerung lächelte der Alte. „Nein, Messire, Ihr seid kein Ketzer, mögen die Leute sagen was sie wollen! Viel eher ist es der schmierige Nogaret, der Siegelbewahrer des Königs! Der hat schon seit vier Jahren keine Kirche mehr von innen gesehen!"
„Ich muss wissen, was geschehen ist. Ich muss weiter, " unterbrach Jocelin den Redefluss des Alten.
„Aber nicht in Eurem Ordensgewand."
Er bückte sich und holte ein Bündel hervor. Als er den Stoff auseinanderschlug, kam ein abgewetzter Pilgermantel zum Vorschein.
„Nehmt das! Ich hab‘s getragen damals, auf dem Weg nach Santiago."
„Ich kann mein Habit nicht ausziehen! Es wäre Verrat!"
„Haltet es, wofür Ihr wollt, aber wenn Ihr‘s anbehaltet, ist es der sicherste Weg in den Kerker!"
Jocelin nickte. Der Alte hatte recht. Wollte er Klarheit gewinnen, durfte er nicht seine Freiheit verlieren.
Langsam löste er die Kordel seines weißen Mantels, nahm ihn von den Schultern und küsste das aufgenähte Kreuz, ehe er ihn in den Sack zur Rüstung stopfte. Dann warf er den Pilgerumhang über seine Tunika und ergriff den Pilgerstab, den der Alte ihm entgegenhielt. „Aber mein Pferd..."
„Ah, reiten könnt Ihr nicht, Sire! Das ist ein viel zu gutes Tier für einen zerlumpten Pilger! Nehmt die Satteldecke ab und alles, was es als Eigentum Eures Ordens kennzeichnet und lasst‘s mir da! Ich werd‘ einen Platz finden, wo‘s es gut hat..."
„Das ist also der Preis für deine Hilfe!" Jocelin ließ traurig die Hand über den Hals des Tieres gleiten, das ihm seit zwei Jahren vertraut war.
„Nicht Preis, Sire! Ich helf‘ Euch, und das Pferd hilft mir, dass ich wieder ein paar Tage leben kann!"

Der prächtige Zug des Königs bewegte sich die breite Rue du Temple hinab. Eine Volksmenge umringte die Herolde und die Leibgarde. Seine Majestät schien heute großzügiger Laune zu sein. Die Münzen flogen reichhaltig in ausgestreckte Hände. Einige Leute glaubten sogar, auf dem statuenhaften Antlitz des Königs ein Lächeln zu sehen. Philipp genoss den Ritt in der Tat. Die strahlende Sonne, die auf den Rüstungen der Söldner glänzte, die Aufregung der abergläubischen alten Weiber, die sich drängten, um seinen Mantel zu berühren. Er war der Enkel eines Heiligen... An einer Straßenecke boten sich schamlos ein paar Mädchen dar. Philipp hätte eine Schar von Mätressen haben können. Doch seit dem Tod seiner Frau lebte er keusch wie ein Eremit. Seine Geliebte hieß Frankreich, und für sie war er bereit, alles zu opfern. Heute Morgen hatte er ihr den Orden der Templer geopfert.

Der König gestattete sich einen Seitenblick auf seinen neben ihm reitenden Siegelbewahrer. Guillaume de Nogaret trug mit seinem schmucklosen schwarzen Gewand eine Einfachheit zur Schau, die an Geiz grenzte. Sein üblicherweise in mürrische Falten gelegtes Gesicht strahlte an diesem Tag vor innerer Befriedigung. Er war dabei gewesen, als am Morgen die königlichen Söldner die Templer der Pariser Komturei gefangen nahmen. Er hatte ihre Gesichter gesehen, ihre Verwirrung, ihre Angst. Philipp spürte, wie viel Nogaret dieser Triumph bedeutete, vielleicht mehr als ihm selbst. Was nur brachte ihn zu einem solchen Eifer, der den Gehorsam eines loyalen Dieners bei weitem überstieg? Er, Philipp, hatte genügend Gründe, gegen den Orden vorzugehen. Die Templer bildeten einen mächtigen, reichen, und seiner Ansicht nach vor allem überflüssigen Staat inmitten seines Reiches. Aber Guillaume de Nogaret? Hell spiegelte sich die Sonne in dem großen goldenen Kreuz, das Nogaret auf der Brust trug. Er legte Wert darauf, sich als treuer Sohn der Kirche darzustellen. Und das, obwohl er seit beinahe vier Jahren mit dem Bann belegt war…

Damals hatte Philipp IV. Papst Bonifatius VIII. in die Schranken weisen wollen. Unterstützt von einer feindlichen Kardinalspartei und zahlreichen gekauften Zeugen war der Verleumdungskampf geführt worden. Man hatte Bonifatius der Häresie und Götzenverehrung angeklagt, des Ämterkaufs und anderer übler

Verbrechen. Dann, im Frühjahr, hatte Guillaume de Nogaret mit einer Handvoll Söldner den Papst in seinem Palast in Anagni überfallen und drei Tage gefangen gehalten. Bonifatius, dieser zähe alte Knochen, lebte zu Nogarets Missfallen nach seiner Befreiung noch lang genug, seinen Peiniger zu exkommunizieren. Sein Nachfolger Benedikt IX. bekräftigte den Bann, und auch Papst Clemens verweigerte die Absolution.
Die königliche Prozession hatte die Klosterfestung der Templer erreicht. Die gewaltige Zugbrücke senkte sich über den Graben. Zu beiden Seiten nahmen die Herolde Aufstellung und schmetterten eine Ehrenfanfare. Im selben Augenblick wurde auf der Spitze des Wehrturmes das Lilienbanner gehisst. Stolz ritt Philipp im Tempel ein. Heute kam er nicht als Bittsteller, sondern als Sieger!

Aus dem Halbdunkel des Treppenaufgangs tauchte die braun-weiße Dominikanerkutte des Großinquisitors Imbert auf. Seine gedrungene Gestalt und der breite Schädel mit der fleischigen, gebogenen Nase täuschten. Hinter dem plumpen Äußeren lebte ein wendiger, brillanter Geist. Er betrat das Audienzzimmer des Königs, das noch am Morgen Privatgemach des Templermeisters Jacques de Molay gewesen war. Nach einem Kniefall vor seinem Beichtvater sagte Philipp:
"Ich will, dass die Gefangenen noch heute befragt werden."
„Dein Eifer ist löblich, mein Sohn“, erwiderte der Großinquisitor sanft. „Ich weiß um deine große Liebe zu unserer heiligen Mutter Kirche. Doch es ist besser, mit der Untersuchung noch einen Tag zu warten. Dann haben die Gefangenen Zeit, sich über ihre Situation klar zu werden, den Hunger zu spüren, die Schmerzen der Fesseln... dann werden sie bereitwilliger aussagen.“
Die Worte klangen in Philipp nach und beunruhigten ihn etwas. Inquisitor Imbert sprach von Männern, die gewohnt waren, Entbehrungen und Leiden zu ertragen. Würden sie überhaupt aussagen?
„Gott führe die Templer zur Reue!“ fuhr Imbert fort. Seine Stimme schwang sich in das Gewölbe empor wie Donnergrollen. „Oh, Satan wird ihre Herzen verstockt machen, aber ich werde um sie kämpfen! Und Gott und alle Engel werden mit beistehen! Denn im Himmel wird größere Freude über einen bekehrten Sünder sein als über 99

Gerechte! - Sorge dich nicht, Philipp!"
Der Inquisitor senkte seine Hand auf den Kopf des Königs.
„Christus sei gelobt, der durch dich diese entsetzliche himmelschreiende Sünde ans Licht gebracht hat!"
Philipp schloss mit einem frommen Amen. Imberts glühender Eifer würde ihm ohne Zweifel bald die Geständnisse einbringen, die nötig waren, um Papst Clemens zu überzeugen…
Papst Clemens, den er ganz einfach übergangen hatte...
„Vielleicht habe ich doch etwas zu rasch gehandelt", sagte der König in jenem Ton gespielter Zerknirschung, der bei seinem Beichtvater nie die Wirkung verfehlte.
„Dein heiliger Zorn ist verzeihlich, Philipp! Das Wohl Frankreichs erforderte dein schnelles Eingreifen. Wer eine Häresie entlarvt und sie nicht verfolgt, macht sich schuldig am Leib Christi, der Kirche!"

Jacques de Molay stützte sich hoch und machte einige Schritte, soweit es die Ketten zuließen. Er hatte keine Ahnung von der Größe der Zelle im Louvre, in die man ihn gebracht hatte. Bis auf einen schwachen Schein durch das Gitter über der Tür hüllte Dunkelheit ihn ein. Er richtete die Augen auf dieses fahle Licht, versuchte zu begreifen, was geschehen war. Er befand sich im Kerker, in Ketten, Verbrechen angeklagt, bei deren Nennung allein ihn Abscheu erfasste. Er, souveräner Meister des Ordens der Ritter Christi vom Tempel Jerusalems! Noch gestern war er in Begleitung eines Gefolges von zwei Rittern, einem Kaplan, einem Schreiber und einem Schildträger durch Paris geritten. Noch gestern hatte er über das beste Heer der Christenheit geboten. Noch am Morgen hatte keiner in der Pariser Komturei Verdacht geschöpft, als Guillaume de Nogaret mit einer Schar königlicher Söldner Einlass gefordert hatte. Aus heiterem Himmel war der Blitz des Verderbens in das Haus des Tempels eingeschlagen.
„Eine Untersuchung wegen des Zehnten", hatte Nogaret vorgebracht, und die Tore waren ihm geöffnet worden. Mit der ihm eigenen Frechheit marschierte der Siegelbewahrer bis in den Kapitelsaal, verlas einen Erlass Seiner Allerchristlichsten Majestät Philipps IV. und erklärte die Brüder des Templerordens für verhaftet….
Jacques de Molay horchte auf. Irgendwo knarrte eine Tür. Dann

Schritte, das Schleifen von Eisenketten. Ein neuer Gefangener. Doch man brachte ihn nicht zu ihm, sondern in eines der anderen Verliese.

„Wohin mit ihm?“ fragte der Waffenknecht ungeduldig. Der kahlköpfige Wärter maß den sich heftig wehrenden Gefangenen mit einem durchdringenden Blick.
„Ach, zum Teufel! Ich hab‘ die Nase voll heute! 180 Gefangene an einem verdammten Morgen! Steck ihn zu den anderen!“
„Ich sage dir, der macht uns noch Ärger! Die Sorte kenn‘ ich schon!“ knurrte der Waffenknecht, während er eine Tür aufsperrte. Für einen kurzen Augenblick beleuchtete die Kerze des Wärters einige zusammengekauerte Gestalten. Der Waffenknecht stieß den Gefangenen in den Kerker und schloss die Ketten an der Wand an. Alles ging sehr schnell. Die Tür wurde zugeworfen. Einer nach dem anderen rasteten die Riegel in ihr Bett. Das Geräusch hallte noch lange durch das unheimlich stille Gewölbe.
Langsam gewöhnten sich die Augen des Gefangenen an das spärliche Licht. Er machte eine Gestalt aus, die auf ihn zutappte. Sämtliche Muskeln angespannt schob er sich an der Mauer hoch. Mit welcher Verbrecherbande mochte man ihn zusammengelegt haben? Es gab Gefangene, die in den Jahren ihrer Haft blutrünstig wie wilde Tiere wurden. Die Stimme des Schemens vor ihm klang allerdings recht menschlich, mit feinem italienischen Akzent: „Bruder Robert?“
Der Komtur von Paris war ebenso erleichtert wie entsetzt. „Ihr seit auch hier, Pietro?“
„Ja, Sire, das ganze Ordenshaus! Ich hatte allerdings gehofft, dass Ihr entkommen wäret, weil Ihr nach Sens aufgebrochen wart!“
„Kurz nach St. Nicolas griffen mich königliche Söldner auf... Bei Gott, die ganze Komturei! Dann ist es wahr, was man mir sagte!“
„Die Anklage? Ja. Aber wenn uns die Ankläger erst gegenübergestellt werden, wird es ein Leichtes sein, diese böswilligen Gerüchte zu zerstreuen.“
Bruder Pietro, Kaplan, sprach mit der Sicherheit des Rechtsgelehrten. Er hatte mehrere Jahre in Bologna studiert und versah das Amt eines Ordensprokurators am Heiligen Stuhl. Komtur Robert spürte die Schmerzen in seinen Handgelenken zu sehr, um

diesen Optimismus zu teilen.
„Ich wurde behandelt, als sei ich schon verurteilt“, sagte er.
Aus der Menge der übrigen Gefangenen schallte eine schrille Stimme, in der ähnliche Ängste mitschwangen: „Was wird mit uns geschehen, Komtur Robert? Warum dürfen wir den Meister nicht sprechen?“
Der Angesprochene wandte den Kopf, als sähe er in die Runde des Ordenskapitels. Aber hier umgab ihn nur Dunkelheit, und es fiel ihm schwer, gegen dieses schwarze Nichts anzusprechen. Doch seine Brüder erwarteten etwas von ihm. Wenn er schon keine Aufklärung geben konnte, so musste er ihnen wenigstens Mut und Trost vermitteln. „Ich weiß nicht mehr als ihr alle“, begann er, nach den rechten Worten suchend. Es kostete ihn Mühe, der eigenen Verwirrung Herr zu werden. In der Bedrängnis einer Schlacht hätte er gewusst, was es zu sagen galt. Aber sie waren nicht in der Gewalt der Ungläubigen, sonders des allerchristlichsten Königs Philipp von Frankreich.
"Ob wir leben oder sterben, wir sind des Herrn! Denkt an diese Worte, Brüder, die der Heilige Bernhard von Clairvaux an unseren Orden gerichtet hat. Gott prüft uns, und diese Prüfung werden wir tapfer ertragen…“
„Ach Gott!“ kam ein zorniger Ruf. „Gott hat uns verlassen, merkt Ihr das denn nicht? Wir haben Akkon verloren, alle Festungen im Heiligen Land, eine nach der anderen! Und jetzt sitzen wir hier wie die Ratten in diesem stinkenden Loch!”
„Es gibt keinen Grund, Gott zu fluchen, Bruder! Christus, der am Kreuz für uns gestorben ist, wird uns nie verlassen!“
„Aber sein Vikar auf Erden hat uns in Ketten legen lassen!“
„Ich weiß nicht, wie der Heilige Vater einen solchen Unfug überhaupt glauben konnte!” sagte Bruder Pietro. "Aber ich werde in einer Petition um die Erlaubnis bitten, den Orden vor Gericht verteidigen zu dürfen! Dann wird Clemens die Wahrheit über diese Verleumdung erfahren! - Und jetzt, Lasst uns beten, Brüder!“

Die einen laut miteinander diskutierend, die anderen noch ergriffen von stummem Entsetzen zerstreuten sich die Menschen. Sie schoben und drängten, und mancher reiche Bürger stieß dem zerlumpten Pilger rücksichtslos in die Seite. Weder dies noch das

Stimmengewirr drangen in Jocelins Bewusstsein. Er stand reglos, auf seinen Pilgerstab gestützt, und starrte die leere Holztribüne vor dem Universitätsgebäude an. „Sie glauben es! Bei dem allmächtigen Gott, sie glauben es wirklich!“ dachte er. Er zweifelte nicht, dass sich die Leute auf ihn stürzen und ihn umbringen würden, wenn man ihn erkannte. Seine Augen erfassten Enguerrand de Marigny. Das feiste Gesicht von keiner Regung verzogen, verließ der Minister den Platz. Jocelin umklammerte seinen Pilgerstab, kämpfte gegen den Drang, Marigny zu packen und zu schütteln. Er musste doch wissen, dass es Lügen waren! Er hatte doch genug Zeit mit den Ordensbrüdern verbracht!
Mühsam krochen seine Gedanken den weiten Weg der vergangenen Stunden zurück. Stunden, die ihn in einen tosenden Strudel des Wahnwitzes hineingerissen hatten...
Gestern war er in die Stadt gegangen, um mehr über das Schicksal seiner Ordensbrüder zu erfahren. Doch die Leute hatten höchstens mit einer unbestimmten Geste auf seine Fragen geantwortet. In einer Situation wie dieser lauerten Denunzianten der Inquisition überall, und ein Wort zuviel konnte einen unbescholtenen Bürger rasch als Ketzer ins Gefängnis wandern lassen. Irgendwo hatte er gehört, dass es am nächsten Morgen eine öffentliche Verlesung der Anklagepunkte gegen seinen Orden vor der Universität geben sollte. So fand er sich früh nach einem alptraumgequälten Schlaf im Kirchenportal auf dem Fakultätsplatz ein.
Der Platz hatte sich rasch gefüllt. Jung und Alt, Arm und Reich war zusammen geströmt. An diesem Morgen schien niemand seiner Arbeit nachzugehen. Als die Menge schon dichtgedrängt stand, hatten Bewaffnete einem beleibten, in reichen Pelz gekleideten Herrn den Weg gebahnt. Enguerrand de Marigny, Finanzminister des Königs. Jocelin hatte mit einer raschen Bewegung seine Kapuze übergezogen, fürchtend, dass Marigny ihn wiedererkennen könnte, hatte er ihm doch auf mehreren Reisen Geleitschutz gegeben. Aber diese Angst war grundlos gewesen. De Marignys helle Augen nahmen Menschen wie einen zerlumpten, schmutzigen Pilger gar nicht wahr. Plötzlich war das vielstimmige Gemurmel erwartungsvoller Stille gewichen und der erste Magister hatte die Tribüne betreten.
„Auf Befehl Seiner Allerchristlichsten Majestät Philipps IV,. von Gottes Gnaden König von Frankreich, verlesen wir die Anklage, die

die Heilige Inquisition gegen den Orden der Ritter des Tempels erhebt“, hatte er de Stimme erhoben, während die übrigen Doktoren heraustraten. „Glaubwürdige und ehrenhafte Zeugen offenbarten Seiner Majestät die üblen Verbrechen und in seiner Pflicht als Verteidiger der Kirche…“

„Zeugen? Was für Zeugen?“ war es Jocelin durch den Kopf gegangen.

„Die Templer werden beschuldigt, dass sie bei der Ableistung der Profess Christus unsern Erlöser...verleugnen. Man zeigt den Novizen ein Kreuz, und sie werden aufgefordert, unserem Herrn dreimal ins Angesicht zu spucken...“

Die Worte des Magisters waren kaum zu verstehen gewesen, weil neben der Tribüne einige Leute gebrüllt hatten: „Verbrennt sie! Verbrennt sie!“

Mit ausgebreiteten Händen hatten die Theologen die Menge zu beschwichtigen gesucht. Jocelin hallten die Worte noch immer in den Ohren, mit dem sie dann die Aufzählung der Schandtaten fortsetzten:

„Sodann entledigen sich die Novizen aller Kleider, die sie im weltlichen Leben trugen und stellen sich nackt vor den, der sie aufnimmt. Und jener küsst sie, wie der widerwärtige Brauch dieses Ordens es bestimmt, zuerst auf das Ende des Rückgrates, dann auf den Nabel und schließlich auf den Mund, zur Schande aller menschlichen Würde. Und nachdem sie mit solch verabscheuungswürdigen Taten gegen das göttliche Gebot gesündigt haben, verpflichten sie sich mit dem Gelübde ihrer Profess, ohne auch den Bruch mit dem Gesetz der Natur zu fürchten, sich einer dem anderen hinzugeben im Laster des entsetzlichsten Konkubinats… So entlud sich der Zorn Gottes über dieses verruchte Geschlecht, und er brachte sie durch die Hand unseres Königs zu Fall. Gott stürzte die Söhne des Unglaubens, denn sie haben die Quelle des lebendigen Wassers verlassen und Götzen angebetet... Erfüllt eure Pflicht gegenüber der Kirche und dem Königreich, Bürger! Wenn ihr etwas wisst zu dieser Angelegenheit oder flüchtige Templer kennt, macht unverzüglich eure Aussagen! Gott wird jeden reich belohnen, der die Arbeit der Heiligen Inquisition unterstützt! Wer aber böswillig Dinge verbirgt oder die verruchte Ketzerei dieses Ordens fördert, soll der Exkommunikation verfallen!

Gegeben zu Paris am 14. Oktober im Jahre des Herrn 1307."

Während der kommenden Stunden, die Jocelin ziellos durch Paris lief, begann er zu begreifen, in welche Lage ihn die ungeheuerliche Anklage der Inquisition gebracht hatte.
Er galt als Ketzer, als Abtrünniger, schlimmer noch als die Ungläubigen, denn er hatte Christus gekannt und ihn verlassen. Er hatte ihn zum zweiten Mal verraten wie Judas. Er galt als Sodomit, ein Anhänger der widerwärtigsten Sünde, vor der selbst die Tiere zurückschreckten, und die ihn aus der gesamten Schöpfung ausstieß. Er war zu einem lebensunwürdigen Wesen jenseits allen Erbarmens gestempelt. Jeder durfte ihn straflos töten... Ihm, der die Sarazenen als Feinde der Christenheit bekämpft hatte, waren die eigenen Glaubensbrüder zu Feinden geworden.
Haltsuchend lehnte sich Jocelin an eine Mauer.
Seine Hand ertastete steinernes Rankenwerk. Als er aufsah, erkannte er, dass er im Portal einer Kirche stand. Er trat ein, hastig, als ein Flüchtling vor einer feindlich tobenden Welt in den bergenden Schoß Gottes. Aber nur einen Augenblick lang umfing ihn das Gefühl der Sicherheit. Aus dem Halbdunkel des niedrigen Kirchenraumes grinste ihn eine dämonische Fratze von einem der Kapitelle an. Sie zog Jocelins Blick an und fesselte ihn.
Hatte das Böse von der Heiligen Kirche Besitz ergriffen? War es stärker als die erlösende Kraft Christi? Die Fratze blähte sich, verdeckte das klein und hilflos wirkende Kruzifix auf dem Altar. Jocelin versuchte zu beten, aber die Krallen der Teufelsfratze umschlossen seinen Hals. Er berührte das Templerkreuz auf seinem Gewand und rang nach Atem.
‚Gesegnet, die bezeichnet mit dem Zeichen des Lammes...'
Für ihn und all seine Brüder war das Kreuz ein Fluch geworden, ein Mal des Todes.
„Wir sind unschuldig, du weißt es, Herr Gott!" flüsterte Jocelin, versuchend, sich von der Teufelsfratze zu befreien.
„Hilf mir! Hilf mir!"
Er schlug die Hände vors Gesicht und fiel auf die Knie. Was sollte er tun? Wohin sollte er gehen? Solange er zurückdenken konnte, war eines der Ordenshäuser seine Heimat, und die Brüder seine Familie gewesen, er kannte nichts anderes. Und jetzt?! Wer war Freund und

wer war Feind in einer Zeit, in der die Freunde und Beschützer von einst sich zu Feinden und Verfolgern gewandelt hatten?

Erst im Schutz der einbrechenden Dunkelheit wagte sich Jocelin aus der Kirche. Zur drängendsten Sorge waren ihm Hunger und Durst geworden. Er beschloss, in das Universitätsviertel umzukehren.
Dort erklangen aus unzähligen winzigen Schankstuben die Lieder der Spielleute. Er entdeckte einen Schweinetrog, in dem bereits ein Straßenjunge herumwühlte.
Der Halbwüchsige maß den Mann im Pilgergewand mit einem feindseligen Blick. Aus dem Trog stieg ekelerregender Gestank auf, und als der Straßenjunge sich ein angeschimmeltes Brot in den Mund schob, krümmte sich Jocelin würgend zusammen. Er wankte zurück und setzte sich auf eine Stufe, bis die Übelkeit vergangen war.
Dann wandte er sich in Richtung des Klosters Saint-Germain-de-Près. Vielleicht gab man dort einem Pilger ein Almosen...
Plötzlich verstummten die Flötenklänge aus dem nahegelegenen Gasthaus, und der Gesang wurde von wütendem Geschrei abgelöst. Eine Rauferei bahnte sich an. Schon wurde die Tür aufgerissen und einige Männer stürmten heraus. Sie zerrten einen sich heftig wehrenden Jüngling im Studententalar mit sich. Schwertklingen und Dolche blitzten auf. Dies war mehr als ein harmloser Streit! Der Student wurde zu Boden gestoßen, ein Stiefel drückte ihn nieder.
Er schrie um Hilfe, aber niemanden schien die Ungleichheit des Kampfes zu stören. Ein paar Huren brachten sich kreischend in Sicherheit, Straßenjungen verfolgten neugierig das Geschehen. In diesem Augenblick vergaß Jocelin die Gefahr, in der er selbst sich befand.
Er packte den Pilgerstab mit beiden Händen und hieb ihn dem zunächst stehenden Raufbold in den Rücken. Der wandte sich ebenso verwundert wie erbost dem Fremdling zu, der sich einzumischen wagte. Nach dem zweiten Schlag zerbrach der Pilgerstab. Jocelin warf das Holz fort und zog sein Schwert. Die anderen vier Männer griffen ihn von der Seite an.
Jocelin täuschte sie mit einem geschickten Ausfall, entwaffnete seinen ersten Gegner und wechselte die Klinge in die linke Hand. Angesichts der unerwarteten Kunstfertigkeit des Fremdlings verzo-

gen sich die Raufbolde ohne es auf einen Kampf ankommen zu lassen.
„Für einen Pilger seit Ihr verdammt gut bewaffnet", sagte der Student leise, und Jocelin wurde bewusst, wie unüberlegt er gehandelt hatte. Er schlug den Pilgermantel zurück und schob sein Schwert in die Scheide.
„Ihr werdet mich nicht verraten." Es klang wie eine Beschwörung.
„Ihr habt mir das Leben gerettet... Sire. Nun, ich habe nichts, um Euch meinen Dank zu zeigen. Aber wenn Ihr wollt, könnt Ihr diese Nacht bei mir bleiben... ich denke, es gibt nicht viele Plätze, wo Ihr Aufnahme finden werdet! - Ich habe ein Zimmer unten an der Seine."
„Könnt..." Jocelin stockte und sah zu Boden. Wie entwürdigend war es für einen Ritter, so betteln zu müssen! "...Ihr mir etwas zu Essen geben?"
„Morgen. Meine Wirtin legt mir jeden Tag frisches Brot vor die Tür."
Die Kammer des Studenten lag unter dem Dach eines schmalen Fachwerkhauses, dessen Füllwerk an einigen Stellen schon herausgebrochen war. Das Obergeschoß, erreichbar nur über eine wacklige Treppe, hing gefährlich weit über den Fluss. Der Lärm der Lastschiffer klang herauf. Trotzdem schlief Jocelin schon bald nachdem er sich auf dem dünnen Strohsack ausgestreckt hatte.

Der Student hingegen fand keine Ruhe. Mit steigender Nervosität lauschte er auf die Kommandos der Schiffer.
„Ich gewähre einem Ketzer Zuflucht", dachte er. „Einem bösartigen Feind der christlichen Gesellschaft."
Er blickte zu Jocelin, während seine Gedanken um die Anklagen kreisten, die er am Morgen gehört hatte. Nein, eigentlich wirkte der Ordensbruder nicht wie ein solcher Verbrecher!
Aber wie hatte es im Aufruf Seiner Majestät gestanden?
‚Wölfe im Schafspelz.' Und war es nicht das Kennzeichen jedes Häretikers, sich zu verstellen, um die Rechtgläubigen vom Weg abzubringen? Gerade dies war ein Fallstrick des Teufels, wie die Doktoren sagten... Der da hatte ihm geholfen... und? Einem Ketzer gegenüber gab es keine Verpflichtungen, galten keine Versprechen! Der Student setzte sich und fuhr in seine Stiefel. Er wollte Gott nicht

beleidigen, und er wollte auch nicht zulassen, dass er durch Ketzerei beleidigt wurde. Leise öffnete er die Tür der Kammer, trat hinaus und schob die Riegel von außen vor. Dann verließ er eilig das Haus. Aber als er an der Pforte des Franziskanerkonvents ankam, scheute er sich zu klopfen. Er ging noch lange auf und ab, ehe er den Mut fand, den eisernen Türklopfer zu heben und gegen das Holz zu schlagen.

„Gelobt sei Jesus Christus", murmelte eine schläfrige Stimme durch das vergitterte Pfortenfensterchen. „Was kann ich für dich tun, mein Sohn?"

Der Student trat näher und befreite sich hastig flüsternd von seinem Wissen: „Am Quai du Chastelet, im zweiten Haus vor der Rue de Lavande hält sich ein Templer versteckt, in der Dachkammer."

„Ich danke dir, mein Sohn." Die Stimme klang merklich munterer. „Gott möge dich segnen, dass du uns hilfst, Seine Feinde zu bekämpfen!"

Der Franziskaner machte das Kreuzzeichen, aber der Denunziant war bereits fort.

Ein polterndes Geräusch. Jocelin schreckte hoch.

Im nächsten Augenblick bemerkte er, dass er allein war. Von unten war eine gedämpfte Unterhaltung zu vernehmen. Dann Stille. Und dann ein Ton, den Jocelin nur allzu gut kannte: das Schleifen, wenn Schwerter aus der Scheide gezogen wurden. Hastig sah er sich um. Nur eine Tür. Hinter ihr lauerten die Häscher der Inquisition. Der Dachstuhl? Unmöglich. Das Fenster! Der junge Ordensbruder stürzte zu der kleinen Öffnung, riss die Pergamentbespannung heraus, warf einen Blick hinab. Schwärzlich glitzerndes Wasser. Er konnte nicht schwimmen. Aber es gab keine andere Wahl. Die morsche Treppe knarrte unter den Stiefeln. Jocelin entledigte sich des hinderlichen Pilgermantels und hing sich den Schwertgurt über die Schulter. Vorsichtig stieg er aus dem Fenster. Sein linker Fuß fand ein aus der Mauer ragendes Balkenende, die rechte Hand krallte er in eine Fuge. Jetzt flog die Tür auf. Jocelin ließ den Fensterrahmen los und duckte sich an die Seite.

„Er ist abgehauen!" brüllte einer der Bewaffneten. „Da, durchs Fenster! Ich seh' ihn! Armbrustschütze!"

Verzweifelt suchte der Ordensbruder einen Halt, der es ihm

ermöglichen würde, näher zur Hausecke zu kommen.
Sein rechter Fuß glitt von der schmalen Fachwerkstrebe, er rutschte ab und konnte gerade noch den letzten Balkenstumpf packen. Doch der Fall brachte ihn wenigstens aus der Reichweite des Armbrustschützen. Er hörte die Söldner fluchen. Sie würden nicht so bald aufgeben. Er hangelte sich noch ein Stück näher an die Hauswand. Wenn er geschickt genug sprang, konnte er den Uferweg erreichen... Er schloss die Augen und ließ los. Nur um eine Handbreit verfehlte er die Kaimauer. Er atmete tief durch und richtete sich langsam auf. Zwischen den Häusern standen ein gutes Dutzend Söldner der Stadtwache mit gezogenen Schwertern; zwei von ihnen setzten sich soeben zum Ufer in Bewegung. Jeden Augenblick würden sie ihn entdecken. Ihm blieb keine Zeit zum Überlegen.
Einer der Söldner erhaschte einen Blick auf die weiße Tunika und schrie: „Dort! Hinterher!"
Jocelin kannte sich diesem Teil der Stadt nicht aus. Kurz entschlossen bog er in eine Gasse ein. Wie drohende schwarze Dämonen ragten die Fassaden der Häuser hier in den Nachthimmel. Eine Treppe führte in eine nächste, mit Arkaden überspannte Straße. Beinahe wäre er den Bewaffneten in die Arme gelaufen.
Er machte kehrt und flüchtete durch ein großes Steintor. Ein Moment blieb ihm, gerade genug, um die Schmerzen in seinen Gliedern zu spüren. Dann waren die Söldner wieder hinter ihm. Er rannte weiter durch ein endloses verwirrendes Labyrinth von Gassen, Arkaden, Stufen und Häusern, doch sie blieben ihm auf den Fersen. Sie kannten jeden Winkel, jede Abkürzung, kamen näher und näher. Jocelin hatte den Eindruck, im Kreis zu laufen. Erschöpft stürzte er auf die Knie. Er horchte in die Finsternis, aber diesmal dröhnte nur der eigene Herzschlag in den Ohren. Aber bald hallten die Befehle der Söldner wieder durch die Gassen. Mühsam kämpfte er sich halb laufend, halb stolpernd vorwärts.
Unvermittelt stand er vor einer mächtigen Mauer. Er folgte ihr eine Zeitlang ohne erkennen zu können, wie weit sie reichte. Jenseits der Mauer erhob sich die Silhouette eines Vierungsturmes und zweier schlanker Westtürme.
Saint-Germain-de-Près! Jocelin schluchzte vor Erleichterung. Dorthinein würden sie ihn nicht verfolgen können! Aber noch war er

nicht innerhalb des schützenden Klosters.
Die Mauer war übermannshoch und ohne Hilfe nicht zu erklimmen. Von der Krone rankten sich Weinreben. Jocelin versuchte sie zu fassen, erwischte jedoch nur die äußersten Spitzen. Das Trampeln der Söldnerstiefel kam näher. Einem Einfall der Verzweiflung gehorchend stieß der Flüchtling sein Schwert in eine Fuge zwischen den Steinen und stemmte sich daran hoch. Die Klinge federte gefährlich, hielt aber stand. Er griff in die Weinranken, riss das Schwert wieder heraus und zog sich mit letzter Kraft über die Mauer.

Die Glocken der Abtei Saint-Germain-de-Près läuteten schwungvoll den neuen Tag in die noch dichte nächtliche Dunkelheit ein.
Der Küchenmeister Bruder Cölestinus machte sich auf den Weg zu den Hühnerhäusern, um die Eier einzusammeln. Zufällig blickte er zur Seite und gewahrte zwischen den Schemen der Bäume einen hellen Schimmer. Waren die Ziegen etwa schon wieder im Gemüsegarten? Der alte Mönch trat entschlossen durch das Gebüsch und hob die Lampe.
Das Licht fiel auf einen Mann im Kettenhemd und dem Ordensgewand der Templer. Er hielt ein blankes Schwert in den Händen, dessen Spitze er nun auf den Mönch richtete. In seinen Augen lag der Ausdruck eines gehetzten Tieres, das alles zu wagen bereit war. Bruder Cölestinus neigte den Kopf, als sähe er nicht recht.
Jocelins Arme begannen zu zittern. Der Mönch schien überhaupt keine Furcht zu haben! Mit freundlicher Stimme sagte er: „Legt das Schwert fort, Bruder! Ich bin nicht der rechte Gegner für Euch."
Ein brummendes Geräusch ging von Jocelins Magen aus. Er schluckte in dem vergeblichen Versuch, es zu unterdrücken.
„Ihr habt Hunger? Kommt mit mir in die Küche, ich gebe Euch etwas zu Essen!"
Der Mönch tat, als sei es das Selbstverständlichste der Welt, dass ihn früh um Fünf im Gemüsegarten ein Tempelritter mit dem Schwert bedrohte. Jocelin fragte sich, ob er überhaupt von der Verhaftung gehört hatte. „Ich... ich bin ein Templer", sagte er.
„Ich kenne die Tracht Eures Ordens." Bruder Cölestinus lächelte. „Christus hat uns geboten, die Hungrigen zu speisen, auch wenn sie zufällig eine weiße Tunika mit rotem Kreuz tragen!"
„Die Inquisition hat geboten, uns alle anzuzeigen!" erwiderte Jocelin. „Und das willst du tun, nicht?"
„Ich will Gott dienen, nichts sonst."
Die Hand des Mönchs senkte sich auf das Schwert und drückte die Klinge langsam nach unten. Die einfache Güte des Mönches überwand Jocelins Misstrauen. Er ließ sich in das geräumige Küchengebäude führen.
Guillaume de Nogaret warf einen missbilligenden Blick auf seine beiden Söhne, als er das Haus verließ. Sie bereiteten sich auf die

Jagd vor. Sie hatten überhaupt an nichts anderem Interesse als an der Jagd und Mädchen! Er hingegen saß von früher Stunde bis spät in die Nacht über Protokollen und Gesetzessammlungen, der Essenz der Weisheit seiner Meinung nach.
Manchmal fragte er sich, ob es die richtige Entscheidung gewesen war, Seiner Majestät nach Paris zu folgen. Die Stadt war ein verderblicher Sumpf... Der Siegelbewahrer stieg in den Sattel seines Pferdes, das der Knecht ihm bereithielt und ritt langsam in Richtung des königlichen Palais.
„Seid gegrüßt, mon Sire!"
Ein Reiter auf einem schwarzen Araberhengst gesellte sich zu ihm. Sein langer Samtmantel war von derselben Farbe wie sein Pferd. Darunter trug er ein kostbar schimmerndes Brokatwams mit Zobelverbrämung. Nogaret erwiderte den Gruß mit einem Nicken.
„Euch hat diese Anklage ja schon einen ansehnlichen Ertrag verschafft, wie ich sehe, Esquieu!"
„Nicht so ansehnlich, wie er sein sollte nach allem, was König Philipp mir zu verdanken hat!"
Anmaßend wie seine Worte war das schmale, braunhäutige Gesicht mit der Raubvogelnase.
„Ihr solltet froh sein, dass man Euch das Leben geschenkt hat, Mann! Seid vorsichtig mit Euren weiteren Forderungen! Sonst wird man am Ende sagen, Ihr hättet die Templer aus Habgier und nicht aus Eifer für den Glauben angezeigt!"
„...wie Ihr, nicht wahr? Ihr seid ja ein so frommer Mann, Sire Guillaume!"
Der Hohn in der Stimme Floyrans entging dem Siegelbewahrer nicht. Er fragte sich, wie viel er wusste. Möglicherweise zu viel. „Versucht nicht, ein doppeltes Spiel zu treiben!" drohte er.
„Nur keine Sorge, Sire! Habt Ihr mir nicht damals im Kerker gesagt, Ihr wolltet den Orden der Templer vernichten um jeden Preis? Ich helfe Euch dabei, aber ich habe meinen eigenen Preis!"
Nogaret neigte sich vor. Seine Züge waren kalt und unerbittlich. „Ich habe Euch schon einmal gesagt, fordert nicht zu viel! Ich werde Euren Kopf nicht noch einmal retten!"
Nein, im Gegenteil… ich muss sehen, dass ich ihn von Euren Schultern hole….
„Die Templer werden durch das Recht fallen! Durch das Recht ihrer

eigenen Heiligen Kirche! Nur durch das Recht, merkt Euch das, Sire Esquieu!“ flüsterte er eindringlich.
Floyran lachte nur und trieb sein Pferd zum Galopp an.

Komtur Robert bewegte vorsichtig seine Hände in den Eisenfesseln. Wie lange war er jetzt schon hier? In ihrer Unbestimmtheit war die Zeit die schlimmste Qual. Seit ihrer Verhaftung hatte sich niemand mehr um die Gefangenen gekümmert. Die Welt außerhalb der meterdicken Mauern schien sie vergessen zu haben. Anfangs hatten die Männer noch Lärm geschlagen, wenn Schritte vor der Tür zu hören gewesen waren. Unterdessen war die Empörung einer dumpf brütenden Angst gewichen. Der Komtur von Paris hatte seine Ordensbrüder an Mut und Disziplin gemahnt, doch jede weitere Stunde höhlte diesen Befehl aus und zermürbte die Gefangenen. Nur Pietro di Bologna ging unermüdlich den Aufbau seiner Verteidigung durch, stellte im Geiste Listen der Entlastungszeugen auf und entwarf Petitionen an den Papst. Er gestattete sich nicht den mindesten Zweifel am Erfolg seiner Arbeit.
Komtur Robert lehnte sich erleichtert zurück. Endlich war es ihm gelungen, ein Stück seiner Tunika zwischen die Eisenfesseln und seine wundgescheuerten Handgelenke zu stopfen. In diesem Moment wurde die Tür des Kerkers aufgesperrt. Ein unerwartet heller Lichtstrahl ließ Robert blinzeln.
„Den da“, sagte eine Stimme. Ein Waffenknecht trat zu Komtur Robert, schloss dessen Fesseln ab und trieb ihn hinaus.
Sofort packten ihn zwei Waffenknechte.
„Wohin bringt ihr mich? Lasst mich los!“
Einer der Waffenknechte antwortete Robert mit einem Schlag ins Gesicht.
„Ihr glaubt wohl, Ihr seid noch in Eurer Komturei?! Hier habt Ihr nichts mehr zu befehlen, edler Bruder!“ höhnte er.
Der Gefangene wurde in einen überwölbten Raum geführt. Gegenüber der Tür stand ein langer Tisch, an dem ein Dominikaner mit dem unerbittlichen Blick des Richters saß. Ein feingliedriger junger Mönch stand bei ihm und harrte mit offensichtlicher Abneigung des anberaumten Anschauungsunterrichts. Dann war da noch ein Schreiber. Am Ende des Tisches thronte Guillaume de Nogaret, die Anklageschrift des Königs vor sich. Er schien leiden-

schaftslos abzuwarten, aber in seinem Innern loderte ein begehrliches Feuer. Er dürstete nach Rache. Seit Jahren schon. Und endlich, endlich würde er einen dieser Templer leiden sehen, sich winden vor Schmerz...
„Ich fordere, dass man mir die Ketten abnimmt!" rief Komtur Robert den Anwesenden entgegen. „Mit welchem Recht behandelt man mich wie einen Verbrecher?"
Nogaret erhob sich.
„Ich glaube, Euch ist nicht völlig klar, wie es um Euch steht, mein lieber Komtur von Paris?" sagte er salbungsvoll. „Ihr seid nicht in der Lage, etwas zu fordern. Ihr steht im Verdacht der schweren Häresie."
„Das ist eine Verleumdung!"
Robert zuckte zusammen, weil der Dominikaner ihm Weihwasser ins Gesicht spritzte.
„Im Namen des Vaters, des Sohnes und des Heiligen Geistes. Steh uns bei, o Gott, gegen die Macht des Bösen!"
Roberts verwunderter Blick streifte Nogaret, den exkommunizierten Siegelbewahrer. Was für ein Tribunal war das? Er öffnete den Mund, aber ehe er etwas sagen konnte, begann Guillaume de Nogaret mit der lauten Verlesung der Anklageschrift. Die Worte klangen schärfer als alles, was Robert bereits von seinen Ordensbrüdern gehört hatte. Ein bedrückendes Gefühl ergriff ihn, dass selbst Pietro di Bolognas brillanteste Verteidigung machtlos sein könnte.
„Wünscht Ihr, dass man Euch die Anklage auf Französisch wiederholt, Sire Commandeur?"
Robert schüttelte den Kopf.
„Ihr habt also verstanden, dass die Heilige Inquisition genau über die Verbrechen informiert ist, die der Orden der Templer begangen hat", ergriff der Dominikaner das Wort. „Ich fordere Euch auf, in einer Sache, die den heiligen Glauben betrifft, die volle Wahrheit zu sagen!"
„Das tue ich!" entgegnete Robert, und einen winzigen Moment lang hegte er die Hoffnung, dass sich doch alles zum Guten wenden würde.
„Bruder Tancred, lass den Zeugen schwören!"
Der junge Mönch hielt Robert ein Evangeliar entgegen, und der Komtur leistete den feierlichen Eid.

„Jetzt seid Ihr Gott verpflichtet, denkt daran und bekennt freimütig Eure Irrtümer ohne Ausnahme! Ihr braucht keine Furcht zu haben, Gott ist barmherzig, und die Kirche ist stets bereit, einen reuigen Sünder wieder aufzunehmen."
„Ich habe nichts zu bekennen!"
„Ihr leugnet also, bei Eurer Profess Christus verleugnet und auf das Kreuz gespuckt zu haben?" fragte der Dominikaner mit Nachdruck. Er rüstete sich für den Kampf gegen einen unsichtbaren Feind: den Teufel.
„Ja! Bei Gott und allen Heiligen, ich würde nie so etwas tun!" Robert bekreuzigte sich und bekam erneut Weihwasser ins Gesicht.
„Ich habe viele Novizen aufgenommen und niemals derartiges verlangt! Und ich habe auch noch nie davon gehört!"
„Und Ihr leugnet ebenso, die Novizen auf die eben beschriebene Art geküsst zu haben?"
„Ich habe sie auf den Mund geküsst zum Zeichen des Friedens und der Gemeinschaft, nichts sonst!"
„Habt Ihr ihnen erlaubt, ihre fleischliche Lust aneinander zu befriedigen?"
„Gott möge jene verdammen, die diese Lügen verbreitet haben!"
Der Protokollschreiber zuckte zurück. Guillaume de Nogaret gab den Waffenknechten ein Zeichen, die Robert daraufhin wieder ergriffen. Nogaret entriss dem Dominikaner die Fragevorlagen, die er ihm vor Beginn des Verhörs übergeben hatte.
„Ihr habt die Sodomie begangen, Ihr habt sie sogar zum Gesetz erhoben! Hier steht es! Selbst die Annalen der Ungläubigen berichten von den Ausschweifungen in den Konventen Eures Ordens! Und ein halbes Dutzend Zeugen hat es beschworen!"
„Wir sind unschuldig! Das ist die Wahrheit! Ich habe es auf die Evangelien geschworen, und ich wiederhole den Eid, sooft Ihr wollt!"
Der Dominikaner erhob sich mit zu Stein erstarrten Zügen.
„Der Teufel hat Euer Gedächtnis etwas getrübt, wie mir scheint, Sire. Aber wir werden Euch helfen, die Erinnerung wiederzufinden."
Er befahl den Waffenknechten, Robert hinter ihm her zu führen und ging durch eine kleine Tür voraus. Sie öffnete sich in einen Raum, der schwarz war vom Ruß einer Feuerstelle im Zentrum. Das

Wechselspiel der Flammen ließ die Folterinstrumente an den Wänden lebendig wirken, ein höllisches Szenario. Nur der Teufel fehlte. Oder war es der halbnackte Mann mit der roten Henkerkapuze, der neben dem Feuer stand?
„Ihr könnt die Werkzeuge sehen, Sire, die man bei der peinlichen Befragung anwenden wird, wenn Ihr nicht bereit seid zu gestehen!" sagte der Dominikaner und machte eine ausholende Bewegung. „Zuerst wird man Euch auf die Wippe spannen. Oder man wird Euch aufhängen, und mit jedem Mal werden die Gewichte verstärkt, bis die Sehnen der Glieder reißen." Er verstummte, um die Wirkung seiner Worte zu überprüfen und blickte Robert an.
„Ihr könnt mich nicht foltern! Wir unterstehen einem kirchlichen Gericht!"
„Ihr seid ein Ketzer und damit ipse facto exkommuniziert.
Durch Eure Verbrechen habt Ihr Euch selbst vom Leib der Kirche getrennt!"
„Wir sind unschuldig."
„Ihr seid sehr verstockt, Sire", entgegnete der Dominikaner und richtete sich an den Folterknecht. „Tue deine Pflicht!"
Dann wandte er sich um und schritt hinaus, ohne weiter auf die Proteste des Komturs zu achten.

Roberts Fesseln wurden aufgeschlossen, kräftige Arme warfen ihn auf die Folterbank. Während ihn einer der Waffenknechte gegen das Holz drückte, schnallte sein Gehilfe Roberts Beine und Arme fest. Als sie zurücktraten, näherte sich ein gesichtsloses Augenpaar hinter einer roten Kapuze. Unwillkürlich suchte Robert auszuweichen. Doch die Ledergurte hefteten seinen Körper unbeweglich auf die Bank. Machtlos. Hilflos. Ausgeliefert. Robert drehte den Kopf zur Seite.
„Helft mir, ihr heiligen Märtyrer! Heilige Jungfrau-"
Der Folterknecht riss die Spannvorrichtung um eine volle Umdrehung herum. Komtur Robert schrie auf. Der Schmerz war heftiger gewesen, als er erwartet hatte.
„Genügt das schon? Eh, ich habe alte Weiber gesehen, die länger durchhielten!" rief ein Waffenknecht und rempelte seinen Kameraden an.
„Will der edle Herr nun aussagen?"

Robert biss die Zähne zusammen und schwieg. Er würde diesem Pack nicht noch einen solchen Triumph gönnen!

Zur gleichen Stunde begannen die Verhöre der gefangenen Templer im ganzen Königreich. Bereits nach drei Tagen konnte Imbert seinem Beichtkind König Philipp einen ansehnlichen Stapel Geständnisse überreichen.

Der Kammerdiener betrat auf Zehenspitzen die Sainte-Chapelle. König Philipp kniete auf einem samtgepolsterten Bänkchen, andächtig den Handlungen des Priesters folgend, der unter dem kostbaren ausgestellten Reliquienschatz die Messe zelebrierte. Der Kammerdiener schlug hastig das Kreuz und huschte zu ihm. „Euer Majestät, ein Gesandter des Apostolischen Stuhls!“
„Er soll warten“, flüsterte Philipp ohne sich umzuwenden.
Mit einer Leidensmiene zog sich der Kammerdiener zurück. Der päpstliche Gesandte war schon bei seiner Ankunft gereizt gewesen. Sofortige Audienz hatte er verlangt. Doch es half nichts. Seine Majestät pflegte nie an die Staatsgeschäfte zu gehen, ohne seine zwei Messen gehört zu haben.

Als Philipp den Gesandten endlich bereit war zu empfangen, gab sich der kleine italienische Kardinaldiakon keine Mühe, seine Abneigung gegen alles Französische zu verbergen. Er deutete eine steife Verbeugung an und hielt König Philipp eine Pergamentrolle entgegen. Seine Majestät erbrach das Siegel und überflog den Text: „Clemens, Vikar Petri und Vikar Christi an Philipp, König von Frankreich... ich bin sehr beunruhigt über Dein Vorgehen in der Angelegenheit des Templerordens. Ohne die Autorisation der Heiligen Kirche Gottes hast Du die Brüder des Tempels gefangengenommen, ihre Güter beschlagnahmt... obwohl der Orden allein dem Heiligen Stuhl untersteht! Wir ermahnen Dich daher in aller Liebe, als treuen Sohn der Kirche, die Brüder des Templerordens einer Kommission zu unterstellen, die Wir bestimmen!“
Philipp ließ das Pergament sinken, seine Empörung wie stets hinter einer eisigen Fassade im Zaum haltend. Er war niemandem Rechenschaft schuldig! Er brauchte niemanden um Erlaubnis bitten! Er war von Gottes Gnaden König von Frankreich, und keine Macht stand über ihm! Der König blickte den Gesandten an. „Ihr wisst, was hier geschrieben steht?“
Der Kardinaldiakon nickte.
„Dann richtet Seiner Heiligkeit Clemens aus, dass seine Besorgnis grundlos ist! Ich habe nur meine christliche Pflicht getan, als die Inquisition meine Hilfe anrief.“
Guillaume Imbert, der einige Schritt hinter dem Thron stand, run-

zelte die Stirn. Der König hatte IHN gebeten, die Untersuchung gegen die Templer zu einzuleiten! Aber war bedeutete schon so eine juristische Formalität, wenn das Wohl der Kirche auf dem Spiel stand!
„Natürlich werde ich Seiner Heiligkeit gern die Ergebnisse der Befragung zur Verfügung stellen", fuhr Philipp fort. „Ich ersuche den hochgeschätzten Vikar Petri im Namen der bedrohten Christenheit, auch die übrigen Fürsten zur Verhaftung der Templer aufzufordern! Ich bitte ihn, er möge ein guter Hirt seiner Herde sein und nicht zulassen, dass der böse Feind sie in die Irre führt!"
Die feine Drohung in der wohlgesetzten Rede entging dem Kardinaldiakon nicht. Zudem war er verärgert über den herablassenden Empfang. Aber Papst Clemens hatte ihn ausdrücklich gemahnt, Zurückhaltung zu üben. So ging der Gesandte ohne eine Erwiderung, als Philipp ihn entließ.

Der alte Mönch stieg die Treppe zum Keller hinab, langsam, um nichts aus der Schüssel zu verschütten.
„Bruder Jocelin?" rief er leise.
Die Gestalt des Templers löste sich aus der Dunkelheit. Der Mönch setzte die Schüssel ab und legte ein Bündel daneben. „Ich habe Euch eine Gemüsebrühe mitgebracht, Brot und Eier."
„Ich danke dir! Konntest du etwas Neues erfahren?"
„Es heißt, dass gestern mit der Befragung der Templer durch die Leute des Königs begonnen wurde."
„Wer hat uns angeklagt? Wo wird die Verhandlung sein? Und Papst Clemens, was-"
Cölestinus hob beschwichtigend die Hände. „Es tut mir so leid, junger Bruder! Aber ich weiß nur, was ich von unserem Bruder an der Pforte gehört habe..."
Jocelins Gesichtsausdruck wurde verzweifelt. Er stützte sich an einen der Pfeiler und murmelte: „Etwas Furchtbares geschieht mit meinen Ordensbrüdern, und ich kann ihnen nicht helfen! Ich weiß nicht, was ich tun, was ich denken, was ich glauben soll! Alle wenden sich gegen uns! Warum? Ich-"
Plötzlich klapperten Sandalen auf den Stufen, und eine kindliche Stimme krähte: „Bruder Cölestinus!"
Jocelin wollte sich verbergen, aber der Schein der Öllampe in der

Hand des Novizen hatte ihn schon erfasst. Die Augen des Jungen blieben an dem Templer haften und weiteten sich in sprachlosem Erschrecken. Im nächsten Moment raste er die Treppe wieder hinauf. Jocelin stürzte auf Cölestinus zu. „Halt ihn auf!"
„Ich bin alt. Er ist viel zu flink für mich, junger Bruder!"
„Aber er wird mich verraten! Und dann wird man mich der Inquisition ausliefern!"
„Nein. Nein, das wird nicht geschehen." Cölestinus legte beruhigend seine Arme um Jocelin. „Ich spreche mit dem Vater Abt. Er weiß sicher Rat! Er ist ein weiser Mann. Wartet hier, Bruder Jocelin und habt keine Angst!"

Gauthier, Abt von Saint-Germain-de-Près, lehnte sich in seinen Stuhl zurück und lauschte den schlurfenden Schritten von Bruder Cölestinus. Der gute Alte! Seit Jahrzehnten versah er still und freundlich seinen Dienst in der Küche ...Vater Gauthier seufzte. Der Abt war ein Mann, der die Eintracht unter seinen Brüdern über alles schätzte.
Er hatte erfahren müssen, wie zerbrechlich die Gemeinschaft des Klosters war, wie angefochten von Neid, Stolz und Lauheit. Obwohl ihm die Pflichten seines Amtes manchmal zur Last wurden, kämpfte Gauthier unermüdlich. Kämpfte gegen die Welt, die beständig durch die Mauern zu brechen und den Konvent in ihre Händel, ihre Sünde und ihren Schmutz hineinzuziehen drohte. Und nun war genau das geschehen! Und ausgerechnet durch den herzensguten Cölestinus! Im Keller der Abtei hockte ein flüchtiger Ketzer...
Doch halt, seine Häresie war noch nicht bewiesen. Vielleicht war er unschuldig. Die Inquisition war zuweilen wohl etwas übereifrig, das wusste Vater Gauthier. Aber die Befehle des Königs waren eindeutig gewesen. Sollte Inquisitor Imbert erfahren, dass sich in Saint-Germain-de-Près ein Templer verbarg, würden auch die ältesten verbrieften Privilegien die Abtei nicht schützen können.
In Saint-Germain-de-Près ein Ketzer!
Etwas in Gauthier wehrte sich gegen die Bezeichnung. Ganz gleich, wozu die Inquisition den jungen Ritter erklärt hatte, er war ein Mensch, ein gejagter, verängstigter Mensch, der eine Zuflucht suchte.
Die Überlegungen des Abtes schwankten zwischen der Sorge um

seine Klostergemeinschaft und Mitleid mit dem unbekannten Verfolgten. Bisher hatte er der Anklage, die gegen die Templer vorgebracht worden war, kaum Beachtung geschenkt. Es war nicht seine Sache, ihre Rechtmäßigkeit zu beurteilen. Und noch weniger Grund hatte er, sich zum Verteidiger des Ordens aufzuschwingen.
Aus dem Kreuzgang klang aufgeregtes Flüstern. Ob der Templer die Ursache der Unruhe war? Wie vielen mochte der Novize seine Entdeckung schon erzählt haben? Ein paar von den Mönchen würden darauf drängen, den Flüchtling der Inquisition zu übergeben. Sie waren treue Untertanen Seiner Allerchristlichsten Majestät! Andere, wie Cölestinus, mochten milder gestimmt sein. Streit und Unfriede würde in St. Germain einziehen.
„Dazu lasse ich es nicht kommen!“ beschloss Vater Gauthier und stand auf. Im Kreuzgang hatte sich inzwischen eine ganze Gruppe Mönche eingefunden, die leise diskutierten.

Währenddessen saß Jocelin in der bedrängend stillen, lichtlosen Nacht des Klosterkellers und versuchte, seine ebenso finsteren Gedanken zu ordnen. Bruder Cölestinus war nicht zurückgekommen. Wahrscheinlich hatte der Abt ihn sofort in Gewahrsam nehmen lassen. Dann würde es nicht mehr lange dauern, bis die Söldner der Inquisition ihn aufgriffen.. .
Sein Zufluchtsort hatte sich als Gefängnis entpuppt.

Abt Gauthier hatte sich vorgenommen, den unbequemen Flüchtling an Inquisitor Imbert zu übergeben. So schnell wie möglich. Doch bald begann die Vesper, also danach...
Auf dem Weg zur Kirche überlegte der Abt, dass es anschließend wohl schon zu spät wäre, Imbert zu benachrichtigen. Gewiss hatte die Angelegenheit bis morgen Zeit.
Der Abt gestand sich ein, dass ihm die Auslieferung Unbehagen bereitete. Die Predigt, die er am Morgen über den barmherzigen Samariter gehalten hatte, wollte ihm nicht aus dem Sinn gehen.
„Helfen wir einander!“ waren seine Worte gewesen. „Stehen wir unseren Brüdern bei, die in Bedrängnis, in Anfechtung sind, die die Last ihres Dienstes beschwert, die krank oder alt sind! Helfen wir ohne zu säumen, mit der Kraft unseres Gebetes und unserer Hände. Ja, vielleicht müssen wir dabei etwas abweichen von dem Weg, den wir gerade im Begriff waren zu gehen. Aber tat das nicht auch der Samariter? Er verließ die Straße um dem Überfallenen zu helfen. Ohne Zweifel hatte er ein Ziel, das er erreichen wollte, einen Auftrag, eine Pflicht, die ihn mahnte, auf dem schnellsten Weg vorwärts zu kommen. Doch er wich ab von dieser Pflicht, die ihm Menschen auferlegt hatten, um der Pflicht zu gehorchen, die Gott ihm ins Herz gelegt hatte: Liebe deinen Nächsten wie dich selbst. Christus hat uns gesagt, liebet einander, daran soll die Welt euch erkennen!“
Gauthier ballte die Hände zusammen. Er liebte die Brüder seines Klosters! Sollte er sie etwa in Gefahr bringen wegen eines Fremden?! Aber hatte nicht auch der Samariter einem Unbekannten geholfen? Es war gerade, als wollte Gott ihn prüfen, wie weit er zu seinen eigenen Worten stand! Der Abt vermochte sich nicht auf seine Gebete zu konzentrieren.
Er sah zu Bruder Cölestinus. Auch er war nicht recht bei der Sache. In all den Jahren hatte Gauthier noch nicht erlebt, dass etwas den Gleichmut des alten Bruders gestört hätte.
Die Sorge um Cölestinus war es schließlich, die Abt Gauthier veranlasste, seine Entscheidung zu fällen. Nach dem Abendgebet ließ er den Küchenmeister zu sich kommen.
„Du hast unbedacht gehandelt, mein Sohn. Du hast deine Brüder und die Abtei in große Gefahr gebracht!“
Seine strenge Stimme erfüllte den Raum mit einschüchternder

Macht.
Der alte Mönch kniete mit etwas Mühe nieder. „Ich bitte um Vergebung, Vater!"
„Der allmächtige Gott erbarme sich deiner und vergebe dir deine Schuld!" Der Abt machte das Kreuzzeichen und hob Bruder Cölestinus auf.
„Gehe jetzt und sage unserem... Gast, dass die Abtei Saint-Germain-de-Près ihm Schutz gewährt, solang es in meiner Befugnis steht."
Bruder Cölestinus' Augen leuchteten auf. Mit einer Geste tiefster Ehrerbietung küsste er den Ring des Abtes. Vater Gauthier konnte nicht umhin, Cölestinus um dieser kindlichen Freude willen zu beneiden. Er selbst würde die Nacht mit der Überlegung zubringen müssen, auf welche Weise er bei der morgendlichen Kapitelsitzung die Brüder von seinem Entschluss überzeugte. Er musste sie ausnahmslos für sich gewinnen, dass keiner mehr zum Denunzianten werden wollte. Und er musste etwas über den Prozess gegen die Templer in Erfahrung bringen, um zu bestimmen, wie weiter mit dem Flüchtling zu verfahren sei...

Jocelin hatte Bruder Cölestinus' Nachricht angehört ohne Freude oder Erleichterung zu empfinden. Man gewährte ihm Zuflucht, solang es dem Abt beliebte...
Und wenn er sich eines anderen besann? Nach den vergangenen Tagen in einsamer, untätiger Finsternis, die nur Cölestinus Besuche durchbrachen, begann Jocelin sich zu fragen, was schlimmer war: die ständige Bedrohung durch die Auslieferung oder dem Inquisitor gegenüberzustehen. Auf die eine oder die andere Art war er ein Gefangener.

In Begleitung des Kommandanten der Pariser Stadtwache und einer stattlichen Truppe königlicher Söldner stand Guillaume de Nogaret vor Saint-Germain-de-Près.
Eilig hatte man den Abt geholt, und nun blickte Vater Gauthier bis in die Tiefen seiner Seele entsetzt in Nogarets unbarmherziges Gesicht. Wusste er etwa schon von dem Flüchtling?!
Um sorglos klingende Stimme bemüht grüßte der Abt. Die Sitte des Bruderkusses überging er geflissentlich und erinnerte den Siegelbewahrer so daran, dass jener noch immer exkommuniziert

war. Nogarets Züge wurden noch mürrischer. Er hasste es, offen an seinen Kirchenbann gemahnt zu werden.
„Ich bin gekommen im Auftrag Seiner Majestät des Königs. Es soll untersucht werden, ob diese Abtei ihren Dienst für Gott zum Wohle des Reiches getreulich erfüllt, oder ob, - was der Herr verhüten möge - sich der Geist des Übels eingenistet hat!“
Abt Gauthier wollte einwenden, dass allein der Papst das Recht hätte, einen Visitator nach Saint-Germain-de-Près zu senden. Doch es war wohl klüger, Nogaret nicht noch mehr zu reizen. Er war imstande, etwas zu erfinden, um sich an dem Kloster rächen zu können! In diesem Moment war Vater Gauthier überzeugt, dass es keine obskure Ketzerei war, die König Philipp zur Verhaftung der Templer gebracht hatte. Es war etwas anderes… Und dieses andere hätte seine Augen ebenso gut auf Saint-Germain-de-Près lenken können... Wie es nun vielleicht auch geschehen war...
„Ich werde Euch nach Kräften unterstützen, Sire. Ich stelle Euch einige meiner Mitbrüder zur Seite, die Euren Leuten bei der Untersuchung behilflich sein werden.“
„Aufpasser, wie?“ dachte Nogaret und entgegnete dem Abt: „Ich danke für Eure Mühe, Vater. Aber das wird nicht nötig sein.“
Gauthier nahm die Entscheidung mit einem höflichen Nicken zur Kenntnis, während er fieberhaft überlegte.
Nach der eindringlichen Predigt, in der er seinen Mönchen ihre Lage erklärt und sie gemahnt hatte, nicht als Denunzianten zum Richter ihrer Mitbrüder zu werden, glaubte er diese Gefahr gebannt. Aber Guillaume de Nogaret konnte bereits aus einem Wort, einem Blick, einer Geste Verdacht schöpfen! Auf keinen Fall durften seine Männer den Templer finden! Er musste fort!
„So darf ich Euch wenigstens zum Mittagsmahl einladen? Die Gastfreundschaft ist eines der Werke, die der Heilige Benedikt all seinen Söhnen aufgetragen hat. Ihr sollt nicht meinen, dass wir darin der Regel untreu geworden seien.“
Nogaret sah die Freude in den Gesichtern der Söldner und gab widerwillig seine Zustimmung.
Vater Gauthier wandte sich um und rief den einige Schritt entfernt wartenden Prior zu sich. Die Betonung, die er auf jedes Wort legte, genau abwägend, sagte er: „Gehe zu Bruder Cölestinus und richte ihm aus, er möge vorbereiten, was er für richtig hält! Wir empfan-

gen unsere ehrenwerten Gäste im Abtsrefektorium!"
Der Prior verstand. Die blitzenden Waffen der Söldner führten ihm die Bedrohung der Abtei nur allzu deutlich vor Augen. Mit einer Eile, die gerade noch ziemlich war, setzte er sich in Richtung der Küche in Bewegung. Doch der Teufel schien Nogaret beizustehen.
„Ich halte es für besser, wenn währenddessen ein paar Männer an den Toren Wache halten", meinte er und erteilte die entsprechenden Befehle.
Abt Gauthier merkte, wie er zu zittern begann. Der Schrecken ließ ihn nicht einmal beachten, welch Unverschämtheit diese Maßnahme war. Nun war alles verloren! Er, Gauthier, der 15 Jahre lang seine Abtei beschützt und umsorgt hatte, hatte sie nun zugrundegerichtet...

Bruder Cölestinus unterwies gerade den jungen Novizen, wie ein Fisch auszunehmen sei, als der Prior in die Küche stürmte. „Nogaret ist mit einer Abteilung königlicher Söldner da, um die Abtei zu visitieren! Der Templer muss fort!"
Der alte Mönch blickte auf, verwirrt über die so hereinbrechenden Ereignisse. „Ja...können wir ihn denn nicht hier irgendwo verstecken?"
Der Prior verneinte mit einer konsequenten Geste. „Auf keinen Fall! Das ist viel zu gefährlich! Nogarets Leute werden überall herumschnüffeln! Nein, er muss hier heraus! Aber wie, bei der Allmacht Gottes? Selbst wenn wir ihn ungesehen bis zur Pforte bringen, wird die Inquisition ihn haben, sowie er außerhalb der Mauern ist! Das Geschrei der Leute, wenn sie den Templerhabit sehen, wird nicht zu überhören sein!"
Cölestinus senkte mit unglücklicher Miene den Kopf. Der Prior kaute nervös auf seiner Unterlippe.
„Ich, ich weiß!" rief plötzlich der Novize aufgeregt. Wir machen einen Mönch aus ihm!"
Ein strafender Blick des Priors traf ihn. Was für eine hirnrissige Idee! Schließlich WAR der Mann schon ein Mönch! Allerdings... Nun, mochte sein, dass der Junge doch eine ganz helle Idee gehabt hatte... Und viel Zeit blieb ihnen nicht. ..
„Gut. Hole eine Kutte. Und bring das Barbierbesteck mit. Und beeile dich!"
Der Mahnung hätte es nicht bedurft. Für den Novizen waren der

Flüchtling und die königlichen Söldner ein willkommenes Abenteuer. Eine knappe halbe Stunde später, während die unwillkommenen Gäste sich am ersten Gang der Mahlzeit erfreuten, trat ein junger Mönch aus der Küche. Kahlgeschoren, in schwarzer Wollkutte, und einfache Sandalen an den Füßen. Das einzige, was ihn von den ihn begleitenden zwei Brüdern unterschied, war das Bündel über der Schulter. Jocelin hatte sich geweigert, die eigenen Gewänder zurückzulassen. Sein Schwert trug er unter der Kutte, sorgfältig umgebunden, damit es beim Gehen nicht auffiel.
„Wir bringen Euch bis zur Pforte", flüsterte der Prior ihm zu. „Dann seht, dass Ihr rasch aus der Stadt kommt! Wenn man Euch fragt, so kommt Ihr aus einem Konvent jenseits des Rheines, aus den Reichsgebieten. Ihr wart in Paris zum Studium!"
Jocelin nickte.
„Was auch geschieht, erwähnt niemals die Abtei Saint-Germain-de-Près!"
Jocelin versprach es beim Kreuz Christi.
Das Gesicht des Priors blieb unbewegt. Wie weit war einem angeblichen Ketzer zu trauen? Wenn man ihn nur schon los wäre, und die Leute des Königs dazu! Der Prior bog um eine Ecke und blieb abrupt stehen. Mit einer Handbewegung hielt er auch die übrigen zurück.
„Es sind Söldner an der Pforte. Nogaret versteht sein Handwerk, dass muss ich sagen! Sicher hat er ihnen befohlen, niemanden herauszulassen!"
Eine Zeitlang standen die Mönche und Jocelin unschlüssig hinter der Mauer. Der besorgte Blick des Priors wanderte zwischen den Söldnern und dem Refektorium hin und her.
Der Templer fühlte sich unbehaglich bei dem Gedanken an die Gefahr, in die er die Mönche brachte. Früher konnte er sich auf sein Schwert und seine Gewandtheit im Kampf verlassen. Da war ER es gewesen, der Bedürftigen Schutz und Hilfe gab! Jetzt war er auf das Wohlwollen Fremder angewiesen! "Ich könnte versuchen, über die Mauer zu klettern, so wie ich hereingekommen bin", schlug er vor.
„Nun, ein Mönch, der sich über die Klostermauer hangelt, wäre wohl nicht gerade ein unverdächtiger Anblick!" gab der Prior sarkastisch zurück.
Nach einer geraumen Weile sagte Bruder Cölestinus so ruhig, als

handele es sich um die unwichtigste Sache der Welt: “Nogaret lässt unsere Haupttore bewachen, aber doch sicher nicht die “Schandpforte“!”
Im nächsten Augenblick waren die vier auf dem Weg dorthin: Der Küchenmeister sollte Recht haben. Die kleine Tür, durch die aus der Gemeinschaft verstoßene Mönche hinausgelassen wurden, war unbewacht. Die Hände des Priors zitterten vor Freude, als er die Pforte öffnete und Jocelin auf die menschenleere Straße hinauswies. Er dankte Gott inbrünstig für die Befreiung aus der Gefahr. Und das würden alle tun, außer vielleicht dem jungen Novizen, der dem Abenteuer enttäuscht nachschaute.

Es war schon Abend, als die Waffenknechte Jaques de Molay aus dem Verlies holten.

Seit man den Meister vor acht Tagen in die Burg von Corbeil gebracht hatte, sah er das erste Mal wieder menschliche Gesichter. Zuvor waren nur Stimmen zu ihm geklungen: die rauen Befehle der Wächter und die Schreie derer, die man mit ihm hierher gebracht hatte.

Die Schreie der Gefolterten...

Molays Seele befand sich in einem Taumel von Angst und verzweifeltem Aufbegehren. Als er jetzt vor Guillaume de Nogaret stand, war er entschlossen, zu kämpfen.

Er erwartete ein Verhör, doch der Königliche Siegelbewahrer hatte ihn im Audienzsaal vorführen lassen. Mit einer leutseligen Geste begrüßte er den Meister: „Euer Eminenz, Sire de Molay, es tut mir aufrichtig leid, dass wir uns unter solchen Umständen wiedersehen..."

„Ihr habt mich und meine Brüder verhaften lassen!" Für einen Augenblick war er wieder der stolze Souverän, der über ein glänzendes Heer gebot. „Ich weiß nicht, was Ihr mit dieser Frechheit bezweckt, Nogaret, aber wenn Ihr noch nicht exkommuniziert wäret, würde Euch das den Bann einbringen!"

„Geht nicht so leichtfertig mit kirchlichen Strafen um, Sire, das rate ich Euch! - Im Übrigen tut Ihr mir unrecht. Ich habe nur die Befehle unseres Herrn Königs ausgeführt. Und Seine Majestät war sehr entsetzt darüber, welcher Unflat der Ketzerei sich des Ordens der Templer bemächtigt hat!" Nogarets Stimme hob sich. „Eine Ketzerei, wie man sie seit den Katharern nicht mehr gehört hat!"

„Das ist absoluter Unsinn! Altweibergeschwätz!"

„Altweibergeschwätz?! Vierhundert Brüder bisher haben unter Tränen der Reue bekannt!"

Nogaret lehnte sich zurück und weidete sich daran, wie Molays stolzes Wesen zu einem erschrockenen, verwirrten Häuflein zusammenschmolz.

„Ja, Meister des Tempels, deine edlen Brüder haben fast alle gestanden!" warf er seinem Gegenüber in Gedanken an den Kopf. „Wenn auch nicht immer ganz freiwillig... Und du wirst ebenso gestehen, wenn dich Inquisitor Imbert dann befragt, dafür werde ich schon sorgen!"

In einem schwachen Versuch, wieder Boden unter den Füßen zu gewinnen, sagte Jaques de Molay: „Sie haben gelogen. Dafür sollen sie aus dem Orden ausgestoßen werden!“
„Sie haben um das Heil ihrer Seele willen gestanden! Nun, da sie sich in der sicheren Obhut seiner Majestät befanden, wagten sie zu offenbaren, wozu man sie bei ihrer Profess verpflichtet hatte! Das Kreuz anzuspucken und Christus zu verleugnen, die Sodomie zu treiben und Götzen anzubeten!“
„Nichts davon ist wahr!“
Guillaume de Nogaret lächelte mitleidig.
„Ich zweifle nicht an Eurer Aufrichtigkeit, Sire de Molay. Aber... konntet Ihr alles wissen, was in den einzelnen Häusern Eures Ordens vor sich ging?“
„Ich verbürge mich für meine Brüder!“
„Die heilige Inquisition hat sie für schuldig schwerer Verbrechen befunden!“
„Darüber kann nur der Papst entscheiden!“
Guillaume de Nogaret stimmte zu, in die Rolle des helfenden Beraters schlüpfend: „Aber Seine Heiligkeit Clemens wird den Orden der Templer hiernach...“ Er klopfte auf den Stapel der vor ihm liegenden Geständnisse, „zweifellos aufheben, und dies umso sicherer, wenn der Meister hartnäckig an seinen Irrtümern festhält.“
„Was für Irrtümer?“ fuhr Jacques de Molay dazwischen, aber Nogaret überging die Frage und sprach in leisem, beschwörendem Ton: „Ich sage Euch, Sire, die einzige Möglichkeit, den Orden zu retten - und das wollt Ihr doch, oder? - ist, dass Ihr bekennt! Geht, legt ein vollständiges Geständnis ab und lasst Euch rekonziliarisieren! Dann wird der Papst an Euren Willen zu Besserung und Reform glauben und den Orden nicht aufheben!“
„Wie kann ich das? Wie kann ich eine solch abscheuliche Verleumdung mit meinem Eid bestätigen?“
Guillaume de Nogaret legte dem Meister vertraulich die Hand auf die Schulter.
„Wollt Ihr den Orden retten oder nicht? Dann befolgt meinen Rat! Zögert nicht! Ich meine es gut mit Euch! Es ist nur eine Formalität, nichts weiter…“
Inquisitor Imbert sah dem Verhör des Meisters in gesammelter Ruhe entgegen. Er hatte es sich persönlich vorbehalten und lange um die

Gnade gefleht, Gott möge Jacques de Molay ohne Folter zum Bekenntnis bewegen. Aber sollte es nicht so sein… Das Herz des Inquisitors war von aufrichtiger Liebe für die Menschen erfüllt. Und gerade diese Liebe war es, um deretwillen er die Folter befahl.
Denn was bedeuteten die Qualen des Körpers im Vergleich zu den Leiden einer Seele in den Fängen des Teufels?
Jahrelange Erfahrung ließ Imbert sofort die Unsicherheit und Angst erkennen, die Jacques de Molay zu verbergen suchte. Der Inquisitor atmete auf. Normalerweise versprach dieses Verhalten ein rasches und unkompliziertes Geständnis. Er begann mit der Verlesung der Anklagepunkte, dann ließ er den Meister auf die Evangelien schwören. Nach einer Erinnerung an das Jüngste Gericht stellte er die erste Frage: „Wann seid Ihr in den Orden aufgenommen worden?“
„Es ist 42 Jahre her, dass man mir in der Komturei von Beaune den weißen Mantel verliehen hat.“
„Wer hat Euch aufgenommen?“
„Bruder Humbert de Pairaud. Und viele andere Brüder waren anwesend, die unterdessen gestorben sind. Auch der edle Ritter Amaury de la Roche, ein Freund unseres verehrten König Louis, war da...“
Guillaume Imbert übersah den etwas seltsamen Fakt der Anwesenheit des Freundes eines heiliggesprochenen Königs bei einer so schändlichen Zeremonie, wie die Aufnahme in den Templerorden es sein sollte.
„Wie seid Ihr aufgenommen worden?“
„Man hat mir die Statuten und die Regeln für das Leben im Konvent vorgelesen. Ich legte die Profess ab, und dann gab man mir den Mantel.“
„Danach hat man Euch ein Kreuz gezeigt und Euch aufgefordert, unseren Erlöser Jesus Christus zu verleugnen und dreimal auf das Kreuz zu spucken?“
Jacques de Molay zögerte.
Dann sagte er mit leiser, fast unhörbarer Stimme: „Ja…“ Um seine Worte abzumildern fügte er hinzu: „Aber ich habe nur einmal gespuckt...“ Vielleicht war es weniger schlimm, wenn er die heilige Zahl vermied?
„Einmal?“ wiederholte der Inquisitor.

„Ja. Und ich habe Christus nur mit dem Mund verleugnet, nicht mit dem Herzen!“

Im Lauf des Verhörs bekannte Jacques de Molay alle weiteren Vorwürfe, voller Reue, wie Guillaume Imbert meinte. Aber es war eher die Abscheu vor dem, was er gestand, die Molay den Kopf senken ließ. Der Inquisitor freute sich schon seines Triumphes über die Kräfte des Bösen, als er die letzte Frage stellte: „Als Ihr die Keuschheit verspracht, hat man Euch da empfohlen, Euch mit Euren Brüdern fleischlich zu vereinen nach dem Brauch des Ordens und eine entsprechende Aufforderung nie abzulehnen?“

Jetzt hob Jacques de Molay den Kopf. Das war ganz einfach zuviel, das KONNTE er unmöglich gestehen! „Nein, man hat mir weder eine so abscheuliche Sünde befohlen, noch habe ich sie jemals begangen!“

„Sire, überlegt gut, was Ihr sagt!“

„Es gibt nichts zu überlegen! Das ist die Wahrheit!“

Ein Augenblick ging in drückender Stille vorüber.

„Weshalb leugnet Ihr? Wisst Ihr nicht, dass dies völlig sinnlos ist? Wir haben die Aussagen Eures Knappen, von Euch in einer einzigen Nacht zweimal missbraucht worden zu sein! Wir haben das Geständnis eines Ritters, der behauptet, mit Euch aufgenommen worden zu sein! Wir haben Berichte, dass Ihr diese Sünde in allen Häusern des Ordens für gut und notwendig erklärt habt! Warum also wollt Ihr Euch jetzt Schaden zufügen, indem Ihr leugnet?“

Als Jacques de Molay schwieg, sprach der Inquisitor weiter: „Ihr wisst, dass man hartnäckige Ketzer der peinlichen Befragung unterzieht?“

„Ich bin kein Ketzer!“ wollte Meister Jacques protestieren, aber seine eigenen Worte sprachen gegen ihn.

Er hatte gestanden, und jede anderslautende Aussage stempelte ihn zum Relapsus, für den es nur eine Strafe gab: den Feuertod.

Die Peitsche sauste nieder und hinterließ einen weiteren blutigen Striemen auf dem Rücken des Gefangenen.

Die ungerührte Stimme des Inquisitors folgte: „Gesteht Ihr?“

„Ich glaube... an Gott, den Vater... den Allmächtigen...“

Es war die gleiche Frage und die gleiche Antwort wie stets zuvor. Achtmal hatte man Komtur Robert in den vergangenen Tagen verhört, fünfmal unter der Folter, und alles, was er stets von sich gab, war das Glaubensbekenntnis. Imbert hatte ihn in eine Einzelzelle verlegen lassen. Solche Unbeugsamkeit war ein zu gefährliches Beispiel für die übrigen Gefangenen. Der Folterknecht holte erneut aus. Robert sah das Gesicht des Dominikaners zu gräulichem Nebel zerfließen. Er würde das Bewusstsein verlieren... Man würde ihm einen Kübel Wasser über den Kopf schütten, dann würde es von vorn beginnen... Robert hatte das Gefühl, dass sich keine heile Stelle mehr an seinem Körper befand. Alles schien eine einzige brennende, schmerzende Wunde zu sein. Nach der ersten Befragung hatte er seine Tunika zerrissen um sorgsam die Verletzungen zu verbinden. Das hatte er längst aufgegeben. Sein Gewand war so schmutzig wie seine Zelle, und wenn ihn die Folterknechte nach Beendigung des Verhörs hineinstießen, blieb er einfach liegen...

Die Peitsche hatte die stickige Luft zerteilt ohne die Haut des Gefangenen zu berühren.

„... an Jesus Christus, seinen eingeborenen Sohn..."

Komtur Robert öffnete die Augen. Inquisitor Guillaume Imbert war eingetreten. Er hatte dem Folterknecht mit einer Handbewegung Einhalt geboten. Nun wechselte er einige eilige Worte mit seinem Ordensbruder. Dann wandte er sich Robert zu. Der Komtur suchte sich aufzurichten und vergaß dabei seine verbrannten Füße. Mit einem Stöhnen sank er wieder zusammen, aufrecht gehalten nur von den am Gewölbe angeschlossenen Fesseln.

Imbert blickte ihn an. Sein breites Gesicht bekam einen fast kindlichen Ausdruck.

„Ihr leidet sehr, wie ich sehe", sagte er. „Aber Ihr selbst seid es, der Euch diese Qualen zufügt! Legt Euer Bekenntnis ab - nein, Ihr seid schwach, es genügt, wenn Ihr die Artikel unterzeichnet - und man wird Euch baden, Eure Wunden versorgen, Speise und Trank und ein gutes Quartier geben!"

Komtur Robert erwiderte den Blick des Inquisitors mit der ganzen Verachtung, deren er noch fähig war. „Ich will den Orden verteidigen!"

„Warum seid Ihr so verstockt? Euer Leugnen hilft Euch nicht. Mir liegen die Aussagen eines Mannes vor, der von Euch in den Orden aufgenommen wurde; Eure Verbrechen sind bekannt. Ihr habt die Novizen Christus verleugnen lassen, nicht wahr? Wir wissen alles,

was Ihr getan habt! Euer Leugnen ist zwecklos! Auch Euer Meister hat alle Verbrechen gestanden..."
Robert stieß ein Lachen aus, das die Anwesenden erschauern ließ.
„Ein großer Erfolg, nicht wahr?! Was habt ihr mit ihm gemacht? Ihn über dem Feuer aufgehangen? Auf die Wippe gespannt? Ausgepeitscht?"
„O nein, dessen bedurfte es nicht. Er hat absolut freiwillig gestanden, ohne jeden Zwang. Ihr habt keine Hilfe von Eurem Meister zu erwarten, noch von sonst jemandem Eurer Kommandeure! Sie alle haben die Verbrechen des Ordens eingestanden!"
Einen Moment lang schien Komtur Roberts Widerstand gebrochen.
Guillaume Imbert glaubte sein Gefecht gewonnen.
Da sagte Robert mit lauter Stimme: "Unsere Hilfe... ist im Namen des Herrn!"

Nach einer ermüdenden Wanderung entlang der abgeernteten Felder und armseliger Dörfer erreichte Jocelin eines späten Nachmittags den Weiher von Rambouillet. Er beschloss, sich in einer Scheune ein Nachtquartier zu suchen. Die Menschenmenge, die sich am Brunnen versammelt hatte, lenkte jedoch zunächst sein Interesse auf sich. In ihrer Mitte saß ein Lautenspieler, bekleidet mit ehemals wohl prächtigen bunten, jetzt aber zerschlissenen Gewändern, eine Narrenkappe auf dem Kopf. Er sang: „Wisst ihr es nicht, Leute, wisst ihr es nicht? Gekommen ist die Stunde des Gerichts! Gekommen sind die Tage des Übels und der Klage!“

Wortreich schilderte er die Schrecken der Apokalypse, die Qualen der Verdammten und das Zittern der Seelen auf der Waage des Erzengels Michael. Schon lösten sich die ersten Gestalten aus den Reihen der Zuschauer. „Gekommen ist die Stunde der Versuchung! Gebt Acht, Leute, gebt Acht!“

Der Gaukler entlockte seinem Instrument einen schaurigen Ton. „Denn der Weg zur Verdammnis ist breit, wie unser Heiland lehrt. Und viele sind‘s die auf ihm gehn! Denn es verführet sie der Antichrist, der das Szepter hält! Schön wie ein Engel ist er wohl, doch falsch und bös‘ sein Herz!“

An dieser Stelle unterbrach er seinen Gesang, zog eine Münze aus dem Beutel und zeigte sie: „Seht ihr, wie sie glänzt? Aber ihr täuscht euch, wenn ihr meint, es sei gutes, reines Silber! Schön ist nur die Schale, darinnen ist billiges Kupfer! Genauso ist es mit dem Antichrist! Darum seid wachsam... Denn er wird wenden was gut war und heilig und rein, in Falschheit und Lüge und Schein...“

Immer geringer wurde die Zahl der Zuhörer, bis der Sänger mit einem resignierten Kopfschütteln verstummte.

„Ja, die Leute wollen keine traurigen Lieder“, sagte er zu Jocelin gewandt. „Wie sie auch keine Predigten über das Ende der Welt hören wollen, nicht wahr, Mönch? Die Leute wollen was Lustiges in diesem Tal der Tränen...“

„Du glaubst wirklich, dass die Zeit des Gerichts gekommen ist?“

„Kennst du die Schrift nicht besser als ich, Mönch? Ich singe, was ich sehe... Und ich sehe das Heilige Land in den Händen der Ungläubigen, die Fürsten Krieg gegeneinander führen, anstatt gegen die Feinde Gottes. Ich sehe einen König, der das Oberhaupt der

Christenheit wie einen Strauchdieb gefangen setzte und den neuen Papst tanzen lässt wie eine hölzerne Puppe." Er machte die entsprechenden Bewegungen.
„Du kommst viel herum?“ wagte Jocelin vorsichtig zu fragen. „Das kann man sagen!“
Jocelin vergewisserte sich, dass niemand sonst seine Worte hören würde, dann fuhr er fort: „Weißt du etwas über die Sache mit den Templerbrüdern?“
„Ah...“ Der Gaukler zog eine Grimasse, als wolle er sein Gegenüber daran erinnern, dass er nicht ernst zu nehmen sei. „Was soll ich wissen, mein guter Bruder, he? Der König und die Inquisition halten ihre Hände darüber, und Kerkermauern sind stumme Zeugen!“ Dann neigte er sich vor und sagte: „Du stellst gefährliche Fragen, Mönch! Bist du am Ende ein Spitzel des Königs? Dann wisse, ich bin ein Narr und Narrenworte sind Rauch im Wind!“ Er lachte.
„Aber sind wir nicht alle Narren in dieser Zeit? Der eine spielt seine Rolle freiwillig, und der andere, weil ein Schwert auf seine Kehle gerichtet ist! Ich war im päpstlichen Palais, als der Heilige Vater einen Brief unseres heiligen“, er faltete fromm die Hände, “...Herrn Königs erhielt. Seine Majestät forderte einen regelrechten Kreuzzug gegen den Tempel und drohte Clemens selbst mit einer Anklage wegen Häresie. Die italienischen Kardinäle waren außer sich vor Empörung. Die französische Partei pochte auf die Rechte Philipps als Verteidiger des Glaubens. Fast hätten sie sich eine Schlacht geliefert! Clemens verlangte totenbleich nach seinem Leibarzt. Oh, nicht einmal meine besten Späße konnten ihn wieder aufmuntern! Er sah mich an und sagte: Ich beneide dich um deine Narrenschellen, sie sind die einzige Antwort auf diese Welt des Wahnsinns...“
„Bist du noch immer am Hof des Papstes?“
„Wenn ich es wäre, säße ich dann in diesem gottverlassenen Dorf?! Meine Zunge war einigen Kardinälen wohl zu frech, das verursachte ein ungesundes Klima... Und so bin ich gegangen! - Und du, Mönch?“ Er musterte Jocelins Statur, die mehr Übung im Waffenhandwerk verriet als im Bücherschreiben, seine unrasierten Wangen und das Bündel über der Schulter. „Aus welchem Kloster hast du dich davongemacht?“
„Ich war in Paris zum Studium. „
„Ach, erzähl‘ mir nichts! Aber ich verstehe dich! Ich war zwei Jahre

in Cluny, und mehr als Fressen und Saufen hab ich dort nicht gelernt! Ein Sündenpfuhl, der allein Gott wohl zum Gericht reizte! Und bei den Templern wird's nicht viel anders gewesen sein! In allen Schenken erzählt man sich ihre Schandtaten!"
Der Gaukler zupfte an den Saiten seines Instruments und rief laut genug, dass die Leute in den Häusern ihn hören konnten: „He, he, ich singe euch ein Lied über die Geheimnisse des Tempels! Kommt Leute, kommt und hört!"
Ein paar Türen öffneten sich.
Die jungen Burschen waren die ersten, die sich wieder um den Gaukler scharten.
„Kommt, ja kommt! Und vergesst den Silberling für den armen Sänger nicht! Ich will euch singen eine gräuliche Geschicht' ! - Weiße Mäntel trugen sie, doch drunter war'n sie schwarz von Sünde, Keuschheit und Armut schworen sie, doch hört, was ich euch künde!"
Jocelin zog sich zurück. Die gleiche Verzweiflung, Angst und Wut wie bei der Anklageverlesung erfasste ihn. Und es waren auch die gleichen Menschen, gierig nach Abscheulichkeiten, entsetzt, aber jedes Wort genüsslich aufsaugend. Sie glaubten die monströsen Gerüchte, wie sie den Wundertaten der Heiligen glaubten.

Guillaume de Nogaret legte die Akten zur Seite. Im untersten Fach seines Schrankes betätigte er einen kleinen Hebel und zog eine Geheimschublade heraus. Ein Medaillon lag darin, alt, beschlagen, unscheinbar, mit einem fremdartigen Symbol, dessen Bedeutung der Siegelbewahrer längst vergessen hatte. Seine, Bedeutung, ja, nicht aber den Mann, der es getragen hatte. Zärtlich strich er über das Metall. Morgen würde er seiner Rache wieder ein Stück näher kommen... Morgen würde Jacques de Molay sein kostbares Geständnis vor der Universität wiederholen...

Der große Saal der Pariser Universität war bis auf den letzten Platz gefüllt. Die Studenten aller Klassen waren mit ihren Doktoren erschienen, die Kleriker von Notre-Dame, der Bischof von Paris mit seinem Gefolge. Die Gesandten der Dominikaner und Franziskaner drängten sich auf den vordersten Bänken. Der Erzbischof von Sens hatte das Erscheinen mit der Begründung abgelehnt, seine priester-

lichen Pflichten ließen ihm keine Zeit.
„Der König wird nicht sehr erfreut sein, wenn er vom Fernbleiben seiner Eminenz erfährt", meinte Enguerrand de Marigny zu seinem Bruder, einem farblosen Mann im Bischofsornat.
„Gewiss! Ich habe gehört, dass Seine Majestät in letzter Zeit ohnehin etwas verstimmt über ihn war. Da ist es doch gut möglich, dass er sich bald nach einem neuen Erzbischof umsieht."
Der Finanzminister lächelte verstohlen. Der Ehrgeiz seines kleinen Bruders kannte keine Grenzen. Seit dem Tag, an dem ihn der Vater zum geistlichen Stand bestimmt hatte, tat er nichts anderes als nach lukrativen Pfründen Ausschau zu halten! Unliebsamer Konkurrenten pflegte er sich mit Verleumdungen, Bestechungen und nicht zuletzt Mord zu entledigen. Bis jetzt hatte er es damit bis zum Bischof von Cambrai gebracht. Enguerrand, der sich seinen Aufstieg bei Hofe mit ähnlichen Mitteln erkämpft hatte, empfand eine Art Stolz für seinen gelehrigen Bruder. Wenn er auch zugeben musste, dass Philipp wenig geeignet für das Priesteramt war. Der Prozess gegen den Templerorden war zweifellos eine gute - und wahrscheinlich auch die einzige - Gelegenheit, ihn auf einen Erzbischofsthron zu heben...
Eskortiert von einer Abteilung königlicher Söldner wurden in diesem Moment die Gefangenen in den Saal geführt: Jacques de Molay, der Komtur der Normandie Godefrois de Charny und fünf weitere Ritter. Man war darauf bedacht gewesen, sie in einem ordentlichen Zustand zu präsentieren.
Dem aufmerksamen Beobachter entgingen dennoch weder die von Erschöpfung gezeichneten Gesichter noch die Verbände, die bei jeder Bewegung sichtbar wurden. Manche der Anwesenden kannten die Gefangenen persönlich und zeigten Betroffenheit. Unter ihnen der Gesandte des aragonesischen Hofes. Er schätzte Jacques de Molay, und er wusste um die unentbehrlichen Dienste der Templer in Aragon. Ohne ihre Hilfe wäre das Königreich mehr als einmal von den Sarazenen überrannt worden. Er schenkte der Anklage keinen Glauben, sondern hielt alles für einen perfiden Schachzug des französischen Königs, Gold in die Finger zu bekommen. Der schöne Philipp hatte die Juden erpresst und die Lombarden ausgenommen, und nun war der Tempel an der Reihe!
Guillaume de Nogaret trat an den Pult. Die Magister der

Rechtsfakultät riefen ihre Studenten zur Aufmerksamkeit. Es war eine brillante Darstellung, die Nogaret entrollte.
Von der Göttlichkeit des Rechts griff er aus auf die Pflichten der Kirche und die Pflichten der weltlichen Herrscher, schilderte die Gefahr der Häresie für die göttliche Weltordnung um schließlich den Orden der Templer mit Worten zu zermalmen.
Einige Studenten klatschten Beifall. Der aragonesische Gesandte drehte sich angewidert zur Seite.
„Wie kann ein König sich nur mit solchen Emporkömmlingen wie diesem Nogaret umgeben?“ dachte er. „Er tritt alles mit Füßen, was althergebrachtes Recht ist!”
Sein Blick blieb an Esquieu de Floyran hängen, der ihm gegenüber an der Wand lehnte. Der Gesandte erinnerte sich, dass es derselbe dunkelhäutige Mann gewesen war, der vor knapp einem Jahr am Hofe von Aragon üble Gerüchte über die Templer feilgeboten hatte. Bei König Jayme war er auf taube Ohren gestoßen. Bei Seiner Majestät Philipp hatte er offenbar mehr Glück gehabt...
Eine Zeit des Schweigens folgte auf Nogarets Diskurs, der den Zuhörern wohl Gelegenheit geben sollte, sich die verabscheuungswürdigen Gestalten der Gefangenen einzuprägen. Einer der Templer brach ohnmächtig zusammen. Er wurde aus dem Saal geschleift, während Imberts Donnerstimme den Höhepunkt einleitete: die öffentliche Bestätigung der geleisteten Geständnisse. Er begann mit Jacques de Molay. Den Kopf tief gebeugt ließ der Meister die Lesung seiner Aussage über sich ergehen. Er hatte gestanden in der vollen Überzeugung, dass das Verfahren ohnehin unrechtmäßig und damit seine Aussage gegenstandslos sein würde, wenn der Papst die Angelegenheit erst übernahm, wie es seine Pflicht war. Nogaret hatte ihm versprochen, dass nach seinem Geständnis niemand mehr gefoltert werden würde, eine Audienz vor dem Papst und die Stellung von Prokuratoren. Nichts von alledem war geschehen. Alles was man von ihm wollte, war eine Wiederholung des schmachvollen Geständnisses!
„Ich kann es nicht... Ich kann unmöglich diese Lügen bestätigen...”
Er fühlte eine Hand auf der Schulter. Als er den Kopf wendete, sah er in Nogarets Augen.
„Ihr wisst, was mit Euch geschieht, wenn Ihr widerruft. Mit Euch und Euren Brüdern“, flüsterte der Siegelbewahrer. „Denkt daran.

Bestätigt Eure Aussage, so wie ich Euch geraten habe!"
Der Klang der Stimme bohrte sich wie eine glühende Klinge in den Kopf des Meisters. Nogaret schob ihn nach vorn, die Hand noch immer auf seiner Schulter und fragte:
„Sire de Molay, habt Ihr in einem Punkt Eurer Aussage gelogen oder die Wahrheit verschleiert, aus Furcht vor dem Kerker oder der Folter?"
Schweigen herrschte im Saal.
„Nein..." sagte Jacques de Molay dann kaum hörbar. „Ich habe die ganze Wahrheit gesagt..."
Jenen unter den Zuhörern, die bisher an der Schuld der Templer gezweifelt hatten, war das Entsetzen anzusehen. Die bereits Überzeugten nickten einander vielsagend zu. Der aragonesische Gesandte verließ den Saal. Er war nicht gewillt, einer solchen Würdelosigkeit noch länger beizuwohnen.
„Eure Verbrechen und die Eures unseligen Ordens sind groß, aber Gottes Gnade hat Euch zur Reue geführt!" sagte Imbert. „Danken wir dem Herrn für seine Barmherzigkeit! Doch zu unserem Bedauern gibt es noch immer einige Brüder, die sich der Liebe unserer Mutter Kirche für ihre verirrten Schafe verschließen, die an ihrem abscheulichen Aberglauben festhalten! Wir bitten Euch daher, Sire de Molay, bei Eurer Autorität als Meister, ruft diese Brüder auf, ihr Geständnis abzulegen!"
Er hielt Jacques de Molay Pergament und Schreibfeder entgegen. Der Meister verharrte regungslos. Die Verantwortung für seine eigene Aussage war er bereit zu tragen, aber für die Geständnisse all seiner Brüder? Durfte er ihnen eine solche Sünde befehlen? Aber, andererseits, durfte er zulassen, dass sie litten und starben ohne den Trost der Sakramente? Mit zitternder Hand schrieb der Meister den Befehl an alle gefangenen Templer, unverzüglich zu gestehen und drückte sein Siegel darunter.
Godefrois de Charny, Provinzmeister der Normandie, sah es voller Verzweiflung. Er selbst hatte alle Anklagepunkte unter der Folter gestanden und war entschlossen gewesen, öffentlich zu widerrufen. Doch nun? In seiner Profess hatte er sich verpflichtet, dem Meister zu gehorchen, was auch immer dieser verlangen mochte… Als die Reihe an ihn kam, seine Aussage zu bestätigen, setzte Godefrois de Charny laut hinzu: „Und ich flehe Gott, der alles weiß, und seinen

Vikar auf Erden, Seine Heiligkeit Clemens V. an, mir und allen, die uns folgen werden zu vergeben!“
Niemand ahnte, dass es Godefrois um eine ganz andere Schuld als die der Anklagepunkte ging.

Schon seit einigen Tagen begnügten sich die Kerkermeister des Louvre damit, ihre geschwächten Gefangenen in Ketten zu legen, ohne sie an der Mauer anzuschließen.
Mühsam tastete sich ein Servient zu Pietro di Bologna.
„Vater Pietro, ich will beichten! Ich bin ein Sünder, ein elender Sünder!“
„Gott ist den zerknirschten Herzen nahe, und er errettet die Demütigen!“ suchte Pietro di Bologna zu trösten.
„Er wird mich verdammen, Vater! Ich habe gelogen! Ich habe meine Brüder verleumdet! Ich habe gestanden, was sie von mir wollten!“ stieß der Servient hervor. „Ich wollte es Komtur Robert heimzahlen, weil er mir damals für drei Tage das Ordensgewand genommen hatte! Ich fühlte mich ungerecht behandelt, aber er hatte recht! Ich hätte den Sattel nicht einfach nehmen dürfen, ohne zu fragen! Ich wusste es und habe es trotzdem getan! Und jetzt habe ich ihn verleumdet! Ich habe gesagt, dass er mich aufs Kreuz spucken ließ!“
„Wir sind schwach nach unserem Fleisch, Bruder. Gott hat es so gewollt, um uns seine Barmherzigkeit umso reicher zu schenken. Wir haben alle gesündigt, denn wir haben alle die Verleumdungen der Inquisition gestanden, auch ich, Bruder.“ antwortete Pietro dem Verzweifelten. „Aber der Heilige Vater wird uns freisprechen!“
„Wie viele werden dann von uns noch am Leben sein?“ ließ sich eine Stimme vernehmen. „Denkt an Bruder Guido, der sich erhängt hat, und die zwei Brüder, die schon unter der Folter gestorben sind!“
Der Servient ergriff Pietro di Bolognas Arme und rief: „Ich werde vielleicht nicht lang genug leben für die Gnade des Papstes! Sprecht mich frei, ich flehe Euch an! Ich kann den Teufel schon sehen, er lauert auf mich!“
„Habt keine Angst! Christus hat den Teufel besiegt! In seinem Namen löse ich Euch von Euren Sünden!“

Der Pfad war vom Regen ausgespült und steinig. Jocelin wanderte seit dem frühen Morgen durch den Wald. Bisher war er keinem

Menschen begegnet. Ein Schwarm Krähen begleitete ihn und im Dickicht raschelten die Läufe flinker Tiere. Ein hoher pfeifender Ton ließ ihn aufhorchen. Vielleicht ein Tier, dass sich in einer Falle verfangen hat? Er hatte schon tagelang nichts Rechtes mehr gegessen. Wieder erklang das ängstliche Pfeifen.
Es kam linker Hand aus dem Unterholz. Jocelin bahnte sich einen Weg durch das halbvertrocknete Gestrüpp. Tatsächlich! Unter den aufragenden Wurzeln eines gestürzten Baumes duckte sich ein Hase, den linken Hinterlauf von einer primitiven Schlinge festgehalten. Der Ordensbruder streckte die Hand nach dem Tier aus …
„Ich lasse mich nicht bestehlen, und schon gar nicht von einem entlaufenen Mönch!“ Der unsichtbare Gegner hinter dem Dickicht ließ eine Klinge aufblitzen.
„Such das Weite, kleiner Mönch, das rat ich dir!“
Doch Jocelin war zu hungrig, den Hasen zu lassen. Blitzschnell drehte er sich um, bereit, seinen Gegner niederzuwerfen - vor ihm stand ein blonder junger Mann im Ordensgewand der Templer. Im ersten Augenblick wich der andere unsicher zurück, dann stürzte er auf Jocelin zu.
„Tut mir leid, jetzt kann ich dich nicht mehr laufen lassen!“ rief er. Nur knapp entging Jocelin der Klinge des Anderen.
„Haltet ein! Ich-” Jocelin blieb mit dem Fuß in einer Astgabel hängen. Er fiel. Sein Ordensbruder holte zum letzten Schlag aus.
„Ich bin Templer wie ihr!“
Die Klinge verhielt über Jocelins Hals. „Was?“
„Aus Provins!“
„In einer Mönchskutte? ! Du bist einer dieser Verfluchten, die sich zu Handlangern der Inquisition erniedrigen!“
„Nein! Ich fand Zuflucht in der Abtei von Saint-Germain-de-Près. Dort gab man mir die Kutte. - Glaubt mir, beim Kreuz Christi!”
„Wie seid Ihr entkommen?”
„Komtur Renalt hatte mich nach Paris gesandt, aber das Unwetter hatte die Brücke zerstört. Ich kam zu spät...”
Der Fremde senkte seine Klinge.
„Zu spät? Die himmlischen Heerscharen müssen Euch beschirmt haben! Ich bin geflohen, als man mich zum Verhör holte,” sagte er leise. Dann streckte er Jocelin die Hände entgegen und half ihm auf. „Bruder Louis von Etampes“, stellte er sich vor.

Jocelin umarmte seinen Ordensbruder mit Tränen in den Augen. Endlich war er nicht mehr allein!
Später, am Feuer, über dem der Hase briet, berichtete sein neuer Kamerad, was geschehen war.
„Die Leute des Grafen verhafteten uns im Morgengrauen und steckten uns in die Verliese unserer eigenen Komturei. Zuerst glaubten wir, dass alles ein Irrtum sei, der nur unser Haus in Etampes betraf... Dann begannen die Folterungen... Unserem Komtur haben sie die Beine gebrochen... Wir haben ihn schreien gehört, einen Tag lang. Dann war es plötzlich still..."
Louis atmete tief ein, unfähig weiter zu sprechen.
„Ich will versuchen, mich bis nach Orleans durchzuschlagen." fuhr er nach einer Weile fort. Meine Familie hat große Besitzungen dort. Vielleicht kann ich mich irgendwo verstecken..."
„Uns verkriechen. Ist das alles, was wir tun können?"
Jocelin stand auf. Sein Gesicht spiegelte den in ihm tobenden Kampf wider. Ein Kampf gegen seine eigene Angst und Verzweiflung, gegen eine bedrohliche, weglose Finsternis.
„Wir haben doch gelobt, niemals vor unseres Feinden zu fliehen, sondern uns ihnen zu stellen! Wir haben gelobt, unser Leben für unsere Brüder einzusetzen, wie Christus sich für uns dahingegeben hat! Wir werden uns nicht verkriechen wie Verbrecher, die das Licht fürchten!"
„Was wollt Ihr denn tun?"
„Wir... wir müssen unsere Brüder befreien! Wir müssen zum Papst, zu den Bischöfen! Sie haben uns die Privilegien gegeben, die jetzt mit Füßen getreten werden!"
„Wir laufen nur der Inquisition in die Arme!"
„Wir müssen etwas unternehmen, Bruder Louis! Sonst ist unser Orden tot! Getötet nicht durch die Inquisition, sondern durch uns selbst! Wir dürfen diese Verbrechen nicht geschehen lassen! Wir müssen unser Recht einfordern!"
Sein Mitbruder antwortete nicht sofort. Er hob den Bratspieß vom Feuer, wartete einen Moment, bis der Wind die größte Hitze genommen hatte. Dann schnitt er einen dicken Streifen Fleisch herunter und reichte ihn Jocelin.
„Nehmt! Wir werden Kraft brauchen, wenn wir unsere Brüder aus dem Kerker holen wollen!"

Inmitten einer schwatzenden Menge Landvolkes gingen die beiden Templer durch das Stadttor von Etampes. Bruder Louis zog nervös an seiner Kapuze. Jocelin hatte ihm einen Bauernkittel besorgt. Trotz dieser Verkleidung fürchtete Louis, erkannt zu werden.
Ein lauter Ruf scheuchte die Leute auf. „Der Graf! Zur Seite!“
Jocelin packte Louis am Arm und drückte sich gegen eine Hauswand, um den Pferdehufen zu entgehen. Ein Bauer versuchte hektisch, seine Gänse von der Straße zu treiben.
„Zur Seite!“ brüllte der Reiter erneut und hieb mit der Peitsche nach ein paar Bettlern. Dann ritt der Graf vorüber, eine stattliche Erscheinung in reichen Gewändern. In einigem Abstand folgte eine Abteilung Ritter mit dem gräflichen Wappen auf den Mänteln.
„Das sind fast alle seine Leute.“ flüsterte Bruder Louis. Jocelin blickte den Reitern nach. „Sie verlassen die Stadt!“
„Ja....Das heißt, dass nur noch ein gutes Dutzend seiner Männer in der Stadt sein werden... und die Truppe königlicher Söldner...- Lasst uns weitergehen, Jocelin!“ Er machte eine leichte Kopfbewegung zur anderen Straßenseite. Dort stand ein Mann in blaugefärbter Kutte und beobachtete sie. Als er merkte, dass man ihn entdeckt hatte, machte er sich eilig davon. Beunruhigt sah Bruder Louis sich mehrmals um, während sie ihren Weg fortsetzten. Aber der blaugewandete Mann tauchte nicht wieder auf.

Gleich einigen anderen, die ebenfalls das Markttreiben genießen wollten, setzten sich die beiden Flüchtlinge an den Brunnen. Vor ihnen erhob sich die Templerkomturei von Etampes.
Jocelin schätzte die Verteidigungskraft ab. Eine einfache Ringmauer. War der Graf erfahren, hatte er auf jedem der Flankentürme wenigstens einen Armbrustschützen postiert, ein paar Reservemänner auf dem Wehrgang. Der Großteil der königlichen Söldner würde im Burghof lagern. Hinter den Marktständen war das Vorwerk zu sehen. Auch dort waren mehrere Bewaffnete auf Posten. Jocelin dachte an die Belagerungen und Überfälle im Heiligen Land, von denen die älteren Brüder erzählt hatten. Vermutlich könnten sie es schaffen in die Burg einzudringen, doch irgendeiner der Wächter würde zweifellos Alarm schlagen und es käme zum Kampf. Bei einem gewöhnlichen Angriff mochte dies gleichgültig sein. Doch

Bruder Louis und er mussten mit etwa zwanzig geschwächten Gefangenen wieder hinaus. Es wäre unklug, die Burgbesatzung bereits zu Anfang auf sich aufmerksam zu machen...
Da leuchtete unerwartet der Zipfel eines tiefblauen Gewandes auf, nur wenige Schritt entfernt.
„Da ist er wieder!“ flüsterte Jocelin. Er befahl seinem Kameraden, am Brunnen zu warten und pirschte sich an den Fremden heran. Doch der bemerkte seinen Verfolger und ergriff die Flucht.
Jocelin rannte ihm nach. Über den Markt, dann in eine schmutzige Gasse. Hinter dem großen Rad einer Wassermühle bog der Mann ab und war verschwunden. Vorsichtig ging der Ordensbruder um das Schöpfrad herum und blieb stehen. Alles war ruhig. Doch nein, dort am Torbogen, bewegte sich da nicht etwas? Er wandte sich um, da traf ein Schlag seinen Kopf und es wurde dunkel um ihn.

Bruder Louis wurde unruhig. Es war bereits später Nachmittag und Jocelin noch immer nicht zurück. Hatte er etwas gefunden, was ihn aufhielt? Oder war ihm etwas zugestoßen? Die Leute begannen, neugierig zu starren. Wie lange mochte es dauern, bis einer der Markthändler ihn als verdächtig anzeigte? Seine Besorgnis wuchs. Schließlich brachte er es nicht länger fertig, untätig seiner eigenen Verhaftung entgegenzusehen, während sein Ordensbruder vielleicht seine Hilfe brauchte. Er machte sich auf die Suche. Zunächst im Handwerkerviertel, vorbei an den Werkstätten der Kupfer- und Goldschmiede, der Zinngießer und Dengler, bis hinunter an den Fluss, wo die Gerber und Färber arbeiteten. Dann ging er die angrenzende Gasse der Tuchhändler weiter. Einer der reich gewordenen Kaufleute ließ sich gerade ein neues Haus errichten. Zimmerer sägten an den Gerüstbalken, und ein Steinmetz war mit dem Türsturz beschäftigt. Louis hatte die Baustelle schon hinter sich gelassen, als ihm etwas auffiel. Er machte kehrt, aus den Augenwinkeln den Steinmetz beobachtend.
Jener hantierte mit einem Winkeleisen, wie es bei den Byzantinern und Arabern üblich war. Wie es die Handwerker des Tempels benutzten. Bruder Louis‘ Herz schlug schneller. Er trat an die Seite des Steinmetzes. „Du hast viel zu tun, was?“
„Hm“, machte der Handwerker, ohne aufzusehen.
„Aber du kannst dir dein Brot verdienen, wie es scheint! Du hast

gute Werkzeuge!“ wagte Louis einen Vorstoß.
„Hm.“
„So ein Winkeleisen habe ich noch nie gesehen. Hast du das von einer Reise mitgebracht?“
Jetzt sah der Steinmetz auf. „Du bist reichlich geschwätzig, Mann! Was interessiert dich so an meinem Winkeleisen? Ich hab‘ es und damit genug!“
Da Louis neben ihm stehenblieb, sagte er mit spürbarem Unwillen: „Hör‘ zu, wenn du Arbeit suchst, melde dich dort drüben! Aber steh‘ mir nicht länger im Licht!“
Der Ordensbruder schickte ein kurzes Gebet zu Gott und beschloss, dass Risiko einzugehen. Er hob die rechte Hand in Brusthöhe und machte das Zeichen, welches bei den schweigend eingenommenen Mahlzeiten im Konvent “Gib mir, Bruder“ bedeutete.
Die Haltung des Steinmetzes änderte sich nicht. Aber in seinem Gesicht spiegelte sich Überraschung. Er reichte Bruder Louis das Winkeleisen, der die Nadel so einstellte, dass sie in den Osten der Stadt wies, zur Komturei. Dann legte er das Messgerät auf den Türsturz.
Endlos scheinende Augenblicke vergingen. Dann zeichnete der Steinmetz die Form eines Kreuzes in den Staub. „Etampes?“ fragte er dabei flüsternd.
Bruder Louis nickte kaum merklich.
„Chalou“, flüsterte der Steinmetz seinerseits und deutete in die westliche Richtung. „Folge mir, aber langsam und unauffällig!“
Er sammelte seine Werkzeuge auf und verschwand in der Tür des angrenzenden Hauses. Kurz darauf nahm Bruder Louis denselben Weg. Er fand sich in dem überladenen Arbeitsraum eines Holzschnitzers wieder. Hinter einer halbfertigen Figur der Heiligen Jungfrau verbarg sich eine verhangene Türöffnung. Louis vergewisserte sich, dass sein Dolch griffbereit war, dann schob er den Vorhang zurück. Im nächsten Moment legte sich eine Hand auf seinen Mund, er wurde an den Armen gepackt, auf die Knie gestoßen. Kerzenlicht blendete ihn.
„Lasst ihn los! Ich kenne ihn. Es ist Louis, einer von den Ritterbrüdern!“
Die Kerze entfernte sich, und dahinter formte sich ein rundes Gesicht mit buschigen Brauen. Der Ingenieur der Komturei von

Etampes.
„Entschuldigt den rauen Empfang, Sire. Aber wir müssen vorsichtig sein. Überall treiben sich Spitzel der Inquisition herum!“
Louis stand auf, ein erleichtertes Lächeln auf den Lippen. „Ranulf! Gott sei gelobt! Wie viele seid ihr?“
„Vier“, antwortete der Ingenieur.
„Jedenfalls hier in der Stadt, soviel ich weiß. Ich hatte Glück. Als die königlichen Söldner die Komturei besetzten, war ich hier bei meinem Onkel, dem Schnitzer. Ihn“, er zeigte auf den Steinmetz, “traf ich am nächsten Morgen. Er kommt aus dem Haus von Chalou. Und dann noch zwei Arbeiter von den Landgütern. - Aber Euch habe ich in Ketten gesehen, Sire. Wie kommt es, dass Ihr hier seid?“
Misstrauen schwang in seiner Stimme mit. War Louis um den Preis seiner Freiheit zum Handlanger der Inquisition geworden?
„Ich konnte fliehen. Aber die Leute des Grafen sind hinter mir her. Ich...“ Ein Geräusch unterbrach Louis. Er fuhr herum und erstarrte. Selbst in dem schwachen Licht leuchtete die blaue Kutte des Ankömmlings. Einen Augenblick zu spät zuckte Louis Hand zu seinem Dolch. Der Blaugewandete warf sich auf ihn.
„Guy, er ist einer von uns!“
Verwundert hörte Louis, dass Ranulf seinen Angreifer kannte.
„Ein Templer?“ zweifelte der Mann in der blauen Kutte und musterte Louis. „Ja. Bruder Louis, aus unserer Komturei.“
„Aber ich habe ihn zusammen gesehen mit dieser Inquisitorenratte, die ich heute Nachmittag erwischt habe!“
Louis überkam eine böse Ahnung. Inquisitorenratte?!
„Trug der Mann, von dem du redest, eine schwarze Mönchskutte?“
„Da seht ihr es! Er weiß genau, wovon ich rede! Haltet ihn fest!“
„Nein!“ wehrte Louis ab. „Hört mir zu...“

Jocelin erwachte. Noch undeutlich gewahrte er eine Bretterwand über sich. Langsam stützte er sich hoch. Es war hell, also noch Tag. Oder schon wieder? Wie viel Zeit war vergangen? Und wo war er? Die Decke des Raumes war so niedrig, dass er sich nicht völlig aufrichten konnte. Wie sie bestanden auch die Wände aus Holzbrettern. Nur der Teil, an dem er lehnte, war aus Stein. In einer Ecke lagerte Reisig. Nun, zumindest war das nicht der Kerker der Komturei, und wohl auch nicht das Gefängnis der Stadt. Jocelin griff an seine Seite. Das Schwert hatten sie ihm abgenommen, natürlich. Kurz zog er in Erwägung, dass es vielleicht gar nicht Häscher der Inquisition waren, die ihn überfallen hatten. Doch nein, gewöhnliche Räuber hätten sich nicht die Mühe gemacht, ihn einzusperren! Von draußen klang Wasserplätschern und das eigentümliche Knirschen nassen Holzes. Ah, ja, er war an einer Wassermühle gewesen. Auf den Knien rutschend untersuchte er Boden und Wände seines Gefängnisses. Die Bretter waren dicht und fest aneinandergefügt. Über der Mauer entdeckte er schließlich einen Ritz, der eine Luke verriet.

Er atmete tief ein, um die Schmerzen in seinem Kopf zu verdrängen und stemmte sich dagegen. Die Klappe bewegte sich nicht. Nach dem vierten Versuch gab er erschöpft auf. Es musste einen anderen Ausweg geben. ..

Plötzlich hörte er Schritte und ein schleifendes Geräusch. Eilig zog er sich in die Ecke hinter das Reisig zurück, bereit, sich auf den Ersten, der sich näherte, zu stürzen.

Die Luke wurde aufgerissen. Ein Paar Beine streckten sich hinunter, dann erschien ein wohlbekannter blonder Haarschopf.

„Mein Gott, Louis! Sie haben auch Louis!"

Doch sein Ordensbruder stieg nicht hinab, sondern streckte ihm die Hand entgegen.

Kurz darauf machte er die Bekanntschaft der vier Ordensbrüder. Guy, der Landarbeiter in blauer Kutte, überreichte ihm sein Schwert.

„Ihr seid also der Bruder aus Provins! Ich hielt Euch für einen Spitzel der Inquisition, Sire!" entschuldigte er sich mit einem schiefen Lächeln.

„Ein sicherer Platz ist hier nicht gerade für Euch", meinte Ranulf und streifte Louis mit einem Blick. „Und für ihn noch viel weniger! Weshalb wagt ihr euch in diese Gefahr?"

„Wir sind hier, um unsere Brüder aus dem Kerker zu befreien. Wenn ihr uns helfen wollt...?"

Die Servienten sahen einander an.

Nach einer Weile schüttelte der Steinmetz heftig den Kopf.

„Ich mache nicht mit", erklärte er. „Ich bin am Leben. Ich bin frei. Ich habe eine Arbeit, um nicht zu verhungern. Warum soll ich das alles aufs Spiel setzen?"

Louis erinnerte ihn beinahe zornig an die Leiden der gefangenen

Ordensbrüder.
„Es sind nicht meine Brüder!" Mit lauter Stimme und geballten Fäusten suchte der Steinmetz, die Scham über seine Furcht zu verbergen. „Ich habe für den Orden gearbeitet, und der Orden hat mich bezahlt! Ich schulde ihm nichts!" Er drehte sich um und verließ die Brüder.
Louis wollte ihm nach, aber Jocelin hielt ihn zurück. „Lasst ihn gehen! Sein Gewissen wird ihn genug verfolgen und quälen."
Die beiden Landarbeiter glaubten eine Gelegenheit gekommen, ihren Mut zu beweisen und erklärten ihre Gefolgschaft. Dann willigte auch Ranulf ein.
„Aber wie wollt ihr es anstellen, Sires? Der Graf lässt die Komturei doch streng bewachen!"
„Es ist weniger gefährlich, als ihr meint. Er hat einen Großteil seiner Männer auf die Landgüter mitgenommen."

Bruder Pietro!“ Ein Servient rüttelte den Kaplan an der Schulter.

„Kommt schnell, es ist Bernard!“

Pietro di Bologna folgte ihm zu dem Ort, an dem das jüngste Mitglied der Pariser Komturei lag, der dreizehnjährige Bernard. Es war der hellste und trockenste Fleck des Verlieses.

Der Junge zitterte noch immer vor Kälte unter den Mänteln, mit denen die Gefangenen ihn zugedeckt hatten. Auf Anordnung Imberts waren seine Verletzungen verbunden worden. Doch die Wunden hatten sich bereits infiziert, und sein geschwächter Körper konnte nicht länger standhalten. Pietro di Bologna blickte in das blasse, schweißglänzende Gesicht und legte prüfend die Hand auf Bernards Stirn. Nein, es gab keine Hoffnung mehr. Der Junge spürte die Berührung und öffnete die Augen.

„Wir...sind...bald...in Jerusalem...nicht wahr?“ flüsterte er.

„Ja, das sind wir“, antwortete Pietro.

Trotz seiner Trauer fühlte er eine gewisse Erleichterung. Bernard wusste nicht mehr, dass er im Verlies lag. In einem sanften schönen Traum flog seine Seele dem Paradies entgegen. Dank sei Gott für diese letzte Gnade!

„Warum ist es so dunkel?“

„Es ist Nacht, mein kleiner Bruder. Aber bald wird die Sonne aufgehen. Dann kannst du Jerusalem sehen, die Grabeskirche mit dem goldenen Kreuz auf der Kuppel...“

Bernards Kopf war zur Seite gesunken.

„Er stirbt! Und ohne die Sakramente! Wie einen Hund werden sie ihn in ungeweihter Erde verscharren!“ sagte der Servient hinter Pietro bitter.

„Nein!“ Mit einem Mal wich die Trauer in Pietro di Bologna dem Zorn. Er stürzte auf die Tür zu und hämmerte mit den Fäusten dagegen. „Wir haben einen Sterbenden, lasst die Sakramente bringen!“

Der gerade die Runde machende Wächter riss die Klappe vor dem Gitterfenster auf. „Einen Dreck tu‘ ich!“

„Er ist rekonziliarisiert! Er hat ein Recht, die Sakramente zu empfangen! Ein Recht, hörst du!“

„Ihr habt auf gar nichts ein Recht! Halts Maul, oder ich schneid‘ dir die Zunge raus!“

Die Klappe schlug wieder zu. Pietro di Bologna blieb stehen wie erstarrt, die Gitterstäbe umklammernd. Sein so unerschütterlicher Glaube an die Gerechtigkeit war zerbrochen. Er weinte.

Vor sich hinschimpfend setzte der Wächter seinen Weg fort. Er bemerkte den jungen Mönch im Schatten des Treppenaufgangs nicht. Doch der Gehilfe der Inquisition hatte den kurzen Wortwechsel gehört, und dass einem Sterbenden der Leib des Herrn verweigert werden sollte, bestürzte ihn. Das durfte nicht geschehen! Ohne lang zu überlegen, lief der Mönch die Stufen hinauf, rannte durch die Galerie in Richtung der königlichen Gemächer. Ein paar Höflinge sahen ihm verwundert nach. Atemlos erreichte er sein Ziel: die Kapelle. Er drückte gegen die Pforte. Gott sei Dank, sie war nicht verschlossen! Ein Stoßgebet um die Vergebung seiner Ehrfurchtslosigkeit auf den Lippen öffnete er das goldene Tabernakel, nahm einige der geweihten Hostien heraus. Die kostbare Beute an sein Herz gepresst eilte er zurück in den Kerker.

„Brüder des Tempels?“ erklang ein leiser Ruf.
Pietro di Bologna hob den Kopf. Erstaunt blickte er in das junge Gesicht eines Dominikaners.
„Schnell, Bruder! Ich bringe Euch die Heilige Speise!“ flüsterte der Mönch und hielt ein weißes Bündelchen durch das Gitter.
Misstrauisch griff Pietro di Bologna danach. War das ein grausamer Spott der Inquisition?
Er schlug das Tuch auseinander. Sieben Hostien lagen darin.
„Mein Gott!“ sagte er, nach Worten suchend, die seine Dankbarkeit ausdrücken konnten. „Der Herr Christus möge es dir vergelten! Wer bist du?“
„Bruder Tancred.“
Entfernt waren die Stimmen des Wächters und des Kerkermeisters zu hören. Der junge Mönch drehte sich ängstlich um.
„Warte, Bruder Tancred!- Einer von uns, der Komtur Robert, ist vor Tagen zur Befragung geholt worden. Weißt du etwas von ihm? Ist er am Leben?“
„Ja...“
Die Stimmen kamen näher. Hastig floh der junge Mönch.
Pietro di Bologna widmete sich wieder Bernard, durchströmt von neuer Kraft. Nein, es war noch nicht alles verloren! Gerade wieder

hatte Gott seine Barmherzigkeit erwiesen! Laut begann er das Credo zu sprechen. Nacheinander fielen die anderen Gefangenen ein.
„Amen!“ schloss ein vielstimmiger Chor.
Kaplan Pietro hob eine Hostie und zeichnete das Kreuz über Bernard. „Der Leib des Herrn erhalte deine Seele für das ewige Leben...“ Er legte das Heilige Brot in den Mund des Jungen. „Nimm auf, o Herr, deinen Diener am Ort der Hoffnung...Befreie, o Herr, die Seele deines Dieners...“
Plötzlich richtete sich Bernard auf. Seine Augen strahlten.
„Jerusalem!“ hauchte er. „Ich kann es sehen...“

König Philipp las den Brief des Papstes zum zweiten Mal, gegen seinen Verstand hoffend, dass er sich getäuscht hatte.
Aber da stand es, vom Clemens selbst geschrieben:
„Du, Philipp, hast die Hand auf die Personen und Güter der Templer gelegt, und, was der Gipfel unseres Schmerzes ist, du hälst sie noch immer gefangen, ja nach allem, was man hört, bist Du sogar noch weiter gegangen und hast dem Betrübnis des Kerkers noch ein anderes hinzugefügt...“
Selbst in diesen zurückhaltenden Zeilen war die Empörung des Papstes über die angewandte Folter zu spüren.
„...aus diesen Gründen, und weil Wir glauben, dass es Unser von Gott verliehenes Recht ist, fordern Wir die Überantwortung aller Brüder des Templerordens unter Unsere Gewalt und Unser Recht. Kraft Unserer apostolischen Autorität entheben Wir hiermit die Inquisitoren ihrer Befugnisse und untersagen ihnen, ohne die Zustimmung des Heiligen Stuhls in dieser Sache weiter tätig zu sein...“
Das Unfassbare war geschehen. Der kranke, ängstliche Papst Clemens bot ihm die Stirn! Philipp legte die Hände so fest um die Armlehnen seines Stuhls, dass die Knöchel weiß durch die Haut schimmerten. Er sah das Land der Templer vor sich, all die zahllosen Dörfer, Felder, Weiher, ihre ertragreichen Landgüter, ihre Festungen, und vor allem, ihr Gold. Das Unabdingbare, um seinen Reformen zum Erfolg zu verhelfen!
Sollte er das alles wieder verlieren? Das Volk war leicht zu beeindrucken und neigte sich, wie der Wind gerade blies. Clemens mochte eine traurige Figur abgeben, aber er war der Nachfolger des

Heiligen Petrus, und das Volk war so fromm wie dumm.
Und wenn Clemens den Templern eine öffentliche Verteidigung gewährte, war es gut möglich, dass die Stimmung zugunsten der Ordensmänner umschlug. Philipp hatte schon einmal erfahren müssen, wozu ein aufgebrachter Pöbel fähig war... Er stand auf und rollte den Brief zusammen. Langsam gewann er seine gewohnte Ruhe zurück. Papst Clemens saß in Poitiers. Beschützt - oder bewacht, wie man es sehen wollte - von französischen Truppen...
Er wandte sich an den im angrenzenden Gemach wartenden Kammerdiener: „Lasst Guillaume de Nogaret holen!"
Nur eine halbe Stunde darauf verbeugte sich der Siegelbewahrer vor König Philipp.
Seine Allerchristliche Majestät bedeutete ihm huldvoll, sich neben dem Thron niederzusetzen.
„Euch wird nicht entgangen sein, Messire, dass eine gewisse... Verwirrung herrscht über die Befugnisse eines Königs zur Verfolgung einer Häresie von einer Abscheulichkeit, wie die Templer sie begangen haben", begann Philipp ohne umschweife. „Einer Häresie, die nicht nur unser christliches Volk gefährdet, sondern auch die Heilige Mutter Kirche untergräbt und heimtückisch nach ihrem Verderben trachtet.
In seiner Bosheit ist es dem Satan gelungen, das Herz vieler zu verdunkeln und gegen das Recht aufzuwiegeln, dass der allmächtige Gott mir, seinem Schwert auf Erden geschenkt hat."
Philipp neigte den Kopf. Das Licht glänzte in seinen Locken wie ein Heiligenschein.
„Ihr seid Jurist, Sire Guillaume. Ihr kennt die Winkelzüge des kirchlichen und des weltlichen Rechts wie kein anderer. Ihr werdet den Heiligen Vater überzeugen, dass der Orden der Templer kein Orden ist, sondern eine üble Sekte, und dass er somit nicht unter die Rechtshoheit der Kirche fällt... Dass ich in dieser Sacher nicht als Ankläger irgendeiner Partei, sondern als Verteidiger des Glaubens handle. Ich will... die Verteidigung der Gnade und Pflicht des Königtums. Ihr werdet sprechen über das geistliche Schwert des Papstes und das weltliche des Königs, über die Macht des Königs zur Verfolgung der Ketzer ohne Autorisation des Heiligen Stuhls- und gegen den Heiligen Stuhl, wenn jener selbst dem Irrglauben verfallen scheint!"

Scheu betrat Bruder Tancred die Zelle.
Mit erschreckender Macht drängte sich ihm das Bild des gekreuzigten Christus auf, als er den Gefangenen ansah. Die Arme ausgebreitet hing er in den Ketten. Das zerfetzte Gewand bedeckte kaum mehr die zerschundenen Glieder. Sein Kopf war vorn übergebeugt wie leblos.
„Bruder Robert?“ fragte Tancred und kam näher. Die Erinnerung an den stolzen Ritter, der vor einer Woche der Inquisition vorgeführt worden war, hinterließ ein Gefühl von Schande in ihm. Er war in den Orden der Dominikaner eingetreten, um die Irrgläubigen mit feurigen Predigten zu bekehren, nicht durch glühende Folterinstrumente!
Die Lider des Gefangenen hoben sich. Nur ein kurzes Aufleuchten seiner Augen verriet, dass noch Leben und Verstand in dem gequälten Körper wohnten. Tancred setzte Robert einen Krug an die trockenen Lippen. „Trinkt! Es ist warme Milch mit Honig!“
Nur wenige Schluck gewährte ihm der Mönch, wie Guillaume Imbert es aufgetragen hatte. Dann löste er die Fesseln. Stöhnend sank Komtur Robert auf den Boden der Zelle. „Was...willst du?“ brachte er mühsam hervor.
„Ich bin hier um Euch zu pflegen, Bruder.“
„Wozu? Lasst mich... doch... sterben!“
„Der Papst hat die Inquisition suspendiert. Er wird eine eigene Kommission zur Untersuchung einsetzen.“
„Endlich... es ist spät... sehr spät...“

Jocelin und die Leute der Komturei von Etampes waren wieder an der alten Wassermühle zusammengekommen. Obwohl das Mahlwerk ratterte, wagte Louis nur leise zu erläutern, was er mit seinem Ordensbruder geplant hatte: „Es sind 22 Gefangene, 5 oben im Konventgebäude und die anderen im Verlies.“
Er tippte auf den in den Sand gezeichneten Grundriss der Komturei. „Von der Kirche aus führt ein Gang bis in die Kerker, für den Priester, wisst ihr. Den werden wir benutzen. Die Söldner dürfen uns nicht verfolgen können. Deshalb nehmen wir ihre Pferde. Hier sind die Ställe. Es gibt zwei Eingänge, in Richtung des Haupttores; dort stehen zwei bis vier Wachen; und hinten zum Turnierplatz, wahrscheinlich unbewacht. Über das Konventsgebäude könnten wir ihn erreichen. Wir brauchen nun einen Mann, der die Pferde losbindet und ruhig hält, bis Bruder Jocelin und ich mit den Gefangenen kommen.“
„Ich kann recht gut mit Pferden umgehen. Ich werde es tun“, meldete sich einer der Arbeiter.
„Ich danke dir!”
In diesem Moment kam vor dem Tor ein Pferdewagen zum Stehen. Auf dem Kutschbock saß der andere der beiden Landarbeiter von Etampes und winkte. Ranulf sprang auf.
„Unser Weg in die Komturei!“ rief er und zeigte auf die Last des Wagens: drei Fässer. „Wir werden dem Herrn Grafen einen ganz besonderen Wein liefern!“ Er grinste spitzbübisch.

Kurz vor Einbruch der Dunkelheit war es dann soweit.
Drei bewaffnete Männer verschwanden in den Fässern: Jocelin, Ranulf und Louis, bekleidet mit seinem Ordensgewand. Sollte er sterben, hatte er erklärt, so als Templer, und nicht wie ein Abtrünniger im Bauernkittel.
Die beiden Landarbeiter nahmen auf dem Kutschbock Platz. Versehen mit genauen Befehlen fuhren sie los.
Die Wachposten am Burgtor starrten müde über die Spitzen ihrer Hellebarden. „Was wollt ihr denn noch?“ knurrte einer von ihnen den Ankömmlingen entgegen.
„Wir bringen den Wein für den ehrenwerten Herrn Grafen.”
„Davon weiß ich nichts!“
„Vom Landgut Saint Martin des Eaux.“

„So?" Der Wächter ging um den Wagen herum, wohl mehr aus Gewohnheit denn aus Misstrauen.
„Warum kommt ihr nicht mit den Anderen?"
„Oh, Sire, dass weiß ich nicht! Der Herr Graf hat uns vorausgeschickt, wir sollen den Wein bringen!"
Der Wächter verdrehte die Augen, im Stillen die Beschränktheit der Bauern verfluchend, und winkte den Wagen durch das Tor.
Im Hof der Komturei flatterte das Lilienbanner über den Zelten der königlichen Söldner. Die Männer saßen am Feuer, scherzten und beachteten den Wagen kaum, der vorbeifuhr. Guy ließ unauffällig den Blick schweifen, suchte sich an der Beschreibung Bruder Louis' zu orientieren. Dort war die Kirche... das Refektorium... der Küchenkamin... das Konventsgebäude... Er war nur ein, zweimal hier gewesen seit seinem Ordenseintritt.
„He, wo wollt ihr hin?"
Die Landarbeiter erschraken. Hinter ihnen stand ein Waffenknecht des Grafen.
„Zum Weinkeller", antwortete Guy, am ganzen Körper zitternd.
„Dann müsst ihr da hinunter!"
„Ah? Danke Sire, vielen Dank!"
Guy deutete eine Verbeugung an und lenkte das Zugpferd in die andere Richtung. Kaum war der Bewaffnete verschwunden, zog er die Zügel wieder an. Unterdessen war die Sonne untergegangen, die Umrisse der Mauer begannen in der Dämmerung zu verschwimmen. Der zweite Landarbeiter stieg vom Kutschbock, spähte um die Ecke und nickte dann. Guy klopfte auf den Deckel des ihm zunächst stehenden Fasses. Während sein Kamerad die Umgebung im Auge behielt, kletterten Jocelin, Louis und Ranulf aus ihrem Versteck. Der Ingenieur brachte sich geduckt unter die hölzerne Galerie in Sicherheit. Jocelin schlich mit gezogenem Schwert die Mauer der Kirche entlang. Louis wartete, bis die Landarbeiter die Fässer abgeladen hatten. Wenig später fuhr ein fröhlich pfeifender Bauer mit einem leeren Wagen aus der Komturei. Gerade noch vor Schließung der Tore kam er aus der Stadt, um seinen Platz am Hang unter der Burg einzunehmen.

Die Pforte zur Kirche war unbewacht. Jocelin stieß die Tür auf und glitt ins Innere. Auch hier war niemand. Düster und kahl erstreckte sich das Kirchenschiff. Die Banner und Waffen, die einst die Wände geschmückt hatten, waren verschwunden, ebenso die goldenen Leuchter, die Altardecken, das Prozessionskreuz. Eine einzige halbabgebrannte Kerze warf ihr erbärmliches Licht auf die steinerne Nacktheit. Gleich hinter dem Gurtbogen zum Chorraum, gegenüber der Sakristei, öffnete sich der von Bruder Louis beschriebene Gang. Jocelin ergriff die Kerze und trat ein.

Der Gang führte über mehrere Windungen und Treppen nach unten. Das andere Ende versperrte eine mit Eisenbändern beschlagene Holztür. Der Ordensbruder horchte. Dann zog er langsam die Riegel zurück, öffnete die Tür einen winzigen Spalt. Weiter, ganz vorsichtig... Noch ein Stück... Mit einen Schritt stand er im Verlies. Aus dem Wachraum streckte sich ein Bein in den Gang. Daneben lehnte ein Schwert an der Wand. Angespannt setzte Jocelin Fuß vor Fuß. Der Wachposten mit dem gräflichen Wappen auf der Brust saß am Tisch, einen Würfelbecher vor sich. Sein Kamerad war wohl eben nach draußen gegangen… Arglos gähnte der Posten.

Jocelin schnellte nach vorn und schlug ihn nieder. Hastig fädelte er die Schlüssel von dessen Gürtel, als er den zweiten Wächter kommen hörte. Er duckte sich im Schatten des Türbogens.

Die Schritte verhielten - der Posten hatte seinen Kameraden entdeckt - wurden wieder rascher. Jetzt erreichte er den Bogen. Jocelin sprang aus der Deckung. Ein Hieb mit dem Schwertknauf ließ auch den zweiten Wachposten niederfallen. Der Ordensbruder rannte zu der niedrigen Pforte, die in den Kerker führte. Eine ihm ewig scheinende Zeit brauchte er, um sie aufzusperren.

Aus dem Dunkel klang ihm eine erschrockene Stimme entgegen und er antwortete gedämpft: „Ruhig! Keine Angst! Ich bin hier, um euch zu befreien!“

Er zog eine Fackel aus der Halterung und leuchtete in den Kerker. Der Zustand der Gefangenen erschreckte ihn.

„Wie viele seid ihr?“

„Dreizehn.“

„In Ketten?“

„Einige. - Wer ist da?“

„Bruder Jocelin aus Provins.“ Er bückte sich und schloss dem Ersten die Fesseln auf.

„Wartet, ich helfe Euch!“ bot ein Bruder im grauen Gewand des

Servienten an und griff nach den Schlüsseln.
In diesem Moment klang eine vertraute Stimme durch das Gewölbe.
„Jocelin? Jocelin, bist du es?”
Diese Stimme! Bei allen Heiligen, es war die Stimme von - Wie erstarrt blickte Jocelin auf die hohe Gestalt des Mannes, der sich an der Wand aufgerichtet hatte. Er war einäugig, und auch das verbliebene Auge schien blind. Eine breite Narbe zog sich schräg über die Wange bis zur Schläfe. Jocelin hatte nur einmal eine solche Verletzung gesehen. Damals in den letzten Stunden des Kampfes um Akkon, als die Sarazenen die Mauern überwanden und einer von ihnen seinen Säbel in das Gesicht eines Ordensbruders schlug!
„Arnaud?” fragte er fast tonlos und ging auf den Gefangenen zu. „Arnaud!”
Als wolle er prüfen, ob er ein Traumbild vor sich habe, drückte er seinen alten Pflegevater an sich.
„Arnaud, wie kommt Ihr hierher? Ich glaubte, Ihr seid auf Zypern!”
„Ich bin erst dieses Jahr mit Meister Jacques gekommen.” Der alte Templer streckte die Hand aus und berührte das Gesicht des Jüngeren. Jocelin... Er hatte nicht geglaubt, ihm je wieder zu begegnen... War das ein gutes Zeichen in dieser Stunde der Not?
Da erst bemerkte Jocelin die blutige Tunika seines Ordensbruders. „Ihr seid verletzt!”
„Ah, es ist nicht so schlimm. Der Heiligen Jungfrau sei Dank, die Folterknechte wussten nicht, dass ich der Adjutant des Meisters bin.”
Der Servient griff Jocelins Arm. „Messire, es sind alle frei.”
Er nickte und wandte sich um. Sie mussten sich beeilen.
„Folgt mir, so leise wie möglich! Stützt euch gegenseitig, damit niemand stolpert!“
Sie erreichten ungehindert den Kirchenraum, von da aus über die Treppe das Dormitorium. Im Kapitelsaal trafen sie Louis. Erstauntes Raunen kam auf, als die Brüder ihn erkannten.
Er hatte nur zwei Männer bei sich. Sein linker Ärmel war zerfetzt, und an seinem Schwert klebte Blut.
„Abtrünnige“, murmelte er. „Alle drei! Sie wollten die Söldner alarmieren! Ich musste sie töten!“ Das Entsetzen über die eigene Tat klang noch in seiner Stimme nach. Jocelin biss die Zähne zusammen. „Gott sei uns gnädig! Schnell jetzt!“

Unter Louis' Führung durchquerten die Flüchtlinge den Kreuzgang, unbemerkt von den Wachen auf dem Wehrgang. In den Stallungen war es still. Fast zu still. Ob Guy etwas geschehen war? Doch dann würde im Lager der Söldner größere Unruhe herrschen…
Er schlüpfte durch die Tür, sah sich um. Unvermutet sagte eine Stimme neben ihm: „Sire?" Lautlos hatte Guy sich an seine Seite geschlichen.
„Sind die Pferde bereit?" fragte Louis und presste die Hand auf sein vor Schreck wie wild schlagendes Herz.
„Ja."
„Dann los!"

Mit einem letzten Blick überzeugte sich Jocelin, dass jeder leidlich auf einem Pferd saß. Dann gab er das Zeichen. Aufgescheucht preschten den Flüchtlingen auch die restlichen Pferde des Stalles hinterher. Im nächsten Augenblick pfiffen die ersten Pfeile vom Wehrgang und ein Wächter blies das Signalhorn. Einige Bewaffnete ergriffen die Flucht vor den Hufen der Pferde, hektische Befehle schreiend.
Doch die ersten Templer waren durch das Tor in der Nacht verschwunden. Jocelin blieb an der Seite des Tores zurück, bereit, sich den heraneilenden gräflichen Männern entgegenzustellen. Erneut spannten die Schützen auf den Mauern ihre Armbrüste. Ein halbes Dutzend Pfeile fuhren neben Jocelin in den Boden. Doch sie galten nicht ihm. Das Opfer hätte Ranulf sein sollen, der gerade von der Treppe des Wehrgangs gesprungen war. Der Ordensritter kam ihm zu Hilfe und griff ihn im vollen Galopp auf.
„Das Tor!" keuchte der Ingenieur, sich an Jocelin festklammernd. „Das Tor! Beeilt Euch, Sire!"
Erst jetzt erkannte Jocelin, dass das Fallgatter bereits halb heruntergelassen war. Im letzten Moment entkamen sie. Hinter ihnen bohrten sich die eisernen Spitzen in die Erde.

Esquieu de Floyran lag halbnackt auf den Samtkissen, den Kopf an der Schulter einer üppigen Hure.
„Ihr seid so dunkel", sagte sie und rieb verwundert über seine Haut.
„Den Weibern, die ich bisher hatte, gefiel es", gab Floyran zurück. „Schwarz wie der Teufel, he!"

Er lachte und die Frau zuckte zusammen.
„Hast du Angst vor mir? Mein Vater sagte immer, meine Mutter sei eine Teufelin gewesen, eine schwarze sarazenische Hexe..."
„Seid Ihr ein Heide?"
„Ich? Ich glaube an gar nichts! Außer an mich selbst! Und ich muss sagen, dieser Glaube hat mich bisher weiter gebracht…" Er packte sie, drückte ihren weichen, weißen Körper in die Kissen. „,….als alles Gelaber der Priester…"
In diesem Moment klopfte es an der Tür.
„Sire Esquieu, der königliche Siegelbewahrer Sire Guillaume ist hier!"
„Ich komme!" Floyran fluchte, stand auf, zog eine Tunika über und ergriff den Waffengurt.
Nogaret erwartete ihn im holzgetäfelten Saal des Hauses.
„Ich freue mich, Euch auf meinem eigenen Besitz begrüßen zu dürfen!"
„Nun, Ihr habt Euch erheblich verbessert, wenn man dieses Haus mit den Kerkermauern vergleicht, in denen Ihr mich zum ersten Mal empfingt!"
"Wenn Ihr damit andeuten wollt, ich sollte zufrieden sein - ich bin es nicht. Ihr wisst, was ich will!"
„Eines von den Templergütern."
Floyran nickte lächelnd und hob eine Weinkaraffe. „Unter anderem…"
Als Nogaret ablehnte, füllte er den eigenen Becher.
„Ihr habt doch gehört, dass der Papst die Güter des Templerordens beschlagnahmt hat, bis ein endgültiges Urteil gefällt sein wird."
„Und was unternimmt Seine Allerchristlichste Majestät? Er ist auf der Jagd!"
„Der König schickt eine Gesandtschaft zu Clemens um zu verhandeln. Mehr darf ich Euch darüber nicht sagen."
„Ach! Verhandlungen!" Esquieu de Floyran leerte seinen Becher auf einen Zug. „Was ist, wenn der Papst den Orden nicht verurteilt? Was wollt Ihr dann tun?"
„Belastet Euch nicht mit diesen Sorgen!"
„Gut, gut!" rief Esquieu ungehalten. "Aber vergesst nicht, ab und zu ein Wörtchen für mich einzulegen. Ich bin kein sehr geduldiger Mann! Sonst werde ich ausplaudern, was ICH über EUCH weiß!"

Guillaume de Nogaret beugte sich vor. “Ihr solltet mir dankbar sein.” sagte er in eindringlichem Ton. “Ich bin mitten in der Nacht aufgebrochen, um Euch zu warnen!”
„Zu warnen? Wovor?”
„In der vergangenen Nacht sind die Gefangenen der Komturei von Etampes entflohen...“
„Was?! Bei dieser Bewachung? Dann muss ihnen einer von den Söldnern geholfen haben!“
„Nein. Es waren Templer. Niemand weiß, wie sie in die Burg gekommen sind.“
„Aber das ist doch ganz unmöglich!“
„Man hat sie ganz deutlich gesehen, Sire Esquieu. Es waren Templer. Einer von ihnen in voller Rüstung.”
Floyran fuhr sich beunruhigt durch das Haar. Er mochte es ganz und gar nicht, von einer Horde unsichtbarer Feinde umgeben zu sein. „Sie werden nicht weit kommen, denke ich doch!“
„Bisher hat man sie noch nicht! Wer auch immer ihr Anführer ist, er ist kein Dummkopf! Sie haben Pferde, vielleicht auch Waffen, und nichts zu verlieren. Versteht Ihr? So gut wie überall weiß man, dass Ihr den Orden denunziert habt. Ich rate Euch, legt Euch eine kleine Leibgarde zu!“
Der königliche Siegelbewahrer wandte sich zur Tür.
„Ich muss gehen. Lebt wohl, Sire Esquieu, und beherzigt meinen Rat!“ Er hoffte inständig, dass der andere dies tat – weniger, weil ihm an dessen Leben etwas gelegen war, im Gegenteil, sondern weil er nicht riskieren wollte, dass die Templer ihren Denunzianten in die Finger bekamen und er dann vielleicht ein Wörtchen zu viel erzählte… Wovon auch immer. Floyran hatte sich schließlich als sehr erfinderisch im Lügen und Verdrehen von Wahrheiten erwiesen...

König Philipp richtete sich im Sattel auf und blickte dem über die Lichtung springenden Hirsch nach.
Die Hundemeute neben ihm zerrte an den Leinen. Aus dem Gehölz klang das Signal der Jagdgehilfen, die das Wild in die gewünschte Richtung trieben. Philipp gab dem Hundeführer ein Zeichen. Laut bellend stürzte die Meute los. Der König ergriff den Speer, den ihm sein Knappe entgegenhielt und schlug seinem Pferd die Sporen in

die Seite. Im Galopp verschwand er hinter den Hunden im Dickicht. Philipp liebte die Jagd, die kalte Luft auf der Haut, das Gebell der Hunde, den Herbstwald in seinen bunten Farben.
Dies lenkte ihn von dem beunruhigenden Fakt ab, dass Meister Jacques de Molay und fast alle anderen Befragten ihre Geständnisse widerrufen hatten, sobald die Entscheidung des Papstes zu ihnen gedrungen war. Dass die Gefangenen aus Etampes befreit worden waren...
Finanzminister Enguerrand de Marigny, der wie die meisten Mitglieder des Kronrates den König begleitete, zeigte nur mäßiges Interesse am Geschehen. Ihn beschäftigten eigene Probleme. Seit der Suspendierung der Inquisition war die Stellung des Erzbischofs von Sens wieder unangefochten. Es war sogar wahrscheinlich, dass der Papst ihn zum Leiter seiner Untersuchungskommission machte. Zu allem Überfluss hatte auch noch ein Bürger der Stadt Cambrai beim Heiligen Stuhl Klage gegen ihren Bischof eingereicht. Alles in allem sah es recht ungünstig für die Karriere von Marignys kleinem Bruder aus. Lustlos ritt Sire Enguerrand der Jagdgesellschaft nach. Einmal mehr beneidete er den Siegelbewahrer Nogaret, der wegen wichtiger Geschäfte in Paris verblieben war.
In der Ferne verkündete Hundegebell, dass das Wild gestellt war. In einem letzten verzweifelten Versuch zu entkommen, wollte der Hirsch über ein Bachbett setzen. Aber noch im Sprung durchbohrte der Speer des Königs sein Herz.
„Ein Meisterwurf, Majestät!“ lobte eine Stimme hinter ihm. Philipp drehte sich um und erblickte eine Reiterin in dunkler Witwentracht. Unter der schwarzen Haube schimmerte das Oval ihres Gesichtes fast weiß.
„Gräfin Ghislaine de Montfort!“
Philipp ritt ihr entgegen und machte eine elegante Verbeugung. „Seid gegrüßt, Madame!“
Ein flüchtiges Lächeln, dann kehrte die ernste Miene zurück. Ghislaine de Montfort hatte in ihrem Leben noch nicht viele Sonnentage gesehen. Mit knapp vierzehn Jahren hatte man sie dem Grafen von Montfort vermählt. Zwei der Kinder, die sie von ihm empfing, starben noch bevor sie laufen lernten, und im Krieg um Flandern hatte sie ihren Gemahl verloren. Geblieben war ihr ein frecher Sohn, der sich mit den Leibeigenen prügelte.

„Ich bin ebenfalls auf der Jagd“, antwortete Gräfin Ghislaine auf die Frage des Königs. „Meine Begleiter trafen Eure Jagdknechte, und ich hoffte, wir könnten uns Euch anschließen. Doch wie ich sehe ist es zu spät.“

„Nun, wenn Ihr es wünscht, Madame, können wir morgen noch eine kleine Hatz veranstalten.“

„Ich halte Euch ungern von den Staatsgeschäften ab, Majestät!

Philipp dachte an Nogaret, der die Gesandtschaft an den Papst vorbereitete. Nein, es gab keine dringenden Geschäfte. Vorerst jedenfalls nicht. Seine einzige Waffe war die Zeit, und die galt es mit Geduld zu handhaben...

„Ich werde meinen Jägern befehlen, dass sie morgen bei Sonnenaufgang bereit sein sollen“, entschied Philipp und hob das Horn, um zum Sammeln zu blasen. Gräfin Ghislaine betrachtete ihn verstohlen. Noch immer besaß er die gleiche ausgesuchte Höflichkeit und Eleganz wie in seiner Jugendzeit, aber von einer Art, die eher Distanzen schuf, als sie zu überbrücken. Noch immer hatte sie das Gefühl, dass dies nur ein Teil seines Wesens war, der Teil, der sich in seine Rolle als König makellos einfügte. Niemals in ihrer Zeit am Hof hatte Ghislaine de Montfort Philipp lachend, weinend oder auch nur zornig gesehen.

Jocelin trat unter den aus Zweigen und Erde aufgerichteten Schirm zu seinem Pflegevater. Erst bei Tagesanbruch hatte Jocelin die Verletzungen Arnauds und der anderen gesehen. Er hatte sie mit Salz aus einer Tierlecke ausgewaschen und notdürftig verbunden. Unglücklicherweise war kein Heilkundiger unter den Geretteten.

Auf die Frage, wie es ihm ginge, lächelte Arnaud und umschloss Jocelins Hand.

„Ich bin glücklich, dass du am Leben und unversehrt bist. Ich wusste dich in einer französischen Komturei, und die ganze Zeit habe ich dich in den Händen der Folterknechte gesehen. Das war meine größte Qual. Aber nun..."

„Ich habe die Verlesung der Anklage gehört," erinnerte sich Jocelin an jenen furchtbaren Tag. "Wer kann uns solcher Verbrechen beschuldigt haben, Arnaud?"

„Auch uns haben sie die Anklage vorgelesen. Aber wer uns angeklagt hat, das weiß ich nicht. Niemand hat einen Namen genannt. - Das ist kein rechtmäßiger Prozess."

„Aber warum hat Papst Clemens noch keinen Einspruch erhoben?"

„Ich weiß es nicht", erwiderte Arnaud und seufzte leise. „Angeblich hat er die Inquisition suspendiert."

„Suspendiert?! Bei Gott, wenn das wahr ist, können wir mit Meister Jacques Kontakt aufnehmen!"

Arnaud schüttelte den Kopf und lehnte sich erschöpft zurück. „Nein. Selbst wenn es wahr ist - wir wissen zu wenig, um irgendetwas zu unternehmen."

„Das heißt, wir werden nur warten?"

„Noch. Ja."

Einer der Verwundeten stöhnte. Jocelin sah, wie Louis sich um ihn bemühte. Dann kam der junge Ordensbruder zu ihm.

„Wir brauchen eine feste Unterkunft, ein Versteck. Wenn der Schnee kommt, sind wir verloren!"

Jocelin nickte. „Kennt Ihr etwas Geeignetes?"

„Es gibt eine alte Kirchenruine in der Nähe..."

„Die, an der wir auf dem Weg nach Etampes vorbeigekommen sind? Das ist zu nah an der Straße. Dort werden die Söldner als erstes suchen."

„Es ist der einzige Ort, den ich kenne."

„Ist einer von den anderen aus der Gegend?"
Louis überlegte. „Keiner von den Rittern, nein. Aber vielleicht ein Servient?" Er wandte sich an die Runde um das Feuer.
Zwei Schmiedeknechte und der Landarbeiter Guy waren aus der Nähe von Etampes gebürtig. Doch auch sie wussten nur von der Kirchenruine.
Plötzlich aber fiel Guy etwas ein, und er hielt Bruder Louis zurück. „Es gibt eine Höhle. Ich habe sie als Kind entdeckt. Ich glaub', ich kann sie wiederfinden."
„Eine Höhle?" fragte Louis mit leichtem Unbehagen in der Stimme. Unterirdische Gefilde hatten für ihn stets eine dämonische Ausstrahlung. Ihn fröstelte, als er Jocelin sagen hörte: „Wir brechen sofort auf!"

Guy führte die Brüder an einem Bach entlang noch tiefer in den Wald. Anfangs war er sich nicht ganz sicher. Erst als zwischen den Bäumen große Felsblöcke auftauchten, wusste er, dass er sich nicht verirrt hatte. Von draußen unsichtbar bildeten die Felsen eine Schlucht, gerade breit genug für einen Reiter. Nach einigen Metern weitete sie sich zu einem Kessel. Über den Rand hingen Wurzeln und lange Efeuranken, die im Wind schaukelten. Unter dem Gestrüpp gähnte eine Öffnung im Felsen. Mit einem langen brennenden Ast und einem Reisigbündel ging der Landarbeiter in die Dunkelheit voraus. Jocelin bekreuzigte sich und zwang sein scheuendes Pferd hinterher. Die Höhle wirkte anfangs niedrig, fast bedrückend, doch dann hob sich der Fels zum Gewölbe einer gewaltigen natürlichen Kathedrale.
Die Nachkommenden brachen in Rufe des Erstaunens aus. Guy entzündete das Reisig, und bald brannte ein großes Feuer. Man entschied, die Pferde draußen im Kessel zu lassen, bis im Vorderbereich der Höhle Pflöcke angebracht waren.

Die meisten Ordensbrüder waren eingeschlafen.
Jocelins Blick wanderte über die Schlafenden. Unwillkürlich musste er an die Säle voller Verwundeter in Akkon und später auf Zypern denken, damals, nach den letzten Gefechten um das Heilige Land. An jenen Tagen hatte er Schmerz und Trauer um die vielen seiner Kameraden empfunden. Jetzt fühlte er eher das Verlangen, Gott für

ihren Tod zu preisen. Sie waren als Ritter Christi in der Schlacht gegen die Ungläubigen gestorben, nicht als verfemte Ketzer unter den Folterknechten eines christlichen Königs. Wieder drängte sich ihm die quälende Frage nach dem Warum auf. Warum hatte man sie angeklagt?

Was für abscheuliche Vorwürfe! Christus zu verleugnen, auf das Kreuz zu spucken! Wer konnte sich so etwas ausdenken? Doch nur jemand, der selber von Dämonen besessen war! Er erinnerte sich an seine eigene Ordensaufnahme, vor zehn Jahren auf Zypern, und wie er sich auf diesen Tag vorbereitet hatte, wie er ihn herbeigesehnt hatte!

Unauslöschlich hatte sich dieser Moment in seine Erinnerung gebrannt. Er sah vor sich, als sei alles erst gestern geschehen, wie die Morgensonne durch die Fensterrose der Templerkirche von Nicosia strahlte, sich im Gold des Altarkreuzes und den Rüstungen der Ordensbrüder brach, die sich im Chor versammelt hatten. Auf ihren Mänteln leuchtete blutrot das Kreuz, das an den Tod Christi gemahnte. Jocelin entsann sich seiner Aufregung, als er in die Kapelle geführt wurde, und wie krächzend seine Stimme klang, als er um Aufnahme in die Gemeinschaft bat.

„Wisset, Sire Jocelin, dass Ihr alle Tage Eures Lebens der Sklave des Ordens sein werdet, dass Ihr niemals tun werdet, was Ihr wollt, sondern das, was man Euch befiehlt. Seid Ihr bereit, diese Härten zu ertragen?" hatte Meister Jacques ihn gefragt, und „Ja, mit Gottes Hilfe!" war seine Antwort gewesen.

Seine Hand hatte auf einem aufgeschlagenen Evangeliar geruht, und noch heute erinnerte er sich an die Miniatur auf der Seite, die die Kreuztragung Christi zeigte.

„Seid Ihr frei und ledig von allen weltlichen Verpflichtungen? … Seid Ihr gesund an Leib und Seele? … Seid Ihr frei von allen kirchlichen Bußen und Strafen?" Und endlich, die letzte Frage: „Seid Ihr der Sohn eines Ritters aus ritterlichem Geschlecht, geboren aus rechtmäßiger Ehe?"

„Ja, das bin ich", hatte er damals geantwortet, denn so wenigstens hatte Bruder Arnaud es ihm gesagt.

Wer seine tatsächlichen Eltern waren, hatte ihn niemals interessiert. So weit er zurückdenken konnte, war ein Ordenshaus seine Heimat gewesen…

Aber jetzt war er ausgestoßen worden. Nicht durch irgendeine eigene Verfehlung, nein, durch die Verleumdungen eines Unbekannten, durch ein perfides Netz aus Lügen! Plötzlich hatte Jocelin das Bedürfnis nach frischer Luft. Er ging hinaus und setzte sich vor der Höhle nieder. Weit, weit über ihm schimmerten die Sterne durch die Baumwipfel. So friedlich und gleichmäßig, als sei alles Übel der Welt nur ein böser Alptraum; als könne der neue Tag anbrechen, und alles würde vergessen sein. Jocelin schloss die Augen. Er war müde, aber der Schlaf floh ihn. Was sollte weiter geschehen? Sie brauchten Essen, Decken, Medizin für die Kranken. Wie erging es seinen Brüdern in Provins? Voller Verzweiflung überlegte er, wie er auch sie befreien könnte, und musste doch einsehen, dass es unmöglich war mit den wenigen kampffähigen Brüdern und ohne Waffen. Es blieb ihm nur, für sie zu beten….

König Philipp hatte aus der Beute der zwei Jagden ein üppiges Festmahl im Tempel bereiten lassen. Noch bevor es Gräfin Ghislaine und den übrigen Gästen jedoch gestattet wurde sich daran zu erfreuen, lud Seine Majestät sie zu einer Predigt Guillaume Imberts. Er tat dies weniger aus Frömmigkeit denn aus Berechnung. Ein solches Fest war ein guter Anlass, sein Handeln in der Templerangelegenheit nochmals zu rechtfertigen, heimliche oder offene Verteidiger des Ordens zu warnen.
Der Oberste Inquisitor begann vom Sündenfall der ersten Menschen zu sprechen, der daraus folgenden Anfälligkeit für die Verführungen des Bösen, in der Geschichte Israels:
„...Doch ein Teil der Israeliten wurde seinem Gott untreu, dem Gott, der sie aus der Gefangenschaft herausgeführt hatte! Während Mose auf dem Berg die Tafeln mit dem heiligen Gesetz erhielt, machten sich verdorbene und verfluchte Söhne seines Volkes daran, ein Götzenbild zu fertigen. Sie verließen den lebendigen und lebenspenden Gott für das elende Werk ihrer eigenen Hände, ein goldenes Kalb! Doch heißt es nicht ‚Jene, die die Götzen geschaffen haben, sollen ihnen ähnlich werden, und alle, die auf sie vertrauen‘? ‚Ihre Ohren werden taub sein, und ihre Augen blind, und sie werden nicht gehen’, es sei denn den Weg der Verdammnis! Und Mose, der das Volk geführt hatte wie ein gerechter König vor dem Herrn, bestrafte diese Söhne des Unglaubens!“

Die Gebildeten unter den Gästen verstanden die feine Andeutung. Moses, das weltliche Oberhaupt der Israeliten, nicht etwa Aaron, das geistliche, hatte die Strafe angeordnet und ausführen lassen. So wie auch König Philipp mit Recht ohne den Papst tätig geworden war.
„So versammelte Mose die Leviten und sagte: ‚Der Herr befiehlt euch, nehmt euer Schwert und geht durch das ganze Lager! Tötet alle, die schuldig geworden sind, selbst eure Brüder und Freunde!'"
Imbert fuhr mit der Vernichtung der Städte Sodom und Gomorrha fort.
„Es steht nicht geschrieben, dass alle Einwohner Sodoms diese Unzucht begingen, und dennoch ließ Gott Pech und Schwefel auf die ganze Stadt regnen. Warum? Weil jene, die nicht schuldig waren durch die Tat, dennoch schuldig wurden durch die Duldung der Tat. Sie duldeten die Sünde der anderen, anstatt sich von der Unflat zu reinigen! ‚Seit rein und heilig wie es euer Vater im Himmel ist!' mahnt der Apostel..."
Zu diesem Zeitpunkt bemerkte Ghislaine de Montfort, dass ein Mann sie aufdringlich musterte. Er war schlank und hatte ein dunkles Raubvogelgesicht. Sie ließ ihren Witwenschleier über das Gesicht fallen.
Inquisitor Imbert hatte sich zu einer flammenden Schilderung des Jüngsten Gerichts gesteigert. Jetzt holte er zu einer letzten Ermahnung aus: „Unsere Kirche soll gereinigt werden von dem Geschwür der Ketzerei, damit dieser heilige Leib des Herrn nicht von uns aufs Neue gequält wird wie bei seiner Passion! Das mag schmerzen, doch es ist notwendig! Unser Erlöser, der Herr Christus selbst, ruft uns zu ‚Es ist besser, du verlierst ein Glied, als dass dein ganzer Leib in die Hölle geworfen wird!' Hüten wir uns also vor falscher Rücksicht und Mitleid mit jenen, die Gottes Gebote gebrochen und der Kirche Schmach angetan haben! Hüten wir uns, damit wir am Tage des Gerichts sagen können ‚In den Zelten der Frevler habe ich nicht gewohnt, und an den Tischen der Sünder nicht gesessen!' - Im Namen des Vaters, des Sohnes und des Heiligen Geistes, Amen."

Der Festsaal erinnerte kaum mehr an das Refektorium der Ordensbrüder, das er einst gewesen war. Die Wände waren mit prächtigen Tapisserien behangen. Schalen mit Duftessenzen standen vor den Tischen, und hunderte Kerzen warfen ihr Licht auf die Gäste. Gräfin Ghislaine war die hohe Ehre zuteil geworden, an der königlichen Tafel Platz zu nehmen. Neben ihr saß der Thronfolger, der achtzehnjährige Louis. Seine beiden jüngeren Brüder, der ruhig und würdevoll wirkende Philipp und der engelsgesichtige Charles saßen an der anderen Seite des Königs, gemeinsam mit ihrer Schwester Isabelle.

Während die Speisen aufgetragen wurden, wandte sich Ghislaine zu König Philipp. „Sire, glaubt Ihr an die Schuld der Templer?"

„Die Geständnisse erweisen ihre Schuld, Madame."

Eine Antwort wie diese hatte sie erwartet. Zufriedenstellend, gleichzeitig aber ausweichend.

„Ich hörte, dass die Folter angewandt wird?"

„Der Teufel hält seine Opfer fest in den Klauen. So ist eine gewisse Gewalt nötig, sie ihm auch wieder zu entreißen. Aber Ihr solltet Euch wirklich nicht mit solchen Fragen belasten."

Ghislaine erwiderte nichts. Ihr Großvater hatte von Templern auf dem Kreuzzug berichtet und dabei nichts von den abscheulichen Praktiken gesehen, deren sie nun beschuldigt wurden. Allerdings... Es mochte sein, dass das Böse sich erst in den letzten Jahrzehnten eingeschlichen hatte... Wer war sie, das zu beurteilen? Wenn so viele hochgelehrte und fromme Männer wie Guillaume Imbert und die Doktoren der Universität es für wahr hielten...?

Nachdenklich ließ sie die Augen durch den Saal wandern - und kreuzte erneut den glühenden Blick jenes dunkelhäutigen Mannes. Er lächelte ihr zu.

„Wer ist das dort, an der Seite des Siegelbewahrers?" fragte Ghislaine einen Pagen.

„Sire Esquieu de Floyran, Madame, kennt Ihr ihn denn nicht?"

„Was soll das heißen?"

„Eh...jeder sonst weiß Bescheid über ihn. Er ist es, der die Templer angezeigt hat."

Nun war es Ghislaine, die Floyran ansah. Der Mann, der sich gerade an einer Pastete gütlich tat, wirkte nicht wie ein frommer Eiferer für die Reinheit der Kirche.

Plötzlich stieg Ekel in ihr auf. Esquieu de Floyran, das üppige Mahl, die Spielleute, alles war ihr zuwider. Sie erhob sich so rasch, dass König Philipp sich ihr zuwandte. „Madame Ghislaine?"

„Ich bitte um Vergebung, Majestät. Mir ist übel“, erklärte sie kurz und war bereits aus der Tür. Eine schmale Treppe führte Ghislaine in den Kreuzgang. Die hohen Mauern und die schmucklosen Spitzbogenarkaden atmeten militärische Strenge. Die Klarheit der Formen wirkte beruhigend und befreiend.

Ghislaine setzte sich und schloss die Augen. Sollten die Männer, die hier gelebt und gebetet hatten, wirklich Feinde Christi sein? Wie konnte König Philipp einem Mann wie diesem Floyran Glauben schenken? Oder tat er das gar nicht? Waren es seine Berater, Nogaret voran, die entschieden hatten? Aber Seine Majestät war kein Mann, der sich von anderen lenken ließ...

Der Tag hatte soeben erst begonnen. Noch bauschten sich dicke Nebelschwaden im Tal. Sie waren zu zehnt. An ihrer Spitze Jocelin und Ranulf, dann Briand und Raimond von den Geretteten aus Etampes und sechs Servienten. Hinter einer Wegbiegung, eingebettet in sanfte Hügel, tauchte das königliche Landgut von Beaudelu auf. Hier wurden die Abgaben und Steuern des Umlandes gesammelt und verzeichnet. Ein großer Reichtum für eine kleine Schar hungriger Flüchtlinge. Der Plan der Ordensbrüder war waghalsig und hing im Wesentlichen von der Neugier und dem Misstrauen der auf Beaudelu stationierten königlichen Söldner und Beamten ab. Der Hauptteil der kleinen Gruppe sollte mit einem Scheinangriff die Aufmerksamkeit auf sich ziehen, während Jocelin, Briand, Raimond und Guy über die Mauer kletterten. Sie sollten von innen das Tor öffnen und sich Zugang zu den Speichern beschaffen. Ranulf hatte einen Katapult gezimmert. Der Ingenieur trug das zierlich wirkende Gerät vor sich auf dem Pferd.
Im Schutz einer Brombeerhecke befahl Jocelin abzusitzen. Ranulf ließ den Katapult nieder. Dann flammten die ersten Fackeln auf. In die Söldner auf dem Wehrgang kam Bewegung. Die Templer sahen Lanzen blitzen, geschrieene Befehle drangen zu ihnen. Ranulf legte den ersten harzgetränkten Wergballen in die Kelle des Katapults, zündete ihn an und löste das Spannseil. Das Wurfgeschoss schlug vor dem Haupttor auf die Erde und versetzte die Wachposten in erneute Aufregung.
Sie vermochten den Gegner an den Brombeerbüschen auszumachen, aber er war außer Reichweite der Bogenschützen. Jocelin gab Briand und den anderen beiden ein Zeichen.
Die Ordensbrüder rannten zur Mauer. Begleitet vom wildem Geschrei der Kameraden feuerte Ranulf den Katapult wieder und wieder ab. Die Söldner auf dem Wehrgang hatten bald begriffen, dass ihnen von der scheinbar wahnsinnigen Schar da draußen keine wirkliche Gefahr drohte. Aber gerade diese offenkundige Sinnlosigkeit beunruhigte sie. Waren diese Verrückten vielleicht die Vorhut eines größeren Angriffs, die sie zu einem Ausfall verleiten sollte? Oder waren es - wovor Gott sie bewahren mochte - teuflische Dämonen? Kampfbereit sammelten sich die Söldner am Torturm.

Bruder Briand drückte sich gegen die Mauer und prüfte zum letzten

Mal, ob das Seil hielt. Ja, der Eisenhaken am Ende hatte sich in eine Steinfuge gekrallt. Langsam zog er sich nach oben. Kurz darauf waren seine Kameraden neben ihm. Bruder Guy spähte vorsichtig hinab. Tatsächlich, das Tor war unbewacht! Er nickte Jocelin zu, schlich ein paar Meter weiter und sprang dann auf einen Haufen aufgeschichtetes Stroh. Als er außer Sicht war, ließen sich die anderen drei die Mauer hinab.
„Das muss der Speicher sein", flüsterte Jocelin und wies auf ein Gebäude mit gemauertem Untergeschoß. Der Lärm ihrer Ordensbrüder vor dem Tor übertönte die eiligen Schritte der Templer über den Hof und das Geräusch, als Bruder Briand mit dem Dolch das Türschloss aufbrach. Es dauerte einen Augenblick, bis sich ihre Augen an die Dunkelheit gewöhnt hatten. Dann erkannten sie aufgestapelte Säcke und Reihen von Fässern.
„Na bitte", murmelte Raimond, den zunächst stehenden Sack öffnend. "Gerste."
Zweimal kurz hintereinander erklang ein Käuzchenruf. Das verabredete Signal! Also war es Guy gelungen das Tor zu öffnen. Unbemerkt von den königlichen Söldnern wanderten die ersten Säcke aus dem Speicher zu den Pferden der Ordensbrüder. Plötzlich ein Zischen, Feuerschein erhellte das morgendliche Zwielicht. Eines der Geschosse von Ranulfs Katapult hatte ein Strohdach in Brand gesteckt. Hastig stürzten die Söldner zum Brunnen. Jocelin und seine Kameraden duckten sich in den Schatten der Hausmauer, als zwei der Männer in ihre Richtung abschwenkten. Sie verschwanden in einem angrenzenden Fachwerkgebäude, um kurz darauf mit Armbrüsten bewaffnet wieder zu erscheinen.
„Die Waffenkammer!" flüsterte Raimond aufgeregt. „Los, holen wir uns, was wir brauchen!"
„Nein! Das ist viel zu riskant!"
„Ich bin Ritter und kein Strauchdieb!"
Schon war der junge Ordensbruder aufgesprungen. Jocelin zögerte einen Augenblick, dann gab er den Befehl, Raimond zu folgen.
Eine Treppe tiefer, unter dem Kanzleiraum, lag die Waffenkammer. Raimond hatte sich bereits ein Kettenhemd übergestreift und war gerade dabei, sich mit einem Schwert zu versorgen.
„Bedient Euch, Messires!" rief er seinen Brüdern lachend zu. „Alles da, was das Herz begehrt!"

Briand griff nach einer Armbrust. Da knarrte eine Tür. Stimmen waren zu hören, dann hallten Schritte auf der Treppe – und Jocelin wusste, dass sie einen Fehler begangen hatten! Einen Fehler, der jetzt die Freiheit oder das Leben kosten konnte!

Raimond warf sich auf den ersten Söldner, stach ihn nieder. Aber schon waren andere hinter ihm, alarmiert durch den Schrei des Gefallenen. Auf der schmalen Treppe entbrannte ein erbitterter Kampf. Es gelang Jocelin, sich bis zur Tür durchzufechten. Er stürzte hinaus, auf das Tor zu. Söldner auch hier! Es blieb ihm keine Zeit, an Guy zu denken, der hier doch hatte warten sollen. Heftige Schläge austeilend drängten die Männer des Königs auf ihn ein. Aus den Augenwinkeln nahm er Bruder Raimond wahr. Mit Fußtritten versuchte der junge Ritter, sich aus der Umklammerung zweier Söldner zu befreien. Es gelang ihm, er bekam einen Dolch zu fassen und hieb um sich in blinder Verzweiflung.

Allmächtiger, wenn sie nur bis zur Mauer kämen!

Bruder Briand fiel, aber seine Kameraden waren außerstande ihm zu helfen. Aus mehreren Wunden blutend sank er in die Knie. Ein Schwertstreich durchtrennte die Sehnen seiner rechten Hand, und er ließ die Klinge fallen. Die Aufmerksamkeit der Söldner galt für einen Moment allein ihrer sicheren Beute.

„Lauft!" schrie er mit letzter Kraft seinen Brüdern zu, den Arm zur Mauer streckend. Die Gelegenheit war winzig. Raimond rammte einem Gegner den Dolch in den Leib, stürmte den Wehrgang hinauf. Ein Söldner riss ihn nieder. Er stieß ihn zurück und sah Jocelin hinter sich. Mit einem Satz war der Ordensbruder neben ihm. „Über die Mauer!" keuchte er, Raimond am Arm packend. Sie stolperten vorwärts. Wo die Dunkelheit Buschwerk am Fuß der Mauer ahnen ließ, sprangen sie. Der unsanfte Aufprall lähmte Jocelins Körper unter einer Kaskade von Schmerzen. Noch ehe er wieder recht zur Besinnung kam, griffen ihn zwei Hände.

„Messire? Seid Ihr in Ordnung?"

„Guy? - Ah... ja, ich glaube..."

„Ich hörte den Kampf. Aber Ihr hattet mir ja streng verboten, einzugreifen, wenn irgendwas schief geht."

„Schon gut." Jocelin beugte sich über Raimond. Der junge Mann war bewusstlos. Der Landarbeiter hob ihn kurzerhand über die Schulter.

„Wo ist Bruder Briand?"
„Tot, wenn Gott ihm gnädig ist. Er hat sich geopfert, damit wir entkommen konnten."
Das Tor des Landgutes wurde aufgestoßen. Die ersten Söldner schwärmten mit Fackeln aus.
„Sehen wir, dass wir wegkommen, Sire Jocelin. Könnt Ihr gehen?"
Er stützte sich mühsam hoch.
„Es ist nicht weit", versicherte Guy. „Dort hinten habe ich die Pferde. Bruder Ranulf wartet mit den anderen unten am Fluss."

Bruder Louis' Blick wanderte über die gestohlenen Vorräte. Zwei Sack Gerste, Erbsen, ein Fässchen Honig. Wenig für den Preis des Lebens einer ihrer Brüder. Und wie viele von den Leuten des Königs hatten sie getötet, sie, die doch gelobt hatten, ihre Waffen nur zur Verteidigung von Christen zu erheben! Und alles nur, weil Raimond nicht gehorcht hatte. Schon immer war der junge Ritter ein Heißsporn gewesen. Als sie noch zusammen in Etampes gelebt hatten, war kein Monat vergangen, in dem Raimond nicht wenigstens eine leichte Strafe zu verbüßen hatte. Entschlossen trat Louis in die Mitte seiner Brüder.
„Brüder", begann er, "unser Komtur ist tot. Wir müssen jemanden wählen, der uns führen soll, dem wir den Treueid leisten und dem wir gehorchen."
Zustimmendes Nicken antwortete ihm. Die Ordensbrüder waren es gewohnt, den Befehlen eines Oberen zu gehorchen. Es schien ihnen nur natürlich, einen neuen Kommandanten zu bestimmen.
„Ich schlage Bruder Jocelin aus Provins vor", fuhr Louis fort.
„Ja, Bruder Jocelin soll uns führen", pflichtete Ranulf bei. Andere schlossen sich ihm an. Jocelin hatte sie aus der Gefangenschaft befreit, er hatte Mut und Umsicht bewiesen. Sie sahen nichts, was gegen ihn spräche.
„Wieso ER?" murrte Raimond. „Wir sind alle aus dem Haus von Etampes, wir sollten einen der unsrigen zu unserem Führer bestimmen!" Er wusste sich schuldig an Bruder Briands Tod, und das Schuldbewusstsein machte ihn reizbar gegen alles und jeden.
Doch er blieb mit seiner Meinung allein. Alle außer ihm hoben die Hand, als Louis um die Zustimmung zu Jocelins Wahl bat. „Bruder Raimond, akzeptiert Ihr Bruder Jocelin von Provins als Komtur?"

„Meinetwegen“, brummte er nur ohne aufzusehen.
Louis wandte sich zu Jocelin um.
„Beau frère, Ihr habt die Wahl Eurer Brüder vernommen. Seid Ihr bereit, uns zu führen, getreu den Regeln und Gewohnheiten unseres Ordens?”
Jocelin bekreuzigte sich, langsam, feierlich. Mit einem Kreuz, das ein Gebet um Hilfe war.
„Ich bin bereit“, sagte er dann. „Mögen Gott und die Heilige Jungfrau mir und uns allen helfen!”

Am nächsten Morgen schneite es, und der Winter erfasste nicht nur Erde und Pflanzen in seiner eisigen Umklammerung, sondern wie stets auch alle Aktivitäten. Papst Clemens zog sich in ein provenzalisches Kloster zurück, und Guillaume de Nogarets Gesandtschaft brach unverrichteter Dinge wieder nach Paris auf. Mitte November tauschte König Philipp die Gemächer des Temple gegen sein Jagdschloss an der Loire. Kälte und Schnee bereiteten selbst den Gedanken der Leute ein Ende, ließen alle Anklagen, Spekulationen und Verteidigungen hinter der Sorge um das tägliche Leben verschwinden. Für ein paar Monate vergaß Frankreich die gefangenen Ordensbrüder. Nur der Tod blieb in den Kerkern ein treuer Besucher. Doch die Templer waren voller Hoffnung auf den Heiligen Vater, der eine eigene Kommission und ein gerechtes Verfahren versprochen hatte.

Buch II

Verleugnet

« Petrus vero sedebat foris in atrio,
et accessit ad eum una ancilla, dicens:
Et tu cum Iesu Galilaeo eras.
At ille negavit coram omnibus. »

Petrus aber saß draußen im Hof,
und eine Magd trat zu ihm und sagte:
Du warst auch mit Jesus dem Galiläer zusammen.
Doch er leugnete dies vor allen ab.

(Matthäusevangelium, Verleugnung Petri)

Frankreich, Frühjahr 1308

Wie für die Landbevölkerung auch, waren die Wintermonate für die Flüchtlinge eine Zeit des Hungers gewesen. Nachdem königliche Forstwächter die Wälder durchstreift hatten, wagten sie kaum mehr zu jagen oder Fallen aufzustellen. Vor ein paar Wochen war es gelungen, einen Teil der Inhaftierten aus Provins zu befreien, kurz bevor sie in ein anderes Verlies überführt wurden. Zur Freude der Flüchtlinge war ein Geistlicher unter ihnen, Kaplan Helias. Doch für Komtur Renalt war die Hilfe zu spät gekommen... Er war gestorben, kaum dass sie ihren Zufluchtsort erreicht hatten, und ein paar Wochen darauf noch zwei weitere Brüder.

Ranulf hatte sich in Orleans verdingt. Dort an der Dombauhütte hoffte er am ehesten Nachrichten vom Papst zu erhalten. Doch mit dem Schnee schmolz auch die Hoffnung auf den Heiligen Vater dahin. Clemens war krank, und die Kardinäle, denen seine Geschäfte anvertraut waren, Vertraute des Königs. Die Brüder erfuhren, dass die Templer in England und Irland gefangen gesetzt worden waren - trotz aller gegenteiligen Versprechen König Edwards. Auch in der Provence hatten sich die Kerkertüren hinter den Ordensbrüdern geschlossen.

Die Stimmung in Fontainebleau war gespannt.

„Ich sage euch, Papst Clemens rührt keinen Finger für uns!“ rief Raimond unvermittelt. „Oder hat er seine Kommission vielleicht schon berufen? Auf seine Hilfe zu warten hat keinen Zweck!”

„Aber der Heilige Vater ist unser einziger Richter!“ widersprach Jocelin. “Nur er kann den Orden retten!“

„Ach, Clemens ist doch ebenso gefangen wie unsere Brüder! Man munkelt überall, dass der König ihn erpresst!“

„Oder er ist ganz einfach zu feige, was zu unternehmen!“

Jocelin musste an den Spielmann denken, dem er im Herbst begegnet war. Wie waren doch dessen Worte gewesen?

‚Der König lässt den Papst tanzen wie eine hölzerne Puppe.‘ Welche Chance hatte Clemens dann überhaupt, dem Orden der Templer die Hilfe zu bieten, die er so nötig brauchte? Jocelin wollte hoffen,

wollte glauben, dass sich alles zum Guten wenden würde. Doch in den letzten Wochen war der Zweifel stärker geworden.
„Wie lang wollen wir noch warten, bis wir etwas unternehmen? Bis wir hier verhungern?! Warum reiten wir nicht zu Clemens und zeigen ihm, wie ein Templer zu kämpfen vermag?“
„Raimond, beherrscht Euch!”
„Zum Teufel! Wenn Ihr zu feige seid, die Waffen zu erheben, dann gehe ich allein!” Er warf den harten Brotkanten auf die Erde und schritt zornig aus der Gemeinschaft der Brüder.
Jocelin wollte ihm nach, doch da stürmte Raimond schon mit einem Freudenschrei zurück.
„Ranulf! Ranulf ist da!“
Fast noch mehr als das unverhoffte Wiedersehen erfreute die Brüder der große Sack, aus dem Ranulf Mehl, Brot, Butter, Käse und sogar einen Schinken zu Tage förderte.
Während er das erste Brot verteilte, berichtete er: „Die Dombauhütte wurde geschlossen. Der Bischof hatte sich wohl etwas zu reichlich aus den Templergütern bedient, und Papst Clemens ließ den Bau einstellen, als er es bemerkte.“
„Dann ist der Papst wieder in Franzien?“
„Seit etwa einer Woche ist er wieder in Poitiers, ja. Die Verhandlungen mit Seiner Majestät sollen auch wieder aufgenommen werden. Aber das wird noch dauern bis nach dem Turnier.“
„Ein Turnier?“
„Anlässlich der Ritterweihe des Thronfolgers in 12 Tagen. König Philipp will ein großes Fest ausrichten mit Kampfspielen und Turnieren Mann gegen Mann. Und seine Majestät ist freigiebig: man sagt, für den Sieger habe er einen Preis von hundert Goldflorins ausgesetzt.“
„Freigiebig! Ha! Mit dem Gold unseres Ordens! Hundert Goldflorins!“ rief Raimond. „Einer von uns sollte reiten und es zurückholen!“
„Was redet Ihr? Keinem Bruder des Tempels ist es gestattet, an einem Turnier teilzunehmen!“ entgegnete Louis.
„Gut, Ihr kennt die Regeln auswendig, was? Und wer will über uns richten, wenn wir uns nicht an jeden Buchstaben halten?! Der Meister sitzt im Kerker und unser Komtur ist tot!“
„Komtur Jocelin -“

„Oh, Ihr könnt Euch auch nur hinter Ihm verstecken, was? Und deshalb werden wir zusehen, wir irgend so ein Schlagetot das Preisgeld kassiert und es dann mit Saufen und Fressen durchbringt!"
„Schluss damit!" fuhr Jocelin den jungen Ordensbruder an. „Louis hat Recht. Die Regel verbietet es."
„Ach, WUSSTE ich es doch!" fauchte Raimond nur.
„Trotzdem wird jemand von uns reiten."
„Was?"
„Ich. Ich werde für den Tempel antreten."
Auf Jocelins laute Erklärung folgte überraschtes Schweigen.
„Jocelin, das kannst du nicht", ergriff Arnaud schließlich das Wort. „Das -"
„Ich weiß, niemand kann mir Dispens erteilen. Ich muss es allein verantworten, und das werde ich auch, bis ich Gelegenheit bekomme, um Vergebung zu bitten. Aber wir dürfen uns diese Chance nicht entgehen lassen, nicht in der Situation, in der wir derzeit sind!"
„Aber du, keiner von uns, ist in der Verfassung, ein Turnier zu reiten!"
„Ich habe meine Brüder nicht befreien wollen, damit sie schlimmer als Tiere leben, Arnaud! Der Orden hat mich ausgebildet, und mit dieser Ausbildung werde ich ihm dienen. - Zwölf Tage sind noch Zeit bis zu den ersten Kämpfen, sagst du, Ranulf. Das reicht, um zu Kräften zu kommen und zu trainieren."
„Dann werde ich dich begleiten", beschloss Arnaud und erhob sich. „Und die Gelegenheit nutzen, mich ein wenig umzuhören unter den Gästen des Turniers…Einem blinden Bettler wird man keine allzu große Aufmerksamkeit schenken, und ihn nicht sonderlich für voll nehmen."
„Und ich komme auch mit", fügte Louis an. „Als Euer Knappe!"

Als Tancred den Kerker betrat, strahlte Freude in Komtur Roberts abgemagerten Zügen auf. Der junge Dominikaner war seit Monaten sein einziger Kontakt zur Welt. Eine seltsame Freundschaft war zwischen den beiden Männern gewachsen. Längst überstieg Tancreds Sorge für den Gefangenen den Auftrag Guillaume Imberts.
„Ich habe einen Balsam mitgebracht, Bruder Robert", sagte er und begann die Verbände von Roberts Füßen zu lösen.

Die Brandwunden heilten schlecht und brachen immer wieder auf.
„Lasst, ich kann selbst-"
„Es macht mir nichts aus!" erwiderte der junge Mönch mit einem Lächeln.
Alles, womit er das Los des Gefangenen erleichtern konnte, sah Tancred als Möglichkeit der Buße für die Taten der Inquisition, die er mehr und mehr verabscheute.
„Wie geht es meinen Brüdern?" Robert wagte die Frage kaum zu stellen.
„Sie sind am Leben."
„Am Leben..." Diese beiden Worte hatten eine ganz neue Bedeutung bekommen in den vergangenen Monaten. Leben, das bedeutete in erster Linie ‚überleben': die Verletzungen, die Krankheiten, die Feuchtigkeit des Kerkers, den Hunger, den Durst, die Finsternis. Von einem Tag zum anderen.
„Ist Bruder Pietro di Bologna noch bei ihnen?"
„Der Priester? - Ja."
„Das ist gut. Er kann den Brüdern beistehen und sie stärken. Ich würde so gern selbst zu ihnen sprechen, sie sehen..."
„Ihr könntet schreiben, Sire", schlug der junge Dominikaner zögernd vor. Komtur Robert blickte ihn an, einen Moment lang dem verlockenden Angebot erliegend. Dann aber sagte er: „Nein, Bruder Tancred. Ich will dich nicht in Gefahr bringen. - Weißt du etwas von Meister Jacques?"
„Nichts Genaues. Ich hörte, dass er und die übrigen Mitglieder des Obersten Kapitels noch in Corbeil gefangen wären, doch niemand darf zu ihnen. Sie werden streng bewacht. König Philipp fürchtet wohl, dass man sie befreien könnte, so wie es mit den Brüdern von Etampes und einigen anderen Orten geschehen ist."
„Demnach hat man die Flüchtlinge noch immer nicht aufgegriffen?" fragte Robert voller Hoffnung. Tancred nickte.
„Gott schütze sie! - Hat Papst Clemens die Kommission schon berufen?"
„Nein. Wahrscheinlich will er damit warten, bis das Turnier vorbei ist. Und dann ist auch bald die Heilige Woche..."
„Das Fest des Leidens und Sterbens unseres Herrn. Und wir dürfen die Sakramente nicht empfangen! Die Messe dürfen wir nicht hören! Mit welchem Recht?!" Komtur Robert strich über das zerschlissene

Kreuz seiner Tunika.
„Unser Orden hat gelobt, für Jesus Christus zu kämpfen, für ihn zu sterben, wie er für uns gestorben ist. Wie kann man glauben, dass wir das heilige Kreuz verleugnen und schmähen?“ Seine verzweifelte Stimme brach und er bedeckte das Gesicht mit den Händen. „Warum hilft Gott uns nicht? Uns, seinen Rittern? Warum rettet er uns nicht vor den Verleumdern?“

Auf der alten römischen Straße nach Paris herrschte reger Verkehr. Spielleute und Schausteller waren unterwegs, reiche Herren mit stattlichem Gefolge. Inmitten der übermütigen Turnierkämpfer zog eine seltsam anmutende Gruppe der Stadt entgegen: ein Mann in ärmlichen Gewand, ohne Sattel reitend, aber ein Schwert an der Seite, neben dem Pferd ein junger Mann im Bauernkittel mit einer Lanze über der Schulter, und ein blinder Mann im Mönchshabit.

Ein kahlköpfiger Mann fischte eine Münze aus seiner Börse und warf sie Bruder Louis vor die Füße. „Hier, damit sich dein Herr wenigstens etwas Brot kaufen kann, wenn es schon für einen Sattel nicht reicht!"

Ein junger Ritter auf prächtig aufgeputzten Pferd winkte ihnen zu: „He, Ritter Habenichts, wo wollt Ihr denn hin?" Der Wind blähte die weiten Ärmel seiner Brokattunika. „Etwa zu dem Turnier? Dann gebt Acht, dass Euch das Gewand nicht vorher vom Leibe fällt!"

Der Spott erntete zustimmendes Lachen von den übrigen Reisenden. In diesem Augenblick lenkte ein älterer Ritter sein Pferd nach vorn. „Sire Francis, Ihr habt die Manieren eines Bauerntölpels!" tadelte er den jungen Ritter. „Ihr wisst nicht, welches Schicksal diesen Mann ins Unglück gestürzt hat, also hütet Euch zu spotten!" Jocelin musternd ritt er näher. „Ihr scheint mir ein wirklicher Ritter, kein weibischer Feigling, der Angst hat, sein kostbares Gewand im Kampf zu beschmutzen." sagte er mit einem Seitenblick auf den jungen Mann, der zornig sein Pferd herumriss und an den Gaffern vorbeigaloppierte. „Wie ist Euer Name?"

„Jocelin ...von Judäa."

„Von Judäa?! Gott im Himmel, es ist lange her, dass ich einen Poulain getroffen habe! Ich wünsche Euch von Herzen Glück! - Nun muss ich sehen, dass ich Sire Francis einhole. Er macht nur Dummheiten, wenn ich ihm nicht die Zügel anlege!"

Als sie merkten, dass es nichts mehr zu sehen gab, setzten die anderen Reisenden ihren Weg fort. Nur noch manchmal traf ein neugieriger Blick Jocelin und seine Gefährten.

Am Nachmittag erreichten sie Paris. Die meisten Reisenden wandten sich vor der Porte Saint-Denis nach Westen, wo unter den mächtigen Mauern des Tempel die Turnierbanner wehten.

Für Jocelin galt es zunächst jedoch, einen Geldverleiher ausfindig zu machen.
Er und seine beiden Ordensbrüder schlugen die Richtung zur Rue du Temple ein. Irgendwo dort, erinnerte sich Jocelin, hatte zumindest vor einigen Jahren ein lombardischer Kaufmann gewohnt.
Im Oktober vergangenen Jahres war Jocelin denselben Weg in die Stadt gekommen, noch ahnungslos über das Unheil, das den Orden ereilt hatte. Es schien eine Ewigkeit her...
Bruder Louis spähte durch ein Tor in den düsteren Hinterhof.
„Wie wollt Ihr hier jemanden finden, Sire Jocelin?“
„Es ist sicher ein Steinhaus. Man sagte, dass er sehr reich sei. Er ist sogar einmal in offenen Streit mit dem Komtur von Paris getreten...“
„He, wen sucht ihr denn?“ kam eine Stimme aus dem Fenster über ihnen.
„Einen lombardischen Kaufmann!“
„Von denen gibt‘s hier keinen mehr! König Philipp hat sie alle zum Teufel gejagt, diese verfluchten Halsabschneider!“
Louis stieß mit dem Fuß in den Straßendreck. „Was jetzt?“
Ohne Geld gab es keinen Sattel, und ohne Sattel kein Turnier!
„Die Juden“, schlug Arnaud vor.
„Ach, die werden nun nicht mehr viel haben zum Verleihen nach der letzten Sondersteuer!“
„Trotzdem. Wir versuchen es!“

Eine Mauer trennte das Judenviertel von der übrigen Stadt. Noch vor einigen Jahrzehnten hatte es eine blühende Gemeinde beherbergt.
Aber seit den Bedrückungen durch König Philipp und den Überfällen einer Bevölkerung, die einen Schuldigen für ihr Elend suchte, waren viele Juden ausgewandert. Die Häuser standen leer, und Armut zog in die Gassen ein. Nur in den Arkaden eines einzigen Hofes verrieten aufgestapelte Warenballen einen gewissen Reichtum.
Jocelin wies Louis an, bei Arnaud zu warten, und betrat den Hof.
Eine Frau zog zwei am Boden spielende Kinder an sich und flüchtete ins Haus, als sie seiner ansichtig wurde.
Kurz darauf trat ein Mann in mittleren Jahren heraus. Sein Gesicht wirkte abweisend, ja feindselig.
„Was willst du?“

„Ich...bin gekommen, um einen Kredit zu erbitten.“
„Ich soll dir etwas leihen? Du siehst nicht aus, als könntest du je einen Sous zurückzahlen! O nein!“
Er drehte sich um. Verzweifelt nach Worten suchend packte Jocelin ihn am Arm. „Wartet! Ich bin ein Ritter, ich werde im Turnier kämpfen! Ich brauche das Geld für einen Sattel! Ich werde Euch alles zurückzahlen, darauf gebe ich mein Wort!“
Der Jude befreite sich aus dem Griff. „Was meinst du, wie viele Christen mir schon ihr Wort gegeben haben, und wie viele es hielten? Ich kann nichts für dich tun, selbst wenn ich wollte. Heute Morgen war der Bischof von Cambrai bei mir und verlangte eine ungeheure Summe. Gott sei‘s geklagt, aber ich werde wohl keine Münze wiedersehen! Und mein Geschäft“, er machte eine Bewegung über die Warenballen, „läuft auch nicht besonders. Die Leute sind zu arm!“
„Wisst Ihr denn niemanden, der mir etwas leihen kann?“
„Hier nicht, nein. Aber in Outre-Petite-Pont, bei Sainte-Geneviève soll es einen Verleiher geben, ein Christ, wie man sagt, der sich nicht schert um die Gebote seiner Kirche. Versuch es bei ihm!“

Der triefäugige Wirt beugte sich zu Jocelin und zischte: „Ob ich dir Geld leihe, du Hurensohn? Du weist doch ganz genau, dass die Kirche es verboten hat! Verschwinde!“
Wie um diesen Worten Nachdruck zu verleihen, knurrte ein bösartig aussehender, riesiger Hund hinter der Theke. Jocelin war bereits aus der Schenke, da sagte eine weibliche Stimme: „Du brauchst Geld? Dann komm‘ mit!“
Die Frau führte die Ordensbrüder an den stinkenden Werkstätten der Gerber vorbei in eine weitere düstere Spelunke. Dort wälzten sich zwei Betrunkene im Kampf über den Boden. Ein Fußtritt traf sie in die Seite. „Raus, ihr Schweine!“ brüllte ein breitschultriger Mann, riss die Betrunkenen hoch und beförderte sie mit einem weiteren Tritt vor die Tür.
Dann begrüßte er die Frau mit einem Kuss.
„Wen schleppst du da an, he?“
„Kundschaft für Merot.“
Der Mann zuckte mit den Schultern und schrie in das Halbdunkel der Wirtsstube: „Merot! Merot, zum Teufel, du fauler Sack!“

Eine Holzstiege knarrte, und ein nachlässig gekleideter Mann erschien vor den Ordensbrüdern.
„Du kommst um Geld zu leihen?“ wandte er sich ohne Umschweife an Jocelin. „Wie viel?“
„Genug für einen guten Sattel.“
Merot wog eine Börse in der Hand und nannte eine Summe. „30% Zinsen, wenn du nach einer Woche zahlst, jede Weitere 10% mehr.“
„Das ist Wucher!“ rief Arnaud empört.
„Nun, wenn es dem frommen Bruder nicht passt, behalte ich mein Geld.“ Er entblößte ein schadhaftes Gebiss.
Jocelin starrte auf die Börse. Es war ein ungeheurer Zinssatz! Aber es war die einzige Möglichkeit! Oder sollte er das Turnier aufgeben? Aber... 100 Florins! 100 Florins ihres eigenen Ordens! „Ich akzeptiere.“
Der Wucherer zählte langsam Münze für Münze in Jocelins Hand.
„Du verstehst selbstverständlich, dass ich eine Bürgschaft brauche.“ bemerkte er beiläufig. „Aber ich bin kein Unmensch. Ich verlange nichts, was du nicht hast! Es genügt, wenn einer deiner Begleiter solang bei mir bleibt, bis du zahlst!“
Noch ehe Jocelin etwas erwidern konnte, wurde Louis von zwei Männern gepackt.
„Wir werden ihn sicher verwahren, keine Angst!“
Louis‘ Gesicht verzerrte sich in sprachlosem Entsetzen. Der Gedanke, wieder eingesperrt zu sein, brachte ihn in Panik.
„Ihr könnt ihn nicht hier behalten!“ protestierte Jocelin, doch der Wucherer blieb ungerührt.
Die beiden Männer zogen Louis mit sich fort. Seine Furcht machte sich in einem verzweifelten Schrei Luft: „Bruder Jocelin!“
Die Aufmerksamkeit auch der letzten Wirtshausgäste war erregt. Jocelin meinte von ihren Blicken durchbohrt zu werden. Ihm schwindelte.
Wie aus weiter Ferne hörte er die spöttische Stimme des Wucherers: „Der hat ja mehr Angst, als sollte er in die Hölle! Wir schicken dir ja deinen schwarzberockten Freund!“
Arnaud! Arnaud trug die Mönchskutte! Sie hielten ihn für ‚Bruder Jocelin‘! Mit einem tiefen Atemzug suchte Jocelin dem Zittern seiner Glieder Herr zu werden. Er wagte einen vorsichtigen Blick. Die Gäste lachten. Niemand schien Verdacht geschöpft zu haben. Der

Wucherer bedeutete Jocelin und Arnaud zu gehen.
„Und denk daran, je eher du zurückzahlst, desto eher kommt euer Freund zu seiner Beichte!“ rief er ihnen noch hinterher. Sein Lachen, wie das Meckern eines Ziegenbocks, verfolgte sie bis weit auf die Straße.

Die Schausteller gaben eine meisterhafte Darbietung. Klatschen und Jubelschreie brandeten bei jeder grotesken Verrenkung, den Sprüngen und Salti durch die Menge.
In einem weiten Bogen säumten die Zuschauer den Turnierplatz. Selbst auf den Bäumen hockten sie. Es war ein relativ warmer Frühlingstag; nach den letzten Regengüssen rochen die Wiesen und die Erde frisch. Etwas erhöht, im Schatten eines blauen Baldachins, saß König Philipp mit seiner Familie und den engsten Vertrauten. Eine Abteilung Söldner umstand die Tribüne. Seine Majestät war misstrauisch. Da war das Volk, eine brodelnde, unkontrollierbare Masse. Da war der Adel, den die immer strengere Beschneidung seiner Privilegien aufbrachte. Und schließlich - ein Haufen flüchtiger Templer irgendwo in den Wäldern, derer man einfach nicht habhaft wurde!
Ein Fanfarenstoß erklang. Die Köpfe der Menschen wendeten sich zu den bunten Turnierzelten. Dort zeigten sich die ersten Ritter. Prinz Louis, der am Vortag den Ritterschlag erhalten hatte, war bei ihnen, stolz in seiner glänzenden Rüstung, das Lilienbanner an der Lanze. Neben ihm ritt Charles de Valois, der Bruder des Königs. Gräfin Ghislaine de Montfort ließ die Augen über die Wappen auf den Schilden wandern. Der Graf von Etampes, der Graf von Angers... Auch ihr Gemahl war oft an der Seite der Großen Frankreichs in Turniere geritten. Wie hatte er mit seinen Siegen geprahlt! Und dann war er in Courtrai von einem Bauern erschlagen worden wie ein räudiger Hund. Was half ihm nun sein Ruhm? Der König der Könige würde nach anderem fragen...
Ghislaine blickte sich nach ihrem Sohn um, aber Yvo war nirgends zu sehen. Dabei war sie seinetwegen zu dem Turnier gereist, damit er etwas von den ritterlichen Tugenden lerne. Doch im Grunde, was sollte er hier lernen? Was außer Eitelkeit und Hochmut? Die edlen Ritter, wie sie die Spielleute besangen, gab es wohl nur noch in deren Liedern. Die Gräfin war ärgerlich. Aber sie merkte nicht, wie

tief sie in Wahrheit all dieses leere Gepränge verabscheute.
Ein weiterer Fanfarenstoß verkündete das Eintreffen der Herausforderer. An ihrer Spitze ritt ein riesenhafter Mann in schwarzglänzender Rüstung. Er wurde jubelnd begrüßt. Die Ausrufung des Herolds war überflüssig. Jeder kannte Jorge de Fontcalda, oder wurde spätestens jetzt von den Umstehenden aufgeklärt, dass der katalanische Ritter schon an die hundert Turniersiege zu verzeichnen hatte. Den meisten galt es sicher, dass er auch aus diesem Waffengang als Sieger hervorgehen würde. Dem Katalanen folgte ein englischer Baron, die Haare in eine modische Lockentracht gelegt.
Ghislaine de Montfort hielt erneut nach ihrem Sohn Ausschau. Auf der Wiese focht eine Herde Kinder ihr eigenen Turnier. Aber auch dort war Yvo nicht. Ein Raunen unter den Zuschauern lenkte ihre Aufmerksamkeit wieder zum Kampfplatz.
„Sire Jocelin, Herr von Judäa“, rief der Herold.
Ghislaine de Montfort ertappte sich dabei, wie sie sich reckte um den Ritter sehen zu können, dessen Namen sie noch nie gehört hatte. Seine Rüstung war so schmucklos wie die eines einfachen Söldners. Doch das Ungewöhnlichste war der Schild: dort, wo bei den übrigen Rittern prächtige Wappen prangten, zeigte der seinige ein einfach gezeichnetes Marienbild. Der neue Herausforderer lenkte sein Pferd an der Tribüne vorbei, grüßte den König mit einem Senken der Lanze.

Philipps Anblick brannte in Jocelins Augen. König Philipp hatte den Befehl zur Verhaftung der Templer gegeben! Er war schuld an den drei Gräbern im Wald, schuld, dass Bruder Arnaud betteln musste! Am liebsten hätte Jocelin es laut heraus geschrieen…
„….Ihr reitet nicht unter dem Wappen Eurer Familie? Sehr interessant.“ Philipps Stimme klang sanft und klar, gar nicht wie die eines Monsters.
„Die Meinen sind tot, begraben im Sand von Palästina“, erwiderte er, und soweit er wusste, war dies nicht einmal eine Lüge. „Christus ist mir Vater und Maria Mutter.“
„Ein hoher Anspruch. Haltet Ihr das nicht für etwas hochmütig?“
„Ich halte es für demütiger als unter dem Wappen meiner Familie zu reiten und ihren Ruhm zu mehren anstatt den Ruhm Gottes!“

Etwas weiter hinten unter dem Baldachin klatschte Guillaume de Nogaret süffisant in die Hände. Es war genau die Sorte bigotter Reden, die er besonders liebte! Er würde die Summe des heutigen Preisgeldes verwetten, dass der Kerl mit dem Marienschild noch gestern Abend im Badehaus herumgehurt hatte! Es drängte den Siegelbewahrer, irgendetwas in der Art fallen zu lassen, aber da entließ Seine Majestät den Ritter aus Judäa.

Während Prinz Louis einen leichten Waffengang gegen den jungen Herzog der Bretagne wagte, begutachtete Jocelin noch einmal seinen erworbenen Sattel. Es schien gutes Material zu sein, ordentliche Polsterungen, nicht zu harte Gurte, und er saß gut, aber besser einmal zu oft überprüft, als sich beim Kampf Nachteile einzuhandeln - oder Schlimmeres! Der Ordensbruder klopfte seinem Pferd beruhigend auf die Seite, dann noch ein letzter Blick auf die Hufeisen, dass sich auf dem Weg hierher nichts festgetreten hatte...
Aus einem der anderen Zelte klang das Streiten zweier jugendlicher Stimmen. Offenbar hatten sich die Knappen eines Kämpfers in die Haare bekommen.
Das klatschende Geräusch einer Ohrfeige bereitete dem Disput ein Ende, und einen Moment später wetzte ein Junge mit rotem Gesicht an Jocelin vorbei. Der Templer dachte an Louis, den er eigentlich für die Knappendienste mitgenommen hatte, und der jetzt im Keller dieser Kaschemme wahrscheinlich Todesängste ausstand.
„Ich muss siegen, ich muss es schaffen!“ Er schloss die Augen für ein kurzes inbrünstiges Gebet um Beistand der Gottesmutter und des Heiligen Georg.
Ein Krachen ließ ihn sich aber wieder dem Turnierplatz zuwenden. Prinz Louis saß noch im Sattel, während sich ein Knecht um den am Boden liegenden Herzog der Bretagne bemühte. Irgendwo aus den Zuschauerreihen klang lautes Schluchzen. Aber die Befürchtungen waren schlimmer als die Tatsachen, denn in diesem Augenblick rappelte sich der Gefallene von selbst wieder auf.

Die nächsten Kämpfe waren Jorge de Fontcalda vorbehalten. Mühelos hob er zwei Ritter aus dem Sattel. Tosender Beifall belohnte ihn. Nun galt der Aufruf des Herolds Jocelin.
Ghislaine de Montfort beugte sich vor. Wen würde dieser seltsame

Ritter aus Judäa fordern? Sie sah erstaunt, wie sich seine Lanze vor dem Grafen von Baux senkte. Ein Ausruf des Staunens ging durch die Reihen. Die ersten Wetten wurden geschlossen.
„Ein Goldbyzantiner auf Berengar des Baux!“ rief eine Stimme, die Ghislaine de Montfort zu verabscheuen gelernt hatte. Esquieu de Floyran nickte ihr mit einem schmalen Lächeln zu.
„Fünfzig auf Jocelin von Judäa!“ antwortete die Gräfin, allein um ihm zu widersprechen.
Im Grunde war es ihr absolut gleichgültig, wer diesen Waffengang gewann. Hauptsache, er endete und sie konnte zurück in die Abgeschiedenheit von La Blanche. Hauptsache, Yvo stellte nicht wieder irgendetwas an… Wo war der Junge bloß?

Berengar des Baux musterte seinen Gegner unwillig. Ein Waffengang mit einem unbekannten armseligen Poulain konnte doch keinen Ruhm bringen! Einen Moment lang erwog er, die Forderung abzulehnen, aber dann senkte er seine Lanze ebenfalls. Sie nahmen ihre Plätze ein, der Herold gab das Zeichen, und sie stürmten los.
Der Graf zielte auf den unteren Teil von Jocelins Schild. Im letzten Augenblick richtete sich der Templer in den Steigbügeln auf, presste den Schild eng an seine Seite und stieß die Lanze vor. Sie traf mit einem dumpfen Geräusch Berengars Brustpanzer und hob ihn aus dem Sattel. Als der Staub sich legte, stand sein Gegner jedoch aufrecht, während ein Knecht sich um sein Reittier bemühte, und hob die Faust zum Zeichen, dass er den Kampf nicht als beendet betrachtete.

Ghislaine de Montfort gestattete sich einen ersten triumphierenden Blick zu Floyran, der nur spöttisch die Lippen verzog. „Noch ist es nicht vorüber, Madame. Des Baux hat noch genügend Zeit, diesen Hänfling aus Outremer Staub fressen zu lassen! Ha, seht Euch das an, ein Mönch als Schwertträger! Wahrscheinlich BADET der auch im Weihwasser!“
Ghislaine folgte Floyrans abschätziger Handbewegung und sah gerade noch, wie tatsächlich ein Mann in schäbiger Mönchskutte dem Ritter sein Schwert reichte. Wirklich, ein seltsamer Kämpfer!

Jocelins Hände schlossen sich fest um den Griff seiner Waffe, und er holte zum ersten Schlag aus, stellte sich vor, nicht gegen Graf Berengar zu fechten, sondern gegen jenen schönen Dämon auf der Tribüne... Der Gedanke ließ ihn mit solcher Wut angreifen, dass sein Gegner zunächst zurückwich. Aber kaum hatte Berengar die Kompetenz seines Gegners erkannt, verteidigte er seine Ehre mit der gleichen Kühnheit. Hiebe prasselten auf die Schilde der Kontrahenten nieder, rissen eine Scharte in das Wappen der Des Baux. Die Zuschauer verfolgten den Kampf gespannt. Ein Schrei erhob sich, als Jocelin den Grafen gegen die Barriere abdrängte. Doch jener zwang seinen Gegner, sich wieder zurückzuziehen, holte mit neuer Kraft aus. Das Schwert des Grafen glitt über Jocelins rechte Beinschiene und hätte ihn fast zu Fall gebracht. Hastig wich er vor dem erneuten Angriff aus, drehte sich halb und versuchte, Berengar zu entwaffnen. Doch der Graf fing den Hieb ab, sprang zurück und griff von der Seite an. Seine Klinge traf Jocelins Schild, aber ehe er zum zweiten Mal ausholen konnte setzte der Templer ihm das Schwert an die Kehle.
„Ergebt Euch, Sire!“
Berengar des Baux senkte seine Waffe. Durch den Sehschlitz seines Helms sah Jocelin, wie sein Gegner ihn zornig anfunkelte. „Der Teufel hole die Poulains!“ knurrte er. „Hättet ihr so gegen die Sarazenen gekämpft, würde das Heilige Land noch uns gehören!“
Die Szenerie von der Tribüne aus beobachtend, spuckte Esquieu de Floyran aus und verließ die Zuschauerränge.

Yvo de Montfort wischte die schmutzigen Hände an seiner Tunika ab, die bereits die Spuren der vergangenen Rauferei trug, und sah sich abenteuerlustig um. Die heutigen Turnierkämpfe hatten gerade geendet. Aus dem Lager klang das unvermeidliche Stöhnen und Schreien, dass die Arbeit der Wundärzte begleitete. An der Umzäunung vor den Zelten entdeckte Yvo etwas Neues, Reizvolles: einen einsamen alten Bettler in einer Mönchskutte.
„Du, lass ihn, er ist blind!“ meinte der rothaarige Bursche neben dem jungen Grafen. „Komm, wir gehen zurück ins Lager! Vielleicht können wir einem der Ritter bei den Pferden helfen!“
„Ach was! Langweilig! Der Kerl hier wird auf seinem einen Auge schärfer sehen als der Jagdfalke meiner Mutter, dass wette ich! Ich

kenn‘ diese Ratten doch! Die stellen sich blind, um mehr Almosen einzuheimsen! Oder er ist gar unterwegs, um da was zu klauen, in den Zelten! Gleich wirst du es sehen, eh!“
Yvo rannte auf den Bettler zu, vollführte eine rasche Bewegung vor dessen Gesicht. Bruder Arnaud spürte den Luftzug und streckte den Arm aus.
„He, willst du mich fangen?“ lachte Yvo. „Versuch‘ es doch!“
Der Schmerz der Erniedrigung ließ Arnaud zittern. Er hatte geglaubt, in den Jahrzehnten im Dienst des Ordens Demut erlernt zu haben, aber diese Schmach überstieg fast seine Kraft. Er war ein Ritter, aus einem der angesehensten Geschlechter Frankreichs, Adjutant des Meisters der Templer!
Yvo war so in sein grausames Vergnügen vertieft, dass er seine Mutter nicht kommen hörte. Sein Kamerad verdrückte sich eilig, als er das gräfliche Gefolge sah. Ghislaine packte ihren Sohn am Arm.
„Was tust du?!”
„Ich... mache ein bisschen... Spaß.“
“Spaß?!“ wiederholte Ghislaine und versetzte ihrem Sohn eine Ohrfeige.
„Weißt du nicht, dass uns in jedem Armen der Herr Christus selbst begegnet?! - Geh in den Wagen!“
Yvo warf einen Blick auf sein Reitpferd und murrte: „Ich bin doch kein Kind mehr!“
„Aber du benimmst dich wie ein Milchkind ohne Verstand! Geh! Oder ich bringe dich morgen in die Abtei von Villefort, das schwöre ich!!!”
Unter dem Grinsen der gräflichen Soldaten trottete Yvo zum Wagen. Ghislaine seufzte. Großer Gott, wie sehr fehlte ihrem Sohn die starke Hand des Vaters! Sie wandte sich wieder dem Bettler zu und erkannte jetzt in seiner Gestalt den seltsamen Begleiter des Ritters aus Judäa. „Verzeih meinem Sohn!“ bat sie und legte ein glänzendes Geldstück in Arnauds Hand. Dann kehrte sie zu ihrem Gefolge zurück.

Esquieu de Floyran hielt sich abseits von dem Treiben im Festsaal des königlichen Palais. Er war gekränkt, dass Gräfin Ghislaine de Montfort ihn an diesem Abend nicht die mindeste Beachtung geschenkt hatte. Aber noch weit mehr erboste ihn der Verlust von fünfzig Goldbyzantinern. Mit welcher Freude sie dieses gierige Weib in Empfang genommen hatte! Eigentlich wurde es mehr als Zeit, dass ihr jemand diese Flausen der Arroganz austrieb und sie auf den Platz verwies, der einer Frau zustand!
Er kippte einen Becher Wein hinunter. Wer hätte auch gedacht, dass der magere Bursche aus Outremer den Grafen von Baux besiegen würde! ‚Von Judäa', ‚Jocelin von Judäa', was war das für eine Seigneurie? Und wieso ritt er nicht unter seinem Familienwappen? Was sollte der Quatsch mit dem ‚Maria ist meine Mutter'? Entweder der Mann war ein Idiot oder - Irgendetwas stimmte mit ihm nicht. Und das, genau das würde er herausfinden, schon um die Freude der Gräfin von Montfort über den Sieg dieses Kerls zu dämpfen! Er verließ die Festgesellschaft und das Palais über die nachtdunkle Rue de la Harpe und wandte sich in Richtung der Seine.

Dort lag das Palais "Aux Quinze Anges", der Wohnsitz des neunzigjährigen Chronisten Jean de Joinville. Floyran ließ den Türklopfer solang gegen das Tor donnern, bis er schlurfende Schritte hörte. Der Diener Joinvilles, kaum jünger als sein Herr, überschüttete den Besucher mit einem Schwall der Entrüstung.
„Mach' auf! Ich komme im Namen der Heiligen Inquisition!"
Das kleine Fenster in der Mitte der Tür öffnete sich, und der Diener erging sich in einer erneuten empörten Rede, was denn die Inquisition mit einem so ehrwürdigen und rechtschaffenen Herrn wie Sire Jean zu tun habe, der den heiligen König Louis auf dem Kreuzzug begleitet hatte.
„Alter, hör auf zu quatschen und lass mich rein! Oder ich trete die Tür ein!"
Mit zitternden Händen schob der Diener jetzt die Riegel zurück und zog die Pforte auf. Selbst das dauerte Floyran noch zu lang und er half mit einem kräftigen Stoß nach, der den Bediensteten fast zu Fall brachte. Einen Moment später stand er in der großen, düsteren Eingangshalle des Palais. An den Wänden aufgereihte Schilde, Schwerter und Banner erzählten von der ritterlichen Vergangenheit

seines Besitzers. Zwei riesige Leuchter mit dem Jerusalemkreuz verliehen dem Raum eine sakrale Atmosphäre. Und dann trat Jean de Joinville ein. Er stützte sich auf einen Stock, doch schien das mehr Gewohnheit als Notwendigkeit zu sein. Weißes Haar umrahmte sein Gesicht, das zerknittertem Pergament ähnelte. Von den durchscheinenden, knochigen Händen konnte man nicht glauben, dass sie jemals eine Waffe gehalten hatten. Doch trotz aller Zerbrechlichkeit lag eine gewisse Kraft in seiner Gestalt. Er setzte sich in einen der hohen Lehnstühle und sagte: "Es muss ein gewichtiger Grund sein, dass die Heilige Inquisition mich zu dieser Stunde zu sprechen wünscht, da man ja sogar mit der Verhaftung der Templer bis zum Morgen warten konnte!"
„Es ist in der Tat von Bedeutung, Sire", begann Esquieu de Floyran, aber ein Klopfen von Joinvilles Stock unterbrach ihn.
„Wer seid Ihr? Ich spreche nicht gern mit Namenlosen!"
„Sire Esquieu de Floyran.
„Esquieu de Floyran", wiederholte der alte Chronist und ließ keinen Zweifel, dass der Träger des Namens seiner Ansicht nach nicht gerade unter die Rechtschaffenden zu zählen sei. „Nun, sprecht!"
„Ihr kennt das Heilige Land, Sire. Ich möchte, dass Ihr mir etwas erzählt über eine Seigneurie von Judäa!"

Der folgende Morgen des Turniers war der Kunst der Bogenschützen gewidmet. Erst am Nachmittag setzte man die Zweikämpfe fort. Esquieu de Floyran hatte diesmal seinen Platz auf der Tribüne des Königs und seiner Vertrauten nicht eingenommen. Er lehnte an einem Pfosten der Umzäunung und verfolgte ungeduldig, wie vier Ritter gegeneinander antraten. Seine Gedanken fieberten in freudiger Erwartung. Er war im Besitz eines kostbaren Wissens!
„Jocelin von Judäa," murmelte er vor sich hin und verzog die Lippen zu einem genüsslichen Lächeln. Laut Joinville waren die Herren von Judäa 1282 im Mannesstamm ausgestorben; der Rest ihrer Besitzungen, die nach den Landgewinnen der Sarazenen ohnehin kümmerlich waren, war zwischen zwei reichen Bürgern Akkons und dem Erzbischof von Tyrus aufgeteilt worden. Dieser Kerl mit seinem Marienbild auf dem Schild war ein Betrüger und Scharlatan, womöglich irgendein Knappe, ein Leibeigener, ein Waffenknecht,

der seine Ausrüstung zusammengestohlen hatte! Was für eine Genugtuung würde es sein, wenn er ihn vor den Augen der Gräfin bloßstellen konnte! Hmm… sie würde sicherlich wütend werden und zetern… und wütend fand er sie besonders begehrenswert!
Wieder war der Ruf des Herolds vom Turnierplatz zu hören: „Sire Francis von Wells fordert Sire Jocelin von Judäa!"
Floyran verschwand eilig zwischen den Zelten.
Das schmucklose weiße Banner des Ritters aus Outremer flatterte am Rande des Lagers. Kein Zelt, nur eine geflickte Plane war dort aufgestellt. Floyran musterte die wenigen Habseligkeiten. Nichts Ungewöhnliches fiel ihm auf. Ein Ledersack zum Aufbewahren der Rüstung, wie ihn hunderte von Rittern benutzten... Essgeschirr aus Holz, eine Karaffe aus Ton… Alles wühlte er durch während der Jubel der Zuschauer ihm einen erneuten Sieg dieses ‚Mariensöhnchens' verkündete. Nun, die Freude würde ihm schon noch vergehen!

Der letzte Tag des Turniers war angebrochen, der entscheidende Tag. Und ausgerechnet heute regnete es, der Boden war aufgeweicht und bei jedem Huftritt flogen Batzen feuchten Schlammes gegen die einstmals bunten Tücher der Begrenzung. Dem Eifer der Zuschauer tat das Wetter keinen sonderlichen Abbruch. Notfalls konnte man sich ja mit Wein aufwärmen! Nur noch vier Ritter waren übrig: Jorge de Fontcalda, ein Bretone, Charles de Valois und Jocelin. Die Wetten der Zuschauer schraubten sich in schwindelnde Höhen.
Der Bretone fiel vor der Lanze Valois'. Die Spannung unter den Zuschauern war jetzt fast spürbar. Wer von den beiden verbliebenen Rittern würde die undankbare Aufgabe übernehmen und den Bruder des Königs fordern? Es war Jocelin Judäa. Ohne eine Regung zu zeigen schlug er mit seiner Lanze gegen den Schild Charles de Valois'. Dieser weigerte sich. Hochmut ließ ihn gegen Jorge de Fontcalda antreten und verlieren: die Lanze des Katalanen verhakte sich in seinem Sattelgurt, zerfetzte ihn und sorgte für einen wenig eleganten Bodenkuss des Königsbruders.
Während ihn die königlichen Knappen vom Platz trugen, ritt Jocelin auf Fontcalda zu. Der Katalane beugte den Kopf zum Zeichen, dass er die Forderung akzeptierte. „Ich habe gesehen, dass Ihr recht gut im Umgang mit Lanze und Schwert seid, Sire Jocelin!" rief er.

„Aber bisher war alles ein Spiel! Jetzt werdet Ihr merken, was ein wirklicher Waffengang ist!“
Der Ordensbruder erwiderte nichts. Reden diente nur der Ablenkung. Er musste sich konzentrieren und diese Konzentration auch an sein Pferd weitergeben, gerade bei diesem ungünstigen Wetter. „Lass mich nicht im Stich, hörst du?“ Das Tier gab ein leises Wiehern von sich, als habe es die Worte verstanden und stampfte mit dem Vorderhuf auf.
Einen Moment später trafen die beiden Kämpfer mit solcher Wucht aufeinander, dass die Lanze Fontcaldas bis zum Schaft zerbarst, dabei Jocelins Schild und Arm nach hinten reißend. Kurz wurde dem Ordensbruder schwarz vor Augen, aber das Geschrei der Zuschauer katapultierte ihn zurück und er blieb im Sattel. Sein Gegner winkte bereits triumphierend in die Ränge, ein paar vereinzelte Buh-Rufe empfangend, die sich rasch zu einem Crescendo steigerten.
„Jocelin, alles in Ordnung?“ klang die besorgte Stimme Arnauds zu ihm. Er nahm den Helm ab, um besser sehen zu können, und begutachtete seinen Schild. Der untere Halteriemen war abgerissen, wie befürchtet. Sein Arm fühlte sich ebenfalls noch etwas taub an. Aber er sah keinen Grund, Arnaud zu beunruhigen.
„Ja“, erwiderte er lediglich. „Betet für mich!“
Das Brüllen, Johlen und Füßestampfen der Zuschauer ebbte ab, als der Herold die Frage stellte, ob der Herr von Judäa willens sei, den Kampf fortzusetzen. Jocelin gab das Zeichen für ‚Ja‘ und lenkte sein Pferd wieder nach vorn. Ein letzter Blick zurück zu seinem Pflegevater, der am Rand der Brüstung niedergekniet war, dann schob er den Helm wieder über den Kopf.
Der Katalane packte die neue Lanze, die sein Knappe ihm reichte, und dann jagten die Gegner zum zweiten Mal gegeneinander. Diesmal jedoch zerschmetterte der Stoß den Schild des Ordensbruders in zwei Teile, und die Wucht des Aufpralls warf Jocelin aus dem Sattel. Er streifte mit der Seite die Barriere, überschlug sich und blieb reglos im Schlamm liegen. Fontcalda breitete die Arme aus und nahm den zögerlich einsetzenden Beifall entgegen.

Jocelin erwachte und nahm noch benommen einen Mann wahr, der sich über ihn beugte. Als jener zurückwich, erkannte er Bruder

Arnaud und eine Frau in schwarzer Witwentracht.
“Ich sah, dass sich kein Medikus um Euch kümmerte, und da habe ich Euch einen geschickt", sagte sie gerade.
„Ich danke Euch... Madame“, murmelte Jocelin und sah an sich herunter. Ein Verband umschloss seinen Brustkorb und es bereitete Schmerzen, sich aufzusetzen. „Hoffentlich keine gebrochenen Rippen...“ dachte er. Dann erst wurde ihm klar, was geschehen war. Er hatte verloren! Seine Brüder mussten weiter hungern! Und Louis! Wie sollten sie ihn auslösen? Mit einem Stöhnen lehnte er sich zurück.
„Messire,” hörte er die Frau jetzt sprechen, “verzeiht mir meine Kühnheit. Aber ich hörte, dass Ihr keinem Herrn verpflichtet seid. Ich bitte Euch, in meine Dienste zu treten. Als Lehrer für meinen Sohn. Ich bin Gräfin von Montfort und ich werde Euch angemessen entlohnen.“
Jocelin sah sie erstaunt an. Er erinnerte sich vage, die Frau auf der Tribüne bei der königlichen Familie gesehen zu haben. Es galt, vorsichtig zu sein...
„Ihr setzt großes Vertrauen in einen mittellosen Fremdling...”
„Ich habe Euch kämpfen sehen, Messire, und ich weiß, dass Ihr ein guter Ritter seid.”
„Ich habe den Kampf verloren.”
„Nun, es kommt nicht darauf an, aus allen Gefechten siegreich hervorzugehen“, entgegnete sie mit einem leichten Lächeln, das Jocelin unwillkürlich Unbehagen bereitete.
„Ein Ritter, der die Heilige Jungfrau zu seiner Mutter erkoren hat, wird doch nicht so grausam sein und sich vor den Nöten einer Witwe verschließen, nehme ich an?“
Jocelin überlegte fieberhaft. In ihren Diensten zu stehen konnte den Ordensbrüdern vielleicht einige wichtige Informationen einbringen... auch das Geld hätten sie bitter nötig...
„Ich... nehme an“, hörte er sich sagen, trotz Arnauds missbilligendem Kopfschütteln.
„Dann seid mir herzlich willkommen, Messire Jocelin! Ihr und...“
„Sire Arnaud, mein... Onkel, Madame.”

Niemand hatte bemerkt, wie ein Mann hinter die Zeltplane gehuscht war. Ein Mann, der begierig die Hand nach Jocelins Schwert

ausstreckte. Er zog die Waffe an sich, riss mit vor Erregung zitternden Händen die Klinge aus der Scheide. Und da war, was er gesucht hatte!
Nein, es war noch viel besser, als alles, was er gesucht hatte! Kein Wappen, was ihm den rechtmäßigen Besitzer der Waffe genannt hatte, sondern ein Kreuz. Ein kleines eingraviertes Kreuz. Das Ordenskreuz der Templer! Esquieu de Floyran jubelte in tiefer Befriedigung. Ein flüchtiger Templer war er also, der feine Herr von Judäa! Er hatte wohl gedacht zu entkommen... Ha! Wenn er richtig gehört hatte, wollte er bei Gräfin von Montfort unterschlüpfen! Nun gut, einen besseren Ort hätte er nicht wählen können... Nun würde er ihn haben, und sie dazu... Voller grimmiger Freude sah er Ghislaine nach, als sie davon schritt.

„Was hast du dir dabei gedacht? Dich in ihre Dienste zu begeben? Jocelin!“ meinte Arnaud, als er sich wieder mit seinem Ordensbruder allein wusste. “Wir wissen zuwenig über sie. Das kann uns in große Gefahr bringen. Das Beste wäre, wir verlassen so schnell wie möglich das Lager!”
„Das kann ich nicht. Ich habe mein Wort gegeben. Bedenkt doch, Arnaud, wie sehr Zugang zum Hofe uns von Nutzen sein kann!”
„Dennoch! Eine Frau! Es ist nicht gut“, betonte der alte Ordensbruder noch einmal. Aber seine Stimme war nur ein matter Widerschein des Aufschreis in seinem Inneren.

Noch in der Nacht ritt Jocelin trotz der höllischen Schmerzen in seiner Seite nach Fontainebleau, um seine Kameraden zu benachrichtigen. Sie vereinbarten, dass er zu festgesetzten Tagen an einen Treffpunkt kommen sollte, um die Neuigkeiten auszutauschen. Bei Morgengrauen war er wieder im Turnierlager.
Wenige Stunden später brachen die zwei Ordensbrüder im Gefolge der Gräfin von Montfort auf. Ihr Sohn hatte vom ersten Augenblick an keinen Zweifel daran gelassen, dass er seinen neuen Lehrer verachtete. Während der ganzen Reise hielt er sich trotzig abseits, sprach kaum ein Wort und reagierte auf keinen Anruf.
„Er war nicht immer so", wandte sich Ghislaine entschuldigend an Jocelin. “Aber seit sein Vater tot ist - o Gott, manchmal habe ich Angst, er wird noch einmal am Galgen enden!”

„Nein, das wird er gewiss nicht, Madame. Ihr werdet sehen, bald könnt Ihr stolz auf Euren Sohn sein", entgegnete Jocelin zuversichtlich. Er wusste, wie man Disziplin lernte - und lehrte.
Der Stein der Burg leuchtet warm in den letzten Sonnenstrahlen, als der gräfliche Hofstaat eintraf. In einer fast anmutigen Bewegung schlängelte sich die Mauer der weiträumigen Anlage den Hügel empor. Das gotische Dach der Kapelle, auf dem höchsten Punkt erbaut, ragte über die Wehrtürme und das Palais hinaus, schien mit seinem goldenen Kreuz den Himmel zu berühren.
„Das himmlische Jerusalem", sagte Jocelin ergriffen. Ghislaine lächelte und legte die Hand auf seinen Arm. „Ihr werdet La Blanche sicher ebenso lieb gewinnen wie ich, wenn Ihr erst eine Weile hier seid, Sire!"
„Ich hoffe nicht…" dachte er unwillkürlich. Das hier war nicht sein Platz, so verlockend er im Augenblick auch schien.

Anstatt zu den Lektionen zu erscheinen, verschwand Yvo schon am frühen Morgen des folgenden Tages aus der Burg. Am Abend brachte ihn der Kastellan der Stadt zurück. Er war mit einer Horde Straßenjungen beim Stehlen erwischt worden. Auch am nächsten Tag trieb er sich irgendwo herum und kam erst in der Dämmerung zurück. Sich völlig sicher und unangreifbar fühlend wollte er grinsend an Jocelin vorüber. Doch der Ordensbruder war keiner der Dienstleute seiner Mutter, die nicht gewagt hatten, ihren Herrn zu züchtigen. Er packte Yvo am Kragen und schleppte ihn zum Pranger.
„Was erlaubst du dir, du Lumpenbündel? Ich bin ein Adliger, du kannst mich nicht bestrafen wie einen gemeinen Bauern!"
„Ich kann hier keinen Adligen sehen", entgegnete Jocelin ruhig. „Ich sehe nur einen Dieb. Und die Strafe für Diebe sind zwölf Stockhiebe."
Yvo schlug um sich und schrie, nun schon mehr ängstlich als wütend: "Ich bin der Graf von Montfort! Ich... ich beschwere mich beim König!"
„Der König lässt Dieben die rechte Hand abhauen."

Ghislaine sah vom Fenster aus zu, wie Jocelin ihrem Sohn die Hiebe verabreichte. Zuletzt standen ihr ebenso Tränen in den Augen wie Yvo. Als der Junge mit hängendem Kopf im Palais verschwunden

war, trat sie zu Jocelin. „Glaubt Ihr, dass es helfen wird?“
„Es ist hart. Aber die Strenge ist notwendig. Jetzt hasst er mich, doch bald wird er merken, dass er im Grunde sich selbst hasst. Morgen wird er zu den Lektionen erscheinen, und er wird sich anstrengen, um mir zu zeigen, wer er ist.“
„Gebe es Gott! - Ihr kennt Euch aus, Sire. Wo habt Ihr das gelernt?“
„Auf ... Zypern, das meiste.“
„Wollt Ihr mir die Freude bereiten, und über die Stätten berichten, an denen unser Herr Christus gelebt und gelitten hat? Ich habe mir immer gewünscht, selbst einmal nach Jerusalem zu reisen…”
„Wenn es Euer Wunsch ist. Gern, Madame.“ Eigentlich hätte er sich lieber zurückgezogen. Aber er wollte auch keinen Verdacht erregen.

Jocelin saß noch lange bei Ghislaine am Kamin und erzählte von Palästina. In diesen Stunden fand zum ersten Mal seit langer Zeit in seiner Seele etwas anderes Raum als das verzweifelte Ringen um Gerechtigkeit für seinen Orden, oder die Frage, wo sie etwas fanden, um ihre Mägen zu füllen...
„...Den ersten Ort, den wir auf unserer Prozession besuchten, war die Kapelle des Heiligen Kreuzes, dort wo die Kaiserin Helena das Kreuz unseres Herrn gefunden hat“, erinnerte er sich an den Besuch in der Grabeskirche von Jerusalem. Er war kaum acht Jahre alt gewesen damals; umso wunderbarer erschien ihm alles im Rückblick. „Überall auf den Stufen entlang der Wände knieten und standen die Pilger, um kleine Kreuzzeichen in den Stein zu ritzen, zum Zeichen, dass sie da waren. Sie erzählten sich, dass wer hier sein Siegel auf diese Weise hinterlassen hat, am Jüngsten Tag nicht zu den Verlorenen gezählt würde. Dann gingen wir wieder hinauf, bis zum Altar über Golgotha und hörten die Messe.“
„Und das Grab Christi? Mein Großvater erzählte mir, dass Tag und Nacht gewaltige Kerzen ringsherum brennen...“
„Ja, das stimmt. Sie waren höher als ich damals. Und die große Kuppel der Kirche ist offen, damit immer die Engel auf und absteigen können zum Grab.“
Das Feuer warf ein unwirkliches Farbenspiel über ihre Gestalt. Sie lächelte und hatte die Augen halb geschlossen Er fühlte sich an das Bild der Heiligen Jungfrau in der Kirche von Provins erinnert... und realisierte einen Moment später das Blasphemische dieses

Gedankens. Hastig starrte er zu Boden.
„Verzeiht mir!“ sagte Ghislaine, seine Reaktion missdeutend. „Es muss furchtbar gewesen sein, Eure Heimat zu verlieren. Es tut mir leid, wenn ich Euch diesen Kummer zurückgebracht habe.“
„Nein. Nein, ich... denke gern an die Zeit zurück, bevor -“ Er unterbrach sich, hätte fast gesagt ‚bevor der Orden sich nach Zypern zurückzog‘. „Bevor wir uns nach Zypern retteten.“
„Trotzdem ist Euer Gesicht jetzt zu traurig, als dass ich Euch so gehen lassen könnte. Das bringt Unglück!“ Sie griff nach der Laute, die über dem Kamin hing.
Doch Jocelin erhob sich.
„Ich glaube, es ist besser, wenn ich jetzt gehe, Madame. Es ist schon spät und ich habe wieder Schmerzen.”
„Ah, vergebt mir, ich denke nur an mich! Ich werde Euch eine Kräutersalbe auflegen.”
„Nein, danke. Macht Euch keine Umstände. Ich wünsche Euch eine gute Nacht!”
Mit einer leichten Verbeugung war er aus der Tür.
Ghislaine blickte ihm nach. Ein wunderlicher Mann….
Aber es tat so gut, einfach nur einmal wieder zu träumen, wie sie es als Kind getan hatte, oben auf dem Burgturm, wenn ihr Großvater ihr vom Heiligen Land erzählt hatte und aus La Blanche das Himmlische Jerusalem wurde.

Während sie sich für die Nachtruhe vorbereitete, machten sich beiden Templer auf in die Burgkapelle. Es war ein kleines, altes Gemäuer, mit einer Decke, die vom Ruß hunderter Kerzen seit ihrer Erbauung geschwärzt war. Zwei Fenster, an der Ost- und an der Westseite waren mit kostbaren Glasscheiben verschlossen worden, deren Bildprogramm jedoch jetzt im Dunkel nicht zu erkennen war. Der Altar war schlicht mit einem weißen Tuch geschmückt. Das seitlich hängende Ewige Licht, eine bauchige Öllampe, beleuchtete schwach das Kruzifix auf der Mensa und die an der Seite auf einem Pfeiler stehende Jungfrau mit Kind.
„Im Namen des Vaters, des Sohnes und des Heiligen Geistes“, sagte Bruder Arnaud, bekreuzigte sich und kniete nieder. Jocelin tat es ihm gleich. Dann begannen sie flüsternd die vorgeschriebene Reihe an Vaterunsern zu beten. Die immer gleichen Worte, die sich wie

eine imaginäre Perlenschnur aneinanderreihten, waren wie eine Brücke. Für eine Weile schien die wirkliche Welt mit ihrer Grausamkeit und ihrer Finsternis zu verschwimmen und einer lichteren Heimat Platz zu machen.
„Vater unser im Himmel, geheiligt werde Dein Name, Dein Reich komme…“
Gott musste sie doch einfach hören, er konnte nicht vor ihrem Flehen die Ohren verschließen, er KONNTE es nicht!
„Dein Wille geschehe, wie im Himmel, so auf Erden… Vergib uns unsere Schuld, wie auch wir vergeben jenen, die gegen uns gesündigt haben! Und erlöse uns von dem Bösen! Amen!“

Am nächsten Morgen widmete Jocelin sich weiter der Ausbildung Yvos. Der Junge war diesmal eifrig bei der Sache, wenn auch nur aus Trotz gegenüber seinem Lehrmeister. Ghislaine sah mit einiger Hoffnung, dass ihr Sohn wohl zumindest einen Waffenstillstand mit Jocelin geschlossen hatte. Einen Waffenstillstand allerdings, den er gewillt war, auszureizen und auf die Probe zu stellen, wie sich in den folgenden Tagen erweisen sollte. Manche Kleinigkeit ließ Jocelin ihm durchgehen, doch gab es eine Grenze, bei deren Überschreiten er den jungen Grafen rigoros heran nahm. Zuweilen sah Ghislaine diese Disziplinierungsmaßnahmen mit gemischten Gefühlen – andererseits hatte ihre eigene mütterliche Nachsicht wohl auch nicht zu Yvos Besten gereicht…
Beinahe jeden Abend saß sie dann mit ihren Gästen zusammen und genoss die Abwechslung ihrer Gesellschaft. Auch wenn sie merkte, dass Jocelins Onkel sie nicht sonderlich mochte, das war kaum zu übersehen. Aber nun ja, alte Griesgrame gab es überall! Und allein die Anwesenheit ihrer Gäste genügte, ihrem Heim etwas mehr an Leben zu verleihen. Das hatte sie so lange vermisst!

Das strenge Fastengebot sorgte dafür, dass sich am Karfreitag kaum ein Mensch auf der Straße zeigte. Wen die Pflicht hinaus zwang, der schlurfte mit mürrischem Gesicht einher.
Verwundertes Kopfschütteln begleitete Jocelin, als er im Galopp durch Paris ritt, das von der Gräfin geliehene Geld sorgsam in einem Lederbeutel am Körper verstaut.
Am heutigen Tag waren alle Gasthäuser und Schenken verriegelt. Die Kirche hatte alle Lustbarkeiten untersagt, und die Beamten Seiner Allerchristlichsten Majestät sorgten dafür, dass niemand das Verbot übertrat. So dauerte es eine Weile, bis man Jocelin an der Spelunke des Wucherers öffnete.
„Du kommst zu unrechter Zeit!" knurrte ihm eine Stimme entgegen. „Heute gibt's keinen Wein, und auch keine Weiber!"
„Ich will nur meine Schulden bezahlen."
Auf diese Worte hin schob sich Merot durch die Tür und musterte ihn prüfend.
„Hat wohl etwas länger gedauert, was, Herr Ritter? Was glaubst du denn, wie lang wir den Kerl hier durchfüttern? Fast eine Woche! Wir sind doch kein Hospiz!"
Er riss den Geldbeutel an sich und zählte zweimal die Münzen nach. Dann wandte er sich in den Schankraum um und befahl, den Gefangenen herauszuführen.
Louis stolperte Jocelin vor die Füße. „O Gott, ich dachte, Ihr holt mich nie hier raus!"
„Verzeiht mir", bat Jocelin, während er seinen Ordensbruder vor den Schrankraum brachte. „Ich konnte es einfach nicht eher bewerkstelligen..."
Er schwang sich auf den Rücken seines Pferdes, half Louis hinter sich auf, und während sie die Stadt mit ihren alptraumhaften Erinnerungen hinter sich brachten, berichtete er, was geschehen war...
„Das heißt also, Ihr werdet noch einige Zeit auf La Blanche bleiben, Sire Jocelin?" fragte Louis.
„Solang, bis ich das Geld abgedient habe wenigstens, was sie mir für heute geliehen hat."
„Ah...ich weiß nicht, ob das gut ist", brachte Louis zögernd vor. „Auf dieser Burg zusammen mit dieser... Frau. Ihr wisst schon..."

„Die Gräfin von Montfort unterhält gute Beziehungen zum Königshof. Das kann uns nur nützlich sein!“
„Aber die Regel verbietet den Umgang mit Frauen. Es könnte sein, dass... nun, ich habe nicht das Recht, Eure Entschlüsse anzuzweifeln, ich habe Eurer Wahl zugestimmt, ich weiß, aber manche Brüder könnten denken, dass Ihr den Orden verraten wollt...“
„Denkt Ihr das?“
Louis senkte den Kopf. „Unser Komtur sagte immer, die Sünden des Fleisches sind es, die schon so viele vom Weg ins Paradies abgebracht haben. Ehe man es überhaupt bemerkt.“
„Das war recht gesprochen. Wir sind Ordensbrüder, und alles, was uns abhält Gott zu dienen, lässt uns dem Teufel dienen!“ Seltsamerweise hatten die Worte, die er selbst so oft von Arnaud gehört hatte, plötzlich einen faden Beigeschmack, als er sie aussprach. Er fühlte sich veranlasst hinzuzufügen: „Aber das ist auch eine schwere Zeit, und wir müssen günstige Gelegenheiten ergreifen!“
Louis nickte nur. Wenig später trennten sich ihre Wege. Louis schlug die Richtung nach Fontainebleau ein, während Jocelin wieder auf La Blanche zuhielt.

Wieder einmal war nach einem Tadel Yvos Wut mit ihm durchgegangen. Fluchend warf er mit einem Speerstoß die hölzerne Übungspuppe um.
„Nie bin ich Euch gut genug! Leuteschinder! Bettelpack!“ schrie er Jocelin an. „Ich könnte von den besten Rittern des Königs ausgebildet werden!“
„Das wirst du aber nicht, wenn du nicht lernst, dich zu beherrschen!“
„Wenn mein Vater noch hier wäre, würde er Euch vom HOF JAGEN!“
Jocelin griff ihn am Arm. „Dein Vater ist tot. Und du machst ihm Schande.“
Wütend riss der Junge sich los und packte den Speer.
„Nein, genug damit für heute, Yvo.”
„Was ist, seid Ihr schon müde?!”
„Hol’ dein Pferd! Ich will sehen, wie du dich im Sattel hälst!”

„Ha! Jeder weiß, dass ich der beste Reiter in der ganzen Grafschaft bin!"
Der Junge beherrschte sein Pferd tatsächlich meisterhaft. Während sie den steinigen Nordhang hinab galoppierten, nahm er auf seinem Rappen geschickt jedes Hindernis. Jocelin ließ ihm einen Vorsprung und Zeit, seinen Zorn dabei loszuwerden. Erst am Waldrand holte er wieder zu ihm auf.
„Du hattest Recht, du bist ein hervorragender Reiter!" rief er ihm zu. Yvo zog die Zügel an und drehte sich mit einem triumphierenden Lachen um. Sichtlich mit sich kämpfend fügte er dann hinzu: „Ihr seid aber auch nicht schlecht! Bisher gab's keinen, der mich hat einholen können. - Sagt, wie viele Sarazenen habt Ihr in die Hölle geschickt?"
„Der Krieg ist kein Turnier, Yvo. Wenn man um sein eigenes Leben kämpft, bleibt keine Zeit, die toten Feinde zu zählen."
„Mein Vater ist im Krieg gefallen." Yvos Stimme war leise geworden. „Wenn er noch da wäre… dann…"
„Ich habe auch viele meiner Freunde im Krieg verloren. Es ist furchtbar, ich weiß es."
In diesem Augenblick zuckte ein Blitz über den Himmel, gleich darauf grollte Donner. Bei ihrem wilden Ritt hatten Jocelin und Yvo nicht bemerkt, wie das Unwetter heraufgezogen war. Wieder blitzte es. Regen setzte ein. Ehe sie das schützende Blätterdach erreicht hatten, waren sie bis auf die Knochen durchnässt.
Jocelin musste an jenen Freitag vor nunmehr sechs Monaten denken, an dem er von Provins aufgebrochen war. Sechs Monate! Und noch immer hatte sich keine Stimme zur Verteidigung des Ordens erhoben!
„Messire Jocelin", fragte Yvo unvermittelt", werdet Ihr mich lehren, wie die Sarazenen kämpfen?"
„Ja. Ja, warum nicht", erwiderte der Ordensbruder noch ganz in Gedanken. Als die ersten Sonnenstrahlen die Wolken durchbrachen und der Regen verebbte, machten sich die beiden durchgefroren auf den Rückweg.

Kaum im Burghof angelangt sprang Yvo ohne einen Gedanken an sein Reittier aus dem Sattel und wetzte in Richtung Küche davon. Auf der Treppe kam ihm seine Mutter entgegen.

„Gütiger Gott! Junge, wie siehst du aus?"
„Wir waren ausreiten."
Yvo griff nach einem frischen Laib Brot und rutschte nah an das Kaminfeuer.
„Und Sire Jocelin? Wo ist er? Ihm ist doch nichts geschehen?"
„Weiß nicht. Im Stall, denk' ich", brachte Yvo zwischen zwei Bissen hervor und schloss genüsslich die Augen, als die Wärme ihn durchdrang.
Ghislaine eilte zu den Stallungen. Jocelin hatte gerade seinem Pferd eine Decke übergeworfen, als sie eintrat.
„Ihr denkt an Euer Pferd, aber nicht an Euch selbst!" Sie nahm ihren Mantel und legte ihn um seine Schultern. „Ihr könnt Euch ja den Tod holen!"
Er wandte sich ihr zu, ein überraschtes Lächeln auf dem Gesicht, über das noch die Regentropfen aus seinem Haar rannen, und Ghislaine fühlte sich plötzlich so verwirrt, dass ihr die Worte fehlten. Mit einer fahrigen Geste tastete sie nach den Haarsträhnen, die ihr in die Stirn hingen. Für Augenblicke, die ihr Ewigkeit schienen, sahen sie einander nur an.
„Schickt Yvo zu mir", brach Jocelin dann die Stille, „er hat zu lernen, dass er sich erst um sein Reittier kümmern muss, bevor er es sich in der Wärme gemütlich macht!"

Gedämpft klangen die Stimmen Arnauds und Jocelins durch die kleine Kapelle wie jeden Abend, wenn der Rest der Burgbewohner mit Ausnahme der Wachposten längst schlief. Aber diesmal konnte Jocelin sich nicht so auf seine Andacht konzentrieren wie er es gewohnt war. Immer wieder geisterte Ghislaines Lächeln durch seine Erinnerung; wie sie am Nachmittag nach dem Ausritt mit Yvo zu ihm in den Stall gekommen war. Es war nicht nur eine momentane Unaufmerksamkeit, eine kleine Zerstreuung, wie der Teufel sie dem aufmerksamsten Beter abringen konnte. Nein, ihr Bild hatte eine ganz andere Präsenz, und das gewahr werdend fühlte der junge Ordensbruder mit Verwirrung gepaartes Entsetzen in sich. Er konnte das Gefühl nicht einordnen, und umso mehr schien es ihm von Übel...
„Vater unser, der du bist im Himmel, geheiligt werde dein Name..."
Er hob den Kopf und versuchte in dem matten Lichtschein das

Wandgemälde über dem Altar zu deuten. Christus in der Glorie, und darunter… eine Stadt mit weißen Zinnen. Das himmlische Jerusalem! Er hörte Ghislaines Stimme: ‚Erzählt mir von der Heiligen Stadt… ist es wahr, dass ihre goldenen Kuppeln das Licht der Sonne überstrahlen?'
„Jocelin?"
Arnauds Stimme ließ ihn aufschrecken und er merkte, dass er mitten in seinem Gebet verstummt war.
„Ich... ich glaube, ich bin... sehr müde. Verzeiht mir."
Der alte Templer nickte. Aber die Antwort seines Pflegesohnes stellte ihn keineswegs zufrieden. Jocelin war immer einer jener Brüder gewesen, die noch nach aller Mühsal des Tages, allen Waffenübungen in den Gebetszeiten neue Kraft geschöpft hatten. Er hatte ihn noch nie derart abschweifen hören...

Die folgenden Tage entschuldigte sich Jocelin mit vagen Ausreden vor den gemeinsamen Essen und abendlichen Stunden am Kamin mit Ghislaine. An jenem Abend aber hatte kurz vor Toresschluss ein Franziskaner auf La Blanche um Obdach erbeten, weil sein Pferd lahmte. Jetzt saß er mit Ghislaine, Arnaud, und Jocelin beim Nachtmahl, und die Ordensbrüder hofften auf neue Nachrichten.
„So. Nach Tours seid Ihr also unterwegs, Bruder", bemerkte Arnaud wie beiläufig.
Der Bettelmönch nickte und stocherte nach einer Gräte.
„Ich muss die Predigt halten zur Eröffnung des Ständetages. Ich hoffe, Euer Schmied bekommt das mit dem Hufeisen wieder hin, so dass ich morgen weiter kann!"
„König Philipp hat die Stände einberufen?" wiederholte Ghislaine überrascht.
„Ja. Er will ihre Meinung einholen, was mit den Brüdern des Templerordens geschehen soll. Ach, ich sage Euch, Messires, zwei Priester aus meinem Konvent waren bei den Verhören voriges Jahr in Paris dabei; es ist wirklich entsetzlich, was sie berichtet haben! Unglaublich, dass sich solche Verbrechen in unserer Mitte abgespielt haben, ohne dass jemand was davon geahnt hat!"
Dankend lehnte er eine weitere Portion Gemüse ab und schob den Teller zurück. „Stellt Euch vor, die Templer lassen ihre Novizen auf das Kreuz unseres guten Herrn Jesus spucken und darauf herum-

trampeln! Sie schänden Knaben und sie treiben Hexerei mit teuflischen Götzenbildern! Gott sei gelobt, dass wir einen so guten König haben, der diesen Skandal aufgedeckt hat! Wir müssen viel für ihn beten!"
„Ja, das müssen wir", echote Arnaud.
Der Franziskaner gähnte.
„Ich glaube, ich bin doch recht erschöpft von dem Ritt heute..."
Ghislaine winkte dem Mädchen, das die Speisen aufgetragen hatte: „Zeig' dem ehrwürdigen Bruder die Kammer, die wir ihm hergerichtet haben!"
„Oh, Madame, Ihr meint es gut mit meinen alten Knochen! Der Herr möge es Euch vergelten!"
Er machte das Segenszeichen über den Anwesenden.
„Madame Gräfin, erlaubt, dass auch wir uns zurückziehen", bat Arnaud, als die Schritte des Bettelmönchs verklungen waren.
„Selbstverständlich, Messires. Ich bin wohl keine gute Gesellschafterin", sagte Ghislaine scherzend. "Morgen werde ich ein paar Spielleute einladen."
Das Lächeln schwand von ihren Lippen, sobald Jocelin den Saal verlassen hatte. Sie trat ans Fenster und blickte ihm nach, wie er Arnaud über den Hof geleitete. Wie ernst sein Gesicht bei der Erzählung des Franziskaners gewesen war...Und die Tage zuvor... Warum floh er plötzlich ihre Gesellschaft? Hatte sie irgendetwas gesagt, was ihn verletzt haben könnte? Seufzend schloss sie die Fensterläden und rief nach einem Knecht, das Feuer zu löschen.

Jocelin vergewisserte sich, dass niemand in der Nähe ihrer Kammer war. Dann sagte er leise:
„Wir müssen nach Tours und versuchen, mit den Abgeordneten zu sprechen."
„Ja. Aber zuvor brauchen wir unbedingt Kontakt zu Meister Jacques. Ohne seine Autorisation ist kein Bruder befugt, etwas zu unternehmen."
„So weit ich weiß, ist er immer noch in Corbeil."
Arnaud nickte. „Und Philipp wird ihn bewachen wie seinen Augapfel! Aber es muss einen Weg geben, zu ihm zu gelangen!"
„Morgen ist Sonntag. Da erhält Yvo keinen Unterricht. Ich werde nach Fontainebleau reiten und die Sache mit den Brüdern beraten."

Esquieu de Floyran hatte die Messe König Philippe zuliebe besucht. Es war für ihn eine abscheulich frömmelnde Angelegenheit mit einer langweiligen, moralisierenden Predigt gewesen, nur zu einem nütze: ungestörten Gedanken an Ghislaine de Montfort nachhängen zu können. Es war beinahe sechs Wochen her, seit er sie zum letzten Mal gesehen hatte - in Begleitung dieses Templerrenegaten Jocelin ‚von Judäa'. Diverse Erledigungen bei Hofe und eine leidige Infektion, die ihn für fast einen Monat so gut wie ins Bett zwang, hatten bisher alle Planungen erstickt. Aber nun... nun war es wirklich an der Zeit! Nachdem er sich von einem Höfling genügend Geld für ein aufwendiges Gewand erschlichen hatte, begab er sich also auf die Reise.

Ghislaine war allein, als Esquieu de Floyran kam. Mit leichtem, elegantem Schritt und siegesgewiss lächelnd. "Seid herzlich gegrüßt, Madame!"
„Erklärt Euer Kommen!" befahl sie kühl ohne den Versuch machen zu wollen, die Höflichkeit zu wahren.
„O Madame, wie könnt Ihr fragen? Ihr seid der Grund meines Besuches. Seit dem Turnier habe ich Euch nicht mehr bei Hofe gesehen, und so habe ich mir Sorgen gemacht."
Großer Gott, sie hatte noch nie einen so schlechten Lügner gehört!
„Ihr seid gütig und ohne Arglist, und das verleitet übelwollende Menschen, Euch auszunutzen, Madame."
„Ach ja?"
„Madame, Ihr seid zu Unrecht so schroff zu mir. Ich bin Euch ganz ergeben. Und einen verlässlichen Freund könnt Ihr jetzt sehr gut gebrauchen."
„Ich vermag Euch nicht zu folgen!"
„Ihr wisst doch, dass die Güter von Begünstigern der Templer an die Krone fallen, so will es König Philipp. Ach, wie schade wäre es doch, wenn Ihr diesen herrlichen Besitz verlieren würdet..." Er genoss es zu sehen, wie mehr und mehr die Angst Ghislaine ergriff. Er kam noch etwas näher und senkte seine Stimme. "Madame, der Mann, dem Ihr Obdach und Speise gewährt in Eurer Großmut - "
„Sire Jocelin?"
„Hat er Euch erzählt, woher er kommt? Wer er ist?"
„Was wollt Ihr damit sagen, Floyran? Hört auf, wie die Katze um

den heißen Brei zu reden!"
„Er ist ein Templer, ein Götzendiener und Verschwörer..."
„Geht, Floyran!"
„...und ich würde euch raten, nicht allein in seiner Nähe zu verweilen."
„Hinaus!" Ghislaine mühte sich, das Zittern in ihrer Stimme zu unterdrücken. „Ich bin nicht gewillt, die Lügen Euerer Denunziantenzunge anzuhören!"
„Ihr tätet gut daran, etwas freundlicher zu mir zu sein!" Mit einem raschen Griff hatte Floyran sie an sich gerissen. „Wenn ich es will, wandert Ihr noch heute in den Kerker! Was meint Ihr, erwartet Frauen, die mit einem gotteslästerlichen Templer Unzucht treiben?!"
Sie wehrte sich zornig, schrie um Hilfe. Lachend ließ Floyran sie los. Schon stürmten zwei ihrer Waffenknechte in das Gemach, hinter ihnen Jocelin, der den Lärm von seiner Kammer aus gehört hatte.
„Werft diesen Mann hinaus!" rief sie, auf Floyran deutend.
„Denkt an meine Warnung, Madame!" rief er, als einer der Männer ihn am Arm packte. Mit einem Seitenblick maß er Jocelin. „Wir sehen uns wieder, beau frère!"
Der Waffenknecht stieß ihn durch die Tür, sein Kamerad zerrte ihn die Treppe hinunter.
Erst als die Tür zufiel würde Jocelin klar, was der Fremde eben gesagt hatte. Beau frère... Eine plötzliche Kälte kroch in ihm hoch, während er sich langsam zu der Gräfin umwandte. Sie war blass, aber ihr Blick fixierte ihn fest.
„Wer war das?"
„Esquieu de Floyran", erwiderte sie. „Der Mann, der die Templer denunziert hat." Ihre Worte waren wohl überlegt, und sie ließ ihren Gast dabei keine Sekunde aus den Augen. Ihre rechte Hand ruhte auf einem zierlichen Dolch an ihrer Seite. „Und Ihr, Jocelin, wer seid Ihr?"
Er schwieg.
„Antwortet mir, Sire Jocelin! Ist es wahr, was Floyran sagte, seid Ihr ein Templer?!"
Er antwortete nicht, und dieses Schweigen war beredt genug...
Es ist die Wahrheit! Gütiger Himmel, es ist wahr! Ghislaine fühlte, wie das Entsetzen in ihr Zorn Platz machte. Sie fühlte sich vom Schicksal verraten und hintergangen. ER hatte sie belogen und hin-

tergangen...
„Ihr braucht keine Furcht zu haben. Wir werden La Blanche sofort verlassen“, hörte sie Jocelin endlich wieder sprechen und ihr dabei den letzten Hoffnungsschimmer entreißen, es könnte doch alles eine Lüge sein.
„Ghislaine, wir sind keine Verbrecher! Wir spucken nicht auf das Kreuz und beten keine Götzen an! Man hat uns verleumdet! Männer wie dieser Floyran! Ihr müsst mir glauben, Ghislaine! Wir sind unschuldig!” Er wusste nicht, warum ihm plötzlich soviel daran lag, dass sie ihm glaubte – aber es war so.
Sie musterte ihn schweigend, nicht fähig, irgendetwas zu tun. Waren das Lügen? Die Lügen und Verlockungen der Dämonen, vor denen Floyran sie gewarnt hatte? Und war das der Weg des Verderbens, der sich vor ihr ausbreitete? Nein. Nein, sie musste Jocelin glauben! Sie musste es ganz einfach, denn sonst, hatte sie das Gefühl, würde die Welt über ihr zusammenstürzen... Er konnte kein Ketzer sein! Sie konnte sich nicht so in ihm getäuscht haben!
„Ich wende mich an den König!“ entschied sie, tief Atem holend. „Er muss davon erfahren!“
„Madame Ghislaine, es war König Philipp, der den Befehl zu unserer Verhaftung gab, und zur Folter meiner Brüder. Er glaubt nicht nur den Verleumdungen, er hat bisher auch alles darangesetzt, dass wir unsere Unschuld nicht beweisen!”
Wie war das möglich? Philipp? Wie konnte Philipp so etwas Abscheuliches tun?! Sie schlug die Hände vors Gesicht und schüttelte langsam den Kopf.
„Was...was wollt ihr jetzt tun?” fragte sie dann.
„Wir müssen fort von La Blanche, nachdem Floyran von unserer Anwesenheit weiß. Soviel steht fest. Wir werden versuchen, auf dem Ständetag etwas zu erreichen.”
„Auf dem Ständetag...“ Ghislaine versuchte, ihre wirr durcheinander jagenden Gedanken zu ordnen. „Mein Onkel, Erzbischof Gregor.... Er wird sicher zu den Abgesandten gehören! Ich werde ihm schreiben! Er wird Euch anhören!”
„Madame, ich will nicht, dass Ihr Euch meinetwegen in Gefahr begebt!”
Doch sie war schon auf dem Weg, ihr Schreibbesteck und Pergament zu holen.

Als Arnaud von den Geschehnissen erfuhr, war er entsetzt.
„Du hast ihr gesagt, wer wir sind?"
„Ich hatte keine andere Wahl. Andernfalls wäre sie erst recht misstrauisch geworden. Nach Floyrans Andeutungen konnte ich nichts mehr abstreiten! Und wer weiß, was sie dann unternommen hätte."
„Und wer weiß, was sie jetzt tut? Dieser Brief, den sie dir gesiegelt hat, könnte eine Falle sein und wir laufen in Tours in die Arme der Inquisition."
„Ich vertraue Gräfin Ghislaine."
„Du... vertraust ihr?"
Arnauds seltsamer Tonfall bei diesen Worten entging Jocelin. Er hatte schon weitergesprochen: „Wir gehen so vor, wie ich es gestern mit den Brüdern besprochen habe, mit dem Unterschied, dass wir nicht mehr nach La Blanche zurückkehren. Ich bringe Euch nach Fontainebleau und Ihr brecht sofort mit Louis und Ranulf nach Tours auf. Ich reite nach Corbeil und sehe, ob ich an Meister Jacques herankomme. - Das Geld, was Ghislaine mir gegeben hat, wird mir hoffentlich dabei helfen! - Ich werde am Sonntag bei euch in St. Madeleine in Tours sein, so Gott will."
„Wir sollten vorsichtig sein. Floyran könnte ein paar Männer anheuern, um uns abzufangen."
„Ja." Jocelin schnallte seinen Schwertgurt um. „Dann wird er nicht mehr davonkommen!"
„Jocelin", Arnaud legte seinem Ordensbruder die Hand auf den Arm. „Keinen Hass! Hass ist eine Teufelssaat, und der Anfang des Verderbens!"
„Ich weiß." Das waren diese Worte des verehrungswürdigen Bernhard von Clairvaux. Die Essenz ihres Glaubens, ihres Ordens. Zu kämpfen und sterben, auch zu töten, aber nicht aus Hass, sondern aus Liebe: für jene, die es zu beschützen galt.
Worte! „Und die Qualen, den Tod, den Floyran verschuldet hat?!"
„Dennoch, Jocelin. Wir dürfen nicht hassen. Wir müssen beten für unsere Verfolger, so wie unser Herr es uns gelehrt hat. Wer das Schwert aus Hass führt, ist verloren!"
Jocelin erwiderte nichts. Er wollte Arnaud kein Versprechen geben, das er vielleicht nicht im Stande war zu halten.

Wie ein Besessener war Esquieu de Floyran nach Paris losgeritten,

um die Templer auf La Blanche anzuzeigen. Doch auf halbem Wege besann er sich eines anderen. Er konnte sie nicht der Inquisition ausliefern ohne gleichzeitig Ghislaine in Gefahr zu bringen. Das würde jede Hoffnung auf ihre Gunst für immer zunichte machen, ganz abgesehen davon, dass man sie unpraktischerweise vielleicht ebenfalls in einem Kerker verschwinden ließ! Nein, er musste diesen Bastard von Templer allein in seine Gewalt bringen...
Zwei Tage später erschien Floyran wieder vor La Blanche, im weiten orientalischen Gewand eines Juden. Die Torwächter erkannten ihn nicht und ließen den vermeintlichen Gewürzhändler ein. Es war Mittag, und kaum ein Mensch war im Hof der Burg zu sehen.
Aus der Kapelle klang eine helle Stimme. Comtesse Ghislaine sang das Mittagsoffizium. Esquieu lehnte sich an die Mauer des Palais und lauschte eine Weile. O ja, sie war fromm, aber das machte sie nur umso reizvoller! Welche Befriedigung würde es sein, ihr zu zeigen, dass sie nicht anders war als die bemalten Huren...
Unterhalb des Bergfrieds schlug ein Junge mit seinem Holzschwert in verbissenem Eifer auf eine Strohpuppe ein.
„Aha, der junge Graf“, erinnerte sich Floyran und ging auf ihn zu. „He, Junge, ich suche-“
Yvo drehte sich um und musterte den Besucher von Kopf bis Fuß. „Wie wagst du mit mir zu reden, Ungläubiger?!“
„Vergebt mir, Euer Gnaden!“ sagte Esquieu de Floyran in gespielter Demut und musste sich ein Lachen verkneifen. „Ich suche... einen Ritter aus dem Heiligen Land.“
„Sire Jocelin ist fort!“
„Und wohin ist er gegangen?“
„Was geht‘s dich an, Jude? Er ist eben ganz einfach FORT!“ Yvo brachte mit einem zornigen Hieb die Übungspuppe zu Fall.
Esquieu de Floyrans Augen verengten sich. Zum Teufel, der Templer war ihm entwischt! Nun gut, er würde zurückkommen! Ganz sicher würde er das. Die Fleischeslust würde ihn schon wieder zurücktreiben in die Arme seiner Geliebten! Und dann... dann würde er da sein und ihn erwarten...
Er wollte gehen, doch dann wandte er sich noch einmal um: „Ich habe noch etwas zu bestellen, junger Herr! Grüßt Madame Ghislaine von Sire Esquieu de Floyran. Sie möge sich seiner erinnern! Denn ER hat sie nicht vergessen.“

Die Burg von Corbeil ragte über der Stadt auf wie der Stein gewordene Herrschaftswille des Königs. Ein tiefer Graben umgab das aus den Felsen wachsende Bollwerk. Vier Türme krönten die äußere Mauer.
Der Kastellan war ein rotgesichtiger, beständig schwitzender Mann, beherrscht von dem Eifer, keinen Fehler zu begehen. Alles, was von der Normalität abwich, stürzte ihn in hitzige Nervosität. Und was verlangte da dieser junge Mann?
„Bringt mich zu dem Meister der Templer!“
„Bei allen Heiligen!“ ächzte der Kastellan. „In wessen Auftrag kommt Ihr?“
„Ich habe meinen Befehl von einem hohen Herrn, und ebenso hoch wird Eure Belohnung sein!“
Der Kastellan wischte sich den Schweiß von der Stirn und starrte auf die Goldflorins, die der Mann vor ihm auf den Tisch zählte. Ein hoher Herr?! Wer, wenn nicht König Philipp? Der König von England? Der Papst etwa?
„Seine Majestät hat jeglichen Kontakt zu den Gefangenen untersagt!“
„Seine Majestät wird nichts erfahren.“
Mächtiger als König Philipp?! Heilige Barmherzigkeit, warum musste gerade ihm das passieren?! Und dieses Gold... wie viel mochte es sein?
„Aber wenn die Wache ihren Rundgang macht, wird man uns sehen!”
„So lang wird es nicht dauern.”
Jocelin legte den vorletzten Goldflorin auf den Tisch. Eine Weile herrschte Schweigen, unterbrochen nur vom Seufzen und Ächzen des Kastellans. Schließlich stand er doch auf und bedeutete dem Ordensbruder, ihm zu folgen.

Jacques de Molay und der Provinzmeister der Normandie Godefrois de Charny schraken auf, als die Tür ihres Verlieses entriegelt wurde. Voller Furcht, Überraschung und Misstrauen richteten sich ihre Augen auf dem jungen Mann, den der Kastellan einließ.
Betroffen erkannte Jocelin seinen Befehlshaber. Das Gesicht hinter der rußenden Kerze war das eines alten Mannes. Er fiel auf die Knie und küsste die rechte Hand des Meisters.

Jacques de Molay hob ihn auf und umarmte ihn. „Wer seid Ihr, Bruder?“ fragte er bewegt.
„Jocelin aus der Komturei Provins, Sire.”
„Vertraut ihm nicht!” fiel ihm Charny ins Wort. „Es wäre nicht das erste mal, dass sie uns einen falschen Bruder schicken, um uns auszuhorchen! Um uns alles, was wir sagen, im Mund herum zu drehen!”
Doch Jacques de Molay hatte sich an einen fernen Tag auf Zypern erinnert. „Jocelin, der Pflegesohn von Bruder Arnaud...”
„Ja. Ich komme als Gesandter von den Brüdern, die in Freiheit sind, und bereit, Euch und dem Orden zu dienen!“
Mit einer Hoffnung, die aus der Verzweiflung geboren war, hörte Godefrois de Charny, was Jocelin berichtete. War dieser junge Mann das Zeichen Gottes, um das sie Tag und Nacht flehten?
„Sire Arnaud und ein anderer Bruder sind bereits auf dem Weg nach Tours, um mit den Abgeordneten der Stände zu sprechen. Und hier ist die Petition, die wir einem der geistlichen Abgeordneten geben wollen. Wir bitten Euch um Approbation, wenn Ihr damit einverstanden seid, Messire.”
Jacques de Molay musste das Schreiben dicht vor die Augen halten, um die Buchstaben noch unterscheiden zu können. Dann nickte er langsam. „Ja. Erinnert sie an die Privilegien unseres Ordens! Unser Archiv ist in den Händen König Philipps, aber das hier wird genügen. Bruder Arnaud kennt sich aus...”
Der Meister nahm eine Kerze, tropfte etwas Wachs auf das Pergament und drückte seinen Siegelring unter die Petition.
Eine Faust donnerte gegen die Kerkertür. „Beeilt Euch, zum Teufel!“ drängte der draußen wartende Kastellan.
„So lange ich Gefangener bin und im Kerker, bestelle ich Bruder Arnaud und Euch zu den Prokuratoren des Ordens. Ihr könnt Euch beiordnen, wen Ihr für richtig haltet -“ Jacques de Molay streifte seinen Ring ab und übergab ihn Jocelin. „Nehmt dies als Zeichen, dass ich Euch investiert habe.”
Godefrois de Charny runzelte die Stirn. Waren Arnaud und der junge Bruder aus Provins einer solchen Kompetenz fähig? Nogaret und der Großinquisitor Imbert hatten sie alle überrumpelt und ins Gestrüpp ihrer Gesetzestexte gelockt. Konnte überhaupt noch ein Mensch einen Ausweg finden?!

„Bruder Jocelin, was wisst Ihr von unseren Brüdern in Aragon, in England, im Reich? Sind sie noch in Freiheit?“ fragte Molay.
„Die Brüder in England sind gefangen, obwohl Papst Clemens noch keinen allgemeinen Befehl erlassen hat.”
„Aber König Philipp hat einen langen Arm!” murmelte Godefrois de Charny sarkastisch.
„Aus Aragon und dem Reich haben wir noch nichts gehört", fuhr Jocelin fort.
„Wer weiß, was noch geschehen wird... Ich gebe Bruder Arnaud und Euch alle Vollmachten, Bruder Jocelin, auch über die Brüder in den anderen Ländern!“
Der Kastellan klopfte erneut.
„Ihr müsst gehen. - Gott schütze Euch!“
Einen Augenblick später waren die Gefangenen wieder allein.

„Lauf, lauf, lauf!“ Arme streckten sich nach ihm aus, Hände versuchten ihn zu packen, aber seine Kinderbeine waren viel zu langsam. Er stolperte, fiel und schrie aus Leibeskräften, obwohl man ihm doch geboten hatte, ruhig zu sein. Er sah, wie die Bewaffneten in das Haus eindrangen, hörte das Krachen und Scheppern zu Boden geworfener und berstender Gefäße.
„Guillaume, komm her! Lauf doch, um Gottes willen!“ Die Stimme klang noch schriller als die zersplitternden Karaffen der Küche. Aber der Junge rührte sich nicht. Er saß im Schlamm des hinter der Viehtränke abführenden Weges und starrte hinunter auf das Haus wie unter einem Zauberbann. Zwei der Soldaten zerrten einen Mann mit sich.
„Großvater! GROSSVATER!!!“ Jetzt rannte der Junge, aber nicht den anderen Flüchtlingen hinterher, sondern abwärts, zurück zum Haus. „Großvater! NEIN! NEIN! NEIN!“
Der alte Mann in der schwarzen Robe drehte sich zu ihm um. Ein verzweifelter Ausdruck kam in seine Züge. Er schrie etwas, aber der Lärm der Bewaffneten ließ die Laute nicht bis hinauf zu dem Kind dringen, das sich im aufgeweichten Erdreich und über sperriges Wurzelwerk zu ihm vorwärts zu kämpfen suchte. Halb stolpernd, halb rutschend den kleinen Hang hinter dem Haus hinab.
Zwei gepanzerte Arme ergriffen den alten Mann und bugsierten ihn in Richtung eines Wagens. Der Junge sah einen weißen Mantel

durch das Blattwerk leuchten. Einen weißen Mantel mit einem blutroten Kreuz...

„Guillaume, Guillaume, wach auf!“ Seine Frau rüttelte ihn an den Schultern, und der Siegelbewahrer ließ endlich den Albtraum hinter sich.
„Schon wieder diese alte Geschichte?“ fragte sie, ihre Haare wieder unter die Nachthaube stopfend, während Nogaret aufstand, zu der neben dem Bettalkoven stehenden Waschschüssel trat.
„Ja.“ Er tauchte die Hände und dann das Gesicht ein. „Es wird erst ein Ende nehmen, wenn alles vollbracht ist...“
Seine Frau schüttelte den Kopf. Er hatte ihr weder die ganze Wahrheit über die damaligen Ereignisse erzählt, noch was ihn sonst in dieser Sache bewegte. Es war nichts, was sie etwas anging, was sie verstehen würde... Er griff nach seinen Sachen. Er wollte nicht noch mehr Zeit mit Schlaf vergeuden. Der Ständetag rückte heran. Es gab noch viel zu tun... sehr viel, bis er endlich das erreicht haben würde, was hoffentlich die Albträume für immer aus seinem Geist verbannte...

Jocelin stand in einer Ecke des Rathausplatzes von Tours. In zwei Tagen würde hier die Hauptversammlung der Stände tagen. Aber schon heute fanden sich die Menschen ein, um sich an zahlreichen Pamphleten zu erhitzen. Ihr Ziel schien es zu sein, die Menge gegen den Papst aufzuwiegeln.
„Clemens, was seid Ihr für ein Hirte?“ ereiferte sich einer der bezahlten Redner. „Ihr sorgt für Eure Familie, verschachert Ämter der Heiligen Kirche an unwürdige Verwandte! Wisst Ihr nicht, dass die Sorge um die Seelen das höchste Gut ist, und Ihr verschleudert es! Wie schlecht tut Ihr den Dienst, den die Christenheit Euch anvertraut hat!“
Das Gebaren des Redners ließ keinen Zweifel, dass für ihn ‚die Christenheit‘ gleichzusetzen war mit dem Allerchristlichsten König Philipp. Und sangen nicht selbst die Kinder Spottverse über den Papst von Königs Gnaden?
„Clemens, Ihr verschleudert nicht nur das Gut der Kirche, Ihr seid auch nachlässig in der Bestrafung der Feinde Christi! Diese Templer sind alle Gotteslästerer und Mörder, wie lang wollt Ihr noch dulden,

dass sie unseren Herrn beleidigen? Bedenkt, Clemens, es sind die Lauen, die Gott aus seinem Mund speit! Enttäuscht das Volk nicht länger, das auf Euch hofft! Befreit es von der Geisel der Ketzerei oder -“ Die Stimme schallte weit über den Platz, “oder das Volk wird sich von EUCH befreien!“
Sprechchöre antworteten dem Redner: „Befreit uns! Befreit uns von den Ketzern! Befreit uns von den Ungläubigen!“
Jocelin machte sich auf den Weg durch die schreiende, wild gestikulierende Menge. Papst Clemens würde großen Mut brauchen, wollte er sich dieser fanatischen Flut entgegenstellen...
An der Pforte des Martinsklosters angekommen, läutete er. Der Kopf eines Mönches erschien hinter dem Klausurgitter. „Gelobt sei Jesus Christus!“
„In Ewigkeit, Amen. Ich ersuche um eine Audienz bei dem hochwürdigsten Gregor, Erzbischof von Rouen!“
„Habt Ihr eine Empfehlung des Königs?”
„Ich bin Jocelin von Provins. Sagt Seiner Ehrwürden, ich komme von Gräfin Ghislaine de Montfort. Hier ist eine Nachricht mit ihrem Siegel!”
Der Mönch seufzte, betrachtete den seltsamen Ankömmling, der wie ein Bettler aussah, aber offenbar keiner war und seufzte wieder. Dann öffnete er die Tür und befahl: „Wartet hier im Garten, Sire!“

Gregor von Rouen runzelte nachdenklich die Stirn, als der Mönch ihm berichtete. Gräfin Ghislaine schickte ihn? Er erbrach das Siegel und begann zu lesen. Der Mönch sah, wie die Farbe aus seinen Wangen wich. Es musste eine schlimme Nachricht sein... Der Erzbischof sah durch das winzige Spähloch in der Galeriewand in den Garten hinunter.
„Ist er das?“ Der Mönch bejahte.
„Nun gut.“ Er wandte sich zu dem Mönch um. „Bring ihn in meine Zelle!”
Wenig später verneigte sich Jocelin vor dem Erzbischof.
„Ihr habt den Brief von Gräfin Ghislaine gelesen, Euer Ehrwürden?” Der Erzbischof nickte.
„Ich danke Euch, dass Ihr bereit seid, mich anzuhören.”
„Dankt mir nicht zu früh. Ich kann nichts für Euch tun.”
„Alles was ich und meine Brüder wollen, ist Gerechtigkeit. In zwei

Tagen wird König Philipp die Stände nach einem Urteil befragen, das ihnen nicht zusteht. Nur der Heilige Vater kann über unseren Orden Gericht halten. Es ist Eure Pflicht, die Freiheit der Kirche zu bewahren.”
„Ihr sprecht von Pflichten und Rechten? Uns sind die Geständnisse Eurer Ordensbrüder vorgelegt worden! Auch das Eures Meisters!”
„Diese Geständnisse sind durch Betrug und Folter erpresst worden!“
„Ich habe nichts als Euer Wort gegen hunderte belastende Protokolle,” entgegnete er.
„Ich und ein weiterer Bruder sind von Meister Jacques autorisiert, für den Orden zu sprechen. Meister Jacques hat widerrufen; die meisten unserer Brüder auch. Und ihre Geständnisse können nicht rechtskräftig sein. Die Brüder sind von einer weltlichen Macht gefangen gesetzt worden und verhört. Das ist gegen die Privilegien, die uns alle Päpste und Bischöfe bestätigt haben! Keiner, der nicht Mitglied des Ordens ist, darf gegen einen Ordensbruder aussagen, aber nur das ist geschehen, ohne dass wir selbst die Namen der Ankläger erfuhren! Niemand darf uns exkommunizieren außer dem Papst, aber vom Tag unserer Verhaftung an hat man uns nicht mehr die Sakramente gereicht!“
Jocelin reichte dem Erzbischof die Petition.
„Wir können dies nicht selbst auf dem Ständetag vorbringen. König Philipp ließe uns sofort verhaften. Daher bitten wir Euch, es zu verlesen. Bei der Wahrheit Gottes, verhelft uns zu unserem Recht.”
Kopfschüttelnd schob Erzbischof Gregor die Pergamentrolle zurück.
„Ich kann es nicht tun.”
„Ehrwürden! Der Ständetag darf die Verfahren nicht approbieren!”
„Leiser, mein Sohn!” wandte sich der Erzbischof an Jocelin. „In diesen Mauern gibt es mehr Leute des Königs als Ihr meint.”
„Dann glaubt Ihr an unsere Unschuld?!”
„Es geht nicht darum, was ich glaube oder nicht. ‘Die Wahrheit Gottes’. Wenn es so einfach wäre! Die Welt ist voller Übel, und zuweilen ist man gezwungen, von zweien das kleinere zu wählen.”
„Ihr wollt zulassen, dass Unschuldige verurteilt werden?”
Der Erzbischof schloss die Augen und lehnte sich zurück.
„Ich rate Euch, verlasst Tours, ehe man auf Euch aufmerksam wird.”
„Aber -!”

Gregor von Rouen ergriff das Glöckchen, um nach dem Mönch zu läuten, der ihm als Bediensteter zugeteilt worden war.
„Geht, habe ich gesagt. Es ist Zeit für mein Offizium."

Am nächsten Tag lehnte Erzbischof Gregor es ab, ihn noch einmal zu empfangen. Niedergeschlagen verließ Jocelin das Kloster, um sich wie geplant mit seinen Brüdern in St. Madeleine zu treffen.
Zu dieser Stunde drängten sich in der Kollegiatskirche die Bettler und erwarteten die tägliche Almosenverteilung der Kanoniker. Jocelin musste sich durch die Armen drängen, die ihm jammernd die Hände entgegenstreckten, während er nach seinen Kameraden Ausschau hielt. Hatten Arnaud und Louis es überhaupt bis Tours geschafft oder waren sie unterwegs womöglich aufgegriffen worden?
Einer der Bettler packte den Ordensbruder am Arm.
„Ich habe nichts!" wehrte Jocelin unwirsch ab. „Lass mich los!"
„Eine milde Gabe, Sire, eine milde Gabe!" schrie der Bettler beharrlich.
Die Stimme ließ Jocelin herumfahren. Aus dem Schatten einer Sackleinenkapuze schenkte ihm Bruder Louis ein kurzes Lächeln. Unauffällig folgte er ihm zu einem der Seitenaltäre, wo er nun auch Arnaud und Ranulf entdeckte. Dem Himmel sei Dank!
„Ich bin erleichtert, euch wohlbehalten hier zu sehen!"
„Wir genauso", antwortete Louis im Flüsterton. „Es waren ein paar Gerüchte im Umlauf, man hätte einen Anführer der Templer in Paris gehängt. - Und, ist es Euch gelungen, mit Meister Jacques zu sprechen?"
„Ja. Und er hat mich und Euch, Sire Arnaud, zu Prokuratoren des Ordens ernannt, solange er und das Oberste Kapitel in Haft sind." Jocelin zeigte den Siegelring des Meisters und überreichte ihn seinem Pflegevater. „Tragt Ihr ihn; Euch kommt er eher zu als mir!"
Arnaud nahm den Ring entgegen. „Ich hoffe, ich werde mich dieses Vertrauens würdig erweisen... Hat man die Gefangenen in Corbeil noch einmal verhört?"
„Bisher offenbar nicht."
„Hm.. .Philipp wartet vielleicht auf den Applaus der Stände, bevor er weiter vorrückt! Den wird er wohl auch bekommen, bei all den Privilegien, die er den Abgeordneten der Städte in den letzten

Monaten in den gierigen Rachen geworfen hat!“ Einen Moment lang schwiegen die Ordensbrüder, weil sich eine alte Frau vor dem Altar niedergeworfen hatte und die dortigen Reliquien der Heiligen Regula tränenreich um Gewährung irgendeiner Hilfe anflehte.
„Das klingt“, fuhr Jocelin dann fort, als sie endlich wieder allein waren, „...als hättet Ihr hier bei den Ständevertretern ebenso wenig wie ich Erfolg gehabt.“
„Nun, ich habe gestern mit dem Bischof von Toulouse gesprochen“, erwiderte Arnaud. „Die Querelen, die er mit den Dominikanern hat sind ja bekannt, und so dachte ich, dass macht ihn vielleicht geneigt, uns zuzuhören. Aber das war ein Irrtum. Und was hat der Erzbischof von Rouen gesagt? Wird er unsere Petition verlesen?“
Jocelin schüttelte den Kopf. „Nein. Alles umsonst! Vielleicht glaubt er mir nicht... oder...“ Er seufzte. „Ich kann es nicht sagen. Er sprach von einem noch größeren Übel, das die Kirche bedrohe.“
„Was könnte größer sein als die Schandtaten die an unserem Orden verübt werden?!“ rief Louis zornig und hätte Aufmerksamkeit erregt, wenn nicht gerade jetzt mit der Almosenverteilung begonnen worden wäre.
„Ich weiß es nicht“, flüsterte Arnaud. „Aber... es muss eine mächtige Waffe sein, mit der der König die Kirche erpresst...“
„Was unternehmen wir jetzt?“
„Auf die Entscheidung des Ständetags warten“, entgegnete Jocelin. „Vielleicht geschieht ein Wunder und Erzbischof Gregor fasst sich ein Herz?“ Er glaubte selbst nicht daran, aber er wollte etwas sagen, um wenigstens seine Brüder aufzumuntern.

Das Wunder geschah nicht.
Die Prälaten gaben ebenso wie die übrigen Abgeordneten des Ständetages ihre Zustimmung zum Vorgehen des Königs und forderten die Todesstrafe für die Templer. Schweigend machten sich die drei Ordensbrüder auf den Rückweg - und wurden vor der Martinspforte beinahe umgerannt, als ihnen in panischer Hast einige Leute entgegen stürzten.
„Die Templer! Die Templer!“ schrieen sie, und im nächsten Augenblick preschten drei Reiter die Straße herauf, in Rüstung, mit geschlossenem Visier, im weißen Ordensmantel. Jocelin drückte sich an die Mauer. Entsetzt sah er, wie die Reiter Fackeln gegen die

Klostergebäude schleuderten. Flammen schlugen hoch. „Verräter! Falsche Christen!“ klang eine dumpfe Stimme durch ein Visier. Dann wendeten die Männer ihre Pferde.
„Ich reite ihnen nach! Wartet in St. Madeleine!” rief Jocelin. Einen Augenblick später war er den Fremden auf den Fersen. Doch jene hatten gute Pferde und verlangten ihnen das Letzte ab. Jocelin verfolgte sie bis in die Ebene, doch dann schwenkten sie vom Weg ab, verschwanden über den Fluss im Wald. Jocelin gab auf. Er stieg aus dem Sattel und gewährte seinem Reittier eine Zeit der Erholung. Dann ritt er langsam nach Tours zurück.

Die Gesänge der Vesper klangen durch St. Madeleine, als Jocelin die Pforte öffnete. Ein paar Gläubige, die sich hier zur Andacht eingefunden hatten, drehten sich empört über die Störung um. Jocelin schenkte ihnen keine Beachtung. Hinter dem nördlichen Vierungspfeiler entdeckte er seine Ordensbrüder. Louis blickte ihn fragend an. Jocelin schüttelte den Kopf. „Sie sind in den Forst von Neuilly.“
„Wir müssen sie unbedingt aufhalten. So etwas darf nicht noch einmal passieren!” sagte Bruder Arnaud.
„Ist der Brand gelöscht worden?”
„Ja. Gott sei Dank.”
„Am besten, wir brechen sofort auf, ehe sie Zeit haben sich aus dem Staub zu machen!”
„Ja, wenn sie das nicht schon getan haben!”
Jocelin griff Arnaud bei der Hand und strebte gefolgt von Louis dem Portal zu.

Die drei Templer ritten langsam in das Gehölz, aufmerksam auf jeden Laut horchend. Aber lange Zeit klang nur das Schreien eines Eichelhähers zu ihnen. Das Waldgebiet war nicht groß, doch für Menschen, die nicht entdeckt werden wollten, boten sich zweifelsohne genügend Schlupfwinkel. Die fremden Brüder würden Angst haben, genau wie sie selbst in Fontainebleau die Entdeckung fürchteten.
Plötzlich krachte ein Baumstamm auf den Weg nieder. Die Pferde scheuten. Im nächsten Moment sahen sich Jocelin und seine Begleiter von einigen Männern in abgerissenen Kleidern umringt,

die ihre Armbrüste schussbereit auf sie hielten.
„Ihr seid mutig, allein in dieser Gegend zu reisen," sagte ein dunkeläugiger Mann. „Was wollt ihr hier?"
„Wir sind auf der Suche nach einigen Dienern Gottes," erwiderte Jocelin vorsichtig. Er war sich sicher, dass die gesuchten Ordensbrüder um sie standen. Räuber pflegten nicht so lang zu warten, ehe sie einen Mann um sein Hab und Gut erleichterten...
„In den Wäldern? Sucht lieber in den Kathedralen und Klöstern!"
„Ja, da findet ihr eine Menge Diener Gottes!" Ohne ihre Waffen zu senken warfen die Männer nun einen fragenden Blick zu einer großen Gestalt, die eben im Schatten des Blätterdaches aufgetaucht war.
Ein Paar dunkler Augen richtete sich auf Jocelin, Louis und Arnaud. Sie warteten.
„Wer seid ihr? - Antwortet, wenn euch euer Leben lieb ist!"
Jocelin öffnete den Mund zu einem Gebet, das dem Ordensgründer Hugo de Payens zugeschriebenen wurde. Jeder Templer musste es kennen - und für Fremde würde es nur ein Gebet sein:
„Herr, mache uns tapfer im Kampf und in allen Widrigkeiten, tüchtig zu allem guten Werk..."
In den dunklen Augen des Fremden blitzte es auf. Die Worte schienen ihm nicht neu, zumindest das war klar zu erkennen.
„...und rüste und aus mit der Kraft des Glaubens", vollendete der Fremde schließlich langsam und trat vor auf die Straße. Er trug einen braunen Umhang und hatte dunkles, bis über die Schultern fallendes Haar.
„Ihr seid Brüder? Und in Freiheit?"
„Mit Gottes Hilfe, ja!" entgegnete Arnaud.
Ein Raunen ging durch die Umstehenden.
Der Dunkeläugige gab den anderen ein Zeichen, ihre Waffen zurückzustecken. „Steigt ab! Wenn ihr lügt und Leute des Königs seid werdet ihr den nächsten Tag nicht mehr sehen!" Dann wandte er sich an zwei seiner Gefolgsmänner: „Verbindet ihnen die Augen und bringt sie in unser Lager."
Als man Jocelin die Binde wieder abnahm, befand er sich auf einer Lichtung. Mehrere einfache Windschirme aus Reisig spannten sich über einigen Männern.
Die Überraschung überwältigte Jocelin. „Arnaud, hier sind min-

destens 15 Brüder!“
„Wir sind 22. Einige sind unterwegs.“
„Woher kommt ihr?“
„Aus der Auvergne die meisten. Wir haben so viele befreit, wie möglich war. Und ihr? Seid ihr allein?“
Arnauds Antwort ließ ihn einen Freudenruf ausstoßen.
„Also sind noch mehr in Freiheit! Bei Gott, ich wusste es! Was habt ihr in Tours gemacht?”
„Wir haben versucht, Erzbischof Gregor von Rouen zu gewinnen, sich für uns einzusetzen.”
„O ja. Das haben wir auch versucht!” entgegnete der fremde Ordensbruder bitter.
„Ich will hoffen, dass wir den verräterischen Prälaten wenigstens eine Lektion erteilt haben, die sie so schnell nicht vergessen! Sie sollen schon auf Erden etwas von dem Höllenfeuer kosten, das ihnen bereitet ist!”
Jocelin verstand gut, was seinen Mitbruder bewegte. Hatte er nicht selbst gewünscht, Esquieu de Floyran den Dolch ins Herz zu stoßen? Und doch hatte Arnaud recht. Sie durften dem Hass keinen Raum geben.
„Ihr hättet das nicht tun dürfen! Das ist Wasser auf die Mühlen unserer Gegner!“
Mit einem Mal schlug die Stimmung um.
„Was wollt Ihr uns befehlen Bruder? Ihr kommt hierher, und glaubt, Ihr könnt uns sagen, was wir tun sollen?“
„Es geht nicht um mich! Es geht um den Orden!“ entgegnete Jocelin. „Wir sind zu unrecht angeklagt! Wollt Ihr den Orden mit Unrecht verteidigen?!“
„Unrecht! Ich sage Euch was! Ich bin ein Sünder, ich habe gespielt und Krieg geführt gegen das Gebot der Kirche, ich habe den Diakon umgebracht, der für meinen Onkel spionierte! Ich bin zu den Templern gegangen, um meine Seele zu retten! Und dafür hat man mich zum Verbrecher erklärt! Dafür, dass ich den Verbrechen entsagen wollte! - Ich kämpfe für den Orden, und ich kämpfe mit allen Waffen, weil er das einzige ist, woran ich noch glaube!“
Unter den anderen erhob sich zustimmendes Gemurmel.
„Ich kann nicht zulassen, dass Ihr den Namen des Ordens auf diese Weise befleckt!“

„Dann versucht mich daran zu hindern!“
Er zog sein Schwert und trat kampfbereit auf Jocelin zu. Einige andere folgten seinem Beispiel.
Jocelin hob beschwichtigend die Hände.
„Legt die Waffen nieder! Wir sind von Meister Jacques als Prokuratoren bestellt. Bruder Arnaud trägt das Ordenssiegel, seht!”
„Meister Jacques? Er hat uns auch verraten!” Aber er merkte, wie die eben noch feste Gefolgschaft seiner Brüder ins Wanken geriet. Sie alle hatten einen heiligen Eid geschworen, ihrem Meister zu gehorchen. Sich gegen die Anmaßungen eines Bruders zu wehren war eine Sache, den Befehlen der vom Meister eingesetzten Prokuratoren zu widersprechen eine andere. Ein Schwert nach dem anderen wurde auf den Boden geworfen. Mit zusammen gepressten Lippen starrte der Dunkeläugige auf Arnaud und Jocelin. Dann ging er wortlos ging er an ihnen vorüber und verschwand im Wald. Die anderen Brüder sahen ihm unschlüssig hinterher.
„Ich hole ihn zurück“, beschloss Jocelin, und Arnaud nickte. Die ganze Christenheit hatte sich gegen die Templer verschworen, Feindschaften untereinander durften sie sich nicht leisten!
Er fand seinen Mitbruder auf einer nahen Lichtung, sich auf sein Schwert stützend und vor sich hin starrend. Als er Jocelin bemerkte, wandte er sich um. „Habt Ihr meine Strafe festgesetzt, Sire Prokurator?“
„Wir haben keine Gewalt, Euch zu bestrafen. - Ich möchte Euch bitten, schließt Euch uns an! Ihr wollt für den Orden kämpfen, und das wollen wir auch. Wir brauchen Euch!“
Der Fremde sah auf die Hand, die Jocelin ihm entgegenstreckte. Zögerte.
„Wie nennt man Euch, Bruder?”
„Jean. Jean de Saint-Florent.”
„Für den Tempel, Bruder Jean! Wir brauchen Euch und die anderen! Kommt mit uns!“
„Für den Tempel.” Er schlug ein.

Das Antlitz des Königs war so unbeweglich wie die steinernen Statuen am Portal der Kathedrale, auf die er blickte. Philipp wartete. Am Tag zuvor hatte Papst Clemens die Mitglieder seiner Untersuchungskommission berufen, trotz der Entscheidung der Prälaten auf dem Ständetag.

Den Meister und die übrigen Würdenträger wollte er selbst verhören. Und fünf Kardinäle hatten den Auftrag erhalten, sich mit Templern aus allen Teilen Frankreichs zu befassen. Stephanus war darunter, der ehemalige Siegelbewahrer des Königs, und die Brüder Landulf und Petrus Colonna, die sich ebenfalls dem französischen Hof verpflichtet wussten. Doch wieweit würde ihre Loyalität reichen?

Könige vergingen, die heilige Mutter Kirche blieb...

Kaum war ihm das Dekret des Papstes mitgeteilt worden, hatte Philipp Nogaret zu Verhandlungen zu Clemens geschickt. Und nun wartete seine Majestät.

Papst Clemens hatte einen kühnen Zug getan, aber das Spiel war noch keinesfalls entschieden! Plötzlich kam Bewegung in die Pferde. Seine Majestät sah, wie Guillaume de Nogaret die Stufen der Kirche hinunter schritt. Aus seiner Haltung war nichts abzulesen, aber Philipp wusste, dass er nicht kommen würde, ohne erreicht zu haben, was er wollte.

Wenig später stand der Siegelbewahrer vor ihm. Mit einer leichten Verbeugung reichte er Philipp eine Pergamentrolle.

„Es ist die Kopie einer päpstlichen Verfügung, Euer Majestät."

Ohne eine Regung zu zeigen las der König die nochmalige Beschwerde Clemens' V., dass man ihn vor der Verhaftung der Templer einfach übergangen habe, dass der Großinquisitor ihn auch danach über nichts informiert habe. Der Papst benutzte scharfe Worte, doch dies war nur die Wut eines schon geschlagenen und gefangenen Löwen. Denn am Ende des Erlasses prangte deutlich das Ergebnis der Verhandlungen: „Da Wir wissen, dass du mit gutem Willen gehandelt hast, geliebter Bruder", schrieb Clemens an Inquisitor Imbert", verleihen Wir dir und deinen Brüdern, und allen, die im Amt des Heiligen Offiziums tätig sind, alle früheren Rechte und Privilegien im Kampf gegen die Häresie..."

Philipp fühlte Wärme durch seine Glieder strömen. Die Suspension der Inquisition war aufgehoben! „Kehren wir nach Paris zurück,

Guillaume!“

Unlustig warf Ghislaine ihre Stickerei zur Seite und stieg die Treppe zum Hof hinab. Dort schlug Yvo in verbissenem Eifer auf eine Strohpuppe ein. Er war noch immer wütend auf Jocelin. Aber wenigstens brachte ihn der Zorn dazu, fleißig zu üben. Und er trieb sich nicht mehr herum und stahl... Sie musste mit den kleinen Dingen zufrieden sein! Zumindest versuchte sie, sich das einzureden.
Hufschläge klangen auf der Brücke. Ghislaine blieb stehen, schirmte die Augen gegen die Sonne ab und sah einen Reiter im blauen, liliengeschmückten Wams und mit dem königlichen Banner durch das Tor kommen. Diensteifrig eilte ihm ein Knecht entgegen. Der Ankömmling übergab ihm das Banner und stieg ab.
„Ich bringe eine Botschaft Seiner Majestät für die Gräfin von Montfort!”
Ghislaine erschrak. „Sie haben Jocelin… und jetzt holen sie mich…“ war ihr erster Gedanke.
Doch der Bote näherte sich mit einer höflichen Verbeugung.
„Madame, ich entbiete Euch die herzlichsten Grüße unseres Königs. Seine Majestät hofft, dass Ihr Euch bei guter Gesundheit befindet.”
Ihre Furcht machte es ihr schwer, den Gruß zu erwidern.
„Ich bin gesandt, Euch im Namen Seiner Majestät einzuladen zur Vermählung von Prinz Philipp...”
Eine Hochzeit! Guter Gott, es ist nur eine Hochzeit!
Sie wandte sich nach den Mägden um, die gerade die Gemüsekörbe entluden und klatschte in die Hände. „Kommt her! - Geht zu Odette und bestellt ihr, sie soll ein reichliches Mahl für unseren Gast herrichten, der eine so freudige Nachricht gebracht hat!”
Dabei war das Letzte, wonach es sie verlangte, ein fröhliches Brautpaar, Lachen, Tanz und Spielleute. Aber eine Einladung des Königs war ein Befehl.

Der Duft der Blumengirlanden erfüllte die gesamte Kathedrale. Kerzenlicht leuchtete auf Brokat- und Seidengewändern, brach sich in kostbaren Schmuckstücken. Adlige und Bürger hatten ihr Möglichstes gegeben, sich herauszuputzen. Einer hatte versucht den anderen zu übertreffen an diesem Festtag.

Das königliche Paar stand unter einem gestickten Baldachin im Chor. Hoch aufgeschossen der junge Prinz Philipp. Schon jetzt war abzusehen, dass er die viel gerühmte Schönheit seines Vaters nie sein Eigen nennen würde. Er schielte etwas, was ihm einen verschlagenen Ausdruck gab. Die stupsnasige Braut neben ihm wirkte in ihrem schweren Samtkleid wie eine zum Patronatsfest geschmückte Heiligenfigur. Gräfin Ghislaine sah, wie nervös das Mädchen war. Ihr selbst war es nicht anders gegangen, damals, als man sie vor den Traualtar befahl. Sie entsann sich an diesen Tag, als sei er gestern gewesen. Der Graf von Montfort, den sie nur einmal gesehen hatte, zehn Jahre älter als sie, mit einer lauten, dröhnenden Stimme. Die Blumen, das festliche Bankett und schließlich ihre plötzliche Angst, als ihr Gemahl sie ins Brautgemach trug. Ihre Amme hatte sie längst in die Pflichten einer Ehefrau eingeführt gehabt, und dennoch war sie nicht auf das vorbereitet gewesen, was kam. Ihre erste Vereinigung war qualvoll für sie gewesen… In den folgenden Jahren hatte sie sich mit ihm abgefunden, weil ihr keine andere Wahl blieb, und sie hatte für jeden längeren Kriegszug gedankt, der ihren Gemahl für Monate von ihr fernhielt.

Für einen Augenblick geisterte die Frage in ihr, wie es mit Jocelin hätte sein können. Sie stellte sich vor, wie seine Hände das Brauthemd von ihren Schultern streiften, sanft und langsam, nicht mit der hungrigen Hast, die der Graf von Montfort damals an den Tag gelegt hatte... Mit einem heftigen Kopfschütteln versuchte sie, den Gedanken loszuwerden. Dabei umklammerte sie so fest ihren Rosenkranz, dass die Schnur zerriss und die Perlen mit einem leisen Klirren auf den Steinfußboden rollten.

„Was bist du doch für eine dumme Gans!“ schalt sie sich im Stillen und presste die Lippen zusammen. „Du weißt nicht einmal, ob er auch nur das geringste Interesse an dir hat! Und wenn es denn so ist, solltest du beten, dass es so bleibt! Er ist ein Mönch und du hast kein Anrecht auf ihn!“

„Kein Anrecht!!!“

„Madame Ghislaine?“

Sie schrak zusammen und merkte erst jetzt, dass sie die letzten Worte laut gemurmelt hatte.

„Ist Euch nicht wohl?“ Ihre Zofe blickte sie besorgt an. „Ihr seht sehr blass aus...“

„Alles in Ordnung. Nur etwas viel... Weihrauch..."

Der Bischof von Paris sprach den Segen über die Brautleute. Unter den Jubelrufen der Versammelten schritt das Paar nun das Kirchenschiff hinunter. Kinder streuten Blumen unter ihre Füße. Draußen vor der Kirche wartete ein dichtgedrängtes Spalier armer Bürger und Bauern. Begierig hefteten sie die Augen auf die Pracht, die ihrem Alltag so fremd war und die aus einer anderen Welt zu stammen schien. Auf dem Kirchplatz waren für den König, das Brautpaar und die übrigen Angehörigen der königlichen Familie prächtig aufgezäumte Reittiere bereitgehalten worden. Zu Pferde legten sie den Weg zum Louvre zurück, immer begleitet von Klatschen, Hochrufen und Blumen.
Im Louvre angelangt begab sich die Festgesellschaft in den weiten, luftigen Saal, der erst unter König Philipp fertig gestellt worden war. Während die ersten Speisen aufgetragen wurden, postierte sich eine spanische Gauklertruppe in der Mitte des Saales. Der Sänger begann mit einer Preishymne auf den König. Ohne eine Regung zu zeigen lauschte Seine Majestät dem Lob seiner Weisheit, Freigiebigkeit und Tapferkeit. Es war ein schuldiger Tribut, den der Sänger entrichtete. Jeder der Gäste wusste, dass er in der nächsten Schenke ebenso inbrünstig ein Spottlied auf Philipp zum Besten geben würde.
„Madame!"
Ghislaine hob den Kopf. Der spanische Sänger hatte sich ihr zugeneigt. „Ich sehe, unser Lied hat Euer Herz berührt. Ah, welche Wohltat für einen Künstler - aber Eure Augen inspirieren mich zu einem anderen Gesang! Einem Lied vom Blau des Meeres..."
Früher hatte sie Gefallen gefunden an den Balladen der Gaukler und den Darbietungen kühner Jongleure. Diesmal aber war ihr all dies zuwider. Nur um lästigen Fragen aus dem Weg zu gehen reihte sie sich nach dem Essen schließlich unter die Pavane-Tänzer ein. Und fand sich plötzlich Esquieu de Floyrans lächelndem Gesicht gegenüber.
„Madame Ghislaine, wie schön, Euch zu sehen!"
Sie wollte den Reigen verlassen, doch schon hatte er ihre Hand ergriffen.
„Wusstet Ihr, dass die Templer von Paris in diesen Mauern gefangen sind?" rief er ihr zu, während sie die Seiten wechselten. Sehr

reizvoll, wenn man bedenkt, dass wir über ihren Köpfen tanzen, nicht wahr?"

Ghislaine verwechselte die Schritte. Plötzlich war ihr Floyran ganz nah.

„Keine Angst, Euer Geliebter ist nicht darunter", wisperte er ihr ins Ohr.

Angewidert stieß sie ihn zurück.

„NOCH nicht", fügte Floyran maliziös hinzu, verbeugte sich und übernahm die nächste Partnerin.

Nach Mitternacht zerstreuten sich die Gäste in Hof und Garten. Ghislaine beeilte sich, in ihr Gemach zu kommen, denn sie fürchtete die Nachstellungen Esquieu de Floyrans. Erst als sie die Tür hinter sich verriegelt hatte, fühlte sie sich in Sicherheit. Müde öffnete sie das Fenster und beugte sich in die frische Nachtluft hinaus. In einiger Entfernung floss die Seine. Schwankende Lichter kündeten von vereinzelten Booten.

„In zwei Tagen bin ich wieder auf La Blanche", sagte Ghislaine sich. „Gott sei Dank." Doch selbst dieser Gedanke vermochte nicht wie früher stets Frieden in sie ziehen zu lassen. La Blanche – das bedeutete auch wieder die Erinnerung an Jocelin, und mit jeder Erinnerung das Wissen, dass er nie wieder mit ihr am Kamin sitzen und von Palästina erzählen würde...

Der Rückweg der Schar Brüder von Tours war ohne Zwischenfälle verlaufen. Bis jetzt. Plötzlich waren die königlichen Söldner aufgetaucht und hatten die Templer in ein heftiges Handgemenge verwickelt. Waren sie verraten worden oder war es ein böser Zufall? Es blieb ihnen keine Zeit, darüber zu rätseln.
Jocelin schlug seinem Pferd die Sporen in die Seite und holte zu Jean de Saint-Florent auf.
„Wir müssen uns teilen!“ rief er ihm zu. „Nehmt den Weg über Baugy!”
Zunächst hatten die Templer den Eindruck, das Manöver gelinge. Jean schwenkte mit einer Gruppe hinter der Wegbiegung ab, und die königlichen Ritter hefteten sich an seine Fersen. Einige Söldner preschten Jocelins Gefährten nach. Die Kluft zwischen ihnen und den Ordensbrüdern wuchs rasch. Plötzlich aber klangen die Pferdehufe wieder ganz nah, der Feind hatte ihnen den Weg abgeschnitten! Jocelin sah den Kommandanten und zwei Söldner vor sich über die Hecke setzen. Armbrüste klackten. Schon surrten die ersten Pfeile. Und einen Augenblick später sank Bruder Arnaud getroffen zusammen. Tot oder nur verletzt?!
„In den Wald!“ schrie Jocelin.
Dicht gefolgt von den Söldnern trieben die Templer ihre Pferde ins Unterholz. Zweige schlugen den Flüchtenden ins Gesicht, Dornenranken zerfetzten ihre Gewänder. Irgendwann schluckte das Dickicht die Stimmen der Verfolger. An einem kleinen Bach verhielten die Ordensbrüder. Ihre Pferde zitterten vor Erschöpfung, und ihnen selbst ging es nicht anders. Jocelin schob die Kapuze seines Kettenhemdes zurück und strich durch die schweißverklebten Haare.
Sie haben unsere Spur verloren“, hörte er Louis sagen und schüttelte müde den Kopf. „Es ist nur eine Frage der Zeit, bis sie uns haben.“
Er half, Arnaud aus dem Sattel zu heben. Vorsichtig betteten ihn die Brüder auf den Waldboden. Der alte Ordensbruder war am Leben, aber die Verwundung konnte gefährlich werden. Der Pfeil war oberhalb der Rippen in den Rücken gedrungen. Arnaud bewegte die Lippen, aber nur ein schwaches „Jocelin?“ war zu verstehen.
„Ich bin hier. Haltet durch!“
„Jocelin... wenn ich ... sterbe...“

„Ihr dürft Euch nicht zu sehr anstrengen! Ruht Euch aus! Zum Reden werden wir später noch Zeit haben!“
„Nein... Jocelin... du musst etwas... wissen...“ Aber er hatte keine Kraft mehr, weiter zu sprechen. Sein Kopf sank zur Seite.
„Wie steht es um ihn?“
„Nicht gut“, antwortete Jocelin, den Blick von der Verwundung seines Pflegevaters lösend und zu Louis aufblickend „Aber hier kann ich nichts für ihn tun.“
„Dann los nach Fontainebleau! Ehe die ganze Gegend voll von den Leuten des Königs ist!“
„Unmöglich. So weit kann er nicht mehr reiten! Ich warte bis Einbruch der Nacht, dann bringe ich ihn nach La Blanche, das ist der nächste Weg.“ An den Mienen der anderen sah er, dass sie diese Entscheidung nicht gerade befürworteten, aber er würgte jeden Einspruch mit einem kategorischen “Louis, Ihr reitet mit den anderen nach Fontainebleau! Sofort!” ab.

Es war zur zweiten Nachtwache, als Jocelin auf La Blanche zuhielt, seinen bewusstlosen Pflegevater vor sich im Sattel. „Wer da?“ schrie ihm der Wächter über die Zinnen zu.
„Zwei arme Pilger. Wir haben keinen Platz mehr in der Herberge gefunden.“
Der Wächter runzelte die Stirn. Die Straßen waren voll von falschen Pilgern, die einem mitleidigen Wirt die Kehle durchschnitten! Und die beiden Gestalten in ihren schäbigen Umhängen machten keinen vertrauenerweckenden Eindruck.
„He, ihr da, wartet!“ rief er hinab, dann trat er in den Turm und stieß den dösenden Waffenknecht an.
„Zwei Fremde bitten um Quartier. Lauf zu Madame Ghislaine und frag nach ihren Anweisungen!“
Schlaftrunken stolperte der junge Mann über die Stufen zum Hof.
Vor der Kammer der Gräfin schlief ihre Zofe. Sie schreckte mit einem Kreischen hoch, als der Waffenknecht sie an der Schulter rüttelte. „Heilige Jungfrau-“
„Irgendwelches Gesindel ist vor dem Tor und bittet um Obdach! Hol‘ die Herrin!“ Ächzend und schnaufend schlurfte die Zofe zur Tür.
Wenig später eilte Ghislaine dem Waffenknecht nach.

„Ich würde sie nicht einlassen, Madame Gräfin, wenn Ihr mir erlaubt, das zu sagen“, empfing sie der Wächter. „Seht, die führen gewiss nichts Gutes im Schilde!“
„Nein, lass die Zugbrücke herunter! Ich kümmere mich um die beiden!“
Der Torwächter seufzte. Madame Ghislaine würde in ihrer Güte dem Teufel selber Obdach gewähren! Kopfschüttelnd schaute er zu, wie sie den Fremden entgegenlief.
Erkennend, wer da um Gastrecht ersuchte, griff sie erschrocken in die Zügel des Pferdes.
„Jocelin!“
„Leise!“ warnte er. „Es soll niemand wissen, dass ich hier bin! Bringt uns an einen Ort, wo wir ungestört sind, Madame!”
Ihr Blick glitt über den zusammengesunkenen Körper vor ihm auf dem Sattel. Sie nickte. Dann huschte sie zum Palais, stieß eine Tür auf und verschwand in der Dunkelheit. Es dauerte eine Weile, ehe es ihren klammen Händen gelang, eine Kerze anzuzünden. Schließlich winkte sie.
„Was ist passiert?“
„Söldner. Sie erwischten uns kurz vor der Abzweigung nach Paris. - Holt mir noch ein paar Kerzen, heißes Wasser und etwas zum Verbinden!”
Ghislaine rannte zur Küche. Sie dankte Gott, dass die Knechte den Ofen schon angeheizt hatten. Hastig schob sie Holz nach und hing einen Wasserkessel über das Feuer. Aus einer Truhe suchte sie die frische Tischwäsche und zerriss sie in lange Streifen. Sie hatte Angst, dass irgendjemand sie überraschen könnte, oder Jocelin entdecken... Und doch war sie so glücklich, ihn wieder zu sehen, dass sie fürchtete, man könne ihr diese Freude ansehen.
Wenig später kniete sie neben dem Ordensbruder.
„Ihr müsst mir helfen, Ghislaine, bitte! Haltet ihn fest!“
Jocelin tastete nach der eingedrungenen Pfeilspitze und machte einen tiefen Schnitt entlang des Schaftes. Der Verletzte stöhnte und bäumte sich auf.
„Festhalten, Ghislaine!” stieß Jocelin zwischen den Zähnen hervor. Er bekam die Pfeilspitze zu fassen, riss sie aus dem Fleisch.
Ghislaine schluckte heftig, als sie das Blut über seine Hände spritzen sah und bemühte sich, ihre aufsteigende Übelkeit unter Kontrolle zu

bringen.
Rasch presste Jocelin einen Wergballen auf die Wunde und knotete einen Leinenstreifen darüber. Mit noch zitternden Händen reichte Ghislaine ihm die restlichen Binden zu.
„Ihr seid eine tapfere Frau... Ich bitte Euch um Vergebung für die Unannehmlichkeiten. Aber Bruder Arnaud brauchte dringend Hilfe. Er hätte es nicht mehr bis zu unserem Lager geschafft."
„Nein, nein, es ist nicht schlimm", entgegnete sie mit einem matten Lächeln, zog ihren Umhang aus und breitete ihn über den Verwundeten. „Habt Ihr mit Erzbischof Gregor sprechen können?"
„Ja. Aber er konnte uns nicht helfen. - Oder wollte es nicht. Wie alle. Aber ... wir haben noch mehr Brüder getroffen, die der Verhaftung voriges Jahr entronnen sind. Sie haben sich uns angeschlossen. Wenigstens etwas, das die Reise nach Tours gebracht hat."

Widerwillig öffnete Floyran die Tür. Aber als er den Besucher erkannte, schob er ihn eilig ins Haus. Es war einer der Männer von La Blanche, die er gekauft hatte.
„Jocelin von Judäa ist wieder da", sagte er.
„Bist du sicher?"
„Ja, Sire. Er kam diese Nacht. Mit noch einem. Ich habe sie genau gesehen. - Was ist mit meiner Belohnung, Sire?"
Er streckte Esquieu de Floyran herausfordernd die Hand entgegen. Der lachte.
„Sire, ich habe ein Pferd zuschanden geritten, um Euch die Nachricht zu bringen!"
„Was interessiert mich dein verdammter Gaul!" Floyran packte den Mann am Gewand. „Ich bezahle dich, wenn der Templer vor dem Inquisitor steht!" zischte er. „Und hüte dich, ihn zu warnen, das sag' ich dir! Du weißt, was mit denen geschieht, die den Templern helfen!"
Esquieu de Floyran machte eine bezeichnende Handbewegung. „Ein Wort an König Philipp genügt, und du hängst! - Verschwinde!"
Die Neuigkeit von Jocelins Anwesenheit auf La Blanche versetzte Esquieu de Floyran in einen Zustand freudiger Erwartung. Er befahl die übrigen seiner Angeheuerten zu sich.
„Holt eure Waffen und macht die Pferde bereit!"
„Gehen wir auf die Jagd, Sire?"

„Oh ja...“ erwiderte Floyran und strich lächelnd über die Klinge seines Schwertes.
Während seine Männer in den Stall hinuntergingen, schnallte er den Schwertgurt um die Hüften, schob einen Dolch unter das Hemd und einen weiteren in den linken Stiefel.
Wenig später war er mit seinen Kumpanen unterwegs. Je näher er den Besitzungen der Gräfin von Montfort kam, desto häufiger begegneten ihm königliche Söldner. Offenbar hatten sie bisher keinen Erfolg gehabt, dachte er schadenfroh.
„He, Messire, woher kommt ihr?” rief ihm einer der Männer zu.
„Aus Paris.”
„Habt Ihr irgendwelche verdächtigen Leute gesehen? Wir sind auf der Suche nach einem Haufen flüchtiger Templer.”
Floyran tat, als überlege er. Dann wies er in die Richtung der Seine. „Auf einem Floß habe ich ein paar Männer gesehen. Gut möglich, dass sie es waren.”
„Danke, Messire!” Der Söldner gab seinen Leuten den Befehl, ihm zum Fluss zu folgen. Floyran nickte selbstgefällig. Auf keinen Fall sollten ihm die Söldner irgendwie in die Quere kommen! Er brauchte freie Hand!

Im Burghof herrschte die Betriebsamkeit der Morgenstunden, und so merkte Ghislaine nicht, wie ihr ein Mann folgte. Hinter dem Taubenturm griff er plötzlich nach ihrem Arm. Sie drehte sich um und blickte in ein knochiges Gesicht mit wildem Bart. Der Mann drückte ihr ein klein zusammengefaltetes Pergament in die Hand. Bevor sie ein Wort sagen konnte, war er wieder durch das Tor verschwunden. Verwirrt schlug sie das Pergament auf - und kehrte mit nur mühsam gezügelten Schritten zu den beiden Ordensbrüdern zurück.
Jocelin las zweimal die ungelenken Zeilen.
„Wir haben eine Botschaft von Papst Clemens. Kommt zum Kreuz von Jalouses.“
„Wie sah der Mann aus, der Euch das gegeben hat, Madame?“
„Groß, ziemlich verwahrlost, mit blondem Bart. Er trug einen ledernen Waffenrock.“
Nachdenklich betrachtete Jocelin den seltsamen Brief. Die Beschreibung konnte auf Bruder Raoul aus Provins passen. Aber

wie sollte er an eine Botschaft von Papst Clemens gekommen sein? Und vor allem, woher sollte er wissen, dass ER hier war? Louis hatte vermutlich gerade erst ihren Schlupfwinkel in Fontainebleau erreicht. Und einer der anderen Brüder aus Jean de Saint-Florents Gefolgschaft? Wer von ihnen konnte überhaupt schreiben? Und warum hatte er ihm die Nachricht nicht selbst überbracht, anstatt die verräterischen Worte dem Pergament anzuvertrauen? War ihm etwa irgendeiner der Söldner gefolgt? Doch weshalb sollte er sich die Mühe machen, eine Nachricht zu fälschen, anstatt seine Truppe zu alarmieren? Nichts passte zusammen! Aber wenn es wirklich eine Nachricht von seinen Ordensbrüdern war, würden sie glauben, ihm sei etwas zugestoßen, wenn er nicht erschiene...

So entschloss sich Jocelin letztlich, auf das Treffen einzugehen, obwohl er sich große Sorgen um Arnaud machte. Nur kurz hatte sein Pflegevater das Bewusstsein wiedererlangt, hatte versucht zu sprechen, aber ehe es ihm möglich gewesen war, Worte zu finden, hatte die Ohnmacht ihn wieder mit sich gerissen. Solange er denken konnte, war Arnaud stets derjenige gewesen, der ihn beschützt und beschirmt hatte; er hatte ihn ausgebildet, ihm alles gelehrt, was er wusste. Den alten Ordensritter nun so hilflos daliegen zu sehen, schmerzte ihn, und der Gedanke, dass ihn königliche Söldner dahin gebracht hatten, ließ Zorn in ihm aufschlagen.

Die Kapuze tief in das Gesicht ziehend wandte sich Jocelin von Arnaud ab.

„Ihr werdet also gehen?“ fragte Ghislaine. „Und was geschieht, wenn … Euch etwas passiert?“ ‚Wenn es eine Falle der Inquisition ist’ – das kam ihr nicht über die Lippen. Es war ihr geradezu, als würde sie damit das Böse herbeirufen!

„Ich muss. Mein Leben ist in Gottes Hand.“

Er verließ die kleine Kammer mit eiligen Schritten. Ghislaine blickte ihm mit sehr gemischten Gefühlen nach. Sie konnte nicht genau beschreiben, was ihr Angst machte, aber irgendetwas stimmte nicht... Für einen Augenblick erwog sie, ihm hinterher zu laufen und ihn aufzuhalten. Aber nein, das war kindisch! Und... es hätte zu viel Aufsehen erregt. Sie umklammerte das Kreuz um ihren Hals und ihre Lippen begannen ein lautloses Gebet zu formen...

Schon bald erreichte Jocelin das Wegkreuz, das die Abzweigung der

alten Straße nach Poitiers markierte. Hier war er letzte Nacht abgebogen. Plötzlich bewegte sich der dunkle Schatten am Stamm des Kreuzes, und der Ordensbruder erkannte einen Mann im Gewand der Aussätzigen.
„Helft mir! Ach, helft mir doch!“ krächzte er.
Jocelin stieg aus dem Sattel, trat auf ihn zu.
„Ah, Sire, helft mir!“ Der Mann streckte ihm seinen verbundenen Arm entgegen. Als der Templer sich zu ihm beugte, schnellte er nach vorn. Blitzschnell hatte er den Hals des Ordensbruders umklammert. Jocelin versuchte sich von ihm zu befreien, da stieß ihm ein zweiter Mann das Knie in den Rücken. Ein harter Griff riss seine Arme nach hinten. In unerreichbarer Ferne klirrte sein Schwert auf den Stein. Lederriemen schnürten seine Handgelenke zusammen.
Dann lockerte sich der Griff um Jocelins Hals. Er wurde gepackt und auf die Füße gezogen. Seine Augen tasteten sich über ein Paar schwarzer Stiefel und einen roten Mantel zu einem lächelnden Raubvogelgesicht.
„Floyran!!!“
„Es freut mich, dass Ihr meiner Einladung gefolgt seid, beau frère!” Er holte aus und schlug ihm ins Gesicht.
„Wenn er zu fliehen versucht, gebt ihm eins über den Kopf!” wandte er sich an seine Männer. Aber seid vorsichtig, vergesst nicht, dass der Inquisitor auch noch seinen Spaß mit ihm haben will!“
Hilflos musste Jocelin mit ansehen, wie Esquieu de Floyran sein Schwert aufhob, sich auf den Rücken seines Pferdes schwang und sich Richtung La Blanche in Galopp setzte.
Selbstsicher ritt er kurz darauf in den Burghof, stieß den Knecht nieder, der ihn aufhalten wollte und schritt ins Palais hinauf.
Die Zofe sah empört von ihrer Näharbeit auf, als er in Ghislaines Gemach marschierte.
„Was erlaubt Ihr Euch?!“ rief die Gräfin zornig und sprang auf.
„Schickt das Weib raus!” fuhr er sie lediglich an und deutete auf die Zofe.
Ghislaine nickte ihr zu. „Geh, Jeanette!”
Floyran schlug die Tür hinter ihr zu und lehnte sich mit dem Rücken dagegen.
„So, und jetzt werdet Ihr mich anhören, Madame, wenn Euch etwas an Eurem kleinen Templer liegt!“ Er warf ihr das Schwert vor die

Füße und sie erkannte Jocelins Waffe.
“Was habt Ihr mit ihm gemacht?“
„Noch ist ihm nichts geschehen, Madame Ghislaine. Es liegt an Euch, ob ich ihn der Inquisition ausliefere!“
„Wo ist er jetzt?“
„Bei meinen Männern am Wegkreuz.“
Ihr war, als hörte sie eine Fremde sprechen: “Wie viel Gold wollt Ihr?“
„Gold?“ Esquieu lachte. „Ich will Euch!“
„Ihr seid ja verrückt! König Philipp würde einer solchen Verbindung niemals zustimmen!“
„O doch, das wird er…“ erwiderte er in Gedanken. „Wenn ich ihm den Anführer der flüchtigen Templer präsentiere. Erst werde ich zusehen, wie sie ihn langsam über dem Feuer rösten… und dann werde ich mich mit dir vergnügen…“
„Woher weiß ich, dass ich Euch vertrauen kann? Das... Sire Jocelin überhaupt noch am Leben ist?“
Esqieu de Floyran ließ seine Hand über Ghislaines Nacken gleiten. „Ich bin ein Edelmann. Ihr habt mein Wort. Sobald Ihr meine Frau seid, schenke ich dem Templer seine erbärmliche Freiheit. Aber überlegt nicht zu lang. Meine Männer könnten sonst den Drang verspüren, ihre Pflicht gegenüber der Kirche zu tun. Und in diesem Fall werdet Ihr den Templer nie wiedersehen. - Jetzt lasst mir etwas Wein bringen. Das Warten auf dem Weg hat mich sehr durstig gemacht!”
Er ließ sich auf einer Bank nieder und zog seine Handschuhe aus. „Ach ja, und Ihr könntet schon mal nach einem Geistlichen schicken…“

Ghislaine kämpfte gegen ihr Zittern an, während sie Esquieu de Floyrans Weinpokal nachfüllte.
„Ihr seid eine vorzügliche Gastgeberin, Madame. Wir werden einen glänzenden Hof halten in Paris!“
Sie wich seinen glühenden schwarzen Augen aus. Noch nie waren ihr die Fabelwesen auf den Gobelins ringsum so bedrohlich erschienen. Krallenbewehrte Pranken, gefletschte Zähne, selbst die Blumenranken bildeten ein Gewirr von Dornen. Die Wandteppiche erzählten die Geschichte der Gralssucher. Eine Prinzessin war zu sehen, die mit ängstlich erhobenen Händen den Kampf zweier Ritter

beobachtete. Einen von ihnen hatte der Künstler schwarz dargestellt, den anderen weiß.
Ghislaine musste an Jocelins Ritt in das Turnier denken. Ihre Hände umklammerten den Fuß der Weinkaraffe. Sie kannte den Ausgang des Streites auf dem Gobelin. Der weiße Kämpfer siegte, weil ihm die anderen Gralsritter zu Hilfe kamen.
Die anderen Gralsritter? Die Templer von Fontainebleau!
„Sire Floyran, erlaubt Ihr, dass ich mich für einen Augenblick entferne?" fragte sie, bemüht, ihrer Stimme einen leichten Klang zu geben.
„Ja. Aber versucht keine Finte! Denkt immer an Euren kleinen Templer draußen am Wegkreuz!"
Ghislaine rannte zur Kammer ihrer Zofe.
„Ist Yvo schon von der Jagd zurück, Jeanette?"
„Ja - Madame, was -"
„Ich habe keine Zeit, es dir zu erklären! Lauf' und hol' Yvo!"
Ein paar Minuten später stand ihr Sohn vor ihr, barfuß und mit halb offenem Hemd, weil er sich gerade hatte waschen wollen. „Was ist los?"
„Yvo, hör mir zu! Mein Junge..." Himmel, wo sollte sie anfangen?! Es blieb so wenig Zeit!
„Mutter? Was ist passiert?"
„Es geht um... um Sire Jocelin. Er braucht unsere Hilfe, deine Hilfe..."
„Sire Jocelin?" Yvo verzog das Gesicht. Er hatte es seinem Lehrmeister immer noch nicht verziehen, dass dieser ganz einfach bei Nacht und Nebel verschwunden war. „Warum sollte der MEINE Hilfe brauchen? Für ihn war ich doch nur ein Faulpelz und Nichtskönner!"
Ghislaine fasste ihren Sohn an den Schultern und blickte ihn verzweifelt, beschwörend an. „Du bist beinahe erwachsen, Yvo. Ich werde dir etwas sehr wichtiges sagen. Etwas, was du nicht weitererzählen darfst, um unser aller Leben willen nicht! Versprichst du mir das und wirst du mir helfen?"
Jetzt nickte der Junge, bemerkend, dass es wohl wirklich um eine große Sache ging.
„Gut. Du weißt, dass die Templer im Königreich verhaftet wurden, nicht wahr?"

„Ja, natürlich! Wegen -"
„Hör mir zu, Yvo! Bitte!" Sie zog ihren Sohn nahe zu sich, so dass kein eventueller Lauscher an der Tür ihre hastig geflüsterten Worte verstehen konnte...

„Es hat sehr lang gedauert, Madame Ghislaine", Das einfallende Sonnenlicht spaltete Floyrans Gestalt, während er durch den Saal spazierte.
War da ein Hauch von Misstrauen in seiner Stimme? Bei Gott, wenn er jetzt aus dem Fenster blickte, würde er Yvo mit Jocelins Schwert durch das Burgtor galoppierten sehen!
Er nahm ihr Gesicht in die Hände und kam ihr ganz nah.
„Ihr seid die schönste Frau, die ich je gesehen habe. Es war eine Schande, Euch jahrelang in diese schwarzen Gewänder einzuschließen. Damit ist jetzt Schluss!" Er löste den schwarzen Schleier und schob ihre Haube zurück.
In den Falten des Kleides ballte Ghislaine die Hände zur Faust. Ihr Herz schlug zum Zerspringen. Aber sie musste ihn so lange wie möglich auf La Blanche festhalten! So lange wie möglich! Darum ertrug sie seine gierigen Finger, als sie die Verschnürung ihres Kleides aufrissen. Sie schrie nicht, als er sie niederdrückte und sich über sie warf.

„Er ist ein Rekonziliarisierter! Ich denke nicht daran, mit ihm aus einer Schüssel zu essen!" schrie Bruder Raimond und funkelte den ihm gegenübersitzenden Ordensbruder, einer der damals aus Provins Geretteten zornig an. „Er ist ein verdammter Verräter! Es ist schlimm genug, dass er und seinesgleichen hier mit uns leben müssen!"
„Ihr habt kein recht, so mit Euren Brüdern zu sprechen!" rief Jean de Saint-Florent.
„Gott weiß, wie sie uns gezwungen haben, zu gestehen!" verteidigte sich Kaplan Helias. „Ich lag Wochen in einem Graben, an Händen und Füßen gefesselt!"
„Andere von uns hat man auch gefoltert, und sie haben trotzdem nicht gestanden! Ich war auch im Kerker! Trotzdem habe ich den Orden nicht erfundener Verbrechen angeklagt!"
„Ihr seid auch eher befreit worden!"

„Willst du nun auch noch Komtur Jocelin die Schuld an deiner Feigheit geben, Verräter?!" Raimond war aufgesprungen. Er packte den zurückweichenden Ordensbruder am Gewand, ließ ihn aber dann mit einem knurrenden Geräusch los.
Jean runzelte die Stirn. Der junge Mann hatte eine Disziplinierung bitter nötig... Es war nicht das erste Mal, dass es Streit gab, und Raimond war immer vorne an.
Plötzlich verbreitete sich Aufregung im Schlupfwinkel der Ordensbrüder. Einer der Späher, die im Wald patrouillierten, war zurück - und nicht allein! Er hielt das Reittier eines verunsichert blickenden Jungen am Zügel.
„Er schlich draußen herum. Er sagt, er sei Yvo de Montfort und wolle zu den Templern. Was machen wir mit ihm?"
„Ich will -"
„Du hälst den Mund, Bürschchen!" Nach dem Zusammenstoß mit den königlichen Söldnern gestern war man in allerhöchster Alarmbereitschaft.
„Laufen lassen ist zu gefährlich, er könnte uns verraten", meinte einer der Brüder und betrachtete den Jungen argwöhnisch.
„Ich habe das Schwert! Das Schwert von Sire Jocelin!" rief Yvo jetzt und streckte mit beiden Händen die Waffe nach vorn. „Meine Mutter schickt mich, von La Blanche!"
Jean de Saint-Florent nahm die Waffe entgegen. Das war Jocelins Klinge ... oder, zumindest ein Schwert des Ordens, wie das eingravierte Signum deutlich machte.
„Von La Blanche… soso."
„Mutter sagt, man habe ihn in einen Hinterhalt gelockt! Ich sollte zu Euch reiten und Hilfe holen! Wieso glaubt Ihr mir nicht?!"
„Wenn er die Wahrheit sagt…sollten wir uns beeilen", murmelte Ranulf.
„Und wenn er lügt?"
Jean gebot den Stimmen mit einer Handbewegung Einhalt. Seine Entscheidung war gefallen. „Wenn wir nicht riskieren wollen, dass Sire Jocelin im Kerker des Königs landet – und das will ICH nicht, beim Blut Christi! – sollten wir uns schleunigst auf den Weg machen! Wer Angst hat, kann sich hier verkriechen, wer mich begleiten will – holt eure Waffen!"

Näher und näher rückte das steinerne Wegkreuz. Floyran lächelte stolz und siegessicher. Ghislaine zog unwillkürlich die Zügel an. Sie fühlte sich erschöpft, gedemütigt, beschmutzt.
Nun vermochte sie bereits die verwitterte Christusgestalt auf dem Kreuz zu erkennen. Ihr stummes Gebet war ein verzweifelter Aufschrei, den Floyrans Stimme durchbohrte wie ein Schwert.
„Folgt mir, Madame Ghislaine! Ihr sollt sehen, dass ich Euch nicht belogen habe!" Er lenkte sein Pferd in den Wald und schob das Gestrüpp auseinander.
Ihr Blick fiel auf Jocelin. Er hing einige Fußbreit über dem Boden an einem Ast, geknebelt und gefesselt. Als er sie gewahrte, spannte sich sein Körper im vergeblichen Versuch, sich zu befreien.
„Floyran, Lasst ihn herunter!"
„Aber das wäre doch sehr unklug von mir, Madame, ihm jetzt Gelegenheit zur Flucht zu geben! Ihr könntet es Euch noch anders überlegen... Wenn der Priester den Segen über uns gesprochen hat, schicke ich einen meiner Leute. - Nur keine Angst, Madame, er wird es schon überleben! Die Templer sind zähe Burschen!"
Er weidete sich an dem Schmerz und der Angst der beiden Menschen in seiner Gewalt. Sein Genuss bahnte sich in einem Grinsen den Weg nach draußen.
„Nun, edler Bruder", begann er langsam, dabei um Jocelin herum wandernd. "Ihr seht, wohin die niedrigen Begierden führen... Aber - Euer Geschmack war nicht schlecht, das gebe ich zu." Seine Augen glitten über Ghislaine und dann wieder zurück zu seinem Gefangenen. „Die Sarazenen würden ein Vermögen zahlen für diesen Leib... ah, und so willig… Ich könnte Euch in allen Einzelheiten..."
Floyrans Rede endete in einem schrillen Kreischen.
Zwischen seinen Fußspitzen federte ein Pfeil in der Erde. Er stolperte zurück, riss das Schwert aus der Scheide. Sein hastiger Blick umfasste ein halbes Dutzend Männer, die aus dem Unterholz traten. Er fuhr herum, sah gerade noch, wie seine beiden Söldner sich davonmachten. „Ihr feigen Schweine!" brüllte er, außer sich vor Wut, die in nackte Angst umschlug.
„Weg mit dem Schwert!" forderte eine Stimme. Vom Gesicht des Sprechers waren nur die dunklen Augen zu erkennen.
Esquieu schleuderte ihm die Waffe vor die Füße. Noch in der

Bewegung nahm er die Gräfin wahr, die Jocelin zu erreichen suchte. Seinen Dolch packen und sie an sich reißen waren eins. Ghislaine schrie auf, als sie die Klinge an ihrer Kehle spürte.
„Nun sieht es etwas anders aus, nicht wahr?“ Floyran lachte krampfhaft. „Macht bloß eine Bewegung und sie ist tot!“
Die Frau eng an seine Seite gepresst, zog er sich Schritt für Schritt zu seinem Pferd zurück.
Jocelins und Ghislaines Blick kreuzten sich, ein Moment voller Qual und Schmerz, der sich wie ein glühendes Brandeisen in sie senkte. Ihre zitternde rechte Hand fühlte den Silberbeschlag des Dolches an ihrem Gürtel.
Floyran schob sie gegen den Sattel. „Hoch mit dir, du Schlampe!“
In dieser Sekunde handelte Ghislaine, ohne noch zu denken. Sie umklammerte die zierliche Waffe, ihr Arm fuhr herum und sie stieß zu. Floyrans Augen weiteten sich in ungläubigem Entsetzen. Er öffnete den Mund, aber statt Worte quoll nur Blut über seine Lippen. Sein Griff lockerte sich, und einen Moment später sackte er vor ihr zusammen. Ghislaine wich zurück, geschockt. Erst jetzt begriff sie wirklich, was sie getan hatte. Mit einiger Mühe drehte sie den Kopf zu Jocelin, Halt und Hoffnung suchend und trotzdem halb Abscheu in seinen Zügen erwartend.
Einer der Brüder war gerade dabei, ihn los zu binden. Kaum war er frei, eilte er zu ihr. Als Ghislaine seine Hände auf den Schultern fühlte, hatte sie plötzlich keine Kraft mehr, sich aufrecht zu halten. Alles drehte sich um sie.
„Ghislaine… Ghislaine, was hat er Euch angetan?!” Jocelin grub die Hände in ihr windzerzaustes Haar und starrte auf den zusammen gekrümmten Leichnam Floyrans.
„Wichtig ist…“ flüsterte sie heiser, um ihre Fassung kämpfend, “wichtig ist nur, dass Ihr lebt … in Freiheit seid, …und die Welt von diesem Teufel befreit...”
Sie löste sich von Jocelin und wandte sich an die anderen Ordensbrüder. “Wo ist mein Sohn?“
„Hinten bei unseren Pferden.” entgegnete Bruder Jean.
„Yvo?” fragte Jocelin erstaunt. „Yvo ist hier?”
„Er war es, der Eure Brüder geholt hat.”
Großer Gott! Jetzt hatte er auch den Jungen mit hineingezogen! Und Ghislaine war um seinetwillen zur Mörderin geworden! Er wusste

mit einem Mal nicht mehr, ob er nun Floyran oder sich selbst mehr hasste.
Jean de Saint-Florent berührte seinen Arm, und er schrak zusammen. „Wir sollten sehen, dass wir hier fortkommen! Wer weiß, ob Floyrans Männer nicht mit Verstärkung auftauchen!“
„Ja. Ihr habt recht!“

Eine knappe halbe Stunde später sahen sie wieder die weißen Mauern von La Blanche durch die Bäume schimmern. Wie unschuldig... Das ‚Himmlische Jerusalem‘...
Jocelin wies seine Ordensbrüder an, im Schutz des Waldes zu warten, bis er mit Arnaud zurückkehrte. Diesmal wollte er offen in die Burg einreiten. Kannten ihn nicht die Meisten von Ghislaines Dienstleuten noch als den Ritter aus Outremer, Lehrer des jungen Grafen? Es würde nichts Besonderes sein, ihn jetzt wieder an Yvos Seite zu sehen...
Zunächst achtete in der Tat niemand von den Dienstleuten auf sie. Doch auf einmal klang ein Ruf, alle anderen Stimmen übertönend: „Dort ist der Templer!“
Und dutzende Augenpaare folgten einem ausgestreckten Arm und blieben an Jocelin haften.
„Wer hat dir das gesagt?“ fuhr Ghislaine den Sprecher an, ehe die plötzliche Stille zu einem verräterischen Schweigen wurde. Über ihr eben noch blasses Gesicht hatte sich zornige Röte gebreitet.
„Sire Esquieu de Floyran, der Bote seiner Majestät!“ Der Mann stemmte die Arme in die Hüften. Wenn Floyran ihn nicht bezahlen wollte, würde er eben auf eigene Weise für seine Belohnung sorgen! Der Bischof, der Papst, vor allem aber König Philipp boten gewiss reichlich Gold für jenen Mann auf dem Pferd neben der Gräfin!
„Sire Esquieu war kein königlicher Bote!“ entgegnete Ghislaine, hoffend, dass ihre Worte fest genug klangen, obwohl sie am ganzen Körper zitterte. „Und Sire Jocelin ist kein Templer! Wie kommst du nur auf solch einen haarsträubenden Unsinn?! Du solltest nicht mehr so lange im Wirtshaus hocken!“ Gedämpftes Kichern kam von irgendwo aus ihren Leuten.
„Genug jetzt! Macht euch wieder an die Arbeit! Los, Schluss mit dem Maulaffen feilhalten!“
Gefolgt von Jocelin und Yvo schritt Ghislaine die Treppe zum Palais

hinauf. In ihren Gemächern angelangt lehnte sie sich mit einem erleichterten Seufzer gegen die Wand. Mit einiger Mühe widerstand sie dem Drang, ihrer Erschöpfung nachzugeben und sich einfach auf die Fensterbank fallen zu lassen. Heilige Muttergottes, was hatte sie getan?! Nein, nicht darüber nachdenken, befahl sie sich. Nicht jetzt! Es gab noch so vieles zu erledigen! Ihr Blick streifte Yvo. Der Junge durfte nie davon erfahren, nie!

„Yvo?"

„Ja, Mutter?"

„Geh' hinunter und sage dem Küchenmeister, er solle das Nachtmahl herrichten. Und wenn dich jemand nach Sire Jocelin fragt, erzähle, dass er mir nur einen Brief von Erzbischof Gregor von Rouen gebracht hat, und heute noch weiter reitet!"

Yvo nickte hastig und wollte zur Tür, aber Jocelin hielt ihn zurück. „Was du heute getan hast, davor wären viele Männer zurückgeschreckt. Ich danke dir, und ich werde es dir nie vergessen. Aber du darfst keinem von dem erzählen, was du gesehen hast, was hier geschehen ist! Nicht einmal deinem besten Freund. Niemandem, verstehst du?"

Yvos Traum von langen Heldenerzählungen vor seinen Freunden schmolz dahin. „Ich kann schweigen!" entgegnete er fast trotzig. „Was denkt Ihr? Das ich ein Milchkind bin?"

„Ein einziges Wort, Yvo, kann dir oder deiner Mutter den Kerker einbringen... oder Schlimmeres!"

„Ich werde schweigen! Ich schwöre es!"

Jocelin klopfte ihm stumm auf die Schulter und hatte ein elendes Gefühl dabei. Der Junge war sich nicht im Mindesten im Klaren darüber, was dieses Schlimmere bedeutete! Aber vielleicht war das gut so… Er wollte noch etwas sagen, aber seine Mutter scheuchte ihn mit einem neuerlichen „Nun geh schon!" hinaus.

Dann beugte sie sich über eine große, mit Kupferbeschlägen verzierte Truhe, die unter dem Fenster stand. Der Duft von Lavendel verbreitete sich im Raum, als sie den Deckel hob.

Vor Jocelins erstaunten Augen nahm sie zwei Hemden heraus, ein fein gearbeitetes Lederwams und einen dunkelgrünen Mantel mit sizilianischen Stickereien. Die Sachen hatten ihrem Gemahl gehört. Was sollten sie jetzt noch länger hier liegen und auf den Mottenfraß warten?!

„Zieht das an, Sire Jocelin. So werdet Ihr den Söldnern weniger verdächtig erscheinen!"
Seine Finger glitten über den weichen Stoff; er hatte noch nie derart kostbare Kleidung besessen.
"Ghislaine, wie soll ich Euch das je vergelten?" Es ging ihm nicht um dieses Gewand, um das Geld, das sie ihm gegeben hatte damals für die Reise nach Tours. Aber der Gedanke, dass Floyran seine gierigen Finger an sie gelegt hatte, machte ihn geradezu rasend. Er streckte die Hand nach ihr aus, aber sie wich zurück.
"Ich gehe Euch noch etwas Proviant einpacken", versprach sie. „Wir treffen uns unten in der Kammer bei Bruder Arnaud!"
Er sah ihr einen Moment lang nach, ohne sich zu bewegen. Dann begann er sich umzukleiden.

Jocelin schob den Arm unter Arnauds Kopf und versuchte, ihm etwas von der Brühe einzuflößen, die Ghislaine eben gebracht hatte.
„Ich könnte zum Kloster schicken, dass man einige stärkende Mittel bereitet", erbot sich die Gräfin, aber Jocelin schüttelte den Kopf.
„Es sind schon genug Leute, die von unserer Anwesenheit auf La Blanche wissen und Verdacht schöpfen können. Die königlichen Söldner sind noch überall; sie wissen, dass sie einen von uns verwundet haben. Ein unbedachter Hinweis kann sie leicht auf unsere Spur bringen! Und Floyrans Kumpane! Nein, wir müssen noch heute wieder fort!"
„Aber glaubt Ihr, dass er schon in der Lage ist zu reiten? Jocelin, wartet wenigstens noch einen Tag! So leicht wird man nicht wagen, La Blanche zu durchsuchen!" Vorhin hatte sie sich fast gefürchtet, mit ihm allein zu sein, aber in diesem Moment hätte sie alles darum gegeben, ihn wenigstens noch ein paar Stunden hier zu behalten.
„Nein, es ist zu gefährlich! Ich will nicht, dass Ihr oder einer Eurer Leute in den Kerker geschleppt werdet!"
Vorsichtig hob er Arnaud in den Sattel seines Pferdes, stieg dann hinter ihm auf und nahm den Proviantbeutel entgegen, den Ghislaine ihm hinhielt.
Es widerstrebte ihm, sie so zurückzulassen, nichts für ihre Sicherheit tun zu können, sondern sich im Gegenteil davon machen zu müssen wie ein feiger kleiner Dieb! Er suchte nach Worten, fand aber keine, und schließlich war es Ghislaine, die die Stille brach: „Ich werde

jeden Tag beten, Euch gesund wiederzusehen…“
„Ihr solltet …vielmehr beten, dass sich unsere Wege nie mehr kreuzen, Madame. Ich habe Euch genug Angst und Leid gebracht! Ich werde ... Buße tun, für alles!“ Jocelin griff die Zügel seines Pferdes und lenkte das Tier zum Tor. Ohne sich noch einmal umzuwenden, verließ er die Burg.

Arnaud lag halb aufgerichtet auf seinem Lager am Eingang der Höhle und wandte sich Jocelin zu, der sich soeben neben ihm niedergelassen hatte. Dem alten Ordensbruder ging es allmählich besser, auch wenn er noch immer recht schwach war. Aber zum Glück hatte sich die Wunde nicht entzündet.
„Nun, hast du das Pergament und das Schreibzeug, Jocelin?“
„Ja. Hat ein halbes Vermögen gekostet, aber ich habe es. … Arnaud, damals, als Ihr verwundet wurdet, wolltet Ihr mir etwas erzählen. Etwas, was Euch offenbar sehr wichtig war! Ihr sagtet, bevor Ihr sterbt, müsse ich es wissen…“
Arnaud schüttelte den Kopf. „Ich kann mich nicht mehr erinnern, was mir da durch den Kopf gegangen ist. Ich war ja nicht recht bei mir. … Bruder Guy sagte mir, dass Floyran tot sei?“
„Ja. Ist er.“
„Hast du es getan?“
„Nein. Ghislaine. Ghislaine hat ihm den Dolch ins Herz gestoßen. Aber ich wünschte, ich hätte es getan! Jeder andere, nur nicht SIE!
“
Arnauds Hand legte sich auf seinen Arm. „Du bist voller Aufruhr, voller Feuer, voller Hass. Das ist nicht gut, Jocelin.“
„Und? Warum sollte ich es NICHT sein?! Dieser Verfluchte hat uns so viel Leid, so viel Tod gebracht! Er war es, der mit den falschen Anschuldigungen beim König vorstellig wurde! Und… und er hat Ghislaine vergewaltigt! Diese widerliche Ratte!“
„Ghislaine…“ wiederholte Arnaud langsam und ließ die Hand vom Arm seines Ordensbruders sinken. Seine Gedanken schienen abzuschweifen, doch dann sagte er: „Das gleiche Feuer und die gleichen Leidenschaften haben deinen Vater zugrunde gerichtet, Jocelin. Ich will nicht, dass du seinem Weg folgst.“
„Mein Vater? Ihr habt mir erzählt, er starb bei einem Angriff der Sarazenen auf Akkon…“
„Ja… Aber vorher… töteten ihn seine Leidenschaften. Ich kannte ihn gut, und ich habe gesehen, wie sie ihn zerstörten.“
„Warum habt Ihr ihn dann nicht davon abgehalten?“ Jocelin war in so gereizter Stimmung, dass die Worte wie eine Anklage klangen.
„Weil er zu sehr damit beschäftigt war, auf sich selbst zu hören, um irgendetwas anderes wahrzunehmen.“ Er seufzte und wechselte das Thema, ehe sein junger Ordensbruder eine weitere Frage stellen

konnte: „Bist du bereit zu schreiben? Ich diktiere dir die päpstlichen Privilegien in chronologischer Reihenfolge. Ich hoffe, ich werde keines vergessen…“

Schon wenige Tage später stellten die neuen Nachrichten, die die Templer erreichten, die mühevolle Arbeit Jocelins und Arnauds in Frage, eine Verteidigungsschrift aufzusetzen. Papst Clemens hatte die Suspension der Inquisition aufgehoben, vor nunmehr zwei Wochen schon.
Der Heilige Vater hatte sie verraten! Er hatte die Templer im Stich gelassen! Was nützte da die Berufung einer Kommission, die er so laut verkündet hatte! Was nützte das wahrheitsbeflissenste und rechtschaffenste Gremium, wenn die Zeugen nicht die Wahrheit sagen konnten! Und der Erlass des Papstes verdammte alle Brüder, die ihre ersten erpressten Geständnisse widerrufen hatten, zu neuer Folter oder Tod! Wer würde unter dieser Bedrohung noch bereit sein zur Verteidigung? Dafür hatten sie Monate gewartet! Für diesen Verrat!
„Wir schicken unsere Petition dennoch an den Papst und werden ihn bitten, auch die Verteidigung anzuhören“, sagte Jocelin, doch im Stillen verlachte er sich selbst. Briefe, Petitionen, wozu? In Tours hatten sie ihnen nichts genutzt, und jetzt?!
„Die Leute des Königs werden aus allen Gefängnissen Zeugen für die päpstliche Kommission auswählen. Wir können davon ausgehen, dass König Philipp die Absicht hat, jede Verteidigung zu ersticken. Seine Leute werden die schwächsten der Gefangenen aussuchen, jene, die irgendeinen Groll gegen den Orden hegen, die jeden Widerstand aufgegeben haben, die das Meiste gestanden!”
„Wir müssen einen Weg finden, ihnen Mut zu machen, trotz allem“, ergriff Arnaud das Wort. „Unsere Aussagen wird niemand zu Protokoll nehmen, solange die Verteidigung nicht ordnungsgemäß eingefordert ist und jeder als Zeuge auftreten kann. - Für den 25. Juni sind die Zeugen nach Poitiers vorgeladen... Es bleibt uns nicht viel Zeit. Das Beste ist, das sich gleich morgen einige von uns auf den Weg nach Poitiers machen, um die Lage in Augenschein zu nehmen und auf die Zeugen zu warten.”

Echte Reue war ein Werk des Heiligen Geistes, nicht des Inquisitors.

Deshalb empfand Guillaume Imbert auch keinen Stolz, als er in den Kerker hinunter schritt. Es war nicht sein, sondern der Sieg Gottes über den Teufel... Am Morgen hatte man ihm gemeldet, dass Komtur Robert von Paris ihn sprechen wollte. Endlich, nach neun langen Monaten! Doch noch während ihm der Waffenknecht die Zellentür aufsperrte, merkte Imbert, dass er sich geirrt hatte. Der Gefangene warf sich ihm nicht um Vergebung flehend vor die Füße. Er stand aufrecht, einen entschlossenen Ausdruck im Gesicht. Anstellte seiner zerfetzten Tunika trug er ein grobes braunes Hemd, aber über den Schultern lag der Ordensmantel.
Inquisitor Imbert durchbohrte dieses offensichtliche Zeichen der Unbußfertigkeit mit einem vernichtenden Blick. Irgendjemand musste ihm den Mantel eines toten oder rekonziliarisierten Bruders gebracht haben! Er würde herausfinden, wer es gewesen war!
„Ich habe gehört, dass Papst Clemens eine Kommission zur Untersuchung über meinen Orden eingesetzt hat", begann Komtur Robert. „Ich bitte, vor dieser Kommission aussagen zu dürfen."
„Ihr wollt ein Geständnis ablegen?" fragte Imbert, obwohl er die Antwort bereits kannte.
„Ich entbiete mich zur Verteidigung des Ordens gemäß den kanonischen Gesetzen!"
„Einem verstockten Ketzer, wie Ihr es seid, kann die Anhörung vor dem Heiligen Vater nicht gestattet werden!" entgegnete der Inquisitor schneidend und wandte sich zum Gehen.
„Bei der Barmherzigkeit Gottes, bringt mich vor den Papst!" schrie Robert ihm nach, aber nur Schweigen antwortete ihm. Der Gefangene hob die Augen zu dem Bild des Gekreuzigten, das er in Stunden der Angst und der Hoffnungslosigkeit in die Mauer geritzt hatte, streckte die Hand danach aus und krallte die Fingerkuppen in den rauen Stein, bis Blut aus ihnen quoll.
„Du, o Herr, kennst die Wahrheit!" flüsterte er. „Offenbare sie! Verteidige unseren Orden, Deinen Orden, Herr! Hilf uns, hilf uns, hilf uns!"

Es war zu ungewohnter Stunde, dass der Schüssel im Schloss der Kerkertür knirschte. Verwundert erkannte Komtur Robert die vom Fackelschein umrissene Gestalt Tancreds. Der junge Mönch ergriff seine Hände und flüsterte hastig: „Man schickt mich zurück in mein

Kloster. Morgen früh muss ich fort."
„Warum?" fragte Robert in der schrecklichen Gewissheit, den letzten Freund zu verlieren.
„Weil ich Euch den Ordensmantel gebracht habe."
Robert wollte Tancred umarmen, aber der junge Mönch stöhnte auf, kaum dass er ihn berührt hatte.
„Imbert hat mich auspeitschen lassen."
„Was ist das für ein Mensch? Möge Gott ihn strafen!"
Der junge Dominikaner lächelte durch aufsteigende Tränen.
„Jetzt sind wir Brüder, Sire Robert. Brüder im Leid. Ich werde für Euch und den Tempel beten! Das kann Imbert nicht verhindern, und wenn er mich bis ans Ende der Welt schickt! Und die Macht des Gebetes ist groß!"
Stumm standen sich die beiden Männer noch einen Augenblick gegenüber, ehe Tancred den Kerker des Louvre für immer verließ.

Der Mund des Gerechten sinnt über die Weisheit nach, und seine Zunge spricht gemäß dem Recht, das Gesetz Gottes ist in seinem Herzen", schallte der Introitus durch das Gewölbe der Kathedrale von Poitiers.
Eine Wolke von Weihrauch hüllte Papst Clemens und die ihm assistierenden Priester ein. Das farbenprächtige Mosaik der Chorfenster ließ ein überirdisches Licht auf die goldenen Altargeräte und die Gewänder der Priester fallen.
„Kyrie eleison, Kyrie eleison, Kyrie eleison..." Der Papst stieg hinauf zum Altar.
König Philipp, der der Messe von einer Seitenloge aus beiwohnte, streifte mit eiskaltem Blick die Gestalt des Vikars Christi. Clemens wirkte müde. So müde...

Jocelin und Arnaud hatten sich unter die festliche Menge der Gläubigen gemischt. Beim vorsichtigen Umsehen hatte Jocelin die nach Poitiers entsandten Brüder entdeckt.
Die Berichte, die sie später unter einem Brückenbogen über die Reise gaben, klangen wenig erfreulich.
„72 Brüder hat der König bis jetzt nach Poitiers bringen lassen. Viele Komture sind darunter. Die meisten aus den südlichen Provinzen, in denen die Inquisition die meiste Übung hat."
„Und sie sind übel zugerichtet", fiel ein anderer Bruder ein, der der Überführung eines Gefangenentransportes beigewohnt hatte. „Sie sind so sehr gefoltert worden, dass sie wohl kaum ein Wort der Verteidigung wagen werden! Zumal sie immer noch von den Leuten des Königs bewacht werden!"
„Sogar aus dem Orden Ausgestoßene haben die Leute des Königs ausgewählt! Wie kann man sie als Zeugen in dieser Angelegenheit anhören?!"
„Wo hat man sie untergebracht?" wollte Jocelin wissen.
„In den Verliesen des Bischofspalais die meisten, die anderen im Amtshaus des Herzogs."
„Streng bewacht, nehme ich an."
„Allerdings. Niemand hat Zugang zu ihnen außer den Beichtvätern, die das Dominikanerkloster schickt."
Jocelin nickte nachdenklich. Die Beichtväter hatten also Zugang. Damit ließ sich vielleicht etwas machen.

„Wisst Ihr etwas von Meister Jacques?" fragte er weiter.
„Nur Gerüchte. Man soll sie in die königliche Burg von Chinon gebracht haben. Es heißt, sie seien zu krank für die Weiterreise."
„Zu sehr gefoltert würde es wohl eher treffen."
„Euren Brief haben wir vor gut einer Woche in der päpstlichen Kanzlei abgegeben, Sire Arnaud. Aber wenn er Clemens je erreicht hat, so verweigert er eine Antwort. Täglich war einer von uns im Kloster, wo er residiert. Clemens empfängt niemanden."
„Ich versuche es selbst noch einmal. – Außerdem wäre es gut, wenn wir einen der Unsrigen in die Kanzlei einschmuggeln könnten. Es werden sicherlich noch Kopisten gesucht."
Einer der Brüder bestätigte Arnauds Vermutung. Er hatte die entsprechenden Anschläge an den Kirchentüren und am Marktplatz gesehen.
„Ich melde mich." Die Worte kamen von Helias, dem ehemaligen Kaplan von Provins, der vor vier Monaten hatte gerettet werden können. Geständig und rekonziliarisiert, aber mit dem Willen, dieses Versagen wieder gut zu machen.

Noch am selben Tag ließ sich Bruder Arnaud in das Kloster führen, in dem Papst Clemens residierte. Der Aufenthalt des Heiligen Vaters hatte den Konvent in einen Bienenschwarm verwandelt. Notare liefen durch die Gänge, Geistliche aller Rangstufen, Franziskaner, Dominikaner, Cölestiner, Cistercienser und Johanniter bevölkerten den Gästeflügel des Klosters. Eine große Anzahl von Laien belagerte täglich den Audienzsaal, auf Begünstigungen wartend, die Entscheidung eines alten Streites hoffend, oder einfach, um die Botschaften irgendwelcher Barone zu überbringen. Manche vertrieben sich die Zeit, einem mitgeführten Spielmann zu lauschen, andere rechneten verzweifelt die Kosten ihres Aufenthalts aus, immer gereizter den päpstlichen Kammerherrn um Audienz angehend.
Arnaud trug die Mönchskutte, die man Jocelin einst in St. Germain-des-Prés gegeben hatte. Bereitwillig ließen die Bittsteller den blinden Mann mit der Aura eines heiligen Asketen den Vortritt, sei es auch nur um zu sehen, ob ihm Audienz gewährt würde.
„Seine Heiligkeit ist krank, das habe ich Euch heute schon einmal gesagt!" wehrte der päpstliche Kammerherr gerade erneut einen

ungeduldigen Adligen ab. „Nein, Ihr könnt nicht zu ihm, unter gar keinen Umständen! Der Heilige Vater wird heute und morgen niemanden mehr empfangen!"
Der Mann drehte sich wutschnaubend um und eilte mit großen Schritten an Bruder Arnaud vorbei. Mit dem Blick eines Beamten, der es mehr als leid war, beständige Bitten hören zu müssen, starrte der Kammerherr nun auf den Ordensbruder.
„Und was wollt Ihr noch? Ihr habt es doch gehört. Keine Audienzen mehr heute und morgen."
„Es handelt sich um das Verfahren, das in drei Tagen beginnen soll."
„Ach, jeder, der hier kommt, hat angeblich etwas zu dem Prozess zu sagen! Wenn ich jeden zu seiner Heiligkeit vorlassen würde-"
„Gebt mir nur einen Augenblick! Clemens soll selbst entscheiden, ob er mich anhören will!"
„Nein. Keine Audienzen!" Mit diesem endgültigen Wort verließ der Kammerherr den Saal.
Arnaud tastete sich mit seinem Stock bis zu einer der Bänke in der Galerie und setzte sich. Er überlegte, ob es Zweck hätte, sich mit den Mitgliedern der Kommission in Verbindung zu setzen. Aber Thomas von Santa Sabina war Dominikaner, und wohl kaum geneigt, etwas zu tun, was die Inquisition und seinen Orden in schlechtes Licht rücken würde... Petrus und Landulf Colonna verdankten ihr Amt dem Kampf König Philipps gegen ihren Feind, den früheren Papst Bonifatius. Sie waren vielleicht versucht dieser Dankbarkeit deutlichen Ausdruck zu verleihen... Stephan de Suisy hatte lange Zeit das Amt des königlichen Siegelbewahrers versehen... Berengar Fredoli hatte sich schon bei der Inquisition im Languedoc durch besondere Härte hervorgetan...
Eine laute Stimme störte Arnaud in seinen Gedanken. Sie gehörte einem Johanniterbruder, der sich neben ihn gesetzt hatte.
„Keine Audienzen! Wir geben alles, um diese verdammte Insel zu erobern, und Seine Heiligkeit hat nicht einmal Zeit für eine Audienz! Nur eines hört man beständig: die Templer und Papst Bonifatius!"
Bruder Arnaud horchte auf. Die Auseinandersetzung König Philipps mit Papst Bonifatius und die Gefangennahme des Vikars Christi vor fünf Jahren durch Nogaret hatten damals die Gemüter heftig bewegt.
„Bonifatius?" wiederholte er, als habe er keine Ahnung, wovon sein Gegenüber sprach.

„Ja. Man munkelt, der König drohe Clemens mit einer förmlichen Anklage gegen seinen Vorgänger!" erwiderte der Johanniter.
„Eine Anklage gegen den Papst?"
„Man erzählt sich ganz furchtbare Dinge..." Nun senkte der Johanniter seine Stimme. „Häresie, Verschwörung, Götzendienst... Genau das gleiche, was man jetzt den Templern vorwirft. Ich sage nicht, was ich darüber denke, aber...! Ein Prozess gegen einen Papst, vielleicht seine Verurteilung, wisst Ihr, was das bedeuten würde?!"
Arnaud bekreuzigte sich. „Und Ihr sagt, der König droht Clemens damit?"
„Man hört Gerüchte. - Ah, ich muss gehen. Gebe Gott, dass wir morgen endlich vorgelassen werden, Bruder!"
Der alte Templer blieb allein zurück.
Ein Gerichtsverfahren gegen Papst Bonifatius! Das war also das zweite, die Kirche bedrohende Übel gewesen, von dem Erzbischof Gregor damals in Tours gesprochen hatte! König Philipp drohte Clemens mit einer Anklage von Papst Bonifatius, wenn ihm der Papst im Falle der Templer nicht willfährig genug war! Arnauds Hände schlossen sich fest um seinen Stock, als könne der ihm Halt geben.

Das Dominikanerkloster befand sich außerhalb der Mauern von Poitiers. Der schmale, baumgesäumte Weg zum Stadttor führte an einer Viehtränke vorbei. Dort lagen Jocelin, Guy und zwei weitere Brüder im Hinterhalt. Ihre Gedanken weilten noch bei den Nachrichten, die Arnaud mitgebracht hatte. Wenn König Philipp den Papst wirklich erpresste, dann würde Clemens dem Orden vielleicht niemals zu Hilfe kommen können und wollen. Dann waren die Templer gezwungen, ihr Recht vielleicht auch gegen den Papst einzufordern. Umso wichtiger würde es sein, dass die nach Poitiers gebrachten Zeugen für die Wahrheit einstanden.
Jocelin spähte durch das Blattwerk. Zwei Dominikaner hatten die Klosterpforte verlassen. Den Rosenkranz betend kamen sie näher. Jocelin und Louis ließen ihnen einige Schritt Vorsprung, stürzten aus ihrem Versteck und ergriffen die Mönche.
„Keine Angst, es geschieht euch nichts," versprach Jocelin, während er seinem Gefangenen einen Knebel in den Mund stopfte. „Zieht eure Kutten aus!"

Der Jüngere der beiden Dominikaner wehrte sich so heftig, dass Louis ihn niederschlagen musste. Eilig kleideten sich die beiden Ordensbrüder um. Ihre Gefangenen in der Obhut von Guy zurücklassend machten sie sich auf den Weg zur Stadt.
Der Amtmann des Bischofs, der die Abgesandten der Dominikaner an den vergangenen Tagen in Empfang genommen hatte, verhielt sich misstrauisch beim Anblick der unbekannten Gesichter.
„Wo sind Bruder Nikolaus und Bruder Thomas?"
„Bruder Thomas hat heute bei unserem Prior zu tun. Und Bruder Nikolaus geht es nicht wohl."
Der Amtmann nickte.
„Dann hat es ihn gestern doch übler erwischt! Dass einer aus dieser Ketzerbrut es gewagt hat, ihn ins Gesicht zu schlagen...! Aber Ihr braucht keine Angst zu haben, dass das noch einmal passiert! Wir haben die Gefangenen in Ketten legen lassen!"
Er griff nach den Schlüsseln und schlurfte zur Treppe.
Kurz darauf standen die Templer ihren unglücklichen Ordensbrüdern gegenüber. Jocelin bekreuzigte sich und hob die Stimme zu einer eindringlichen Ermahnung:
„Bekennt all Euere Sünden, denn unser Herr Jesus Christus ist barmherzig. Er, der die Heilige Maria Magdalena errettet hat, die doch von sieben Dämonen besessen war, er wird auch euch barmherzig sein..."
Als er den Amtmann des Bischofs außer Hörweite wähnte, verstummte Jocelin. Er und Louis schlugen ihre Kapuzen zurück. Erstaunt sahen die Gefangenen, dass die beiden "Beichtväter" nicht die Tonsur der Priestermönche trugen.
„Ihr seid keine Dominikaner! Was soll das?" fragte eine ängstliche Stimme.
Jocelin trat näher zu den Gefangenen.
„Wir sind Brüder des Tempels wie ihr auch," sagte er leise. Doch seine Antwort zerstreute die furchtsamen Bedenken der anderen nicht. Sie alle hatten den Orden mit falschen Geständnissen belastet und sich von ihm losgesagt! Waren diese Fremden hier, um sie zum Schweigen zu bringen?!
„Was wollt ihr von uns? Wer schickt euch?"
„Niemand hat uns geschickt. Wir sind ein paar dutzend Brüder in Freiheit. Seit über einem Jahr versuchen wir, ein gerechtes

Verfahren durchzusetzen. Darum sind wir heute auch hier: um euch zu bitten, bei eurer Anhörung den Orden zu verteidigen!"
„Verteidigen? Das können wir nicht!" rief ein hellhaariger Ordensritter von der gegenüberliegenden Seite. „Man hat uns verpflichtet, unsere früheren Geständnisse zu wiederholen! Wenn wir es nicht tun, schicken sie uns auf den Scheiterhaufen! Und ich habe schon zwei meiner Brüder brennen sehen!"
Jocelin wandte sich dem Mann zu. „Wer seid Ihr?"
„Isnard... Isnard de Montreal, Komtur von Carcassonne..."
„Ich kann mir vorstellen, was Ihr durchgemacht habt, Bruder. Aber Ihr müsst dennoch die Wahrheit sagen, ich bitte Euch!"
„Sie haben mich wochenlang hungern lassen..." murmelte der Gefangene mit gebrochener Stimme. "Ich wusste gar nicht mehr, was ich sagte, als sie mich verhörten..."
Jocelin legte beruhigend die Arme um den weinenden Mann.
„Wir würden ja widerrufen, Jesus der Sohn der Jungfrau ist mein Zeuge! Wenn wir nur in Freiheit wären!" sagte ein anderer Bruder. „Aber so?" Er hob zur Bekräftigung seiner Worte die gefesselten Hände.
„Verteidigt unseren Orden, im Namen Christi! Das Schicksal des Tempels kann von eurer Verteidigung abhängen! Die Bischöfe und der Papst sollen die Wahrheit aus Eurem Mund hören!"
„Soll doch Meister Jacques den Orden verteidigen! Aber er hat uns befohlen zu gestehen! Wie sollen wir denn noch wissen, was zu tun ist?!"
Ohne ihrer Brüder sicher zu sein verließen Jocelin und Louis den Kerker.
„Nun, habt Ihr's ihnen recht eingebläut?" empfing sie der bischöfliche Amtmann leutselig. Seine Art widerte Jocelin an.
„Die Gefangenen sind in einem schlechten Zustand", sagte er um äußere Gleichmut bemüht. "Nehmt ihnen die Ketten wieder ab und sorgt für besseres Essen!"
Der Amtmann zog überrascht die Brauen hoch. Derlei Mitgefühl war er von den Dominikanern nicht gewohnt. Dann zuckte er mit den Schultern. „Wenn Ihr's für richtig haltet...
Mich geht's nichts an. - In der Küche haben wir wieder ein feines Süppchen für Euch herrichten lassen, wie jeden Tag. Lasst es Euch schmecken, ehrwürdige Brüder!"

Es war die erste warme Mahlzeit seit Tagen. Aber der Gedanke an ihre gefangenen Brüder nahm ihnen den Appetit.
Als nächstes suchten Jocelin und Louis das herzogliche Palais auf. Aber dort sah es nicht besser aus. Die Brüder im Kerker waren fast alle krank und derart eingeschüchtert, dass ein Widerruf ihrer Geständnisse nicht zu erwarten war. Die ehemaligen Templer, die sich freiwillig als Zeugen gemeldet hatten, waren in einem der oberen Gemächer des Palais untergebracht worden. Doch sie empfingen die beiden Ordensbrüder mit einer sarkastischen Abfuhr.
„Ich soll den Orden verteidigen, der mich ausgestoßen hat?!" rief einer der Männer. „Ausgestoßen wegen vier Florins, die ich bei mir hatte! Wenn ich nicht geflohen wäre, dann säße ich heute noch im Kerker und würde langsam verfaulen! Oh nein!"
„Aber Ihr wisst, dass diese Anklagen gegen den Orden Verleumdungen sind!"
„Ich-" erwiderte ein Mann in speckigem Lederwams, "ich weiß nur, wie man mich behandelt hat, ehe ich nackt aus der Komturei getrieben wurde! Schert Euch zum Teufel, mitsamt Eurem Orden!"
„Gehen wir", sagte Louis und griff den Arm seines Ordensbruders. „Hört die Vesperglocken!"
Tatsächlich läutete es bereits. Sie mussten sich beeilen, wollten sie vor den Hirten an der Viehtränke sein.
„Bitte, überlegt es Euch", wandte sich Jocelin noch einmal an die Ehemaligen. „Sagt die Wahrheit, um Gottes Willen und seines Gerichts!"
Dann verließen sie das herzogliche Palais. Durch die engen Gassen des jüdischen Viertels strebten sie dem Südtor zu.
Als sie die Viehtränke erreichten, war schon das Blöken der Schafherde zu hören. Jocelin pfiff zweimal den als Signal verabredeten Vogelruf. Blattwerk raschelte und Bruder Guys Kopf tauchte auf.
„Ah, Messires, da seid Ihr ja endlich! Ich dachte schon, es ist etwas geschehen und ich muss die ehrwürdigen Brüder nackt in ihr Kloster zurückschicken!"
„Nun, gottlob nicht!" rief Louis und zog die Kutte über den Kopf. „Aber jetzt rasch!"
Guy löste die Fesseln der beiden Dominikaner. Mit zornrotem Gesicht packte der Ältere seinen Habit.

„Ihr werdet exkommuniziert! Alle!" schrie er.
Jocelin griff nach den Zügeln seines Pferdes.
„Spart Euch die Mühe, Vater", sagte er, selbst überrascht von dem schneidenden Hohn in seiner Stimme.
„Ihr missachtet die Schlüsselgewalt der Kirche!" erboste sich der Dominikaner. „Ihr werdet in der Hölle brennen!"
Die ersten Schafe sammelten sich um die Tränke. Jocelin zog Bruder Guy hinter sich in den Sattel. Auch Louis saß schon auf seinem Pferd. Mit einem Satz waren die Reiter auf dem Weg und galoppierten Richtung Wald.
„Haltet sie auf! Haltet diese Männer auf!" brüllte der ältere Dominikaner den Hirten zu. „Haltet sie, oder ich bringe euch vor den Inquisitor!"
Doch längst waren die Ordensbrüder außer Reichweite.

Voller Sorge ließ Guillaume de Nogaret das herzogliche Palais hinter sich. Der Vikar des Herzogs hatte ihm vertraulich mitgeteilt, was er von den bei ihm inhaftierten ehemaligen Templern erfahren hatte: der Komtur der freien Templer war in der Stadt. Und nicht nur das, offenbar ging dieser widerliche Bastard in den Verliesen ein- und aus. Was die Gefangenen betraf, so bereiteten sie Guillaume de Nogaret kein Kopfzerbrechen. Seine Leute würden sich noch einmal eingehend mit ihnen befassen. Das würde ihnen die Gedanken an eine eventuelle Verteidigung rasch austreiben. Aber dieses Komturs der freien Templer musste er habhaft werden! Auf eine gewisse Weise faszinierte den Siegelbewahrer die Persönlichkeit des unbekannten Ordensbruders. Der Beschreibung nach war es derselbe, der rings um Paris schon seit über einem Jahr für Unruhe sorgte. Wenn es stimmte, was er vor der Abreise in Paris gehört hatte, war auch Floyran von den Templern umgebracht worden... Damit hatten ihm die verfluchten Ordensbrüder auch noch einen guten Dienst erwiesen!

Die Mitglieder der päpstlichen Kommission und ihre Notare nahmen im Kapitelsaal der Abtei Platz. Kardinal Thomas, der Dominikaner, bedachte Berengar Fredoli mit einem lauernden Blick. Es hieß, der ehemalige Erzbischof von Bordeaux trüge die Hauptverantwortung, dass ihre Sitzung bis heute vertagt worden war... Geheimverhandlungen mit dem Papst hatte es angeblich gegeben...
Zwei königliche Gardisten brachten den Zeugen, einen etwa vierzigjährigen Ordensbruder, herein. Als er näher kam, merkten die Kommissare, dass er stark hinkte. Berengar Fredoli ordnete an, einen Stuhl für den Zeugen zu bringen. Dann nahm er die Vereidigung vor. Über einem Evangeliar schwor der Zeuge, die volle Wahrheit zu sagen, was seine eigene Person, die anderen Brüder und den gesamten Orden betreffe.
Kardinal Berengar hatte beschlossen, dem Zeugen nicht einfach sein bereits abgelegtes Geständnis zur Bestätigung vorzulesen wie es eigentlich geplant gewesen war. Er würde ihn nach allen Anklageartikeln erneut befragen.
„Wie ist Euer Name, und in welchem Ordenshaus habt Ihr gedient?"
„Isnard de Montreal. Ich bin... war Komtur von Carcassonne," antwortete er zögernd und ließ den Blick über die Kommissare schweifen. Sollte er seine Geständnisse widerrufen wie jener Komtur Jocelin es wollte?
Berengar Fredoli öffnete das Pergament, das sein Notar ihm gereicht hatte. Es war das Protokoll des ersten Verhörs des Zeugen.
„Wer hat Euch aufgenommen, Bruder?" fragte er.
Isnard de Montreal erbleichte. Ihm war gesagt worden, er solle nur mit einfachem Ja antworten, um seine früheren Aussagen zu bestätigen. Was sollte das nun? Stellte man ihm eine Falle?
„Bruder Ponce, der Provinzmeister der Provence." erwiderte er zögernd.
„Hier in Eurer ersten Aussage nennt Ihr noch einige Brüder als Anwesende."
„Ein Priester war noch dabei."
„Wie war der Name dieses Priesters?"
„Ich weiß nicht... es war ein Spanier... er ist bald darauf gestorben."
Wieder wanderten die Augen des Zeugen unruhig durch den Saal.
„Wie seid Ihr aufgenommen worden?" fuhr der Kardinal mit dem

Verhör fort.
„Ich habe vor dem Altar gekniet und Keuschheit, Armut und Gehorsam gelobt.” Heilige Mutter Gottes, wenn er sich doch nur erinnern könnte, was er damals gestanden hatte!
„Und nach Eurer Profess?”
„Ich wurde eingekleidet. Man gab mir den weißen Mantel und ich küsste das Kreuz...”
Kardinal Berengar sah in das vor ihm liegende Protokoll. In seiner ersten Aussage hatte der Zeuge bekannt, auf das Kreuz des Ordensmantels gespuckt und dabei Christus verleugnet zu haben.
„Was geschah, nachdem Ihr das Kreuz geküsst hattet?”
„Ich… ich wurde in eine Kammer geführt. Dort holte der Meister ein Bild aus einem Schrein... ein kleines goldenes Bild...
mit zwei Gesichtern... sehr schön und verführerisch...”
Berengar Fredoli senkte den Blick auf das Protokoll. Wahrhaftig, einige Monate zuvor hatte der Zeuge von einem großen, schwarzen hässlichen Götzenbild gesprochen!
„Auf dem Bild waren also zwei Gesichter. War es ein Heiligenbild?”
„Ich weiß nicht... ich glaube nicht... ich erinnere mich nicht. Es war so dunkel, ich konnte nichts Genaues sehen...”
„Ein goldenes Bild also. Und was verlangte der Meister dann von Euch?”
„Ich sollte es anbeten und küssen... und Christus verleugnen.”
Kardinal Berengar musste an den Brief denken, den Papst Clemens ihm gezeigt hatte. Jener Brief, der von Folterung und Erpressung der Zeugen berichtete, und der angeblich von in Freiheit befindlichen Templern verfasst worden war. Sollte wahr sein, was sie angeklagt hatten? Zu Beginn des Verhörs hatte Kardinal Berengar die zweite Zeugenbefragung für unnötigen Zeitaufwand gehalten. Nun kamen ihm Zweifel. Entweder der Zeuge hatte bei seiner ersten Aussage gelogen, oder er log jetzt - oder er log überhaupt.
„Bruder Isnard, seid Ihr gefoltert worden vor Eurer Aussage?”
„Ja. Sehr!” Der Ordensbruder zeigte auf sein Bein und hob dann die linke Hand, an der drei Finger fehlten. Die Kommissare waren betroffen. Aber Berengar Fredoli wusste, dass die auch noch so deutlichen Spuren der Folter keinen Beweis für die Unwahrheit der gestandenen Dinge darstellten. Das Inquisitionsrecht verlangte eine genaue Antwort des Zeugen.

„Bruder Isnard, ich frage Euch eingedenk des Eides, den Ihr vor uns geleistet habt, waren diese Folterungen der Grund für Euer Geständnis vor dem Inquisitor?"
Nun schwieg der Ordensbruder erschrocken. Er war mehrmals gemahnt worden, die Folter auf keinen Fall zu erwähnen. Was würde man nun mit ihm machen?!
„Ich habe... nicht wegen der Folter gestanden." stammelte er nach einer Weile. „Sires, ich... ich bin nur ein armer Mann." Schluchzend fiel er auf die Knie. „Glaubt mir! O Gott, glaubt mir, ich habe nur gestanden, weil es die Wahrheit war!"
Kardinal Berengar befahl, das Häufchen Elend zu entlassen.

Fünf Tage lang führte die Kommission ihre Untersuchung fort. Und Kaplan Helias, der Bruder aus Provins, kopierte Stunde um Stunde die Geständnisse seiner Brüder für das offizielle Register. Das Wissen um das Leid hinter diesen kalten Worten quälte ihn. Wenn er den Abend zu seinen Brüdern zurückkehrte, war er fast krank. Jocelin wollte ihn schließlich des übernommenen Amtes entbinden, doch da weigerte er sich. Einmal war er von den Inquisitoren besiegt worden. Nicht wieder!
Als die Kommission ihre Untersuchung beendet hatte, hatten Kardinal Berengars Zweifel auch die übrigen Kommissionsmitglieder erfasst. Die Aussagen, die sie gesammelt hatten, waren teilweise von einer haarsträubenden Unglaubwürdigkeit. Das einheitliche Bild einer Ketzerei, wie Berengar Fredoli sie gewohnt war zu verfolgen, existierte nicht! Aber alle Zeugen hatten unter Eid ausgesagt, ohne jeglichen Zwang. Würden sie bei der öffentlichen Anhörung vor dem Papst erklären, bei ihren Geständnissen bleiben zu wollen? Dann musste Clemens sie als reuige Bekenner ihrer Schuld von der Exkommunikation lösen - und ein Verfahren gegen ihren Orden einleiten.

Die öffentliche Vorführung der Zeugen fand auf dem Kathedralplatz statt. König Philipp hatte es so gewünscht, damit möglichst viel Volk dem unwürdigen Schauspiel beiwohnen konnte. Seine Majestät saß zu Füßen des päpstlichen Thrones im Portal der Kathedrale. Jeder sollte sehen, dass er ein treuer Sohn der Kirche war! Unterhalb der Treppe hatten die Mitglieder der Kardinalskommission ihre

Richterstühle eingenommen. Ihnen gegenüber, umschlossen von einem Halbkreis königlicher Gardisten, standen die gefangenen Templer. Die meisten von ihnen trugen kein Ordensgewand mehr, zum Zeichen, dass sie die Schuld ihres Ordens anerkannt und sich von ihm losgesagt hatten.
Noch einmal las ein Notar die gegen den Tempel erhobenen Anklagen vor und fasste die Geständnisse zusammen. Unter den Arkaden des bischöflichen Palais verfolgten Jocelin und seine Gefährten das Geschehen. Stumm beteten sie um Kraft für ihre gefangenen Brüder.
Kardinal Berengar stellte die entscheidenden Fragen an die Zeugen: „Seid Ihr durch Druck, Versprechungen, Bestechung, Geschenke oder Furcht zu Euren Aussagen gebracht worden?"
„Nein, wir haben um der Wahrheit willen gestanden."
Einer nach dem anderen knieten die Zeugen vor dem Papst nieder.
„Vergebt uns, Heiliger Vater! Vergebt uns unsere Schuld!"
Jocelin schloss ihn ohnmächtiger Verzweiflung die Augen.
Nur eine Handvoll Templer stand noch aufrecht vor der Kommission. Louis erkannte den ehemaligen Komtur von Carcassonne unter ihnen.
„Nun, habt Ihr noch etwas zu sagen?" klang die kühle, klare Stimme König Philipps über den Platz, und sein eisiger Blick bohrte sich in die Gesichter der Zeugen.
Komtur Isnard de Montreal schüttelte den Kopf, dann bekreuzigte er sich und kniete ebenfalls nieder.
„Habt keine Furcht," wandte sich nun Papst Clemens an die Ordensbrüder. „Die Kirche ist gnädig und barmherzig. Wenn ihr noch etwas verschwiegen habt, dann bekennt es jetzt, und man wird euch gnädig sein."
„Vergebt uns", war die einzige Antwort, die er erhielt.
„Kommt, Messires. Hier haben wir nichts mehr verloren," sagte Jocelin enttäuscht und lenkte sein Pferd die Straße hinauf. Er konnte weder den Anblick der knienden Brüder noch des Papstes länger ertragen. Selbst das Licht und die Wärme der Sonne waren im plötzlich widerwärtig. Wie konnte es sein, dass der Himmel sich nicht verdunkelte und der Zorn Gottes sich nicht über die Welt ergoss?

Die Nacht brach herein. Seit Tagesbeginn warteten die Templer auf

die Entscheidung des Papstes. Arnaud und Jocelin waren in der Stadt und hatten ein letztes verzweifeltes Bittgesuch um Anhörung weiterer Zeugen überbracht.
„Papst Clemens muss den Orden freisprechen." sagte Kaplan Helias zum wiederholten Mal. "Er kann nicht glauben, dass diese Geständnisse der Wahrheit entsprechen! Nicht zwei von denen, die ich kopiert habe, stimmten überein! Niemand würde doch einer häretischen Lehre anhängen, die er selbst nicht kennt! Das ist widersinnig! Nein, selbst wenn keiner der Zeugen widerrufen hat, Clemens muss uns freisprechen!"
Auch Bruder Louis war dieser Meinung. Er lehnte sich an einen Baumstamm zurück, und während der Gesang der Vögel langsam in der Dunkelheit verebbte, war er sich mit einem Mal des baldigen Endes ihrer Verfolgung sicher. Vielleicht speisten Arnaud und Jocelin ja schon mit Papst Clemens, und deshalb dauerte es so lang. Ja gewiss, dass würde es sein! Ah, in ein paar Tagen könnten sie alle wieder in ihre Ordenshäuser einziehen, die Glocke würde sie zum Gebet und zu Tisch rufen wie stets..."
„Sie kommen!"
Der Ruf des Postens riss Louis aus seinem schönen Traum. Erwartungsvoll sprang er auf. Pferdehufe waren zu hören, dann schälten sich die Gestalten der Reiter aus der Nacht.
Ihre Mienen zerschlugen Louis' Hoffnungen, noch ehe ein Wort gefallen war.
„Clemens hat Euch nicht angehört…"
Jocelin stieg aus dem Sattel. „Er hat uns das hier übergeben lassen," sagte er und hob eine Pergamentrolle. Mit dem Dolch durchtrennte er das Siegelband und trat ans Feuer. Die Brüder scharten sich enger um ihn, und er begann laut die Entscheidungen des Papstes zu lesen:
„....da es scheint, dass die den Templern zur Last gelegten Verbrechen wahr sind, befehlen Wir Euch, Erzbischöfen, Bischöfen und Äbten, die Untersuchung gegen die Personen dieses Ordens einzuleiten, gemäß den kanonischen Bestimmungen... zum Ruhm und zur Verherrlichung des Glaubens...Wir ordnen an, dass Ihr Euch einige geeignete Personen in dieser Untersuchung zur Seite stellt, die Wir bestimmen werden... Hütet Euch jedoch, Euch in das Verfahren über den Gesamtorden einzumischen, welches Wir Uns vorbehalten... Wir reservieren Uns auch in jeglicher Beziehung den

Prozess gegen den Meister des Tempels und die übrigen Würdenträger..."
„Kein Freispruch", rief Kaplan Helias bitter.
„Und der Papst lässt uns auch nicht verteidigen", setzte ein anderer Bruder hinzu.
Jocelin senkte die Augen noch einmal auf den schrecklichen Satz: ‚Es scheint, dass die Verbrechen wahr sind...' Wie konnte Clemens das nur glauben? Wie, bei Gott?
„Aber er gewährt uns einen Prozess nach den Normen des kirchlichen Rechts", wandte Arnaud ein. „Das ist viel, nach allem, was der Heilige Vater hat geschehen lassen - Gott vergebe mir -, aber ob es den Orden rettet, hängt allein davon ab, wieweit sich Clemens und die Bischöfe von dem Griff König Philipps befreien können. Und das, fürchte ich, wird nicht allzu weit sein!"
„Seine Majestät will unsere Verurteilung. Er wird nicht eher ruhen, bis er sie erreicht hat!" Jocelin griff nach dem Wasserschlauch, den Kaplan Helias ihm reichte und trank durstig.
„Aber - nicht alle Herrscher werden an die Schuld des Ordens glauben", suchte Louis sich selbst Mut zu machen. „Der König von Portugal beispielsweise ist ein großer Freund des Tempels, das weiß man. Oder auch Jayme von Aragon..."
„Wenn Papst Clemens befiehlt, unsere Brüder gefangen zunehmen, wird nach dem Glauben von König Jayme oder König Diniz niemand mehr fragen. Und ganz besonders nicht König Philipp, der dem Papst vielleicht gern seinen Arm gegen die Begünstiger der Templer leiht", erwiderte Jocelin. "Wie weit, glaubt Ihr, wird König Diniz mit seiner Freundschaft gehen? Wird er zulassen, exkommuniziert und seiner Krone beraubt zu werden?" Er ließ sich neben die Feuerstelle fallen, müde und ausgelaugt.
„Was ist mit Meister Jacques?" fragte einer der Brüder. „Hat er denn auch erneut gestanden?"
„Ich weiß es nicht. Über ihn und die anderen Würdenträger steht in der päpstlichen Verfügung nichts."
„Werdet Ihr versuchen, zu ihm zu gelangen, Sire Jocelin?"
„Nach dem, was wir hier in Poitiers unternommen haben, ist das wahrscheinlich genau das, was König Philipp erwartet."
Arnaud nickte. „Philipps Leute werden auf Chinon sitzen und auf uns warten. Jetzt zu Meister Jacques zu gehen, wäre der sicherste

Weg in den Kerker."
„Was tun wir dann?"
„Meister Jacques hat Bruder Jocelin und mich zu Prokuratoren bestellt. Wir können selbständig handeln, ohne neue Befehle des Meisters oder des Kapitels, auch außerhalb Frankreichs... Papst Clemens hat ein Verfahren gemäß dem Kirchenrecht angeordnet und Bischöfe als Untersuchungskommissare eingesetzt. Sie sind es, an die wir uns in erster Linie wenden müssen. Wir müssen die Verteidigung organisieren. König Philipps großer Trumpf war bisher die Isolierung unserer Brüder, von Meister Jacques, von ihren Komturen. Philipp hat einen gegen den anderen ausgespielt."
Kaplan Helias stimmte zu. Im Kerker von Provins waren Aufrufe zum Bekenntnis zirkuliert, von dem niemand wusste, ob sie echt oder gefälscht waren, die Inquisitoren hatten von Geständnissen und Anzeigen gesprochen, die vielleicht von Grund auf erlogen gewesen waren.
„...wir müssen dafür sorgen, dass die Mittel für einen ordnungsgemäßen Prozess zur Verfügung stehen."
„Das heißt, dass unsere Brüder dort, wo sie noch in Freiheit sind, so schnell wie möglich so viel wie möglich des Ordensbesitzes verkaufen müssen," überlegte Jocelin. „Haben wir Vollmacht, so etwas zu befehlen, Arnaud?"
„Unter diesen Umständen, ja. Wir haben keine andere Wahl."
Ja, sie hatten keine Wahl.

Buch III

Gekreuzigt

« Et postquam venerunt in locum,
qui vocatur Calvariae,
ibi crucifixerunt eum. …
Dividentes vero vestimenta eius,
miserunt sortes. »

Nachdem sie an jenem Ort angelangt waren,
den man Calvaria nennt,
kreuzigten sie ihn dort. …
Seine Kleider aber teilten sie unter sich auf,
nachdem sie das Los darüber geworfen hatten.

(Kreuzigung Christi, Lucasevangelium, 33)

Frankreich, Frühjahr 1309

Die zerklüfteten Hänge der Pyrenäen waren noch immer schneebedeckt, als Jocelin den Ibanetapass hinab ritt. Die Sonne glitzerte auf dem makellosen Weiß, das ihn an die Wüste Palästinas erinnerte. Die Erinnerung erfüllte ihn mit Bitterkeit.

Nach der Morgenröte der Hoffnung im vergangenen Sommer war eine Nacht des Schreckens über den Orden hereingebrochen. Nachdem ihm ein erneutes Geständnis des Meisters vorgelegt worden war, hatte Papst Clemens am 30. Oktober den ausländischen Fürsten die Verhaftung der Templer geboten.

Zunächst war dieser Befehl mit nur geringem Eifer befolgt worden. Aber König Philipp war weder bereit, dieses Verhalten zu dulden, noch die sich in Frankreich für den Tempel erhebenden Stimmen, und am letzten Tag des Jahres 1308 verbot Papst Clemens bei Strafe der Exkommunikation und des Interdikts alle Unterstützung für die Ordensbrüder. Das so mühsam geknüpfte Hilfsnetz zerriss. In Aragon begannen die Truppen des Königs die Burgen des Ordens zu belagern. Der Bruder, der das Kommando anstelle des verhafteten Provinzmeisters übernommen hatte, sandte verzweifelte Briefe an König, Papst und Bischöfe - umsonst. Jocelin fand auf der Burg Miravet Zuflucht. Wochen teilte er das Schicksal der Belagerten, die sich auf das Martyrium vorbereiteten. Dann verhalfen ihm zwei Brüder unter Einsatz ihres Lebens zur Flucht. Der Prokurator war zu wichtig, um in die Hände der Inquisition zu fallen! Dabei hatte er in diesen Stunden nichts mehr ersehnt als den Tod... das Ende der Buße, das Ende all der Hoffnungslosigkeit, das barmherzige Vergessen…

Ende Mai erreichte Jocelin Fontainebleau. Je näher er dem Versteck kam, umso beherrschender wurde die böse Ahnung in ihm. Waren seine Brüder überhaupt noch in Freiheit? Möglicherweise fand er zwischen dem Gestrüpp und den umgestürzten Stämmen im Herzen des Waldes nur noch modernde Skelette vor?

„Halt! Wie ist die Parole?" Das Klacken einer Armbrust begleitete die fordernde Stimme. Jocelin blickte erleichtert nach oben in die

Felsen. „Jean? Ich bin es, Komtur Jocelin."
„Ah, Jocelin! Wir haben schon gedacht, wir sehen Euch niemals wieder! Die Gerüchte aus Spanien waren nicht besonders gut!" Sein Ordensbruder sprang vor ihm auf den Waldboden.
„Die Wirklichkeit auch nicht. König Jayme belagert unsere Burgen. Der Provinzmeister ist schon seit Monaten in Gefangenschaft. - Die Nachrichten der Anderen sind nicht besser, nehme ich an."
„Einige Bischöfe im Reich schützen die Brüder, so gut sie können. Venedig war auf unserer Seite, zumindest bis zum letzten Edikt des Papstes. Aber, verdammt, König Philipp würgt unsere Helfer, bis sie Wachs sind in seiner Hand – oder tot."
„Was ist mit England?"
Jean zögerte mit der Antwort.
„Bruder Louis ist voriges Jahr mit zwei Brüdern nach England aufgebrochen. Die letzte Nachricht hat er uns im Dezember über Bruder Ranulf geschickt. Dann haben wir nichts mehr von ihm gehört."
„Louis... Er hatte solche Angst, wieder eingekerkert zu werden! Mein Gott!"
„Im März verlautete, die Kommission in Paris wolle auch Entlastungszeugen anhören. Seither warten wir auf eine offizielle Vorladung", fuhr Jean fort. "Bis jetzt ist noch nichts geschehen. Aber das ist auch kein Wunder! In Paris haben sich die Kommissare versammelt, unter den Augen König Philipps! Ausgerechnet Paris! Und die Leute Seiner Majestät haben freien Zugang zu den Kerkern, nicht nur in Paris, nein, in ganz Frankreich! Die Prälaten haben Sondervollmachten erhalten, jeden Templer den sie ergreifen, sofort vor Gericht zu stellen, egal aus welcher Diözese. In allem hat Papst Clemens den Wünschen des Königs entsprochen, damit er ungehindert nach Avignon ziehen konnte! Jetzt ist Papst Clemens frei, aber er hat sich seine Freiheit mit unseren letzten Rechten erkauft!"
„Der Antichrist regiert..." murmelte Jocelin.
„Der Antichrist und sein Diener!" lachte Bruder Jean bitter. „Das ganze Land ist voller Spitzel Nogarets! Und Ihr seid es, den sie vor allen anderen suchen, Sire Jocelin! Ehe Papst Clemens den Bann über unsere Helfer verhängte, hatten wir Kontakt zu Bischof Thibald von Toulouse. Er zeigte mir eines der Schreiben, die Nogaret in jede Stadt senden lässt! Fünfhundert Goldflorin für denjenigen, der ihm

den Anführer der flüchtigen Templer bringt, und..."
Seine Stimme senkte sich angewidert von dem, was Guillaume de Nogaret erwartete:
„... wenn es ein Ordensbruder ist, der Euch verrät, Freiheit und eine Leibrente für ihn! - Dabei würden wir eher sterben, als Euch zu verraten! Elende Missgeburten, wer das glaubt! Ihr denkt doch nicht etwa, dass einer von uns -?"
Jocelin schüttelte den Kopf. Nein, er fürchtete keinen Verrat der Brüder. Er fürchtete seinen eigenen; den Judas, der in ihm war, in ihm nagte und lästerte... Zornig blockte er die aufsteigenden finsteren Gedanken ab und fragte: „Wie seid Ihr über den Winter gekommen, Jean?"
„Gut, dank der Gräfin von Montfort, und ein paar unserer Brüder, die sich in der Umgegend verdingen konnten. Aber vor allem Ghislaine! Sie hat uns mit allem Nötigen versorgt, auch noch nach dem päpstlichen Bann gegen unsere Helfer. Sie ist eine großartige Frau, Sire Jocelin! Eine Frau, für die ich Gott und die Welt verlassen würde, wenn sie das mindeste Interesse an mir zeigen würde!" Jean schob das verfilzte Rankenwerk einer Brombeerhecke zur Seite und öffnete dem Reiter neben ihm den Weg.
„Was redet Ihr da?!"
Jocelins Blick wischte das Lächeln aus dem Gesicht des anderen, mit dem er so verzweifelt versuchte, der Tristesse der letzten Wochen zu begegnen. „Nur ein Scherz", murmelte er mit einem Seufzer, „nur ein verdammter Scherz! Glaubt mir, Jocelin, wir haben wirklich andere Dinge im Kopf, als um die Gunst einer schönen Frau zu konkurrieren! Und außerdem – ach vergesst es ganz einfach!"
„Was ‚außerdem'?"
„Nichts, es gibt nichts weiter."
„Wir haben ewige Keuschheit gelobt!" entgegnete Jocelin barsch. „Vergesst das nicht!" Er spornte sein Pferd an und preschte voraus.
„Mein Gott, Gelübde!" dachte Jean zornig und marschierte seinem Komtur hinterher. Seit die Verfolgung begonnen hatte, waren sie gezwungen, gegen das zu verstoßen, was sie einst gelobt hatte. Es war ihnen gar keine Wahl geblieben. Und wenn der Orden diesen Sturm überlebte, wer konnte dann noch fragen, wer wann und wie ein Gelübde gebrochen hatte?! „Gelübde, ha! König Philipp hat

gelobt, die Kirche zu beschützen, und Papst Clemens hat gelobt, unseren Orden zu schützen! Die kümmern sich einen Dreck um die Strafe Gottes!"

Die halbe Nacht hindurch hatten die Templer nach Jocelins unerwarteter Rückkehr zusammengesessen und die Ereignisse der letzten Monate besprochen. Dabei hatte Jocelin bestürzt und beschämt festgestellt, dass er wenig Verlangen nach Gesellschaft oder Gesprächen hatte, und noch viel weniger, die trostlosen Erinnerungen aus Spanien zu teilen. Aber als die anderen sich schlafen gelegt hatten, fand er die lang ersehnte Ruhe nicht und verließ die Höhle. Außerhalb des bergenden Talkessels an dem dort entlang fließenden Bach entledigte er sich seiner Kleider und begann sich beinahe zornig mit dem eiskalten Wasser zu schrubben. Wenigstens kurze Zeit hatten seine Sinne damit zu tun, die Kälte zu bekämpfen und waren taub für andere finstere Gedanken.
Gerade wurde es hell. Als Jocelin zurück ans Ufer stieg, merkte er, dass Arnaud ebenfalls auf dem Weg zum Bach war. Nichts besonderes, immerhin war dieser Ort der Waschplatz für alle Brüder hier, dennoch fühlte er sich in diesem Moment unangenehm verfolgt. Zumal sein Pflegevater zu wissen schien, dass er ihn hier finden würde...
„Jocelin, ich möchte dich etwas fragen."
„Ja. Sprecht!" Es gelang ihm nicht, den mürrischen Klang ganz aus seiner Stimme zu verbannen. Mit einem heftigen Ruck zog er den abgelegten Bußgürtel wieder um die Hüften und presste die Zähne zusammen, um dem Schmerz zu begegnen.
„Es geht um die Gräfin von Montfort."
Noch ein Ruck. Jocelin sah einen schmalen Blutfaden unter dem Gürtel hervor rinnen. „Was ist mit ihr?" Wie kam er darauf, um Himmels Willen?
„Sie hat bei jedem Besuch nach dir gefragt. Was ..." Arnauds Stimme zitterte leicht. „Was ist zwischen dir und dieser Frau?"
„Nichts!" Obwohl sein Ordensbruder blind war, hatte Jocelin plötzlich das Gefühl, er würde in ihn schauen wie er selbst auf den Grund des zu seinen Füßen fließenden Baches.
„Nichts!" wiederholte er umso zorniger und streifte die Tunika über.
„Du bist dir sicher?"

„Was glaubt Ihr? Ich habe sie nicht angefasst!“
„Die Unzucht beginnt nicht in unserem Leib, sondern in unserem Geist. Das weißt du. Ein Gedanke genügt und der Teufel hat eine Bresche in die Verteidigung geschlagen.“
„Macht Euch keine Sorgen! Ich habe nichts getan und ich habe nicht die Absicht!“
„Ich will nur... Jocelin, ich will nur, dass dir dieser besondere Schmerz erspart bleibt. Achte genau auf die Fallstricke des Teufels! Sei wachsam!“

Vorsichtig hatte der Reiter sein Pferd auf dem schmalen Pfad zwischen den Felsen hindurch in den Kessel gelenkt. Er trug ein schwarzes, weich fallendes Gewand wie die Scholaren des Pariser Kollegs. Erst als er aus dem Sattel stieg, zeichneten sich die Körperformen einer Frau darunter ab.
„Gräfin Ghislaine!” rief Bruder Jean. „Wir hatten nicht mehr mit Euch gerechnet diese Woche. Es gibt –“
Er wollte ihr berichten, dass Jocelin zurückgekommen sei, doch sie hatte seine Gestalt schon selbst erspäht und war an seiner Seite, ehe Jean sie zurückhalten konnte. „Gott hat meine Gebete erhört, Jocelin!”
„Ich hörte, Ihr habt uns sehr geholfen, Madame“, murmelte er, ohne sich zu ihr umzuwenden. „Ich habe nichts, womit ich Euch danken kann...”
„Ich bin sicher, der Herr wird mir alles vergelten…”
Jetzt fuhr er zu ihr herum, beherrschte sich aber, ihr ins Gesicht zu schleudern, was im auf der Zunge lag. Er hatte ihr Antlitz gesehen in jedem Marienbild, vor dem er in Spanien auf den Knien gelegen hatte. Aber – die Erinnerung schien ihn getrogen zu haben. Sie war schöner als all diese Statuen und Bilder, und ihre Augen trauriger…
„Sagt, wie geht es Yvo?” fragte er, wieder in die Flammen starrend. ‚Wie geht es Euch?‘ hatte er eigentlich fragen gewollt, die Frage, die immerwährend in den letzten Monaten in ihm gebrannt hatte, aber er brachte es nicht über sich.
„Er ist jetzt als Knappe am Königshof“, antwortete Ghislaine.
„Gut. Sorgt dafür, dass er uns und sein kleines Abenteuer vor einem Jahr vergisst!“

Die Neuigkeiten, wegen der Ghislaine gekommen war, waren wenig ermutigend. Der Erzbischof von Sens liege im Sterben, erzählte sie, und seine Nachfolge sei schon jetzt das wichtigste Thema bei Hofe. König Philipp wolle versuchen, einen ihm genehmen Kandidaten durchzubringen, denn im Metropolitanbezirk Sens lag Paris, und in Paris hatte sich die Große Kommission gegen den Templerorden konstituiert. Von Erzbischof Gregor von Rouen, der nun ihr Vorsitzender war, hatte sie noch keine neue Nachricht erhalten. Ob Entlastungszeugen angehört werden würden, war nach wie vor unklar.

Als der Abend näher rückte machte sich Ghislaine auf den Rückweg. Sie wollte nicht noch bei Dunkelheit unterwegs sein. Bruder Jean half ihr, das Pferd wieder zu satteln. Sie blickte sich suchend nach Jocelin um, doch war er nirgends zu sehen.

„Bruder Jocelin…“ fragte sie, noch immer den Blick auf den halbdunklen Eingang der Höhle gerichtet. „Ist er so, seit er zurück ist aus Spanien?“

„Ja. Aber er spricht nicht darüber, was dort unten geschehen ist. Nur das Nötigste. Ansonsten brütet er vor sich hin oder übt Fechten. Aber... Madame... es sind wirklich schwere Zeiten, für uns alle.“ Jean suchte nach irgendetwas Aufmunterndem; er hatte das Gefühl, es diesen beiden Menschen, die er bisher als seine verlässlichsten und treuesten Freunde auf Erden betrachtete, schuldig zu sein. Doch ehe er noch etwas sagen konnte, klang Bruder Arnauds Stimme zu ihnen:

„Madame Ghislaine, ich halte es für besser, wenn ihr eure Besuche in den kommenden Wochen einschränkt oder...für eine Weile einstellt. Die neuen Nachrichten lassen mich befürchten, dass der König seine Suche nach unseren Unterstützern verdoppeln wird. Und wir können nicht riskieren, dass Ihr verhaftet werdet.“

„Wie Ihr wünscht.“ Sie blickte von dem alten Ordensbruder zu Jean de Saint-Florent, dessen Miene undeutbar blieb und fragte sich, ob es tatsächlich die Sorge um ihre Verhaftung war, die Arnaud zu diesen Worten veranlasste, oder ob er sie von Jocelin fernhalten wollte... Die ganzen vergangenen Wochen hatte er nie vom Risiko ihrer Ergreifung gesprochen, obwohl es immer bestanden hatte und alle sich der Gefahr bewusst waren. Sie hatte sie geteilt aus ihrem eigenen Wunsch heraus, und diesen Wunsch hatten die Brüder von

Fontainebleau akzeptiert. Bis jetzt.
Diese Gedanken versetzten ihr einen Stich, aber dann nickte sie Jean noch einmal zu und lenkte ihr Pferd auf den Weg.

Jocelin war hinunter zum Bach gegangen, als sich Ghislaine zum Gehen anschickte, absichtlich, um nicht noch einmal ihrem entsezten und traurigen Blick standhalten zu müssen. Jetzt waren die Hufschläge ihres Pferdes im Wald verklungen. Er packte sein Schwert, mit dessen Schärfung er bisher akribisch beschäftigt gewesen war und führte einige Probehiebe gegen das umgebende Buschwerk.
Ungewollt wanderten seine Gedanken zurück. In eine Zeit, die ihm jetzt so fern schien, die gar nichts Wirkliches mehr hatte, einem Traum ähnlicher als seinem eigenen Erleben…
Der Hauptkonvent in Akkon…
Er und zwei andere Jungen im Turnierhof…
Bruder Arnauds Stimme: „Merkt euch, es geht nicht um euren Sieg! Es geht nicht um euren Stolz! Es geht um den Sieg Christi! Lernt Demut!"
Es war ein besonders heißer Sommertag gewesen, und die Waffenübungen für die Jungen besonders anstrengend. Aber Arnaud war niemand, der ihnen deshalb Schonung gewährt hätte. Der Feind nahm auf das Wetter auch keine Rücksicht! Er zog den hustenden Jocelin wieder nach oben, nachdem der andere Knappe ihn aus dem Sattel geworfen hatte. „Aufs Pferd! Kümmere dich nicht um deinen verletzten Stolz! Hauptsache, DU bist nicht verletzt! Weiter! Der Herr verleiht nur dem den Sieg, der demütig genug ist!"
...
„Demut! WIE VIEL DEMUT NOCH?!"
„Bruder Jocelin?"
Die Stimme Jean de Saint-Florents riss ihn in die Gegenwart zurück, er senkte seine Klinge und starrte seinen Ordensbruder an. „Was gibt es?"
„Bruder...ich weiß, dass es Eure eigene Angelegenheit ist, aber Ghislaine –"
„Dann belasst es auch dabei!"
„Ich wollte Euch nur–"
„Ich sagte, belasst es dabei! Und LASST MICH ALLEIN!"

Sein Schwert durchtrennte den dünnen Stamm einer jungen Birke. Jean hielt es für besser, ihm nicht weiter in die Quere zu kommen. Ja, es war wohl tatsächlich ein ungünstiger Zeitpunkt! Für Komtur Jocelin, für ihn, und für Ghislaine. Eigentlich war es ein ungünstiger Zeitpunkt überhaupt, um zu leben! Er stieß ein sarkastisches Lachen aus, während er den Rückweg zur Höhle antrat und dabei einen quäkenden Frosch aus seinem Schlupfwinkel scheuchte. Die Tiere hatten es gut, brauchten sich nicht um Gott oder den Teufel zu sorgen!

Angetan mit den Insignien seiner Würde ruhte der Leichnam des Erzbischofs von Sens im Chor der Kathedrale. Die Kanoniker sangen das Totenoffizium, das ab und zu vom Geräusch einer tropfenden Kerze gestört wurde. Von den hochrangigen Gästen, die der Zeremonie beiwohnten, sorgte sich keiner besonders um die ewige Ruhe des Verstorbenen. Weit mehr beschäftigte sie die Frage seines Nachfolgers. Für Enguerrand de Marigny gab es keinen Zweifel, dass ein Mann des Königs den Erzbischofsthron besteigen musste, zumal jetzt, da sich Papst Clemens in Avignon - auf Reichsgebiet - aufhielt und diese Freiheit ihn vielleicht zu unerwünschten Taten inspirierte! Der neue Erzbischof von Sens musste ein treuer Diener Frankreichs sein, dem an König Philipp mehr lag als an der Kirche, der sich nicht durch fromme Bedenken und allzu viel Mitleid mit den Templern behindern ließ!
Enguerrand de Marigny wusste um den Geeigneten. Er wendete den Blick zu einem milchgesichtigen Mann mit blondem Haarkranz. Marignys junger Bruder Philipp stand leicht vornüber gebeugt, die Hände mit dem Bischofsring über der Brust gefaltet. Man hätte seine Haltung als fromme Ergriffenheit deuten können. Doch Enguerrand bemerkte das begehrliche Lächeln auf den Lippen seines Bruders. Gewiss wanderten Philipps Gedanken in den gleichen Gefilden wie die seinen! Schon vor zwei Jahren hatte er ja Interesse am Thron des Erzbischofs von Sens bekundet. Nun war die Zeit reif...
Einer der Kleriker bekam einen Hustenanfall und der Finanzminister unterdrückte ein Seufzen. Wann bei allen Heiligen Gottes wurden die endlich fertig?!

Im Turnierhof des Louvre veranstalteten die beiden Knappen Enguerrand de Marignys und drei weitere Jungen ein ausgelassenes Kampfspiel. Yvo de Montfort trat aus dem Arkadengang, entschlossen, sich ihnen zuzugesellen. Aber beim Anblick der hölzernen Übungspuppe verfinsterte sich sein Gesicht. Man hatte ihr einen Templermantel umgehangen. Mit einem wilden Kriegsschrei stieß gerade einer von Marignys Knappen seine Lanze durch das rote Ordenskreuz. Yvo stürmte auf den Jungen zu, riss ihm die Waffe aus den Händen. Im nächsten Moment wälzten sich die beiden im Kampf durch den Sand.

„Lass mich los! Was hab' ich dir denn getan?"

Yvo sah, dass seinem Gegner die Tränen über die Wangen liefen und ließ von ihm ab. Schniefend stand der Junge auf. Seine Kameraden nahmen ihn in die Mitte.

Verhaltene Drohungen gegen Yvo murmelnd, zogen sie ab. Sie wussten, dass es nicht ratsam war, sich mit dem jungen Grafen von Montfort anzulegen. Er war größer und stärker und überdies königlicher Knappe. Yvo wartete, bis er allein im Turnierhof war. Dann zog er den Ordensmantel von der Puppe und floh wie ein Dieb. Gedeckt von hohen Fässern in einem Lagerraum breitete er sein Beutestück aus. Einem plötzlichen Einfall folgend legte er den Mantel um seine Schultern. Lange stand er so, verliebt in seinen eigenen Traum. Da tauchten einige Mägde auf. Hastig wickelte er den Mantel zusammen und verschwand über eine Treppe ins obere Stockwerk.

In diesem Teil des Louvre war er noch nie gewesen. Während er sich umsah, drang durch einen dicken Samtvorhang nur wenige Schritt von ihm entfernt eine leise Stimme:

„...einem der Notare abgenommen..."

Von Neugier getrieben schlich Yvo näher. Er hörte Pergament rascheln.

„...sage Euch, ...darf auf gar keinen Fall gehört werden!"

„...unabhängige Kommission!"

Die weiteren Worte entgingen Yvo, weil der Sprecher auf - und abschritt.

„...dulde es nicht!" vernahm er dann wieder, und nun erkannte er König Philipps Stimme. "Tut, was Ihr für richtig haltet, Sire Guillaume! Kein Templer darf… aussagen!"

Als Yvo klar wurde, von welcher Unterhaltung er Zeuge war, fühlte er Angst in sich hinauf kriechen. Er fuhr herum. Doch nein, niemand hatte ihn beim Lauschen beobachtet! Mit zitternden Knien wankte er in den Turnierhof zurück. Ihm fiel auf, dass der Ordensmantel noch immer in seiner Hand lag. Kurzerhand stopfte er ihn hinter die aufgeschichteten Strohballen. Er musste nach Fontainebleau! Sire Jocelin musste unbedingt erfahren, was er gehört hatte! Mit diesen Gedanken rannte Yvo zu den Stallungen. Die Pferdeknechte hielten ihn für ein verspätetes Mitglied der kurz zuvor aufgebrochenen Jagdgesellschaft des Thronfolgers und stellten ihm bereitwillig ein schnelles Pferd zur Verfügung. Im Galopp ritt der Junge die Straße hinab. Vor den Werkstätten und Ateliers auf der Brücke drängten sich die Menschen, und er war gezwungen, sein Pferd zu zügeln. Irgendwo hatte offenbar jemand was gestohlen, denn ein kreischendes „Haltet den Dieb, haltet den Dieb!“ gellte durch die Menge.
Ein dürrer Halbwüchsiger mit einem Brot unter dem Arm hetzte gerade an ihm vorbei, stieß gegen einen Mann im Seidenwams und war auch schon in der Häuserzeile hinter der Brücke verschwunden. Yvo grinste in sich hinein. Wenn sie den Dieb fangen wollten, mussten sie schon etwas schneller werden, die Herrschaften!
Da war es ihm, als hätte er mitten in der Menge Jocelins Gesicht gesehen. Dort, neben dem Geistlichen... jener Mann im braunen Kapuzenmantel, der ihm jetzt den Rücken zukehrte... Yvo sprang aus dem Sattel. Mit wenigen Schritten war er neben den beiden Männern und sah, dass er sich nicht geirrt hatte. Und auch den Geistlichen neben ihm hatte er schon einmal gesehen, mit den Ordensbrüdern in Fontainebleau!
„Sire, ich muss Euch was sagen!“ Er griff Jocelin am Ärmel. „König Philipp will die T-”
Blitzschnell verschloss die Hand des Ordensbruders den Mund des Jungen. “Bist du von allen guten Geistern verlassen, Yvo?! Sei vorsichtig mit dem, was du da herausbrüllst!” Er zog den Jungen in eine Straßenecke. “Jetzt! Was ist los?”
„Ich habe etwas gehört, von König Philipp! Es gibt ein Schreiben oder so was, das er einem Notar abgenommen hat, und das Seine Majestät nicht veröffentlichen will! Kein Templer soll aussagen, hat er befohlen!”
„Die Vorladung.” flüsterte der Geistliche, Kaplan Helias, der an

diesem Morgen mit Jocelin nach Paris gekommen war. "Das muss die Vorladung der Entlastungszeugen vor die Große Kommission sein! Und Philipp will sie unterdrücken!"
„Ich bin doch Knappe Seiner Majestät! Ich werde das Schreiben aus der Kanzlei stehlen, dann könnt Ihr es bekannt machen!"
„Nein, das wirst du auf gar keinen Fall tun!" War dieser Junge wahnsinnig? Wenn sie ihn erwischten, dann auch bald Ghislaine, und sie wusste bei weitem schon zuviel! Das konnten sie sich keinesfalls leisten! „Ich setze mich mit Erzbischof Gregor in Verbindung", entschied er, ohne noch weiter nachzudenken. „Die Kommission muss eine neue Vorladung erlassen, ohne dass König Philipp darin Einsicht erhält! - Und du Yvo, halte dich um Himmels willen aus dieser Sache heraus!"
Der Junge sah nicht so aus, als würde er den Rat beherzigen, aber Jocelin konnte im Moment nichts dagegen tun.

Der Ausrufer stand vor dem Haupttor der Pariser Universität. Eine beträchtliche Menge Volk hatte seine Stimme bereits angelockt, Volk, das überrascht dem lauschte, was da verkündet wurde.
„...laden wir die Brüder des Templerordens vor, damit sie über alles die volle Wahrheit sagen und selbiger Orden durch geeignete Prokuratoren vor dem Konzil vertreten werden kann... Kraft der Uns verliehenen apostolischen Autorität verlangen Wir, dieses Edikt öffentlich zu verlesen, in allen Kathedralen, Universitäten, Kollegiatskirchen und den Orten, an denen die Templer gefangen gehalten werden... Und gegen jeden, der die Anweisungen dieses Ediktes direkt oder indirekt, öffentlich oder im Geheimen, selbst oder durch andere auf irgendeine Weise zu stören sucht, sprechen Wir mit diesem Schreiben die Exkommunikation aus."
In den Augen König Philipps glänzte kalter Zorn auf. Diese Drohung richtete sich allein gegen ihn! Er hatte den Krieg schon gewonnen geglaubt und den Feind zu achtlos behandelt... Die Kommission hatte eine zweite Vorladung verfasst und sie hinter seinem Rücken zu veröffentlichen gewagt! Was für eine bodenlose Impertinenz!
Mit einer knappen Handbewegung befahl er den Aufbruch. Auf dem Weg zum Temple stellte er fest, dass es nur wenige waren, die ihm zuwinkten, und ihre Rufe waren lau. Starr geradeaus richtete der

König den Blick, auf das Tor der ehemaligen Ordensfestung. Ein ungewohnt kalter Luftzug ließ ihn erschaudern. Konnten sich die Templer noch einmal erheben? Längst ging es Philipp um mehr als um das Gold und die Ländereien des Ordens, um die Beseitigung seiner Macht. Es ging um ihn selbst, um seine Krone! Denn jeder, der den Templern zur Verteidigung verhalf, klagte ihn des Meineides und der Verleumdung an!
Eine knappe halbe Stunde später nahm Guillaume de Nogaret die Nachricht von der neuen Vorladung mit versteinerter Miene entgegen.
„Das ist sein Werk!" murmelte er nur, mit den behandschuhten Fingern auf das Dokument klopfend, was vor ihm lag. Geöffnet hatte er dieses unverschämte Schreiben noch nicht; er musste nicht lesen, was ja schon die Spatzen von den Dächern pfiffen! Der Siegelbewahrer betrachtete es geradezu als persönliche Beleidigung. „SEIN Werk!" wiederholte er grimmig. König Philipp wusste, wen Nogaret meinte: jenen Anführer der flüchtigen Templer, der allen Häschern bisher immer durch die Finger geschlüpft war. Das Volk dichtete bereits Lieder über ihn. Wer war dieser Mann? Und vor allem, wer half ihm?

Die Tür von Komtur Roberts Zelle wurde aufgerissen. Er fuhr aus dem Schlaf. Im Fackelschein erkannte er einen Wachposten. Neben ihm einen Dominikaner. Eisiges Entsetzen packte ihn. Würde man ihn wieder zur Folter führen?! Dann sah er, wie der Dominikaner ein Pergament entrollte, hörte seine Worte:
"Im Namen der Allerheiligsten Dreifaltigkeit, Amen. Wir, Gregor, Erzbischof von Rouen und auf Befehl und Weisung Seiner Heiligkeit Clemens, Vikar Christi und Diener der Diener Gottes, Vorsitzender der Untersuchungskommission gegen den Orden des Tempels in Frankreich, haben kraft der Uns verliehenen Autorität entschieden, dass im gegenwärtigen Verfahren ein jeder Zeuge gehört werden solle..."
Robert fiel auf die Knie. War es wahr, was er da hörte?
„...laden Wir die Brüder des Templerordens vor, damit sie über alles die volle Wahrheit sagen..."
Robert küsste den Saum des Dominikanerhabits. Angewidert wich der Mönch zurück und der Wachposten senkte seine Lanze zwischen

ihn und den Gefangenen.
„Wir haben Euch die Entscheidung der Kommission verkündet“, fuhr der Dominikaner kühl fort. “In einigen Tagen wird Euch ein Notar fragen, ob Ihr vor der Kommission aussagen wollt.”
Er nickte dem Schergen zu als Zeichen, dass er fertig war und verließ hastig das finstere Gewölbe. Komtur Robert blieb am Boden knien, weinend vor Freude.

Jocelin schloss die Augen und lehnte sich gegen die Felswand zurück. Mit einem Rascheln rollten sich die Pergamente zusammen, die er vor sich auf einem Rindenstück gehalten hatte. Es war eine Kopie der Vorladung, abgeschrieben nach dem Wortlaut des Textes, den einer der ihren vom Anschlag in Paris angefertigt hatte.

Dem Taumel der Freude über die Vorladung unter den Brüdern in Fontainebleau war bald die Ernüchterung gefolgt. Der Aufruf der Kommission zur Bekanntmachung der Vorladung war Eines, ihre Durchsetzung etwas Anderes. Denn König Philipp blieb nicht untätig. Er missachtete kühn die angedrohte Exkommunikation. Er setzte sich nicht nur über die Anordnungen der Großen Kommission hinweg, sondern mahnte seine Lehensleute, der "Allerchristlichsten Majestät" zum Wohle des Reiches die Treue zu halten gegenüber den "verräterischen Prälaten". Einige Bischöfe und Grafen, denen die gefangenen Templer anvertraut waren, duldeten die Arbeit der freien Ordensbrüder stillschweigend. Doch zumeist gelang es nur durch Bestechung, wenigstens die Verteidigungsaufrufe in die Kerker zu schleusen.

So viele Vorladungen und Petitionen wie möglich kopierten Jocelin und der einzige weitere Schreibkundige unter ihnen, Kaplan Helias. Doch es war einfach nicht genug, sie konnten nicht alle erreichen…

Das zu Boden rutschende Schreibbrett weckte den Ordensbruder aus dem Halbschlaf, in den er abgeglitten war. Zum Glück war keines der kostbaren Pergamente in das vor ihm glimmende Feuer gefallen! Sie mussten sich jedes kleine Stückchen Schreibmaterial buchstäblich vom Mund absparen! Er fuhr sich über die Augen und griff nach dem Tintenfässchen. Auch die Tinte ging zur Neige.

Das Geräusch von Schritten ließ Jocelin jedoch bald wieder den Kopf von der Schreibarbeit heben. Es war Bruder Raimond, der gerade in die Höhle schlich, darauf bedacht, niemanden zu wecken und offenbar vor allem, selbst nicht gesehen zu werden.

Jocelin legte das Schreibzeug zur Seite und trat ihm entgegen. „Woher kommt Ihr? Alle haben Order, bei Einbruch der Nacht zurück zu sein! Die Gegend ist zu unsicher!"

„Ich bin ja nicht unbewaffnet. Ich werde so einem kleinen Räuberlein schon die Suppe versalzen, verlasst Euch darauf!" Mit diesen Worten wollte er vorbei.

„Ich will wissen, wo Ihr wart! Vorige Woche wart Ihr ganze drei Tage weg, und niemand wusste, ob Ihr festgesetzt worden seid!“
„Es geht Euch nichts an, wo ich war! Ich bin NICHT bei der Inquisition durch die Tür marschiert und haben NIEMANDEN angezeigt, das muss reichen!“
Einige der zunächst Liegenden waren aufgewacht, und so zog Jocelin seinen Ordensbruder rasch vor den Eingang der Höhle. „Was heißt, es geht mich nichts an? Ich bin Euer Komtur, Ihr habt mir den Eid geleistet! Ihr seid mir zu Gehorsam verpflichtet!“
„Ach ja?“ Raimonds Augen blitzten kampflustig und er legte die Hand bedeutungsvoll an sein Schwert. „Und? Wollt Ihr mich in den Kerker werfen, weil ich Euch nicht gehorche, HERR KOMTUR?! Mir reicht es, wegen jeder Kleinigkeit angefaucht zu werden!“
„Seid vernünftig, Raimond!“
„Oh, ich BIN vernünftig! Ich gönne mir ein bisschen Vergnügen, bevor mich König Philipp verbrennen lässt!“
Jocelin packte den Jüngeren am Gewand und stieß ihn gegen die Felswand. „Ihr bringt unser letztes Geld mit Frauenzimmern durch?!“
„Nein, sie war willig genug, es umsonst zu machen!“ zischte Raimond zurück und suchte sich aus dem Griff seines Ordensbruders zu befreien. „Und überhaupt, legt IHR Euch doch wieder zu der Gräfin von Montfort ins Bett! Sie zahlt Euch dafür sicher-„
Die Worte endeten in einem Röcheln, weil ihn Jocelins Faust getroffen hatte. Raimond wischte sich das Blut aus dem Gesicht und riss mit der rechten Hand seinen Dolch aus dem Gürtel. Jocelin war unbewaffnet, aber wütend genug, trotz allem anzugreifen. Raimonds Dolch schrammte seinen linken Arm entlang, aber ein zweiter Schlag ließ den Jüngeren die Waffe verlieren. Jocelin setzte an, ihn mit einem Tritt in den Magen zu Boden zu werfen, ehe er nach seinem Schwert greifen konnte, doch beunruhigte Stimmen hinter ihm ließen ihn sich umwenden.
Raimond nutzte die Gelegenheit, seinerseits auf seinen Gegner zu stürzen. Ineinander verkeilt rutschten beide den kleinen Abhang zum Bach hinunter.
„Auseinander!“ schrie Jean de Saint-Florent, und er war mit seiner Armbrust bewaffnet, um der Forderung notfalls Nachdruck zu ver-

leihen. „Los, zurück, Raimond! Ihr werdet doch keinen Unbewaffneten massakrieren, oder?“
Zögernd stützte der Angesprochene sich hoch, ließ einen Blick über die unterdessen Versammelten schweifen.
„Was ist hier passiert?“ fragte Kaplan Helias.
„Nichts!“ stieß Raimond nur hervor und schob seinen Dolch in die Scheide zurück. Dann setzte er hinzu: „Nichts, was irgendeinen was angeht!“ Er warf Jocelin einen zornigen Blick zu und lenkte seine Schritte dorthin, wo die Pferde untergebracht waren. Keine Stunde länger würde er hier verweilen! Er hatte es satt, ganz einfach satt!
„He! Wo wollt Ihr hin?“ Als er nicht antwortete, rannte Jean de Saint-Florent ihm nach. Aber schon saß Raimond auf dem Rücken seines Pferdes, wehrte mit einem Fußtritt einen Bruder ab, der ihm in die Zügel zu greifen versuchte und setzte über den am Boden Liegenden hinweg, hinab in das nachtdunkle Dickicht.
„Wir müssen ihn aufhalten! Was ist, wenn er uns verrät?!“
„Das wird er nicht.“ Jocelin war zu Jean getreten und hatte die Hand auf dessen Armbrust gelegt. „Das wird er nicht tun! Und wir… sind keine Mörder! Soweit sollen uns die Schergen des Königs nicht bringen, dass wir uns gegenseitig töten!“

England, Herbst 1309

Düster klangen die Glocken vom mächtigen normannischen Turm der Kathedrale von Winchester über die Stadt. Der Bischof verließ die Sakristei und begab sich in sein Palais. Seit Monaten saß er dort der Kommission gegen die Templer vor. Seine Notare hatten Geständnisse aufgenommen, dass die Ordensbrüder Gott und die Heiligen verleugneten, das Kreuz mit Füßen traten und dass der Teufel ihnen in Gestalt einer Kröte erschien. Freilich, nur wenige Templer waren unter den Zeugen gewesen. Die Kommissare verhörten Franziskaner, Dominikaner, Landstreicher, Huren, alle, die sich meldeten. In der Stadt war es zum Zeitvertreib geworden, üble Geschichten über die Templer zu erfinden. Der Bischof wusste, dass die knapp zwanzig Ordensbrüder in seinem Verlies nicht alle Templer seiner Diözese sein konnten. Ein beträchtlicher Teil musste der Verhaftung entgangen sein. Vielleicht war dies das Werk der verdächtigen Franzosen, den man im Frühjahr aufgegriffen hatte. Ihre Befragung war ergebnislos geblieben. Zwei waren unter der Folter gestorben, und der dritte... Nun war eigens ein Inquisitor aus Frankreich gesandt worden, um ihn zu verhören. Kühl begrüßte der Bischof von Winchester den Konkurrenten im Dominikanerhabit. Dann schritten sie gemeinsam in den Kerker hinunter. Im Bewusstsein seiner deutlich zur Schau getragenen Überlegenheit trat der Inquisitor in die Zelle, die der Bischof ihm bezeichnete. Ein hoher, kaum noch menschlicher Schrei klang ihm entgegen. In der Ecke des Raumes kauerte ein Mann. Sein Alter war nicht zu bestimmen. Er war bis auf die Knochen abgemagert und starrte vor Schmutz.

„Wer bist du?" fragte der Inquisitor, die Fackel auf den Gefangenen gesenkt. Mit einem Lachen, das in Schluchzen überging, warf sich der Mann zu Boden. Der Inquisitor packte ihn, bohrte seinen Blick in Augen, die in unergründliche Fernen sahen. Er hatte bereits Gefangene erlebt, die sich irrsinnig stellten, um weiteren Verhören zu entgehen. Er merkte genau, ob jemand spielte!

„Aus dem wird niemand mehr ein vernünftiges Wort herausbekommen", erklärte er und ließ den Gefangenen los.

Befriedigt, dass auch der Dominikaner keinen Erfolg erzielt hatte, aber gleichzeitig ärgerlich, weil er dem Papst gern einen triumphalen Fang präsentiert hätte, gab der Bischof den zwei Knechten, die ihn begleiteten ein Zeichen. Die Männer ergriffen den schreienden Gefangenen und zerrten ihn mit sich aus der Zelle, über den Hof zur Pforte des Kathedralbezirkes. Einer von den Knechten öffnete die Torflügel, dann stießen sie den Gefangenen auf die Straße hinaus. Der kauerte sich zusammen wie ein verängstigtes Tier, drückte sich gegen die Mauer. Stunden verharrte er so bewegungslos. Plötzlich aber stand er auf, begann zu laufen, taumelnd, stolpernd, weil ihn die Beine nicht mehr recht tragen wollten. Es war wie ein Instinkt, der ihn aus der Stadt trieb. Weit draußen an einer Wegkreuzung brach er zusammen. Dort fand ihn eine Schaustellertruppe, die mit ihrem Wagen aus Winchester kam.

„Seht doch den armen Kerl da!" rief ein junges, rothaariges Mädchen mitleidig. „Bestimmt hat er Hunger! - Halt doch an, Percy!" Sie nahm eines der kleinen Brote, die sie in der Stadt gekauft hatte und sprang vom Wagen. Der ehemalige Gefangene des Bischofs starrte auf das Mädchen mit dem Brot wie auf ein Wesen aus einer anderen Welt.

„Da, nimm doch!"

Zögernd streckte er die Hand aus, griff dann hastig zu.

„Sag, woher kommst du? Hast du dich verirrt?"

„Der ist stumm, Kathy!" rief der bunt gewandete Sänger der Gemeinschaft und stieg seinerseits vom Wagen. „Und nicht ganz richtig im Kopf. Sieh, wie er dich anstarrt!"

„Bei uns hat man immer gesagt, die Narren und die Kinder, die sind Gott am nächsten. - Kommst du aus einem Dorf aus der Gegend? Aus Fainstone vielleicht, oder Littlebridge?"

„Kathy, komm jetzt, sonst sind wir bei der Nacht wieder mitten im Wald!"

„Warte doch, Percy! Er braucht doch Hilfe. Vielleicht... vielleicht versteht er mich nur nicht."

„Was bei deiner Sprache kein Wunder wäre, meine barmherzige Schwester!" warf der Sänger spöttisch ein. „Aber ich kann es ja mal auf Französisch probieren. Am Ende ist dieser erbärmliche Lumpenhaufen gar ein französischer Graf, was, Kathy?"

Mit einer theatralischen Verbeugung hob er die Stimme: „Alors, Messire d'ou Vos estés? C'est que nos aions li plaisir de Vos con-

duire?"
Im Gesicht des Mannes zuckte es. Für einen Augenblick hatten seine Augen einen wachen und beinahe wilden Ausdruck. Dann sagte er langsam, fragend, als verstünde er selbst den Sinn des Wortes nicht, das sich in seinem Mund formte: „Paris."
„Oho, Paris, o bon Dieu! - Nun bis Paris können wir dich nicht mitnehmen. Aber bis zur Küste. - Na los, Kathy, hilf unserem guten französischen Grafen auf den Wagen."

Frankreich, Frühjahr 1310

Ohne große Beteiligung lauschte Ghislaine de Montfort der Rechnungslegung ihres Verwalters. Die vergangenen Monate hatten einige Probleme mit sich gebracht. Vom Frühjahrshochwasser waren zwei ihrer Mühlen schwer beschädigt worden, ebenso eine Brücke. Die Reparaturen mussten möglichst bald eingeleitet werden, und sie entschloss sich, einen Teil des Waldes an der Südgrenze ihrer Ländereien jenem Bürger aus Paris abzutreten, der sie schon einige Male darum angegangen hatte. Sollte er dort jagen, warum auch nicht. Ihr stand nicht gerade der Sinn nach solchen Vergnügungen…

Sie sah von der Zahlenreihe auf, die der Verwalter ihr eben gereicht hatte und kämpfte gegen das Gefühl an, einfach aufzuspringen und hinauszulaufen. Alles erschien ihr so banal, unwichtig! Sie machte sich Sorgen um Jocelin. Und des Nachts verfolgte sie oft noch immer Floyrans Gesicht mit den aufgerissenen Augen, kurz bevor er tot vor ihr zusammenbrach. Aber sie durfte nicht beichten, sie durfte niemandem darüber erzählen. Niemandem konnte sie anvertrauen, was sie wirklich bewegte, was ihr wirklich wichtig war! Vor allen Leuten musste sie schauspielern und gute Miene machen – es war ihr manchmal so unerträglich!

„….lasst an die bedürftigen Familien Brot, Käse und Wein verteilen“, hörte sie sich sagen.

Der Verwalter zog ein säuerliches Gesicht, unterließ es aber gottlob, sie darauf hinzuweisen, dass allzu viel Mildtätigkeit die Bauern faul machen würde, sonst einer seiner Lieblingssprüche.

„Gut.“ Ghislaine erhob sich. „Genug für Heute. Die Streitigkeit wegen des Wegezolls mit dem Pastorat von Saint-Laurent sehe ich mir morgen an!“

Nachdem sie den Mann hinausgescheucht hatte, gestattete sie sich einen Seufzer und ließ sich in die Kissen des Lehnstuhls zurücksinken. Eine ganze Weile saß sie reglos so, dann beschloss sie, hinauf in die Kapelle zu gehen. Vor Gott wenigstens brauchte sie nichts zu verbergen. Wenn ihr auch manchmal der alte Kruzifixus mit seinem Königsgewand, der Krone und dem strengen Blick fremd und fern erschien…

„Im Namen der Allerheiligsten Dreifaltigkeit, Amen“ sagte Erzbischof Gregor von Rouen und setzte sich. Sein Gesicht war sorgenvoll.
Über eine Woche war bereits vergangen seit jenem Tag, an dem die Große Kommission das Verfahren hätte eröffnen sollen. Doch bisher waren weder Zeugen für, noch gegen den Templerorden erschienen. Und auch die von den Provinzialkommissionen angeforderten Protokolle trafen nur spärlich ein. Vor zwei Tagen war es Erzbischof Gregor endlich gelungen, zu Meister Jacques und Godefrois de Charny vorzudringen, die man wieder nach Corbeil geschafft hatte. Die Antwort auf die Frage, ob sie für den Orden aussagen wollten, war Erstaunen gewesen: Man hatte sie weder über die Absichten der Kommission, noch die erlassene Vorladung unterrichtet. Empört verlas Erzbischof Gregor selbst ihnen das Edikt: Die beiden Ordensbrüder beteuerten daraufhin ihren Willen, den Tempel zu verteidigen. Gregor von Rouen vereidigte sie und beauftragte den Prévot von Paris, die Gefangenen sofort vor die Kommission zu führen. Dann sandte er seinen persönlichen Notar in Begleitung zweier Bewaffneter, die Verliese der Diözese Paris zu besuchen. Wenn nötig, sollte er die Veröffentlichung der Vorladung gewaltsam durchsetzen. Es schien jedoch, dass auch diese Maßnahme erfolglos bleiben würde. Bis Mittag warteten die Kommissare vergeblich.
Als sich nach der Non noch immer kein Zeuge eingefunden hatte, beschloss Erzbischof Gregor, die Sitzung zu schließen. Da meldete ein Schreiber, der Prévot von Paris sei angekommen.
„Bringt ihn herein!“ befahl Gregor von Rouen.
Mit einer Verbeugung grüßte der Prévot und wies zwei königliche Söldner an, vorzutreten. Sie schleppten einen Gefangenen mit sich.
„Ehrwürdiger Vater, hier habt Ihr den Bruder Godefrois de Charny!“
„Was ist mit dem Ordensmeister?“
„Er ist zu schwach für ein Verhör, Ehrwürdiger Vater!“ Erzbischof Gregor nickte. Solang der Meister noch in der Gewalt König Philipps auf Corbeil war, blieb seine Kommission machtlos.
Nachdem der Prévot mit seinen Söldnern gegangen war, wandte sich Gregor von Rouen an den Zeugen. Im hellen Licht der Bischofskapelle wurde der erbärmliche Zustand des Ordensbruders noch deutlicher als vor zwei Tagen im Kerker von Corbeil. Die blonden Locken, die Godefrois de Charny einst den Beinamen “le

Bel" eingebracht hatten, waren fast völlig ergraut. Unter seinen Augen lagen dunkle Schatten.
Unbeeindruckt von den missbilligenden Blicken des Bischofs von Mende grüßte Gregor von Rouen den Ordensritter mit der Ehrerbietung, die ihm als fast Gleichrangigem zukam.
„Sire Godefrois, im Namen Seiner Heiligkeit Papst Clemens V., Vikar Christi und Diener der Diener Gottes, frage ich Euch, was habt Ihr zu den Anschuldigungen zu sagen, die gegen den Orden des Tempels von der Inquisition erhoben wurden?"
Der Provinzmeister der Normandie musterte die anwesenden Kommissare und fand seine Befürchtungen bestätigt. Drei königstreue Bischöfe! Sie würden Seiner Majestät jedes Wort hinterbringen, das er sagte! Dann kam eine Verteidigung dem Selbstmord gleich...
„Ich habe bereits den Kardinälen, die uns in Chinon verhörten, alles mitgeteilt", erklärte er deshalb. „Ich werde keine weitere Aussage machen, es sei denn vor dem Papst."
„Wollt Ihr den Orden verteidigen, Sire Godefrois?"
„Ich... ich werde nichts weiter sagen! Bringt mich vor den Papst!"
Enttäuscht ließ ihn Erzbischof Gregor abführen. Er konnte sich denken, was Charnys Reaktion verursacht hatte... Aber wie sollte er den Templern Vertrauen zu einer Kommission vermitteln, deren Mitglieder er selbst nicht sicher war?

Ein Windstoß blähte die blaugoldenen Vorhänge, als sich die Tür öffnete.
König Philipp trat dem Besucher entgegen. Es war sein Beichtvater Guillaume Imbert.
„Du hast mich rufen lassen, mein Sohn?"
„Die Gerüchte über Papst Bonifatius dürfen nicht länger geduldet werden. Sie schaden dem Ansehen der Heiligen Kirche", erklärte Philipp.
Guillaume Imbert nickte. Seit dem vergangenen Jahr waren die Anklagen gegen Clemens' Amtsvorgänger wieder aufgeflammt. Bonifatius VIII. habe sich den Papstthron mit Bestechung und Gewalt erobert, er sei ein Häretiker und Sodomit. Was der Inquisitor nicht wusste, war der Anteil König Philipps und seines Siegelbewahrers an diesen Gerüchten. Nachdem die päpstliche

Kommission mit solcher Hartnäckigkeit die Verteidiger des Tempels einforderte, hatte Seine Majestät beschlossen, das schon fast erkaltete Eisen des Bonifatiusprozesses erneut ins Feuer zu schieben.
„Seine Heiligkeit Clemens muss..."
Von den Gassen der Stadt herauf klingender Lärm unterbrach König Philipp. „Was ist da los?"
„Die ersten Zeugen der Großen Kommission", antwortete Guillaume Imbert, der den Zug bereits auf seinem Weg in den Tempel gesehen hatte.
Philipp öffnete das Fenster und blickte hinaus. Ritter, Söldner, Dienstleute und Knappen sammelten sich auf den Mauern und am Tor der Festung, um jene Männer zu sehen, die einst als tapferste Kämpfer der Christenheit gegolten hatten. Die Templer gingen in zwei Reihen, aneinandergekettet und eskortiert von einer Söldnertruppe zu Pferde. Ein beschwerlicher wochenlanger Marsch lag hinter ihnen. Einige hatten die an Steinen und Eis blutig gerissenen Füße mit Lappen umwickelt.
Ein paar Leute bewarfen die Gefangenen mit Dreck, andere sangen Spottlieder. Ab und zu stießen die Söldner einen besonders frechen Straßenjungen zurück. Sie hatten genug von der Eskorte dieses angeblichen Häretikergesindels, das den ganzen Weg über Gebete gesprochen hatte. Der Teufel sollte sie holen, wenn sie noch einmal solch einen Auftrag erledigten! Vor St. Germain-des-Près hielt der Zug. Während der Söldnerkommandant mit dem Klosterpförtner sprach, näherte sich eine alte Frau mit einem Wasserkrug den Gefangenen. Eine bittende Hand streckte sich ihr entgegen, und sie reichte dem Ordensbruder zu trinken. Wütend schlug ihr der zunächst stehende Söldner das Gefäß aus der Hand.

Von den Färbertrögen im Hof waberten beißende Schwaden in die Kammer. Aber es störte Raimond längst nicht mehr. Seine Lumpen, ja er selbst stanken genauso. Er wusste nicht mehr, wie lang er schon in der Gemeinschaft der Färber arbeitete. Stunde um Stunde, Tag um Tag, Woche um Woche reihten sich aneinander. Zuerst hatte er versucht, bei seiner Familie Zuflucht zu finden. Doch seinem älteren Bruder, der unterdessen das Erbe angetreten hatte, war es ratsamer erschienen, ihn mit den Hunden davonjagen zu lassen. Dann, vor ein

paar Monaten, hatte Raimond die Arbeit bei den Färbern in Paris gefunden. Sie hatten nicht viel wissen wollen über sein Woher und Wohin. So war er bei ihnen geblieben.
Raimond erhob sich von seinem Strohsack und trat vor die Tür. Ein dürrer Hund schlich vorbei, nebenan schüttete ein Alter Abwasser aus dem Fenster. Ein Menschenauflauf vorne an der Straße zog seine Aufmerksamkeit jetzt auf sich. Die Leute johlten und brüllten. Wieder einmal ein Verurteilter, der zum Galgen geschleppt wurde, vielleicht?
Er zerrte den Strick um seinen Hosenbund fester und setzte sich in Bewegung. Wenig später hatte er sich an einer Hausecke nach vorn gedrängt und konnte in Augenschein nehmen, was den Andrang verursacht hatte…
Seine Augen folgten den Templern, bis sie durch das Tor verschwunden waren. „Die Verteidiger", dachte er. „Heilige Mutter Gottes, wie lange haben wir darum gekämpft!"
Da traf Raimond ein Knuff in die Seite. „Komm' mir nicht so nah, du stinkende Ratte!" schimpfte ein Mann.
'Wir' hatte er gedacht! 'Wir'! Nein, er gehörte nicht mehr zu den Templern! Er war nichts als ein stinkender Lumpenhaufen! Plötzlich ekelte er sich vor sich selbst.

Ein Netz von Schächten und Gängen durchzog Paris unterhalb der Straßen und Häuser. Die Katakomben waren ein übel beleumdeter Ort. Doch für den Mann, der gerade in einem der Kellerlöcher an der Seine verschwand, barg die obere Welt weitaus mehr Gefahren. Mit der Sicherheit eines Menschen, dem die Dunkelheit vertraut ist, tastete er sich die Markierungen an der Mauer entlang. Plötzlich versperrte ihm ein blankes Schwert den Weg.

„Liebreich ist das Antlitz der Heiligen Jungfrau", klang ihm die Parole entgegen.

„Und mächtig ihre Gnade", antwortete der Ankömmling. Das Schwert senkte sich.

„Willkommen, Sire Jocelin!"

Der Posten umarmte seinen Ordensbruder.

Einige Schritt weiter kletterte Jocelin über eine schmale Leiter in einen tiefer gelegenen Schacht, aus dem schwaches Kerzenlicht schimmerte. Kurz darauf stand er in einem geräumigen Saal. Seine Brüder erwarteten ihn. Seit zwei Monaten lebten die Templer aus Fontainebleau in Paris, um bereit zu sein, wenn die päpstliche Kommission ihre Arbeit aufnahm.

„Die ersten Zeugen sind eingetroffen", berichtete Jocelin und hob die kältestarren Hände über das kleine Feuer in der Mitte des Saales. "Sie kommen aus der Provence. Denkt euch, Isnard de Montréal, der Komtur von Carcassonne ist bei ihnen! Damals in Poitiers hat er nicht den Mut aufgebracht, den Orden zu verteidigen, aber jetzt ist er den Weg nach Paris gekommen um Zeugnis abzulegen!"

„Dann konntet Ihr mit ihnen sprechen?" fragte Kaplan Helias. „Wohin sind sie gebracht worden?"

„In die Abtei von Saint Germain. Gott sei Dank ist Vater Gauthier noch Abt. Er hat mir erlaubt, die Brüder zu besuchen. - Aber es geht ihnen nicht gut. Fast alle haben Verletzungen, Erfrierungen und Fieber. Ich habe Vater Gauthier gebeten, sich um sie zu kümmern, um der Liebe Christi willen."

Die Brüder wussten, was er meinte. Um ihre Finanzen stand es schlecht. Das, was ein paar von ihnen bei Gelegenheitsarbeiten verdienten, reichte kaum, um nicht zu verhungern. Sie hatten ihre Pferde verkauft, fast alle ihre Waffen. An eine Unterstützung ihrer gefangenen Brüder war nicht zu denken.

Der Notar hatte die Lesung der Anklageartikel und der beiden päpstlichen Bullen beendet. Der Bischof von Mende räusperte sich bedeutungsvoll.
„Nun, Sire Jacques, Meister des Ordens vom Tempel", sagte er gedehnt", wollt Ihr etwas zur Entlastung besagten Ordens vorbringen?"
Jacques de Molay rieb die schmerzenden Handgelenke, von denen man eben die Ketten abgenommen hatte. Dass der Erzbischof von Rouen nicht anwesend war, erfüllte ihn mit Misstrauen. War es ein Zufall, dass man ihn ausgerechnet heute vorführte? Er holte tief Atem und hob den Kopf.
„Ich will den Orden verteidigen, so gut ich es vermag. Aber ich bin Gefangener des Königs und des Papstes, und unser Orden ist all seiner Güter und Einkünfte beraubt. Ich bitte, mir Beratungen mit meinen Brüdern zu ermöglichen und mir die notwendigen Mittel zur Verfügung zu stellen, um Advokaten und Notare zu bezahlen!"
„Dies ist ein Verfahren, welches den Heiligen Glauben betrifft. Und wir werden ohne das Geschrei und die Winkelzüge von Advokaten vorgehen!" stellte der apostolische Notar klar. Ehe Meister Jacques etwas erwidern konnte, fügte der Bischof von Mende hinzu:
„Überlegt es Euch gut, ob Ihr wirklich die Verteidigung auf Euch nehmen wollt, Sire! Schließlich habt Ihr bereits vor dem Inquisitor die Schuld eingestanden, und dann ein zweites Mal vor den Kardinälen in Chinon..." Er beugte sich über ein Pergament. „...die Verleugnung Christ und der Heiligen Jungfrau, die Verunehrung des Kreuzes bei Eurer Ordensaufnahme, bei den Kapitelsitzungen, die Küsse auf den Nabel und den Mund, die Sodomie!"
Jacques de Molays Gesicht spiegelte Entsetzen wieder. Hastig bekreuzigte er sich dreimal hintereinander. Er hatte in Chinon kein Geständnis abgelegt! Er hatte geleugnet! Und Kardinal Thomas hatte es im Protokoll vermerkt! Oder?!
"Mes Sires...ich... das ist eine Lüge!" rief er. „Wäret Ihr keine Priester, würde ich anders zu Euch sprechen!"
„Wir sind nicht hier, um eine Forderung zum Turnier entgegenzunehmen, Meister des Tempels!" erwiderte der Bischof von Mende zynisch.
Der Ordensmeister war nicht fähig zu sprechen. Zu furchtbar, zu hinterhältig war der Verrat, den Kardinal Thomas offensichtlich

begangen hatte. Und der Bischof von Mende? Legte auch er bereits die Schlingen, um ihn zu Fall zu bringen? Und Erzbischof Gregor? Hatte auch er gelogen?
Schritte näherten sich. Meister Jacques wendete sich um. Nogaret! Der königliche Siegelbewahrer nahm wie selbstverständlich neben den Kommissaren Platz.
"Sires... ich... bitte um Bedenkzeit!"
Zuvorkommend gewährte ihm der Kommissionsvorsitzende den Wunsch.

Silbrig kaltes Mondlicht fiel durch das Gitter des Kerkerfensters. Jacques de Molay kniete auf den Steinfliesen, das Gesicht verzweifelt dem fahlen Schimmer entgegengestreckt. Seine Glieder waren starr vor Kälte, aber eine innere Qual jagte Feuer durch seinen Körper. Bedenkzeit war ihm geschenkt worden, doch was gab es zu bedenken? Es gab nichts zwischen Wahrheit und Lüge, zwischen Treue und Verrat, zwischen ewigem Heil und ewiger Schmach...
Es gab keinen Ausweg...
„Wenn ich verteidige, wird man mich auf den Scheiterhaufen schleppen." Kaum eine Stunde, nachdem die päpstliche Kommission ihn entlassen hatte, waren einige Männer des Königs zu ihm gekommen, um ihn daran nochmals zu erinnern.
Er wäre bereit, den Tod zu ertragen, ja er hätte ihn sogar begrüßt. Aber dann würde der Orden ohne Führung sein! Die Brüder hatten ihm strengsten Gehorsam geschworen, ohne seinen Dispens durften sie nichts tun! Der Prokurator wäre ohne Legitimation. Sein Tod - und die Inquisition konnte die Templer wie Schafe zur Schlachtbank treiben, genau das, was König Philipp wollte! Doch erhob er seine Stimme jetzt nicht für den Orden, war er keine Hilfe, sondern eine furchtbare Last, die die Brüder ins Verderben zog! Verhängnisvoll genug war sein erstes Geständnis, wenn er jetzt schwieg, wäre es unverzeihlich!
„O barmherziger Gott, erleuchte mich! Erleuchte mich!" schallte ein verzweifelter Hilfeschrei aus dem einsamen Kerker des Bischofspalais.

Als Jacques de Molay am folgenden Morgen erneut vor die Kommissare gebracht wurde, wusste er, dass er nicht verteidigen

würde. Aber er würde auch nicht schweigen! Und war nicht das Bekenntnis des Guten ein ebensolches Zeugnis für die Unschuld des Tempels wie die Verleugnung der Anklagen?
Noch immer führte der Bischof von Mende den Vorsitz. In der gleichen selbstgefälligen, herablassenden Weise wie beim ersten Verhör des Ordensmeisters stellte er die Frage nach der Verteidigung.
„Ich bin ein armer und ungebildeter Mann", erklärte Jacques de Molay. „Aber ich habe gehört, dass Papst Clemens sich meinen Fall reserviert hat. Führt mich vor den Heiligen Vater, und ich werde ihm sagen, was zur Ehre Christi und der Kirche ist! Ich bitte Euch, tut es bald! Auch ich bin nur ein sterblicher Mensch!"
„Sire Jacques, es ist nicht Aufgabe unserer Kommission, über Einzelpersonen zu richten, Euer Fall geht uns nichts an! - Wollt Ihr etwas bezüglich des Ordens sagen?"
„Ich kenne keinen Orden, in dem die Kirchen reichlicher ausgeschmückt wären als die Kapellen des Tempels. Unsere Priester feiern die Heiligen Geheimnisse in großer Ehrfurcht und Andacht. Die Laien drängten danach, von ihnen die Sakramente zu empfangen, bis der Papst ihnen den Zutritt in unsere Kapellen untersagte, weil die Brüder keine Gemeinschaft mit Sündern haben sollten. Alle Brüder des Tempels
empfangen dreimal im Jahr die Kommunion, so wie die Kirche es vorschreibt. Wir beten das Offizium wie alle Mönche. Und wir beten zwölf Vaterunser, zu Ehren Christi und der Jungfrau Maria, und sechzig Vaterunser für die Lebenden und die Toten. Das ist der Gnadenschatz, der jedem versprochen wird, der in den Tempel eintritt. Wir fasten vom Tag Allerheiligen bis zur Auferstehung des Herrn. Am Karfreitag kommen die Brüder barfuss in die Kapelle und werfen sich nieder vor dem Heiligen Kreuz. Nirgends werden reichlicher Almosen gespendet als in unseren Häusern. Wir haben gelobt für Christus zu leiden und zu sterben, und viele tausend Brüder haben ihr Leben für das Königreich Jerusalem geopfert-"
Eine abrupte Handbewegung des Bischofs von Mende unterbrach die leidenschaftliche Rede des Ordensmeisters.
„All das ist nutzlos, Meister des Tempels, wenn das Fundament des katholischen Glaubens fehlt!"

Ein abendlicher Sturm brauste um die Mauern von La Blanche. Im Speisesaal hatte Ghislaine es als zu ungemütlich empfunden, und so aß sie jetzt gemeinsam mit Yvo in ihrer Kammer. Er hatte sie eigentlich schon gegen Morgen besuchen wollen, aber das Wetter hatte ihm einen Strich durch die Rechnung gemacht, und erst in den Abendstunden war er aus Paris eingetroffen. Ghislaine blickte ihren Sohn an. Bei Gott, wo war der Junge mit den zerrissenen Hosen und den zerzausten Haaren hin?! Ein königlicher Knappe mit sorgfältig gekämmtem Haar saß ihr gegenüber. Allerdings verdrückte er sein Essen noch immer mit der atemberaubenden Geschwindigkeit wie früher.

„Seine Majestät hat dich letztens sehr gelobt, Yvo. Du bist ein aufmerksamer, gewandter Kämpfer, sagte er." Sie lächelte ihrem Sohn zu, obwohl sie im Grunde eher wünschte, er müsse nie mehr nach Paris zurückkehren und sich an diesem – Gott verzeihe ihr – Ort des Verderbens aufhalten, wo die Luft mit Falschheit und Hinterlist vergiftet war! Aber damit durfte sie Yvo nicht belasten; er war noch ein Kind. Ein Kind, das schon viel zuviel wusste…

„Philipp wird dich gewiss in zwei, drei Jahren zum Ritter schlagen…"

„Hm, machte der Junge nur, intensiv an einem Hühnerknochen nagend. Als er ihn bewältigt hatte, fragte er: „Mutter? Wisst Ihr etwas von Sire Jocelin?"

„Ich habe dir gesagt, du sollt seinen Namen nicht erwähnen!"

„Aber niemand ist hier! Die alte Mimi", er wies in Richtung der Katze, die es sich am Kamin bequem gemacht hatte, „wird nichts ausplaudern…"

„Nein, warum sollte ich etwas von ihm gehört haben, Yvo? Ich habe ihn seit über einem Jahr nicht gesehen."

„Ein Knappe von Marigny hat heute nämlich erzählt, schon über hundert Templer seien in Paris, um den Orden vor der Kommission zu verteidigen. Und ich dachte…"

„Du solltest dich auf deinen Dienst bei Hofe und deine Ausbildung konzentrieren. Du hast einen großen Namen zu verteidigen, das weißt du", sagte sie, während sich in ihr nur ein Gedanke festsetzte: Nach Paris!

Erzbischof Gregor von Rouen meinte, sich verhört zu haben.

„Meister Jacques ist bereits vorgeführt worden?!"
Er streifte seine Reithandschuhe ab und warf sie achtlos auf die Kommode. „Warum hat man damit nicht gewartet, bis ich zurück bin? Und warum hat man mich nicht benachrichtigt?"
„Seine Majestät überstellte den Meister..." kam die hilflose Antwort des Notars.
Gregor von Rouen spürte, wie Ärger von ihm Besitz ergriff. Noch von der anstrengenden Reise erschöpft wehrte er dem Gefühl nicht.
„Die Kommission stimmte zunächst dafür, auf Euch zu warten, Ehrwürdiger Vater. Aber der Bischof von Mende wollte den Meister sofort vernehmen."
„So. Der Bischof von Mende", wiederholte der Erzbischof.
Er begann zu argwöhnen, dass König Philipp ihn hintergangen hatte. Der Rechtsstreit, wegen dem man ihn nach Rouen gerufen hatte, war eine fadenscheinige Angelegenheit gewesen - doch gut genug, ihn tagelang von der Kommission fernzuhalten. Und der Bischof von Mende, der nur seinen eigenen Vorteil im Auge hatte, war Seiner Majestät ein williges Werkzeug gewesen!
„Bringt mir das Protokoll der Sitzung! - Und sind noch weitere Berichte von den Bischöfen eingegangen?"
Der Notar nickte und entfernte sich eilig. Wenig später beugte sich Erzbischof Gregor über die Aufzeichnungen von Jacques de Molays Verhör.
Der königliche Siegelbewahrer Sire Guillaume de Nogaret wohnte der Vernehmung bei, erklärte das Protokoll. Was hatte ein Laie, noch dazu ein Exkommunizierter, unter den päpstlichen Kommissaren zu suchen?! Ihre Sitzungen sollten unter Ausschluss der Öffentlichkeit stattfinden! Kein Wunder, dass Jacques de Molay nun doch kein Wort der Verteidigung gesagt hatte. Gregor von Rouen war für einen Augenblick entschlossen, ein erneutes Verhör des Ordensmeisters zu fordern. Dann wurde ihm die Undurchführbarkeit dessen klar. Das kirchliche Recht war fraglos auf seiner Seite, doch es gab genügend Wege, auch ohne einen Rechtsbruch die Vorführung des Gefangenen zu verhindern.
Er widmete sich den Berichten der Bischöfe. Auch sie waren enttäuschend. Der Erzbischof von Lyon betrachtete die Vorladung als unverschämte Einmischung in seine Rechtshoheit und weigerte sich, Zeugen zu überstellen. Er hatte kurzerhand den Legaten der

Kommission gefangen gesetzt. Der Bischof von Le Puy äußerte sich ähnlich, und auch der Bischof von Paris beharrte darauf, der Papst habe die Untersuchung über den Templerorden den Provinzialkommissionen anvertraut. Ein Schreiben aus Nimes informierte von der Bereitschaft, die aussagewilligen Templer nach Paris zu schicken, erklärte aber das Unvermögen, sie zu eskortieren. Die Große Kommission möge für sicheres Geleit sorgen. Einmal mehr kam Erzbischof Gregor zu Bewusstsein, wie beschränkt seine Kompetenzen und Mittel waren. Wieder sah er hinaus. Es regnete noch immer, ab und zu von Hagelschauern unterbrochen. Und ebenso unaufhörlich und unhaltbar wie der Regen rann der Kommission die Zeit davon. Der Termin des Konzils rückte näher.

Ghislaine betrat das Gasthaus und schob die Kapuze ihres Reisemantels vom Kopf. Die Luft hier, eine Mischung aus Rauch, Schweiß und Speisegerüchen, drängte ihr nach der winterlichen Kälte auf der Straße wie eine Wand entgegen. Das Gasthaus war gut besucht zu dieser Stunde, umso besser, fand sie, für ein Treffen, wie sie es geplant hatte...

Ein zotteliger Hund strich an ihr vorüber als sie sich setzte. Aber da sie noch kein Essen hatte, von dem sie ihm einen Brocken hätte zuwerfen können, trollte er sich und suchte an den anderen Tischen sein Glück. Weiter hinten, unter dem radförmigen Leuchter, saßen einige Mitglieder der Metzgergilde und tauschten sich über die beste Mast aus. Ihre lautstarke Diskussion klang bis zu Ghislaine. Ein Flackern der Kerzen auf dem Leuchter sagte ihr, dass die Tür gerade wieder geöffnet worden war. Aber es war nicht die Person, auf die sie wartete!

Ein schlaksiger junger Mann hatte die Schenke betreten, schälte sich jetzt aus seinem schäbigen Pelz und steuerte nach kurzem Zögern auf Ghislaine zu.

„Madame, Ihr seit neu in Paris?“ Ehe sie etwas erwidern konnte, sprudelte er hervor: „Ich kenne die Stadt! Jeden Winkel, alle wundervollen und verschwiegenen Plätze! Ich kann Euch sagen, zu welcher Stunde wo die feierlichsten Messen gesungen werden, in welchen Kirchen die heilsamsten Reliquien zu finden sind! Ich führe Euch, gegen einen nur winzigen, wirklich absolut unerheblichen Obolus! Oder sucht ihr eine Herberge? Oh, ich kenne die besten

Häuser! Keine Wanzen, keine Flöhe, sauberes Bettzeug und -"
Er verstummte, als der Schatten eines Mannes auf ihn fiel und hielt es dann für besser, sich eiligst zu verdrücken.
Ghislaine erkannte erleichtert Jean de Saint-Florent. Sie war ihm am Morgen begegnet, aber da hatte sie nur noch Gelegenheit gehabt, rasch diesen Treffpunkt auszumachen. Den ganzen Tag über hatte sie sich gefragt, ob er wirklich kommen würde...
„Nun, was darf ich den Herrschaften bringen?"
Die pausbäckige Wirtin mit dem fest um den Kopf geknoteten Kopftuch musterte die Gräfin und den noch stehenden Ordensbruder erwartungsvoll.
Jean de Saint-Florent wollte ihr mit einem hastigen Kopfschütteln zu verstehen geben, dass er nichts wolle, aber Ghislaine antwortete bereits: „Ich denke, du hast eine ordentliche Fleischsuppe und einen guten Wein im Angebot, Wirtin?"
„Oh ja, Madame, nur vom Feinsten! Selbst der Magistrat lässt sich von uns bekochen!"
„Gut, dann bring uns zwei Portionen!"
Sie nickte eifrig und eilte zurück in die Küche, begleitet vom anzüglichen Pfeifen eines der Gäste.
„Messire, ich bin so froh, Euch zu sehen!" wandte Ghislaine sich an den Ordensbruder. „Ich bin seit zwei Wochen in der Stadt und habe immer gehofft, einen von den Brüdern zu treffen! Sind... alle in Paris?"
„Ja."
„Und wie kommt Ihr zurecht?"
Ein mattes Lächeln schimmerte durch seinen wilden Bart. „Vermutlich könnten wir alle eine dicke Suppe und einen warmen Schlafplatz gebrauchen... Aber ich will nicht undankbar gegen Gottes Barmherzigkeit sein! Wir sind frei, keiner von uns ist ernstlich krank - das ist in dieser Zeit mehr, als ... als manch andere haben."
Die Wirtin hatte zwei Krüge mit gewürztem Wein auf dem Tisch abgestellt. Er zog das Gefäß zu sich heran und schloss die Hände darum, wagte aber nicht zu trinken.
„Und Sire Jocelin? Ihm geht es auch gut?"
Jean nickte und hoffte, nicht genauer werden zu müssen. Einerseits wollte er die Gräfin nicht belügen. Andererseits...

Sollte er von der Verzweiflung erzählen, die sie alle und ihren Komtur manchmal ergriff, von den Bußübungen, die Jocelin sich auferlegte, von den Höllenvisionen Arnauds?
Ghislaine fragte nicht weiter. Sie hatte die Augen halb geschlossen und ihre Wimpern warfen Schatten auf ihre von der Kälte geröteten Wangen. Ahnte sie etwas von dem, was er zurückhielt? Plötzlich griff sie unter ihren Mantel und schob Jean einen Moment später einen kleinen Lederbeutel zu.
„Nehmt das! Mehr habe ich zurzeit nicht bei mir!"
Er fühlte die Form von Münzen unter den Fingern.
„Ich danke Euch, Ghislaine. Alle Engel des Herrn mögen Euch beschützen!" Nein, er war sicher, dass sie dies bereits taten! Wie konnte ein so schönes, gütiges Geschöpf nicht in der Gnade des Herrn stehen? Jocelin ist ein Narr, schoss es ihm durch den Kopf, und in derselben Sekunde schämte er sich für diesen - und alle ähnlichen Gedanken. Gott mochte ihm verzeihen! Wie konnte er je hoffen, Seine Gnade zu erlangen?! Jetzt trank er doch einen großen Schluck aus dem Krug und genoss die angenehme Wärme, die der Wein in ihm verbreitete.
„Sire Jean, richtet Jocelin aus, dass ich - nein", unterbrach sie sich selbst. „Sagt ihm nichts! Nicht einmal, dass Ihr mich getroffen habt! Erklärt ihm, dass Ihr das Geld gefunden habt, oder irgendein Unbekannter es Euch zugesteckt hat!"
„Wenn es Euer Wunsch ist, werde ich das so halten, Madame."
„Versprecht mir nur... Versprecht mir, dass Euer Schwert immer bereit sein wird, Jocelin zu verteidigen!"
„Ich werde ihn verteidigen. Mit meinem Schwert, mit meinem Leben, wenn es sein muss."

Eine steile Treppe führte aus dem Kerker der Stadtwache. Der Hauptmann erwartete Jocelin bereits ungeduldig in der Amtsstube. Angesichts der zerlumpten Gestalt, die nun zu ihm trat, schämte sich der Hauptmann plötzlich des Bestechungsgeldes, das er kassiert hatte für einen kurzen Aufenthalt des Fremden bei den Gefangenen. Er nahm einen großen Schluck aus der Weinkaraffe, um die mitleidige Stimmung zu verscheuchen und öffnete dem Ordensbruder die Hintertür.

Jocelin trat hinaus in die Nacht. Obwohl es schon April war, wehte noch immer ein eisiger Wind. Er wickelte sich in seinen Mantel und bog in die Nachbargasse ein. Die Gestalt, die sich hinter ihm aus der Dunkelheit löste, bemerkte er nicht.

Einen Augenblick später wurde er niedergerissen. Im Mondlicht blitzte eine Dolchklinge auf. Der Templer krallte die Finger in das Gewand des Angreifers, wollte ihn nur Seite drücken. Aber der Mann war stark, und er selbst hatte zuviel gehungert in den letzten Wochen. Die Klinge näherte sich Jocelins Kehle. Seine ganze Kraft sammelnd spannte sich der Ordensbruder, bäumte sich mit einem Ruck auf. Er bekam einen Arm frei und hieb dem Fremden die Faust ins Gesicht. Der eiserne Griff um seine Schultern lockerte sich, die Klinge zuckte zurück und zerfetzte seinen Mantel. Mit einer blitzschnellen Bewegung stieß Jocelin die Waffenhand des Angreifers gegen die Mauer, war auf den Füßen und zog das Schwert. Wutschnaubend stürzte der Fremde auf ihn zu, eine Handvoll Straßendreck werfend. Jocelin stolperte, sein Gegner suchte ihn zu entwaffnen, aber es gelang ihm zu parieren und seinerseits anzugreifen. Ein rascher Hieb brachte den Attentäter zu Fall, wie schwer er ihn verletzt hatte, konnte er allerdings nicht erkennen. Zumindest schien er für einen Augenblick nicht fähig, Jocelin nachzusetzen.

Irgendwo aus der Dunkelheit klangen aufgeregte Stimmen und Waffenklirren. Wahrscheinlich war die Stadtwache auf dem Kampf aufmerksam geworden. Jocelin sah sich um. Er musste so schnell wie möglich fort von hier, wollte er keine Verhaftung riskieren. In einem der gegenüberliegenden Häuser erkannte er ein vergittertes Kellerloch. Hastig schob er sein Schwert zurück und rannte die Straße hinauf. Schon war der Fackelschein der Männer zu sehen. Das Gitter war eng, aber gerade breit genug, dass Jocelin sich hin-

durchzwängen konnte. Durch die Gitterstäbe beobachtete er, wie die Stadtbüttel sich um den verwundeten Fremden bemühten. Dann sahen sie sich kurz um. Offenbar war ihnen die Sache größerer Mühe nicht wert, denn schon bald rückten sie ab.
Der Ordensbruder zog sich mühsam wieder nach oben. Die Hand am Schwert sah er sich sorgfältig um, ehe er den Weg zu den Katakomben einschlug.

Die Nachricht von dem Überfall löste Bestürzung unter seinen Brüdern aus.
„Glaubt Ihr, dass der Stadthauptmann Euch verraten hat?" fragte Jean de Saint-Florent.
„Er wusste nicht, wer ich bin“, entgegnete Jocelin. „Aber es ist nicht unmöglich. Vielleicht hat er Verdacht geschöpft..."
„Eines ist sicher“, warf Arnaud ein, "er, der dich überfallen hat, wusste genau, auf wen er wartete! Welcher Räuber würde Lumpengesindel wie uns angreifen? Wir müssen vorsichtiger sein. Ab jetzt werden wir nur noch zu zweit hinausgehen!"
„Vor nichts schrecken unsere Gegner zurück! Vor nichts!“
Zorn wallte in Jocelin auf. Wie vielen Brüdern hatte die Anklage des Königs schon das Leben gekostet, wie viele zu Krüppeln gemacht? Zu Tode gefoltert die einen, betrogen die anderen, und nun hetzte man ihnen, den letzten in Freiheit Verbliebenen, auch noch Meuchelmörder hinterher! Es waren genug Tote, genug Leid! Selbst wenn Papst Clemens dem Orden endlich die Verteidigung gestattete, selbst wenn man ihn freisprach - konnten diese üblen Verleumdungen je wieder getilgt werden? Konnten die Brüder diese Jahre der Verfolgung vergessen, ihren Folterern vergeben? Konnte er es?
Er blickte auf das armselige Bündel Mensch, das hinter den Brüdern in der Wandnische lag. Auf ein Gesicht, das er kannte und das ihm doch ganz fremd war. Louis... Am Morgen hatte ihn Ranulf auf dem Marktplatz gefunden. Er hatte ihn nicht erkannt. Keinen von seinen Brüdern hatte er erkannt und auch kein Wort gesprochen. Er musste Furchtbares erlebt haben. Gott allein wusste, wie er überhaupt bis Paris gefunden hatte...

Es war nach Mitternacht, als Guillaume de Nogaret die Schreibfeder

aus der Hand legte. In seinem Kamin war die letzte Glut erloschen. Der Siegelbewahrer schloss die Augen. Doch schon bald weckte ihn ein kratzendes Geräusch aus seinem Schlummer. Still wartete er einige Augenblicke. Das Geräusch wiederholte sich. Es klang, als werfe jemand Kiesel gegen das Glas.
Nogaret öffnete das Fenster einen Spalt weit. Unten auf der Straße stand ein Mann in dunkler Kleidung. Er hob die Hand und machte dem Siegelbewahrer ein Zeichen. Nogaret nickte nur. Wenig später stand der Dunkelgekleidete in seiner Kammer.
„Nun?"
„Sire, ich hätte ihn fast erwischt..."
„Fast?!"
„Seht, wie er mich zugerichtet hat!" Der Mann öffnete sein Gewand. Guillaume de Nogaret sah einen Verband über Brust und Schultern.
„Wie lang bist du jetzt schon hinter diesem Templer her?" fragte er ungerührt. "Über ein Jahr! Vielleicht sollte ich mich nach einem besseren Mann umsehen?"
„Gebt mir noch ein paar Männer und ich erledige ihn!"
„Nein."
Mehr Leute, das bedeutete mehr Mitwisser und mehr Mitwisser ließen die Gefahr größer werden, dass die Anschläge verraten wurden und misslangen.
„Du wirst ihn allein erledigen, und zwar bald!"

Erzbischof Gregor hatte die Anhörung aller bisher eingetroffenen Verteidiger des Templerordens geplant. Als mehr und mehr Zeugen erschienen, war ihm klar geworden, dass die Kapelle des Bischofspalais sie nicht alle würde fassen können. So hatte er die Anhörung in den Garten verlegt. Doch selbst dieser schien nicht ausreichend. Notare drängten sich nervös durch die Menge der Ordensbrüder in dem beinahe aussichtslosen Bemühen, Namen und Herkunft der Zeugen festzuhalten.
Der Erzbischof verfolgte das Treiben vom Balkon aus. Er gestand sich eine gewisse Befriedigung über den großen Erfolg der endlich durchgesetzten Vorladung ein. Der Bischof von Mende, der gerade neben ihn getreten war, teilte dieses Gefühl nicht.
„Es wäre besser, Ihr würdet noch eine Abteilung königlicher Söldner zu unserem Schutz anfordern!" sagte er, den Blick zu den wenigen

Bewaffneten gewandt, die man auf die Mauer befohlen hatte.
„Haltet Ihr solche Männer für fähig, die Hände gegen uns zu erheben?“ entgegnete Gregor von Rouen und wies auf zwei Ordensbrüder, die einen alten Gefährten stützten.
„Sie wollen nichts anderes als vor Unserer Kommission auszusagen!“

Voller innerer Anspannung und mit brennender Erwartung schritten Jocelin und seine Gefährten dem Bischofspalast zu. Würde man sie heute wirklich anhören? Würde das Leben im Untergrund bald zu Ende sein? Nach all den letzten Monaten, allen Enttäuschungen und falschen Versprechungen konnte er das kaum glauben. Er schob die Hand in den Lederbeutel, den er über der Schulter trug. Seine Finger ertasteten das Ordenskreuz. Heute würden sie zum ersten Mal seit fast drei Jahren wieder öffentlich ihr Habit tragen. Ein beinahe unwirkliches Gefühl...
Die Brüder hatten das Palais erreicht. Sie öffneten ihre Taschen und Bündel. Überrascht sahen die Torwächter, wie aus dem Häuflein zerlumpter Bettler eine Schar Templer wurde.
Mit Windeseile verbreitete sich die Nachricht von der Ankunft Jocelins und seiner Gefährten. Freudig wurden sie begrüßt. Viele der jetzt Verteidigungswilligen verdankten ihren wieder gewonnenen Mut allein den Besuchen der freien Templer.
Jocelin fragte nach Pietro di Bologna. Jetzt, wo die Verteidigung des Ordens Gestalt anzunehmen schien, brauchten Arnaud und er unbedingt die fachkundige Beratung des alten Rechtsgelehrten. In den Monaten zuvor waren alle Versuche, mit ihm und den anderen Gefangenen im Louvre Kontakt aufzunehmen, gescheitert. Endlich konnte einer der Brüder Jocelin und Arnaud zu Pietro di Bologna führen…

„Ihr also seid der berühmte Komtur der freien Templer!” rief der alte Vertreter des Ordens beim Heiligen Stuhl. “Selbst bis zu uns in den Louvre sind Eure Taten gedrungen!”
„Gott hat uns beigestanden“, erwiderte Arnaud beschwichtigend. „Sicher ist eine ganze Menge übertrieben von dem, was Ihr gehört habt!“
„Nun…Ihr seid mit den Dämonen im Bunde, beispielsweise… Aber

ich hörte auch, Meister Jacques habe Euch zu Prokuratoren des Ordens bestellt?"
Jocelin nickte. „Wir haben Vollmachten in allen Ordensprovinzen, alles Notwendige zur Verteidigung zu unternehmen. Aber wir wären sehr dankbar für Eure Hilfe, Vater Pietro!"
„Nun, ich werde Euch gern-"
Ein erstaunter Ruf unterbrach ihn: "Sie bringen Komtur Robert! Seht doch!"
Vor den ungläubigen Augen der Pariser Ordensbrüder führten vier königliche Söldner den Gefangenen durch das Tor, den die meisten unter ihnen längst nicht mehr am Leben geglaubt hatten. Nach der langen Kerkerhaft bereitete es ihm sichtlich Mühe zu gehen. Er hielt die Hand über die Augen, um sie vor dem ungewohnten Sonnenlicht zu schützen. Während ein Notar eilig seinen Namen aufschrieb, lösten die Schergen Roberts Fesseln. Augenblicke später war er von seinen Brüdern umringt.

128 Vorwürfe enthielt die neue Anklageschrift gegen die Templer. Die Kommissare hatten sie auf der Grundlage bisher geleisteter Geständnisse ausformuliert. Bereits während der Verlesung auf Latein waren immer wieder empörte Rufe aus den Reihen der Verteidiger laut geworden. Als die Kommissare ansetzten, die einzelnen Punkte auf Französisch zu erläutern, brach die Entrüstung los.
„Genug! Genug! Wir wollen nichts weiter hören! Alles sind Lügen!"
Der Bischof von Mende zischte, er habe gleich gewusst, dass es zum Tumult kommen würde, und es sei die Schuld Erzbischof Gregors, wenn sie alle ihr Leben verlören.
Unbeeindruckt wandte sich jener an die Templer: „Es ist die Absicht unserer Kommission - beruhigt Euch! - Es ist unsere Absicht, getreu den Anweisungen Seiner Heiligkeit Papst Clemens vorzugehen, was den Prozess gegen Euren Orden betrifft. Wir werden anhören, was Ihr zur Verteidigung vorzubringen habt. Aber es ist Uns unmöglich, Euch alle einzeln in dieser Angelegenheit zu vernehmen! Wir sind deshalb bereit, Vertreter anzunehmen, die Ihr ernennt, für Euch und den Orden zu sprechen!"
„Was soll das? Wir sind gekommen, um den Tempel zu verteidigen, mit eigenen Worten, mit dem eigenen Leben!" schrie ein Bruder.

Andere fielen ein, fragten, ob man sie aufs Neue betrügen wolle.
„Wir wollen widerrufen! Wie kann ein anderer an unserer Stelle widerrufen?!“
„Ruhe! Ruhe, oder wir führen Euch zurück in die Kerker!“ brüllte der Hauptmann der bischöflichen Garde.
„Höret!“ Erzbischof Gregor hob beschwörend die Arme. „Die Rekonziliarisierten, die widerrufen wollen, stehen nicht in der Befugnis Unserer Kommission! Sie sollen vor den Kommissionen ihrer Diözesen widerrufen, vor denen sie gestanden haben!“
„Vor denen wir gefoltert worden sind?!“ Das war Isnard de Montreal. „Ich habe schon zwei Brüder auf dem Scheiterhaufen brennen sehen; wenn Ihr uns zurückschickt, werden wir sterben!“
Gregor von Rouen erblickte Jocelin unter den Templern, und die Warnung des apostolischen Notars missachtend drängte sich der Erzbischof durch den Tumult. Er griff Jocelin am Arm und zog ihn zur Seite. “Bruder, wenn diese Männer Euch gehorchen, dann haltet sie zurück, im Namen Gottes! Wir können nicht alle Verteidiger anhören, sagt ihnen das! Wir können es nicht! Ihr müsst Sprecher ernennen, oder die Verteidigung wird überhaupt nicht gehört, versteht Ihr?“
„Ehrwürdiger Vater, Ihr wisst nicht, was Ihr fordert! Meine Brüder haben zuviel erlitten!”
„Wählt Eure Sprecher!“ wiederholte Gregor von Rouen eindringlich. „Wir geben Euch zwei Stunden Zeit zur Beratung, nutzt sie!“
Ohne eine Erwiderung abzuwarten kehrte der Erzbischof um. Vom Balkon aus ließ er den Beschluss zur Bedenkzeit verkünden. Die Notare nahmen ihn ins Protokoll auf, dann zogen sich die Kommissare zurück. Jocelin versuchte, seine unruhigen und enttäuschten Ordensbrüder zu beschwichtigen.
„Wir alle sind bereit zur Verteidigung, aber wenn Sprecher die einzige Möglichkeit sind, unsere Stimme für unsere Unschuld zu erheben, müssen wir Sprecher stellen! Es ist unsere Pflicht, den Tempel von den falschen Anschuldigungen zu reinigen!“
„Sire Jocelin, wir haben so viel erduldet auf dem Weg nach Paris! Wir haben nur durchgehalten in der Hoffnung, hier aussagen zu können!“
„Niemand ist umsonst gekommen! Die Notare haben Eure Namen

als Verteidiger in die Listen eingetragen. - Bei Gott, ich weiß, wie Euch zumute ist! Ich habe ebenso wie Ihr gewünscht, dass allen das Zeugnis zur Wahrheit gestattet werde! Doch gebt Eure Verteidigung nicht auf, weil uns dies verweigert wird!"
„Aber wie können wir irgendjemanden ernennen ohne die Zustimmung unserer Komture und des Meisters?" wandten mehrere Brüder ein.
„Mich und Bruder Arnaud hat Meister Jacques zu Prokuratoren des Tempels erklärt. Viele von Euch kennen mich. Wir haben auch die Vollmacht erhalten, uns weitere Brüder zur Seite zu stellen. Jene, die Ihr aussucht, werden wir approbieren."

Viel zu kurz waren die zwei Stunden, um alle Fragen zu klären, alle Zweifel zu beruhigen, alle Schwierigkeiten zu erwägen. Ja, die meisten Brüder kannten Jocelin, sie vertrauten ihm, aber dennoch zögerten sie, die eigene Verteidigung anderen zu übergeben. Sie fürchteten die Inquisition und die Leute des Königs, denen es leicht sein würde, einige Sprecher zum Schweigen zu bringen, viel leichter als 500 Ordensbrüder…
Als die Mitglieder der Großen Kommission ihre Stühle auf dem Balkon wieder einnahmen, hatten sich die Templer auf vorläufig sechs Brüder geeinigt, die sie vertreten sollten: Jocelin, Arnaud, Kaplan Helias von den freien Templern und Pietro di Bologna und Komtur Robert von den Gefangenen aus dem Louvre. Die Brüder aus den südlichen Provinzen ernannten Isnard de Montreal.
„Wir werden die Brüder anhören, die Ihr zu Sprechern erwählt habt oder noch erwählen werdet", versprach Erzbischof Gregor. „Sie sollen frei sein, sich mit Euch zu beraten, vor Gericht zu erscheinen und alle gesetzlichen Mittel zur Verteidigung zu gebrauchen. Während der Dauer des Prozesses werden sie im Bischofspalast wohnen. Wir werden die Verhandlung am Dienstag fortsetzen. Bis dahin entscheidet Euch, Brüder, wen Ihr des Weiteren zu Euren Sprechern bestimmen wollt! Wir werden Euch Notare schicken, um ihre Namen aufzunehmen und was Ihr sonst vorzubringen habt!"

Erst spät kehrten Jocelin und seine Brüder in die Katakomben zurück, wo Guy, der bei dem kranken Louis geblieben war, auf sie wartete.

„Nun, wie steht es, Messires?" fragte er aufgeregt.
„Erzbischof Gregor gestattet uns, Sprecher zu wählen, die den Orden verteidigen sollen. Das Zeugnis der einzelnen Brüder wird aber nicht aufgenommen."
„Und können wir widerrufen?" fragte einer der Brüder aus Provins.
„Die Gesuche auf Widerruf hat die Kommission abgelehnt. Aber wir werden weiter versuchen sie durchzubringen."
In diesem Moment bemerkte einer von ihnen Louis. Langsam, zögernd kam jener näher. Aus seinem Antlitz war die stumpfe Gleichgültigkeit verschwunden. Gespannt blickten seine weit geöffneten Augen. Keinen der Brüder schienen sie wahrzunehmen, einzig und allein den Ordensmantel, den Jocelin neben sich gelegt hatte. Das rote Kreuz leuchtete im Kerzenschein.
Dann sank Louis auf die Knie und vergrub weinend sein Gesicht in den Falten des Ordensmantels.
„Louis, Louis, alles ist gut..." sagte Jocelin bewegt. Er legte die Hand auf den Kopf seines Mitbruders und spürte dessen Zittern.
„Ich musste es mit ansehen!" stieß Louis hervor. „Ich musste sehen, wie sie sie zu Tode folterten - o Gott, o Gott!"
Trotz des Entsetzens erweckten diese Worte Hoffnung in Jocelin. Louis sprach, endlich!
„Ihr seid in Sicherheit, mon frère. Niemand wird Euch mehr etwas antun..."
Louis blickte auf, ergriff Jocelins Hände, umklammerte sie. Langsam begann er zu begreifen, dass die Ordensbrüder um ihn keine Trugbilder waren, sondern Menschen aus Fleisch und Blut. Menschen, die er kannte.
„Bruder Jocelin... Arnaud... Wo bin ich?"
„In Paris. In den Katakomben von Paris."
Louis sah an sich herab, schien erst jetzt zu bemerken, dass er keine Fesseln mehr trug.
„Ich bin frei? Wie... wie bin ich hier hergekommen?"
„Wir haben Euch auf dem Marktplatz gefunden, hier in Paris."
„Ich kann mich an nichts mehr erinnern... welches Jahr haben wir?"
„1310, Mai."
„1310? Der Bischof von Winchester hat mich verhaftet - vor über einem Jahr!"
„Kommt, Louis!" Jocelin half seinem Ordensbruder auf. „Ihr müsst

etwas essen. Und die guten Neuigkeiten hören!"
Die Notare der Großen Kommission brauchten zwei Tage, um die Entscheidungen sämtlicher in Paris gefangen gehaltener Brüder einzuholen.
Die meisten Templer schlossen sich den bereits ernannten Sprechern an, nur einige weigerten sich weiterhin, Vertreter zu bestimmen und hofften auf eine persönliche Verteidigung. Zuletzt bestätigte Jocelin in einer feierlichen Urkunde alle Erwählten als seine Adherenten.

König Philipp gefielen die Nachrichten überhaupt nicht, die er über die Arbeit der Kommission erhielt.
„Die Prokuratoren haben bereits Verteidigungsschriften eingereicht, die nicht ohne Wirkung geblieben sind." berichtete Guillaume de Nogaret. "Einige Kommissare äußerten sich öffentlich entrüstet über die bisherige Behandlung der Ordensbrüder. Erzbischof Gregor soll erklärt haben, der ganze Prozess müsse neu eröffnet werden." Er reichte König Philipp die Abschriften einiger der Verteidigungsschriften.
'Folgendes soll die Kommission beachten' las Seine Majestät die Einrede eines Bruders namens Isnard de Montreal.' Der Orden des Tempels hatte Bischöfe unter seinen Brüdern, die von allen geachtet wurden. Viele Kleriker und Mönche sind aus anderen Orden in den Tempel übergetreten; sie hätten das nicht getan, wäre ein Verdacht gewesen, dass wir Häretiker seien. Auch haben wir vor unserer Gefangennahme nie etwas von solchen Vorwürfen gehört. Wir sind unschuldig, und unser Orden ist unschuldig! Wir haben keines der Verbrechen begangen, die uns zur Last gelegt werden! Wenn ich anders ausgesagt habe vor dem Inquisitor, habe ich gelogen! Und auch vor dem Heiligen Vater in Poitiers! Hiermit widerrufe ich alles, was ich jemals gegen den Orden des Tempels gestanden habe!'
Und eine andere: 'Der Orden des Tempels ist rein und unschuldig. Wer anderes behauptet, ist ein Ungläubiger und Häretiker, dies schwöre ich, Pietro di Bologna, feierlich. Sämtliche Anklagen sind von Lügnern und Feinden des Ordens fabriziert worden.'
Philipp hob irritiert die Brauen. Was erlaubten sich diese Ketzer, Sodomiter, Verbrecher?! Er nahm ein anderes der Pergamente auf.
'Ich habe gehört, Meister Jacques, der Visitator von Frankreich und die Provinzmeister des Poitou und der Normandie weigerten sich,

den Orden zu verteidigen. Ich bitte Euch, verehrte Herren Kommissare, sorgt dafür, dass sie dem Zugriff des Königs entzogen werden, und dem Nogarets und aller Leute Seiner Majestät! Wir wissen, dass diese Brüder die Verteidigung unseres Ordens nicht wagen, weil sie beständig mit dem Tod bedroht werden! Solang sie in der Hand des Königs sind, werden auch ihre falschen Bekenntnisse bestehen bleiben. Sind sie aus ihr befreit, werden sie sich unserer Verteidigung anschließen...'

„Sieh an, der Komtur Robert von Paris", dachte der König und ließ das Pergament sinken. „Er ist noch genauso stolz und unverschämt wie vor drei Jahren!"

Zweifellos. Enguerrand de Marigny hatte Recht. Der Erzbischofsthron von Sens brauchte dringend einen neuen Inhaber... Mit einer Handbewegung entließ er seinen Siegelbewahrer und begab sich zu seinem Schreibpult. Er wollte Papst Clemens selbst schreiben, damit jener merkte, wie bedeutungsvoll die Angelegenheit war.

„...Heiliger Vater, als Euer demütiger Sohn, der um das Seelenheil seines Volkes besorgt ist, bitten Wir Euch, lasst die Erzdiözese Sens nicht länger verweist! Lasst die Braut nicht länger trauern und nach ihrem Bräutigam flehen! Erhört das Wehklagen der Gläubigen, die den Angriffen des Bösen ausgesetzt sind wie eine Herde ohne Hirt! Wir bitten Euch, verweigert Eure Zustimmung nicht länger dem Mann, den Gott in seiner barmherzigen Vorsehung bereitet hat, und den Wir Euch als Überbringer dieses Briefes senden! Fürchtet nicht die geringe Zahl der Jahre Unseres Bischofs Philipp, denn was ihm an Erfahrung noch fehlt, wird er durch die Liebe ausgleichen..."

Liebe, o ja! Wahrscheinlich ließ er eine Handvoll Bastarde in Cambrai zurück... Es war nicht leicht, etwas Positives über Philipp de Marigny zu schreiben!

„Leiht Euer Ohr nicht den Neidern", fuhr Seine Majestät deshalb fort, "den Verleumdern, die Eure Schande und das Verderben der Kirche suchen! Stellt Euch Ihnen vielmehr entgegen und übergebt Philipp de Marigny so bald als möglich das Pallium..."

Erzbischof Gregor besiegelte sorgfältig die Kopien aller bisher eingegangenen Prozesseinreden. Ungeheure Verbrechen schrieen ihm von den Pergamenten entgegen. Da waren Menschen getäuscht,

betrogen, verraten worden, zu Tode gefoltert! Wahrhaftig, es stimmte, was Sire Jocelin damals in Poitiers zu ihm gesagt hatte...
„Euer Ehrwürden!"
Die Tür des Saales war aufgestoßen worden. Erzbischof Gregor sah Jocelin eintreten, neben ihm ein zweiter Ordensbruder, an dessen Namen er sich nicht mehr erinnerte. Er blutete aus einer provisorisch verbundenen Armverletzung. Dann erschienen zwei bischöfliche Ritter, einen Gefangenen mit sich führend.
„Euer Ehrwürden, man hat einen Anschlag gegen uns geführt", berichtete Jocelin. "Hätte sich Bruder Isnard nicht vor mich geworfen, wäre ich nicht mehr am Leben."
Erzbischof Gregor überlief es kalt. Ein Anschlag auf die Prokuratoren! Aber war das nicht die logische Konsequenz der Schandtaten, von denen die Prozesseinreden berichteten? Er winkte einen der Notare zu sich: "Bring den Bruder zu einem Medikus!" Dann wandte er sich an Jocelin.
„Wie ist es geschehen?"
„Er hat schon einmal versucht, mich zu ermorden, vor ein paar Wochen. Diesmal lauerte er uns auf an der Rue des Poissons, oberhalb der Treppe. Er wartete, bis Bruder Isnard und ich einige Schritt hinter unserer Begleitung waren und sprang von einer der Arkaden auf uns herunter."
Der Erzbischof von Rouen befahl, den Attentäter vorzuführen. Lange ruhte sein Blick auf dem hünenhaften Mann mit den klobigen Händen. Wenigstens war es keiner seiner Dienstleute!
„Wer hat dich beauftragt?"
Der Fremde blieb stumm.
„Rede! Du weißt, dass gegen jeden, der die Arbeit dieser Kommission behindert, die Exkommunikation verhängt ist!"
Der Fremde starrte auf den Boden.
Gregor von Rouen sog hörbar die Luft durch die Nase. Er verabscheute, was er nun anordnen musste, aber es blieb ihm keine andere Wahl.
„Übergebt ihn den Folterknechten! Ich will wissen, wer ihn angestiftet hat!"
„Zu Befehl, Euer Eminenz."
„Ihr seht, dass die Feinde unseres Ordens kein Recht anerkennen, sondern mit allen Mitteln nach unserer Vernichtung trachten",

ergriff Jocelin wieder das Wort, nachdem der Gefangene abgeführt war. „Wir haben keinen Schutz außer dem des Heiligen Vaters! Darum bitte ich Euch, erlaubt den Brüdern, die es wünschen, vor Euch zu widerrufen!"
„Bruder Jocelin, dazu habe ich keine rechtliche Befugnis. Es tut mir leid. Die Anweisung des Papstes verbietet Unserer Kommission, den Fall der einzelnen Zeugen zu untersuchen. Wir dürfen nur über den Orden als Gesamtheit inquirieren. - Ich gebe Euch und den anderen Prokuratoren eine größere Eskorte. Mehr kann ich nicht tun."
Er stand auf und verließ beinahe hastig den Sitzungssaal.

Am nächsten Morgen erfuhr Erzbischof Gregor vom Tod des Attentäters. Jemand hatte ihn in der Nacht erdrosselt, ehe er eine Aussage machen konnte. Natürlich wollte niemand etwas Verdächtiges gesehen haben. Der Erzbischof stellte die Kerkerwächter unter Arrest, aber es war ihm klar, dass er diese Sache nicht würde weiter verfolgen können. Andernfalls wäre vielleicht er selbst sehr bald das nächste Opfer eines Attentates. - Guter Gott, was geschah hier? Welche teuflische Macht war hier am Werk?!
Im Bischofspalais lief dem Erzbischof Gräfin Ghislaine entgegen. Angst zeichnete ihr Gesicht. „Ich habe gehört, dass die Prokuratoren überfallen wurden! Einer der Brüder soll verletzt sein!" rief sie aufgeregt.
Erzbischof Gregor ergriff die Hände seiner Nichte. „Du solltest deine Besorgnis nicht so offen äußern, mein Kind“, warnte er. „Sire Jocelin geht es gut. Er ist es doch, um den es dir hauptsächlich geht. Und der andere Bruder ist in der Obhut meines Medikus."
Ghislaine schlug ein Kreuz. "Gott sein Dank! Ich habe schon geglaubt -" Der Gedanke war zu furchtbar, ihn auszusprechen.
Erzbischof Gregor legte die Hand auf ihren Kopf. Er zögerte, ob er tatsächlich aussprechen sollte, was ihm gerade durch den Kopf ging. Andererseits hatte er eine priesterliche Verpflichtung, für das Seelenheil der ihm Anvertrauten zu sorgen. Seine Nichte war ihm mehr als alle anderen anvertraut. Und er beobachtete nun schon seit beinahe zwei Jahren, wie sie sich gefährlich in die Nähe des Verderbens bewegte…
„Ghislaine...du solltest dir diesen Mann aus dem Kopf schlagen.

Gänzlich und für immer", begann er entschieden, ihren leisen Protest, ihre Sorge habe damit nichts zu tun, überhörend. „Wenn die Verteidigung des Ordens Erfolg hat – und auf nichts anderes arbeiten ich und Jocelin und die anderen Prokuratoren hin – wird der Papst sie freisprechen und restituieren. Und selbst wenn nicht - Er ist ein Mönch mit den heiligen Gelübden, und er wird es bleiben. Bis zu seinem Tod. Und jeder andere Gedanke ist Frevel."
„Aber... aber wie soll ich..."
„Bete, und kämpfe gegen das Lächeln des Versuchers an. Das ist alles, was ich dir sagen kann."
Mit diesen Worten Verlies er sie, um die heutige Sitzung der Kommission vorzubereiten. Täglich trafen neue Aktenberge aus diversen Bistümern der ganzen Christenheit ein; es war eine kaum zu bewältigende Arbeit.

Ghislaine machte sich auf den Weg in die Kapelle, setzte wie betäubt mechanisch einen Fuß vor den anderen. Die Stimme ihres Onkels hallte noch immer in ihr nach, jagte sie geradezu. Mit unerbittlicher Gewalt wurde ihr klar, dass Erzbischof Gregor Recht hatte! Und dass all ihr Tun, all IHRE Gebete für den Erfolg seiner Anstrengungen Jocelin weiter von ihr entfernten. Aber... sollte sie deshalb lieber darum flehen, dass sie KEINEN Erfolg hatten, dass der Papst den Orden endgültig verdammte?! Ghislaine fiel vor der Statue der Heiligen Jungfrau auf die Knie und schlug die Hände vors Gesicht. Es gelang ihr nicht, die Tränen zurückzuhalten. Und es gelang ihr nicht, irgendein Wort des Flehens an die himmlischen Mächte zu richten. Worum sollte sie auch bitten? Jocelins Glück oder das ihre? Es waren zwei Welten, die ein unüberwindlicher Abgrund trennte...
Als sie sich mit schmerzenden Gliedern erhob, klang bereits das Mittagsläuten durch die Mauern der Kapelle. Sie strebte dem Ausgang zu – und sah sich unvermittelt Jocelin gegenüber. Für einen Moment war sie nicht sicher, ob sie ein Trugbild narrte, oder er es tatsächlich war. Er stand unbeweglich, starrte sie genauso ungläubig wie eine Erscheinung an.
Es war der Augenblick, vor dem er sich all die Monate gefürchtet hatte...
„Ghislaine..." flüsterte er mit belegter Stimme. „Ihr solltet nicht...

nicht hier sein…“ Er berührte zögernd ihr Gesicht, auf dem noch die Spuren der Tränen zu sehen waren.
Ihre Hand schnellte nach oben. Mit einer raschen Bewegung umschloss sie die seine. „Ich bin hier, um für Euch zu beten. … Jocelin, wenn … das alles vorbei ist, wenn Ihr zurück seid, auf Eurer Komturei…“ Sie schüttelte den Kopf und suchte nach einem neuen Anfang. „Behaltet mich im Gedenken!“
„Das werde ich tun. Bis ans Ende meines Lebens, Ghislaine.“
Sie ließ ihn los, zog stattdessen ihr Schmuckkreuz vom Hals und schlang die Kette um Jocelins Handgelenk. „Es ist ein Splitter vom Wahren Kreuz darin. Es soll Euch Segen bringen!“ Dann lief sie an ihm vorbei ohne ein weiteres Wort, hinaus aus der Kapelle.
Er wiederholte tonlos: „Bis ans Ende meines Lebens…“

Prächtig war der Einzug des neuen Erzbischofs in seine Stadt. In einer endlos scheinenden Prozession von Mönchen und Chorherren mit ihren Heiligenfahnen, Priestern und Diakonen, Akolythen mit großen Kerzen, ritt Philipp de Marigny zur Kathedrale von Sens.

Er trug ein Gewand, das dem Papst würdig gewesen wäre. Fünfzig Gardisten folgten ihm, alle in purpurfarbene Mäntel mit dem Wappen der Marignys gekleidet. Zwei eigens hiermit beauftragte Diener warfen Münzen unter die jubelnde Volksmenge.

Philipp hatte beeindrucken wollen, und das war ihm gelungen. Seine erste feierliche Messe in der festlich geschmückten Kathedrale stand dem Einzug in nichts nach. Altem Brauch gemäß sollte der neue Erzbischof anschließend seine Suffragane und das Kathedralkapitel empfangen. Doch Philipp de Marigny stand nicht der Sinn danach.

„Eure altehrwürdige Tradition interessiert mich nicht!“ erklärte er kurz und ließ sich mit einem Seufzer in den Lehnstuhl fallen. „Ich bin vier Tage von Avignon geritten!“

„Aber, Ehrwürdigster Vater, die Bischöfe erwarten Euch-“ wandte der Kammerdiener vorsichtig ein.

„Ich bin der Erzbischof, und spreche mit meinen Suffraganen, wenn ich es will!“ Philipp de Marigny nahm die rote Kappe von seiner Tonsur. „Ich sage Euch, was Ihr für mich tun könnt: bringt mir ein Weib!“

Der Kammerdiener starrte ihn mit offenem Mund an.

„Nun, was ist? Schließlich musste ich all meine Freuden in Cambrai verlassen, um hier die Herde Christi zu weiden! Also geht! Es wird sich doch wohl ein Mädchen finden, das den neuen Erzbischof begrüßen will!“

„Mes frères“, Jocelins Stimme klang düster durch das unterirdische Gewölbe der Katakomben, “die Kommission hat Euer Ersuchen auf Widerruf endgültig abgewiesen, nun, da Sens einen neuen Metropoliten hat.“

„Marigny!“ stieß ein Servient hervor, dem die Gerüchte über den ehemaligen Bischof von Cambrai gut bekannt waren. „Den hat nur eines für dieses Amt empfohlen: das Kriechen vor dem König!“

„Aber er kann uns doch nichts anhaben…“ warf ein anderer halb fragend ein. „Wir sind doch alle als Zeugen der Großen Kommission

eingetragen! Da stehen wir doch unter ihrem Schutz!“
Jocelin erwiderte nichts. Philipp de Marigny hatte bisher nichts Eiligeres zu tun gehabt, als seine eigene Provinzialkommission von Sens nach Paris zu verlegen. Er residierte im Louvre, und das allein war genug, Misstrauen zu wecken. Auf die Unterstützung des Königs bauend schien er bereit, seine Ansprüche kompromisslos durchzusetzen.
„Ich werde trotzdem widerrufen“, brach Kaplan Helias das Schweigen. „Morgen melde ich mich vor Erzbischof Philipp.”
Die anderen Rekonziliarisierten schlossen sich ihm an. Jocelin hatte erwartet, dass sie so entscheiden würden, aber nun fühlte er Beklemmung in sich aufsteigen. Wenn doch nur endlich erlaubt würde, dass seine Brüder vor der Großen Kommission, vor Erzbischof Gregor, widerriefen! Aber noch waren nach kirchlichem Recht die Provinzialkommissionen für die einzelnen Brüder zuständig… Die bürokratischen Hürden oder die Angst der einzelnen Kommissionsmitglieder, zu sehr mit dem König aneinander zu geraten, schienen unüberwindbar!

Die Kommissionsmitglieder waren vollständig versammelt am kommenden Nachmittag.
„Verehrte Herren Kommissare, wir haben Euch die Beweise vorgelegt, dass die Anklagen gegen unseren Orden nichts als Lügen sind“, begann Bruder Arnaud. „Ihr wisst, dass die Templer immer treue Söhne der Heiligen Kirche waren, und dass sie es auch jetzt noch sind! Ich bitte Euch, veranlasst, dass die Inhaftierten wieder die Heilige Messe hören dürfen, die Sakramente erhalten und --“
Die Pforte der Kapelle wurde aufgerissen. Atemlos stürzte ein Notar zu den Kommissaren.
„Er …will… sie… sie verbrennen!“
„Mann, erkläre dich!” fuhr Mathäus de Napoli auf.
„Die Templer! 55! Erzbischof Philipp!”
„Was?!“ Voller Entsetzen packte Jocelin den Notar am Arm. „Philipp von Sens?!“
„Die Scheiterhaufen sind schon aufgerichtet!”
Pietro di Bologna klammerte sich schreckensstarr an die Zeugenschranke.
„Meine Brüder...“ flüsterte Jocelin. Am Morgen waren Kaplan

Helias und so viele andere aus Provins zu Erzbischof Philipp gezogen, um zu widerrufen! Er sprang auf, rannte zur Pforte. „Bringt mein Pferd!“
„Jocelin! Um Gottes willen, was habt Ihr vor?“
Aber Jocelin hörte weder die Rufe seiner Ordensbrüder, noch der Kommissare.
„Mein Pferd! Beeilt Euch! - Aus dem Weg!”
Mit einer heftigen Bewegung befreite er sich aus dem Griff des Komturs von Carcassonne und schwang sich in den Sattel.

Es war schnell gegangen.
Manche der Templer vermochten noch immer nicht zu fassen, was das Urteil des Erzbischofs bedeutete. Gebannt blickten sie auf die 27 Holzpfähle, um die Knechte immer neue Reisigbündel anhäuften...
Kaplan Helias hob den Arm, schlug drei große Kreuze über die Köpfe der auf ihr Ende Wartenden.
„Kostbar ist in den Augen des Herrn das Sterben seiner Heiligen, denkt daran, Brüder!“
„Vorwärts, los!“ befahlen die Söldner und stießen nach denen, die nicht schnell genug waren. Ein junger Bruder aus Paris brach weinend zusammen. Ein anderer Templer zog ihn hoch, ehe der Söldner an der Seite ihn packen konnte.
„Kommt, habt Mut!“ sprach er ihm zu. „Ihr wolltet widerrufen; Euer Tod wird der lauteste Widerruf sein!“
Der Kaplan stimmte den Totenhymnus an, und die anderen fielen ein, lauter und kräftiger, je näher sie ihrem Richtplatz kamen.
Erzbischof Philipp wandte sich zu dem hinter ihm auf der Tribüne sitzenden Siegelbewahrer um.
„Nun, mein lieber Guillaume, ist dies ein Schauspiel nach Eurem Geschmack?“
Nogaret ließ den Blick von der Tribüne über die Volksmenge wandern, die sich an den Balustraden drängte. Hinrichtungen waren immer eine willkommene Abwechslung... Henkersknechte hatten begonnen, die Templer an die Pfähle zu binden, immer zu zweien, “weil sie die widerliche Sünde getrieben haben“, lautete der Befehl des Erzbischofs.
„Passt auf, dass Euch der Wind den Rauch der Feuer nicht ins Gesicht bläst!“ erwiderte Guillaume de Nogaret beißend. Dieser Tag

hätte sein Triumph sein sollen! Der Tag, an dem er der gepeinigten Seele seines Großvaters endlich den Frieden bescherte! Er hätte die Verteidigung der Templer vernichten sollen! Aber er hatte versagt! Nun war ihm nur noch vergönnt, sich am Triumph eines anderen zu weiden!

„Oh, Ihr missgönnt mir die kleine Freude, Messire Guillaume?! Ihr seid ein verknöcherter Spielverderber...."

„Hört!“ brummte Nogaret nur.

Der Gesang der Ordensbrüder schallte bis hinauf zur Tribüne. Erzbischof Philipp winkte mit enerviert-blasierter Miene dem Henker.

„Bring‘ sie zum Schweigen!“

Bald züngelten die ersten Flammen durch die Reisigbündel. Kaplan Helias spürte das Zittern des jungen Bruders, den man mit ihm an den Pfahl gebunden hatte.

„Bald ist es vorüber...“ suchte er ihn zu bestärken. „Noch einige Schmerzen, und Ihr werdet die ewige Freude haben...“

Der Qualm wurde dichter, dörrte die Kehlen aus. Keuchend sprach Helias weiter: “Bald wird der Tod uns befreien... der Tod, unser Lohn... Christus wird uns vergelten... was wir für ihn... erleiden!“

In diesem Moment teilte ein Windstoß den Rauchvorhang. Helias sah die Menge der Zuschauer und schrie mit letzter Kraft: “Wir sterben unschuldig! Gott ist unser Zeuge!“

Jocelin trieb sein Pferd durch die erschrocken zurückweichenden Menschen. Seine Augen erfassten die aufschlagenden Flammen, die gierig nach ihren Opfern griffen, sie einhüllten und verzehrten. Und er erkannte einige der Gesichter in der Feuerglut.

Wie die Flammen der Scheiterhaufen loderte Hass in Jocelin auf, verzehrender, wilder Hass, der alle anderen Gefühle und Gedanken in ihm auslöschte, der alle Barrieren und allen Verstand zermalmte.

„Marigny!“ schrie er und spornte sein Pferd zu einem kühnen Sprung über die Balustrade an. “Marigny, Nogaret, ihr Mörder! Ich bringe euch um! Heute landet ihr in der HÖLLE!!!“

Er stürzte sich auf die Leute des Königs ohne einen Gedanken an sein eigenes Leben. Heute, bei seinen Brüdern wollte er sterben - und Erzbischof Philipp mit ihm! Wie ein Besessener kämpfte er gegen die Mauer aus Schwertern und Lanzen, die ihn von der Tribüne trennte. Er achtete nicht auf die Wunden, die er empfing. Sein Pferd brach unter ihm zusammen. Ein Hieb traf ihn am Kopf, Blut lief ihm über das Gesicht. Halb blind focht er weiter. Fast hatte er die Tribüne erreicht, von der Philipp de Marigny und Nogaret längst geflohen waren. Er stach einen Gegner nieder, dann streckte ihn ein Lanzenstoß zu Boden. Er spürte die Hitze der Flammen über sich und verlor das Bewusstsein.

Die Hinrichtung der Templer löste einen Aufruhr in Paris aus. Steine und fauliges Gemüse flogen, Stadtbüttel wurden angegriffen, und allenthalben klangen Verwünschungen gegen den König und diverse Mitglieder des Hofes. „Mörder, Diebe!" war noch das geringste, was man hören konnte.

Der Bote der Großen Kommission war froh, als er nach seinem Ausflug in den Louvre, wo Marigny derzeit logierte, das Bischofspalais wieder erreichte. Gregor von Rouen hatte die Wachen am Tor und in der Kapelle, wo die Kommissare und die restlichen Prokuratoren voller Unruhe die Ereignisse abwarteten, verstärken lassen. Gespannt erhob sich der Erzbischof beim Eintritt seines Kundschafters. Der Mann verneigte sich, während Bewaffnete die Pforte wieder verriegelten.

„Die Templer sind verbrannt worden, Ehrwürdiger Vater", berichtete er sichtlich bestürzt von dem Geschehenen.

„Mit welchem Recht?" rief Pietro di Bologna anklagend.

Erzbischof Gregor gebot ihm Zurückhaltung und wandte sich selbst an seinen Boten:

„Wie begründet Seine Ehrwürden Philipp diesen Gewaltakt, der auf unerhörte Weise in Unsere Kommission eingreift?"

„Diese Templer hätten ihre Verbrechen und die des Ordens erst gestanden, und sich dann zur Verteidigung gemeldet, also seien sie als rückfällige Ketzer zu betrachten", wiederholte der Gesandter die Worte Marignys. „Der Papst habe ihm die Gewalt gegeben, über die einzelnen Personen des Ordens, die seiner Metropolie angehören, das Urteil zu sprechen gemäß dem kanonischen Recht. Und das kanonische Recht sieht für Rückfällige den Feuertod vor."

„Und die Prokuratoren? Was ist mit den anderen Prokuratoren? Wo ist Komtur Jocelin?"

„Beruhigt Euch, Brüder, beruhigt Euch!“ bat Erzbischof Gregor. „Heute kann ich nichts mehr unternehmen, wir müssen bis morgen warten.“
Mit einem Seufzer drückte er sein Siegel unter den letzten Protokollvermerk des Tages.
Keiner der Anwesenden würde wohl in der folgenden Nacht ein Auge schließen...
Die Verbrennung der Zeugen war weit mehr als eine grausame Tat Philipp de Marignys. Sie stellte die Verteidigung des Ordens in Frage und gefährdete damit das monatelange Bemühen der Großen Kommission. Letztlich war sie ein Angriff des Königs auf den Papst, doch dies sagte Gregor von Rouen allein zu sich selbst.

Am Morgen las er die hastigste Messe seines Lebens. Dann diktierte er zwei Protestbriefe an Philipp von Sens und den Papst, bevor er sich in den Sitzungssaal begab. Dort stellte er fest, dass sich die anderen Prälaten mit eilig erfundenen Ausreden beurlaubt hatten.
Nur die verbliebenen Prokuratoren der Templer waren anwesend.
„Ehrwürdigster Vater, Bruder Arnaud und ich, wir haben entschieden, unsere Verteidigung fortzuführen“, begann Pietro di Bologna. Er sah bleich und übernächtig aus, aber sehr entschlossen. „Ich bitte Euch, dass wir Gelegenheit erhalten-“
In diesem Moment meldete sich ein Bote des Erzbischofs von Sens im Palais. Wenig später überreichte er ein versiegeltes Schreiben.
„Das feierliche Siegel!“ dachte Erzbischof Gregor und zerbrach das Abbild des Doppelkreuzes von Sens. „Dieser eitle Jüngling!“ Während er las, wuchs seine Empörung.
Philipp de Marigny ging mit keinem Wort auf seinen Protestbrief ein, ja nicht einmal die angedrohte Exkommunikation schien ihn zu beeindrucken! Er wagte es sogar, eine neue Forderung auszusprechen!
Gregor von Rouen zitierte laut: “Da Wir das Verfahren gegen die einzelnen Personen des Templerordens ohne weiteres Säumen voranbringen wollen, wie es Unsere Pflicht ist, verlangen Wir die sofortige Überstellung des Bruders Pietro di Bologna zum Verhör.”
Der Erzbischof von Rouen wusste, was das hieß. Pietro di Bologna hatte gestanden und dann widerrufen... Er war einer der wichtigsten Verteidiger...

Er sah den Templer an und merkte, dass auch jener sich über die Bedeutung der Forderung im Klaren war. Erzbischof Gregor gab dem Schreiber ein Zeichen, das Diktat aufzunehmen und begann: „Wir... haben Verständnis für die Bemühungen Seiner Ehrwürden Philipp…“

Heilige Muttergottes, nein! Er hatte nicht das MINDESTE Verständnis! Aber es galt den matten Schein zu wahren, um sich nicht selbst um Kopf und Kragen zu bringen! „Aber Bruder Pietro di Bologna ist unentbehrlich für die Arbeit Unserer Kommission. Wir bitten daher, bis auf weiteres von seiner Vernehmung abzusehen...”

Mit deutlichen Missfallen wartete Marignys Bote die Ausfertigung des Antwortbriefes ab. Er hatte fest angenommen, dass der Zeuge sofort überstellt werde. Mit einem knappen Gruß stolzierte er schließlich hinaus.

„O Jesus Christus!“ murmelte Pietro di Bologna, als die Kapellenpforte wieder geschlossen war. „Ich habe geahnt, dass Philipp de Marigny sich noch nicht zufrieden geben wird, aber dass es so bald schon geschieht...“

Unvermittelt stand Erzbischof Gregor auf und trat hinunter zu den Ordensbrüdern.

„Ich spreche jetzt nicht als Vorsitzender der Kommission zu Euch“, sagte er an Pietro di Bologna gewandt. „Stünde es in meiner Macht, ließe ich Euch niemals an Marigny übergeben, glaubt mir. Aber das Recht ist auf seiner Seite. Wenn er darauf besteht, Euch zu vernehmen, kann ich ihn nicht daran hindern. Und alle Schutzbriefe, die ich Euch ausstelle, werden ihm nichts gelten. Es tut mir leid.“

Isnard de Montreal und Pietro di Bologna wollten wenigstens ihre Ordensbrüder in den Gefängnissen aufsuchen, aber Erzbischof Gregor hielt es für ratsamer, dass die Templer das Palais nicht verließen. Und so vergingen weitere quälende Stunden im Ungewissen um Jocelins Schicksal. Gegen Mittag erreichte die Wartenden eine schreckliche Nachricht:

„Erzbischof Philipp lässt es überall verkünden: Der Komtur der freien Templer sei tot.“

Bruder Arnaud öffnete den Mund zu einem tonlosen Schrei. „Wie ist es geschehen?“ brachte er mühsam hervor.

„Er verübte einen Anschlag auf Erzbischof de Marigny, heißt es, und dabei sei er getötet worden. Aber die Leute sagen, ein Söldner habe ihm die Lanze in den Rücken gestoßen, als er schon am Boden lag. Der Erzbischof befahl, seinen Leichnam sofort ins Feuer zu werfen..."

Arnaud fiel auf die Knie. „Meine Schuld… meine Schuld…" murmelte er nur immer wieder, „…ich habe ihn auf dem Weg des Todes geführt… ich …"

In diesem Augenblick hasste Gregor von Rouen seine Aufgabe als Vorsitzender der Kommission, und er empfand das Bedürfnis, in ein weit abgeschiedenes Kloster zu fliehen. Doch keine Mauer der Welt würde die Erinnerung an diese Ereignisse von ihm fernhalten können...

„Was ist mit den Brüdern Helias von Provins und Robert von Paris?" zwang er sich den Boten zu fragen. Den Komtur von Paris zumindest hätte Philipp unmöglich dem Feuertod überantworten können, schließlich war er kein rückfälliger Ketzer! Aber möglicherweise... war derlei diffizile Logik dem neuen Erzbischof von Sens fremd...

„Helias von Provins ist verbrannt worden. Was mit Robert von Paris ist, weiß ich nicht."

„Sie waren die vom Heiligen Stuhl zugelassenen Prokuratoren!"

Dies bedeutete quasi das Todesurteil für seine Kommission... Lastendes Schweigen senkte sich auf die Versammelten.

Dann trat Isnard de Montreal vor Erzbischof Gregor.

"Ehrwürdiger Vater, ich lege mein Amt als Vertreter der Verteidigung nieder", erklärte er.

„Heißt das, dass Ihr zu Eurem früheren belastenden Geständnis zurückkehrt?"

Isnard de Montreal schlug die Hände vors Gesicht. "Messire, ich sage, was ich nicht will!" schluchzte er. „Ihr kennt die Wahrheit! Ich habe so große Angst vor dem Feuertod; ich würde alles bekennen, wenn sie mir damit drohen! Ich würde bekennen, dass ich Christus ermordet habe!" Er legte seinen Ordensmantel ab, den er erst seit seinem Widerruf wieder getragen hatte und drehte sich zu seinen Brüdern um. „Vergebt mir! Ich bin ein erbärmlicher Sünder! Betet für mich!"

„Ehrwürdiger Vater, ich bitte um Zeit, damit wir uns beraten können!" ergriff Pietro di Bologna das Wort. Erzbischof Gregor gewährte ihm den Wunsch. Unter diesen Umständen war an eine geordnete Verhandlung ohnehin nicht zu denken.

Schnell pflanzte sich die Unglücksbotschaft der Hinrichtungen und von Jocelins Tod in den Gefängnissen von Paris fort und hinterließ überall Entsetzen, Angst und Verwirrung, auch unter den freien Templern in den Katakomben. Louis saß vor sich hin starrend am Boden, erneut in jener Zwischenwelt versunken, die ihn über Monate beherbergt hatte. Einer der Brüder bemühte sich um ihn.
Jean de Saint-Florent marschierte seit einer halben Stunde zornbrütend auf und ab.
„Verdammt, warum war ich nicht an seiner Seite, so wie immer?" murmelte er immer wieder. „Warum bin ich ihm nicht nachgeritten? Ich hätte nicht zugelassen, dass sie ihn umbringen!" Ghislaines Gesicht stand ihm vor Augen, das Versprechen, das er ihr gegeben hatte, der Schwur, Jocelin zu schützen! Und was hatte er getan?!
„Ich war nicht da! Ich war nicht da, um ihm zu helfen!!!"
„Ihr hättet nichts tun können", entgegnete einer der alten Gefährten aus der Auvergne ruhig. „Ich habe gehört, Sire Jocelin sei ganz allein gegen die königlichen Söldner geritten. Er muss gewusst haben, dass er den Tod herausforderte... und vielleicht wollte er das ja auch."
„Diese feigen Hunde! Von hinten mit der Lanze zuzustoßen!"
Verwundert sah der Ordensbruder, wie Jean den Ledersack mit seiner Rüstung griff.
„Wohin wollt Ihr, Bruder Jean? Ihr habt keine Erlaubnis, uns zu verlassen!"
Er lächelte düster. „Zum Teufel damit! Noch haben wir keinen neuen Komtur, oder? - Ich verbiete, dass mir jemand folgt!"
Und es machte auch niemand den Versuch, ihn aufzuhalten. Viel zu sehr saß allen der Schock in den Gliedern.

Philipp de Marigny warf den Brief Erzbischof Gregors geringschätzig zur Seite.
„Das heißt also", sagte er gedehnt und blickte in die Runde seiner Provinzialkommission, "das heißt, Seine Ehrwürden Gregor von Rouen leisten einem offenen Ketzer Beihilfe, sich dem Verhör zu entziehen. Ich finde, wir sollten den Heiligen Vater nicht in Unkenntnis über diesen Akt der Treulosigkeit lassen!"

Keiner der Suffraganbischöfe widersprach, obwohl vor allem dem Bischof von Paris starke Bedenken über das Vorgehen seines Metropoliten kamen. Doch schließlich ging es nicht an, dass eine vom Papst bestellte Sonderkommission in die alten verbrieften Rechte der Erzbischöfe und Bischöfe eingriff, um was auch immer es sich dabei handeln mochte! Noch während die Mitglieder seiner Kommission eine zweite, etwas schärfer gefasste Bitte um Überstellung des Zeugen Pietro di Bologna mit ihrem Siegel versahen, beschloss Philipp de Marigny, es dabei nicht bewenden zu lassen. Er hatte Seiner Majestät zugesagt, die Verteidigung der Templer zum Schweigen zu bringen, und zwar so schnell und gründlich wie möglich...

Eine Handvoll Münzen wechselte den Besitzer, dann huschten die vier Männer an den Wachposten des bischöflichen Palais vorbei. Augenblicke später stürzten sie in eine kleine Kammer. Pietro di Bologna schrak aus dem Schlaf auf. Ehe er schreien konnte, stopften sie ihm einen Knebel in den Mund.
Er fühlte die Spitze eines Dolches gegen seine Rippen drücken, und eine Stimme zischte ihm zu: "Lauf!"
Er stolperte vorwärts. Sein Herz hämmerte in der Brust.
„Das ist das Ende", dachte er nur. „Das ist das Ende." Die vier Männer schleppten ihn durch einen schmalen Gang an dem stinkenden Abfallgraben vorbei, und durch eine kleine Pforte hinab zum Fluss. Dunst lag über dem Wasser. Irgendwo in der Ferne klangen Ruderschläge. Pietro di Bologna hörte, wie die Männer sich etwas zuflüsterten. Plötzlich wurde er herumgerissen, an den Rand der Kaimauer gestoßen. Nur kurz blitzte die Dolchklinge auf.

Aufregung herrschte unter den wenigen an diesem Morgen versammelten Kommissaren. Der Templer Pietro di Bologna war nicht zum Verhandlungstermin erschienen, und – weit schlimmer – er war überhaupt nicht aufzufinden!
„Er war heute morgen nicht in seiner Kammer", hatte einer der Waffenknechte zum Rapport gegeben.
„Was soll das heißen?" fragte Erzbischof Gregor. „Wohin hat man ihn dann gebracht?"
„Ich weiß nicht. Er ist - verschwunden."

„Vielleicht ist er geflohen?“ schlug der apostolische Notar etwas gelangweilt vor, der sich an diesem Morgen gerade einmal wieder zur Anwesenheit bereit gefunden hatte.
„Nein, das kann ich einfach nicht glauben. Noch gestern Abend habe ich mit ihm gesprochen. Er hat gesagt, nur der Tod könne ihn von der Verteidigung abhalten! Er war entschlossen, bis zum Letzten zu kämpfen!“
Gregor von Rouen wurde schlagartig klar, was das hieß. Man hatte seinen Zeugen entführt! Oder ermordet! Unter der Rechtshoheit SEINER Kommission! Die einen wurden verbrannt, die anderen von einem Meuchelmörder beseitigt! Heilige Muttergottes!!! Und wann... würde die Reihe an IHM selbst sein? Gregor von Rouen seufzte resigniert.
„Das Verfahren ist vertagt!“ erklärte er.
Er beschloss, sich zu Ghislaine zu begeben. Wenn sie von Jocelins Tod erfuhr, sollte es nicht durch das Triumphgeschrei Marignys oder die Gerüchte sein.

„Es ist erledigt. „ flüsterte der Mann hinter dem Gitter des Beichtstuhls.
„Ego te absolvo a peccatis tuis, in nomine Patris, et Filii et Spiritui Sancti“, sagte der Priester auf der anderen Seite. Es war Philipp de Marigny. Hastig schob er ein Beutelchen durch das Gitter.
„Das ist der Rest deines Lohnes. Gehe in Frieden, mein Sohn!“
So, Pietro di Bologna war also tot. Nun würde es sich zeigen, ob die Templer noch irgendetwas zu unternehmen wagten! Jetzt war es Zeit für ein wenig Erholung von den Amtsgeschäften... Doch die schien ihm nicht vergönnt, wie er missmutig feststellte, als er den Beichtstuhl Verlies und sich Nogaret gegenüber fand.
„Die Leute bezeichnen die Templer als Märtyrer, wisst Ihr das? Sie haben die Asche von den Scheiterhaufen gesammelt, um sie als Reliquien zu verehren!“
„Die Inquisition wird ihnen das bald austreiben. Lasst sie nur, Sire Guillaume“, antwortete der Erzbischof, demonstrativ mit den Quasten seiner Stola spielend. “Wieso langweilt Ihr mich mit diesen Geschichten? Den Templern ist ein Schlag versetzt, den sie so rasch sicher nicht vergessen! Zumal sie glauben, dass ihr Anführer tot ist...“

Nogaret neigte den Kopf, als habe er sich verhört. Hielt der Erzbischof ihn zum Narren? „Was heißt ‚sie glauben‘? Ist er denn nicht tot?“

„Wo denkt Ihr hin, mein lieber Guillaume! Ich werde doch nicht ein so wertvolles Leben auslöschen!“

„Aber ich habe doch mit eigenen Augen gesehen, wie er in die Flammen gestoßen wurde!“

Philipp de Marigny lachte. “Ihr seid zu leichtgläubig! Das war ein toter Söldner, dem man den Ordensmantel umgehängt hatte! O nein, der Komtur der freien Templer liegt im Verlies!“

„Dann übergebt Ihr ihn dem König?“

„Ich weiß, wie viel Seiner Majestät an ihm liegt. Aber nun… Ihr kennt doch die Gesetze. Er ist Gefangener der Kirche...“

„Was wollt Ihr damit sagen?“

„Dass ich eine kleine Summe für meinen Gefangenen haben möchte!“ erklärte der Erzbischof. “Ihr habt ja keine Ahnung, was Sens unsere Familie gekostet hat!“

Guillaume de Nogaret konnte kaum fassen, dass der blässliche Mann mit dem mädchenhaften Lächeln vor ihm zu so etwas fähig war. “Philipp, doch nur aufgrund des Königs sitzt Ihr auf dem Erzbischofsstuhl!“

Marigny zuckte mit den Schultern. “Seine Majestät zahlt für den Templer, oder er bleibt, wo er ist. - Ich könnte ihn natürlich auch selbst befragen lassen, fällt mir dabei ein... oder ihn an den Papst überstellen…”

„Ihr solltet daran denken, dass auch der Thron eines Erzbischofs nicht für die Ewigkeit gegründet ist!”

„Oho, mein lieber Guillaume, Ihr wollt doch nicht etwa ein Attentat auf mich verüben, wie auf Papst Bonifatius?” Marigny lehnte sich zurück, gähnte und fuhr dann wie beiläufig fort: “Ich frage mich, was Seine Majestät dazu sagen würde, dass der Großvater seines geschätzten Siegelbewahrers der üblen Häresie der Katharer anhing und als Ketzer verbrannt worden ist...”

„Woher-” stieß Nogaret hervor und biss sich auf die Lippen, als er merkte, dass er schon zuviel gesagt hatte.

Philipp de Marigny lächelte.

„Woher ich das weiß? Nun, sagen wir, der Heilige Geist hat es mir zugeflüstert. Ich hatte und habe meine Kontakte. Das ist für einen

Mann meiner Position einfach unerlässlich."
Guillaume de Nogaret überlief es kalt und zum ersten Mal wurde ihm bewusst, dass genau das, was seinen Aufstieg am Hofe des Königs herbeigeführt hatte, auch seinen Untergang herbeiführen konnte: die Bigotterie Seiner Majestät. Der König hatte einen Mann gebraucht, der ihm bei der Vernichtung der Templer half, einen skrupellosen, bedingungslos ergebenen Mann, der sich vor schmutzigen Händen nicht scheute und der es ihm ermöglichte, seinen Heiligenschein zu wahren. Aber wenn das Werk getan war, oder wenn er versagte... Dann fiel Philipp womöglich ein, dass Leute mit all zu schmutzigen Händen den Glanz seines ersehnten Heiligenscheins zu sehr trübten...
Erzbischof de Marigny lächelte noch immer.
„Es scheint Euch nicht ganz wohl zu sein, Messire Guillaume." sagte er nun in unschuldigstem Ton. „Vielleicht geht Ihr Euch ein wenig ausruhen?"
Nogaret musste sich zu einer Antwort überwinden.
„Ihr habt Recht. Die Pilze heute Mittag waren etwas schwer."
„Dann wünsche ich Euch gute Besserung. Lebt wohl, Messire Guillaume. Meinen Segen kann ich Euch ja leider nicht erteilen. Eure Exkommunikation, Ihr versteht?"
Der Siegelbewahrer presste die Lippen zusammen, verneigte sich kurz und schritt zur Kirchenpforte.

Jocelin erwachte von der eisigen Kälte, die ihn umfing. Einen Atemzug später spürte er auch die Schmerzen im Bein, im Kopf, den Armen. Seine Wange berührte feuchten Stein. „Ich lebe“, dachte er.
Nur mit Mühe gelang es ihm, dass linke Auge einen Spalt weit zu öffnen. Er hob den Kopf. Rasende Schmerzen durchfuhren ihn. Ihm wurde übel, und er verlor erneut das Bewusstsein. Der Klang einer Stimme rief ihn zurück.
„Sire Jocelin?“
Er versuchte, sich aufzurichten und merkte, dass er in Ketten lag. Gefangen! Eine Hand fasste vorsichtig unter seinen Kopf.
„Wer...?“ krächzte Jocelin.
„Komtur Robert von Paris.“
Er tauchte den Zipfel seines Mantels in die Wasserschale und tupfte über das blutverklebte Gesicht seines Ordensbruders.
„Wo sind wir?“
„Im Verlies des Bischofspalais.“
Mit dem wiederkehrenden Bewusstsein kam Jocelin die Erinnerung an das, was geschehen war. Die Scheiterhaufen, der Kampf... Und ihn hatten sie am Leben gelassen... Warum? Warum? Im selben Augenblick, da die Frage in ihm auftauchte, kannte Jocelin die Antwort. Bevor er zugrunde ging, sollte er reden! Solange noch ein Funken Leben in ihm war, würden die Folterknechte ihn peinigen! Er stieß einen verzweifelten Schrei aus und warf sich gegen die Mauer.
„Mon frère, was tut Ihr?!“
Komtur Robert packte ihn an den Schultern.
„Ich will sterben! Helft mir doch!“ Ihm schwindelte. Erschöpft sank er zusammen. Er tastete nach dem Kreuz um seinen Hals, Ghislaines Kreuz, um es abzureißen, aber dazu fehlte ihm die Kraft.
„Ihr habt Schmerzen und wisst nicht, was Ihr sagt!“ meinte Robert erschrocken und schlug seinen Mantel um Jocelin.
„Doch...tötet mich! Tut mir diesen letzten Dienst als Bruder! Ich habe... nichts mehr... zu erwarten!“
„Schweigt, schweigt!“ Behutsam bettete ihn Robert in seinen Schoß. „Ihr sündigt gegen Gott!“
„Gott?“ flüsterte Jocelin kaum hörbar, aber Komtur Robert vernahm die ganze Qual seines Ordensbruders in diesem Wort.

„Gott ist TOT! Gekreuzigt vor Jahrhunderten! Und jetzt... regiert der SATAN!“

Eilig hatte sich Marigny in die für ihn hergerichteten Gemächer des Louvre begeben. Er wollte sich noch umkleiden. Bereits zweimal war der Erzbischof in den vergangenen Tagen bei einer jungen Schustersfrau gewesen. Sie war ein äußerst lebenshungriges und geldgieriges Geschöpf, und es hatte ihn nicht viel Kunstfertigkeit gekostet, sie zu seiner Mätresse zu machen. Er zog Reithosen aus feinem, weichen Leder an, dann ein Wams mit weiten Ärmeln nach der neuesten Mode. Ein schwarzes Samtbarett vervollständigte das weltliche Gewand. Prüfend betrachtete er sich im Spiegel. Gewiss, die Aufmachung würde ihr gefallen. Zuletzt bediente er sich noch aus dem kleinen Parfümflacon, das er sich aus Konstantinopel hatte mitbringen lassen. Die Frau hatte ihm mehrmals geklagt, wie sehr sie den Ledergeruch ihres Mannes hasste...

Die Glocken von Notre Dame läuteten die neunte Stunde. Der Schuster würde also noch einige Zeit in seiner Werkstatt zu tun haben.

An seinem Ziel angelangt empfing Philipp de Marigny die kleine Dienstmagd, die einzige Mitwisserin.

„Die Herrin ist noch auf dem Markt“, erklärte sie. „Soll ich Euch schon in ihre Kammer bringen?“

Etwas ungehalten willigte der Erzbischof ein und folgte der Magd über die Außentreppe in den hinteren Teil des Hauses. Die Kammer lag im obersten Stockwerk. Ein kleines Fenster gab den Blick auf die dahinter liegende Stadtmauer frei. Seufzend sah sich Marigny in der kargen Einrichtung um, während die Holzschuhe der Magd wieder nach unten klapperten. Er musste unbedingt versuchen, seine Mätresse das nächste Mal in den Louvre kommen zu lassen...

Endlich öffnete sich die Tür.

Philipp de Marigny drehte sich lächelnd um - doch nicht seine Geliebte war eingetreten. Ein großer Mann mit dunklen Augen stand vor ihm. Ihr Ehemann?! Nein, sicher nicht, er trug ein Schwert! Himmel, er hob die Waffe gegen ihn! Marigny wich zurück.

„Ich bin der Erzbischof von Sens!“

„Ich weiß“, sagte der Bewaffnete, einen weiteren Schritt näher kommend. Dabei schlug er seinen Reisemantel über die Schulter.

Entsetzt starrte Philipp de Marigny auf eine weiße Tunika mit rotem Kreuz.
„Keine Angst, ich werde Euch nicht umbringen, obwohl Ihr es verdient hättet..."
Marigny stieß mit dem Rücken gegen die Wand.
„...ich werde Euch nur von einem Teil befreien, das Ihr nicht für Euren priesterlichen Dienst benötigt!"
Mit einem geschickten Schwertstreich durchtrennte der Templer die Verschnürung von Marignys Reithose. Der Erzbischof kreischte.
„Schreit ruhig, es wird Euch niemand hören! Der Schuster ist mit seiner Frau vor dem Stadtrichter, um sie des Ehebruchs anzuklagen, und die Magd habe ich losgeschickt, Eure Diener zu holen!"
„Tut mir nichts, um Gottes Willen! Ich... ich bezahle Euch! Zweihundert Tournois! Dreihundert, was Ihr wollt!"
„Euer verfluchtes Gold erweckt meine Brüder nicht wieder zum Leben! Eigentlich solltet Ihr mir doch dankbar sein, Ehrwürdiger Vater! Ich bewahre Euch vor noch mehr Sünden!" Er packte Philipp de Marigny und warf ihn zu Boden.

Die Ordensbrüder hatten beschlossen, sich nach Fontainebleau zurückzuziehen. Sie waren gerade dabei, die Spuren ihres Aufenthaltes in den Katakomben zu verwischen, als sich aus dem Dunkel der Schächte ein Mann näherte. Einen Augenblick später erkannten die Templer ihren Ordensbruder Jean de Saint-Florent.
„Wo wart Ihr?" klangen ihm aufgeregte Stimmen entgegen. „Sagt doch, wo kommt Ihr her?"
Der Angesprochene wehrte die Fragen mit einer Handbewegung ab. Zwei Tage hatte er nur für seine Rache gelebt. Nun, da sie vollzogen war, erschien sie ihm wertlos.
Arnaud hörte, dass der Vermisste zurückgekehrt war. Und irgendetwas hatte Bruder Jean getan... Der alte Templer stellte fest, dass es ihm ganz gleichgültig war. Alles war ihm gleichgültig. Er fühlte sich völlig leer, so als habe Jocelins Tod jegliches Empfinden in ihm ausgelöscht. Die eine Hälfte von ihm war damals gestorben, die andere jetzt. Was zurückgeblieben war... war nur noch ein Schatten, der schon die Flammen der Hölle an sich zu spüren glaubte. Es kostete ihn Mühe, die Lethargie wenigstens soweit abzuschütteln und die einzelnen Grüppchen einzuteilen, in denen sich die Brüder auf den

Weg machen sollten.

Der Erzbischof hatte zwei grauenvolle Tage hinter sich. Er war überzeugt, dass die Qualen der Hölle nicht schlimmer sein konnten. Weinend hatte er in einem Augenblick nach seinem Kaplan verlangt, und im nächsten voller Zorn seine Ärzte angeschrieen, sie seien unfähige Trottel. Beinahe noch mehr als unter den körperlichen Schmerzen litt er unter der Vorstellung, ganz Paris tuschele bereits über sein Unglück. Enguerrand de Marigny, den ein Diener des Erzbischofs geholt hatte, saß am Bett seines Bruders.
„Philipp, du wirst es überstehen!“ antwortete er auf das erneute Flehen, schnellstens den Priester mit den Sterbesakramenten kommen zu lassen. „Du wirst wieder gesund!“
„Gesund?! Ich werde niemals mehr gesund!“ rief Philipp de Marigny mit Tränen der Wut. „Ach, diese verdammten Templer sollen alle verrecken! VERRECKEN SOLLEN SIE!!! Wenn ich könnte, würde ich jeden einzelnen von ihnen persönlich zu Tode foltern!!!“
Der Ordensbruder in seinem Verlies fiel ihm ein, und seine Gedanken krallten sich geradezu wollüstig an der Vorstellung diverser Martern fest, denen er ihn unterwerfen wollte.
Ein dezentes Hüsteln. Die Tür war geöffnet worden. „Ehrwürdiger Vater?“ fragte der Kammerdiener vorsichtig.
„Nicht diesen Titel! Ich kann ihn nicht hören!“
„Seine Majestät ist hier.“
„Ich kann niemanden empfangen!“
Doch der König war bereits eingetreten. „Lasst uns allein!“ befahl er den Anwesenden.
Dann neigte er den Kopf zu einem Gruß vor Philipp de Marigny. „Ich erfuhr von Eurem... Unfall. Ich möchte Euch mein aufrichtiges Mitleid aussprechen!“
Der Erzbischof antwortete mit einem gequälten Stöhnen. Er konnte sich denken, dass nicht Nächstenliebe den König zu diesem Besuch veranlasst hatte. Und richtig!
„Ich komme wegen des Templers.“
„Ihr wollt meine Lage ausnutzen!“ dachte Marigny erbost und erwiderte: “Der Templer ist Gefangener der Kirche.“
„Wie geht es ihm?“

„Wie es IHM geht?!“ hätte der Erzbischof beinahe herausgeschrieen. Sein Befinden interessierte den König nicht, aber das Wohlergehen eines verfluchten Gefangenen!
„Er liegt in Ketten, bei Wasser und Brot, wie es das Recht für hartnäckige Ketzer vorsieht.“
„Ich hörte, er sei verwundet. Kümmert sich ein Arzt um ihn?“
„Was wollt Ihr, Sire? Bei allem Respekt, wollt Ihr, dass ich ihn vielleicht in mein Bett tragen lasse?!“
„Dieser Templer ist von außerordentlicher Wichtigkeit für die Krone!“
„Ich bin an das kanonische Recht gebunden, und ich kann -“
König Philipp stützte sich auf das Bett und beugte sich dicht zu dem blassen Gesicht des Erzbischofs.
„Seine Majestät verfügt über nicht genügend Gold, um seine Söldner rechtzeitig zu entlohnen. Aber sein Finanzminister hat die Mittel, sich ein prächtiges Schloss bauen zu lassen! Und die Mittel, seinem Bruder das Erzbistum Sens zu kaufen! Wie kommt das? Es gibt Leute bei Hofe, die sich diese Frage stellen!“
„Nogaret“, dachte der Erzbischof. Das war die Handschrift Nogarets! Dieser dreimal verfluchte Sprössling eines Ketzers hatte ihn angeschwärzt! Nun, dafür würde er bezahlen! Einen besonders widerwärtigen Tod würde er ihm bereiten!
„Wenn ich Euren Bruder wegen Diebstahls an der Staatskasse verhaften lasse, hier, an Eurem Bett, wie würde Euch das gefallen, Ehrwürdiger Vater?“ fuhr der König fort. Seine Stimme war leise und bedrohlich geworden. Und Marigny erkannte, dass dieser besondere Gegner eine Spur zu groß für ihn war, um ihn herauszufordern.
„Gut! Gut, Ihr könnt den verdammten Ketzerbastard haben!!!“
Der König nahm wieder seine gewohnte elegante Haltung ein. „Ihr seid ein einsichtiger Mann, Philipp. Ihr werdet dem Land noch große Dienste erweisen.”

Nachlässig goss der Wächter neues Wasser in die Schalen. Jocelin zog seine heran und trank gierig. Durch den Blutverlust fühlte er sich ausgetrocknet.
Die Schmerzen hatten nachgelassen, und auch die Schwellung seines Gesichts war zurückgegangen, so dass er die Augen wieder

öffnen konnte. Doch seine Verzweiflung war nicht geringer geworden. Vielmehr schien sie mit jeder Stunde zu wachsen, wie ein alles verschlingendes Untier ihn aufzuzehren.
Er kroch von der Tür zurück. Eine Welle der Bitterkeit durchflutete ihn, als er sah, wie Komtur Robert sich bekreuzigte und die Hände zum Gebet faltete.
„Wie könnt Ihr noch beten? Wie könnt Ihr noch glauben? Gott hört uns nicht!"
„O doch, er hört uns, und er ist bei uns mit seiner Liebe -"
„Ha! Wo war Euer Gott der Liebe auf den 27 Scheiterhaufen? Hat Gott vielleicht seine Hand ausgestreckt, um die Brüder aus den Flammen zu reißen?" Jocelins Stimme zitterte vor Erregung. „Ja, ich habe auch gebetet, und gehofft, und gekämpft, ich habe vertraut, dass der Allmächtige das Unrecht nicht siegen lassen kann! Aber er tut es! Wie soll ich an diesen Gott noch glauben, ihn lieben? Wenn er das zulässt, ist er ein grausamer Gott, oder er ist ohne Macht!"
Er verstummte und lehnte stöhnend den Kopf an die kalte Mauer. Das Leben widerte ihn an. Er verabscheute die Sehnsucht nach jedem Tropfen Wasser, nach dem harten Brot, das der Wächter ihnen hinwarf, Dingen, die seine Qual doch nur verlängerten.
„Ich habe gesehen, wie unsere Brüder gestorben sind. Sie haben gesungen, mitten im Feuer!" Robert hockte sich neben ihn. „Sie waren schon im Frieden Gottes! ‚Die Augen der Welt sehen sie sterben, doch sie sind im Frieden, und die Schmerzen des Todes berühren sie nicht', steht es nicht schon so in der Schrift? Der Herr war an ihrer Seite, er hat sie verherrlicht in diesem Tod! - Bruder Jocelin, ich war so verzweifelt wie Ihr. Ich meinte, Gott hätte uns verlassen, weil er keine Antwort gab auf mein Schreien - bis ich begriff, dass er seine Antwort bereits gesprochen hatte..."
Er wendete den Kopf zu dem winzigen Fenster mit dem Kreuz aus Eisenstäben.
„Seht doch das Kreuz, Bruder Jocelin! Das ist die Antwort, die Gott zu uns gesprochen hat, gesprochen in seinem Ewigen Wort, in Jesus Christus! Er ist von einem ungerechten Richter zu einem ungerechten Tod verurteilt worden, Söldner haben ihn gegeißelt und angespuckt und ans Kreuz geschlagen. Versteht Ihr? Wir erleiden, was Christus erlitten hat! Wir tragen Sein Kreuz, nicht mehr nur auf unserem Gewand! Es ist die Vollendung aller unserer Opfer, die wir

im Kampf für den Herrn gebracht haben! Lange habe ich es nicht wirklich verstanden, aber als ich unsere Brüder auf dem Scheiterhaufen sterben sah, da wusste ich, was das Gelübde der Templer bedeutet: ‚Calicem salutaris accipiam'. Ich will den Kelch des Heiles annehmen, den der Herr mir reicht. Es ist der Kelch des Leides, den Christus selbst getrunken hat! Er reicht ihn uns, damit wir ein vollkommenes Opfer sind... Was wir erleiden ist keine Strafe, es ist eine große Gnade! Der Herr gibt uns Anteil am Kreuz seiner Erniedrigung und Verachtung, aber wenn wir mit ihm leiden, werden wir auch mit ihm verherrlicht werden! Das hat Er uns zugesagt!"
Jocelin nahm das Leuchten in den Augen seines Ordensbruders wahr.
„Der Kelch… des Heiles…" wiederholte er ohne zu merken, dass ihm Tränen über die Wangen liefen.
Ihm war, als ob das Leuchten auch ihn durchstrahlte. Und mit der Erkenntnis des Lichtes kam die Erkenntnis der Finsternis.
„Ich habe so schwer gesündigt... ich habe aus Hass getötet, ich habe sogar Gott gehasst… Glaubt Ihr, dass Er mir jemals vergeben wird?"
„Christus hat am Kreuz seinen Mördern verziehen! Ich bin kein Priester, ich darf Euch nicht lossprechen, Bruder. Aber ich bin gewiss, dass Gott Euch bereits vergeben hat!"
Robert griff nach seiner Trinkschale. „Nehmt noch mein Wasser! Ihr müsst zu Kräften kommen! Euer Kreuzweg ist noch nicht zu Ende..."

Vater Gregor?“
Überrascht sah Ghislaine von ihrem Gebetbuch auf, als ihr die Zofe den Ankömmling meldete. Sie hatte Paris vor einer Woche so hastig verlassen, dass sie ihrem Onkel nicht einmal Lebwohl gesagt hatte. Dass er hier war, bedeutete, dass es Neuigkeiten geben musste! Sie lief dem Gast entgegen. „Vater Gregor! Bei all Euren Pflichten opfert Ihr Zeit, um zu mir nach La Blanche zu kommen…”
Sie kniete nieder und küsste den Ring des Erzbischofs. Er hob sie auf und hielt sie einen Augenblick lang fest, als sei sie noch ein kleines Mädchen.
„Ghislaine. Ich habe dir… etwas mitzuteilen. Es ist besser, wir gehen an einen Ort, an dem wir ungestört sind.“
Leicht beunruhigt nickte sie und wies dem Erzbischof den Weg in die Kapelle.
Gregor von Rouen schloss die Tür hinter sich. Noch nie hatte es ihm solche Mühe bereitet, die rechten Worte zu finden.
„Ghislaine, Gottes Entschlüsse sind weise und gerecht. Wir dürfen niemals an ihnen zweifeln. Manchmal scheinen sich grausame Dinge zu ereignen...“ begann er. “Es gab einen Kampf in der Stadt, während der Hinrichtung der Templer. Jocelin... ist gefallen.“
Ghislaines Augen wurden groß. „Was?“ fragte sie mit schwankender Stimme. Es dauerte einen Moment, bevor sie wirklich den Sinn seiner Worte erfassen konnte. “Tot?”
“Sie haben ihn nicht mehr foltern können, er hat nicht gelitten.“
Sie stützte sich gegen die Mauer und schloss die Augen. „O Gott… o mein Gott... Ich… hab ihn so geliebt…“
„Ich weiß. Es tut mir leid, dass ich dir diese Nachricht bringen musste.“
„Er soll... ein würdiges Begräbnis bekommen, Vater, wenigstens das! Ich bitte Marigny, mir seinen Leichnam zu geben...“
Gregor von Rouen sammelte Kraft, um zu sprechen. Er hätte Ghislaine diese Einzelheiten gern erspart. „Erzbischof Philipp hat ihn verbrennen lassen.“
„Ich will fort, fort!“ flüsterte sie. „Ich kann das alles hier nicht mehr ertragen!“
Erzbischof Gregor legte die Arme um seine Nichte und lauschte dem Krächzen der Raben, die draußen vorbei flogen. Die Natur selbst

hatte ein Totenkonzert angestimmt; das Ende von Allem schien ihm so nah, greifbar nah. War es möglich, dass sie tatsächlich das Finale aller Zeiten erlebten und Zeugen des Untergangs der Welt wurden? Wenn ja, fragte sich Gregor von Rouen, wer von ihnen würde dann zum Tisch Christi geladen werden?

Abenddämmerung senkte sich über das königliche Palais auf der Ile de la Cité.
„Euer Majestät, der Templer ist hier“, hatte man soeben Seiner Majestät mitgeteilt. „Richtet ihn ordentlich her“, wies Philipp an. „Er soll merken, dass ich ihm nicht übel gesonnen bin! Und dann bringt ihn in mein privates Gemach! Achtet darauf, dass niemand ihn sieht!“
Eine knappe Stunde später wurde Jocelin vor den König geführt.
„Wie ich sehe, tragt Ihr noch immer dieses verabscheuungswürdige Gewand“, kommentierte Philipp emotionslos, während seine Hand mit dem königlichen Ring über die Tischplatte strich.
Jocelin dachte an Arnaud, Komtur Robert, an all seine Brüder, von denen er nicht einmal wusste, ob sie noch am Leben waren, und betete um Kraft. „Es ist das Gewand des Ordens, in dem ich meine Profess geleistet habe. Ich halte ihm die Treue.“
Der König nahm die Antwort hin, ohne eine Regung zu zeigen. „Kommt näher", befahl er. Jocelin trat in den Lichtkreis des Kronleuchters.
„Es gibt nicht viele Männer, die wagen würden, was Ihr gewagt habt. Sich dem Papst und dem König entgegenzustellen...”
„Ich habe nur gekämpft, dass meinen Brüdern ein Recht zuteil wird, das nicht einmal einem Verbrecher verweigert wird! Ein gerechtes Tribunal mit der Möglichkeit, uns zu verteidigen! Wir sind keine Häretiker!”
Der König hob die Hand. „Ruhig, mein junger Bruder“, sagte er als wolle er einen seiner Jagdhunde beruhigen. ”Ich weiß, dass Euer Orden unschuldig ist. Und ich verlange kein Bekenntnis der Ketzerei von Euch.”
Jocelin wankte vor Schwäche und Entsetzen. Endlich hatte er aus Philipps eigenem Mund gehört, was er und seine Brüder immer geargwöhnt hatten. Der König wusste, dass die Templer schuldlos waren! Und trotzdem, trotzdem -!

„Alles, was ich will, sind die Namen Eurer Helfer! Wer hat Euch unterstützt all die Jahre?"
Als Jocelin schwieg, fuhr Philipp fort:
„Bedenkt, Ihr habt mir zu verdanken, dass Ihr frei von Ketten seid, gebadet, dass ein Arzt Euch versorgt hat. Mir liegt nichts an Eurem Leid oder Eurem Tod. Mir läge im Grunde nicht einmal etwas an Eurem Orden, wenn er sich nicht als ein so bornierter, rückwärtsgewandter Stolperstein für die Zukunft dieses Königreiches erwiesen hätte…"
Philipp erhob sich. Der weite Königsmantel bauschte sich in reichen Falten um seine Füße. „Ihr könnt reden - und leben, oder schweigen - und leiden. Ihr wisst, wie die Inquisition mit Euren Brüdern verfahren ist. Hofft nicht, dass der Papst sich für Euch verwendet, oder dass Eure Brüder Euch befreien. Sie halten Euch für tot. Ich kann Euch foltern lassen, dass Ihr wirklich wünschen werdet, lieber tot zu sein, aber ich werde zu verhindern wissen, dass Ihr sterbt! Ich kann Euch aber auch begnadigen, Euch einen Posten als Kastellan und eine Pension geben. Ihr könnt wählen, Templer!"
Als der Ordensbruder weiterhin schwieg, griff König Philipp nach der Glocke, um den Bewaffneten zu läuten.
„Ihr werdet reden", sagte er. „Und wenn nicht heute, dann in einer Woche oder in einen Monat…"
Und dann würde es endlich Zeit sein, die letzten freien Templer und ihre Unterstützer zur Strecke zu bringen! Wenn diese Brut mit der Wurzel ausgerissen und vertilgt war, würde er sich endlich wieder den Dingen seines Königreichs widmen können, die schon so lange seiner Sorge harrten!

Erzbischof Gregor war zurückgekehrt nach Paris und hatte sich in die Kapelle des Bischofspalastes begeben, an den Ort, an dem die Kommissare über Monate hinweg versucht hatten, der Wahrheit auf den Grund zu gehen. Nachdenklich, fast wehmütig glitt seine Hand über die sorgfältig versiegelten Reinschriften der Protokolle. Wie verheißungsvoll hatte vor knapp vier Wochen die Verhandlung begonnen! Es hatte geschienen, als ob nichts mehr den Beweis der Unschuld beeinträchtigen könne! Über 500 Entlastungszeugen! Und nun hatte Philipp de Marigny alles zunichte gemacht! Gregor von Rouen ließ den Blick über die Statuen an den Pfeilern der Kapelle

wandern. Ihre Konturen begannen in der einbrechenden Nacht zu verschwimmen.
Obwohl er sich dagegen wehrte, tauchten immer wieder Erinnerungen an Jocelin aus der Dunkelheit auf.
„Weil Ihr im Ruf steht, die Wahrheit und Gerechtigkeit Gottes mehr zu lieben als das Ansehen bei den Menschen, hatte Jocelin damals in Poitiers zu ihm gesagt. Bis an sein Lebensende würde er diese Worte nicht vergessen... Die Wahrheit ... liebte er die Wahrheit? Er hatte das früher immer von sich geglaubt... Warum ließ er dann zu, dass sie unterdrückt wurde? Mit gespreizten Fingern blieb seine Hand auf den Protokollen liegen, als müsse er sie schützen. Ja, dort stand die Wahrheit! Philipp de Marigny mochte die Prokuratoren umbringen, aber nicht ihre Worte! Nicht den Beweis ihrer Unschuld! Entschlossen stand Erzbischof Gregor auf, zündete ein paar Kerzen an und begab sich in die Sakristei.
Er öffnete die Truhe mit dem Altargerät und räumte sie aus. Der Herr würde ihm verzeihen, dass die heiligen Gefäße für kurze Zeit ohne Schutz blieben. Die Wahrheit war ebenso heilig! Er schleppte die Truhe in die Kapelle und schichtete sorgfältig die Protokollreinschriften hinein. Dann eilte er hinaus, nach seinem Kammerdiener rufend. Keuchend kam der alte Mann die Treppe hinab gerannt, im Glauben, ein Unglück sei geschehen.
„Lasst meine Sachen zusammenpacken und die Pferde satteln!" befahl Erzbischof Gregor.
„Jetzt, um diese Stunde?" fragte der Diener ungläubig.
„Ja, sofort! Wir reisen nach Avignon zum Heiligen Vater!"

Das Wegkreuz von Fontainebleau schälte sich aus dem Morgendunst. Die ganze Nacht über waren die Brüder gewandert, um bei Tagesanbruch im Schutz ihres alten Verstecks zu sein. Jean de Saint-Florent und Ranulf gingen voraus in Richtung der verborgenen Höhle. Denn wer konnte sagen, ob sich nicht unterdessen Zigeuner oder Räubergesindel hier eingenistet hatten?! Ein paar Zweige der Büsche waren abgeknickt, vor noch nicht allzu langer Zeit; die Bruchstellen waren noch frisch. Ein Tier oder -?
Plötzlich war es Ranulf, als habe er etwas gehört. Geduckt schlich er die wenigen Schritte, bis sich die Steinwände zum Kessel weiteten. Sein vorsichtiger Blick erfasste einen barfüßigen, in Lumpen geklei-

deten Mann.
„Unsere Höhle ist entdeckt!“ flüsterte er seinem Begleiter zu. „Was jetzt?“
Bruder Jean pirschte sich an seine Seite und sah ebenfalls auf den Eindringling. Da löste sich ein großer Kiesel aus der Wand, an die Ranulf sich lehnte. Der Aufschlag schien überlaut. Erschrocken erstarrten die beiden Ordensbrüder. Der zerlumpte Fremde fuhr herum, stürzte sich auf das verräterische Geräusch. Bruder Jean zog sein Schwert, holte aus - und verhielt so abrupt wie der Fremde. Überrascht starrten sich drei Augenpaare an. Ranulf fand als erster die Sprache wieder.
„Großer Gott! Sire Raimond!“ rief er. „Was macht Ihr denn hier?“
„Ich... habe auf Euch gewartet.“ Der ehemalige Ordensritter strich seine langen Haarsträhnen hinter die Ohren.
„Wie lang seit Ihr schon hier?“
„Eine Woche, vielleicht. Ich war in Paris, zuvor. Ich wollte vor der Kommission aussagen. Es hieß ja, dass jeder gehört werden soll... Ich habe die Hinrichtung gesehen... Und... wie sie Komtur Jocelin ins Feuer gestoßen habe. Da bin ich davongerannt. Ich wusste nicht, wo ich hinsollte - außer nach Fontainebleau. Ich habe gehofft, dass Ihr zurückkommt...“
„Nun, das sind wir!“
Bruder Jean klopfte ihm freundschaftlich auf die Schulter; vergangene Querelen aufzuwärmen war jetzt wirklich nicht der Zeitpunkt! „Ranulf, gib den anderen Bescheid! Der verlorene Sohn ist zurück!“

Schon lastete sommerliche Hitze über der Provence. Der Wind trieb eine feuchte, schwere Luft durch Avignon. Unter gewöhnlichen Umständen wäre Papst Clemens in diesen Wochen in kühlere Gefilde des nördlichen Frankreich umgezogen. Doch er wollte eine allzu große Nähe zu König Philipp um jeden Preis vermeiden. Der Preis, das war seine sich mit jedem Tag verschlechternde Gesundheit. Krämpfe und Übelkeit plagten ihn, und er hatte das Gefühl, dass sein Inneres sich langsam auflöste wie ein Lehmklumpen in Wasser. Er sehnte sich nach Ruhe, doch selbst in den Stunden, da er ohne Schmerzen war, raubten ihm Botschaften den Frieden. Am Morgen hatte man ihm wieder eine solche Nachricht überbracht. Es handelte sich um einen Brief des

Großkomturs der rheinischen Templerprovinz. Er beklagte sich bitter über die Hinrichtung so vieler Ordensbrüder durch den Erzbischof von Sens.
Sie seien als Märtyrer gestorben, und dass sie unschuldig waren, sei allein damit bereits erwiesen, dass- so erzähle man sich - ihre Ordensmäntel nicht verbrannten. Der Großkomtur weigerte sich, vor der Mainzer Kommission zu erscheinen, da offenbar nichts anderes das Ziel dieses Prozesses sei, als den Orden in niederträchtiger und unrechter Weise zu vernichten. Er appellierte an den Papst und sollte Clemens nicht in der Lage sein, Recht zu schaffen, an seinen Nachfolger auf dem Stuhl Petri.
Der Heilige Vater erhob sich aus dem gepolsterten Lehnstuhl, in dem er den größten Teil des Tages zubrachte und rief nach seinem Kammerdiener. Im Grunde hielt er sich für nicht fähig, eine Audienz zu gewähren. Aber Gregor von Rouen war ein besonderer Gast...

„Ich ersuche Euch, Clemens, ruft Philipp de Marigny zur Ordnung, oder Eure Kommission kann ihre Ermittlungen nicht fortführen! Marigny lässt meine Zeugen, die offiziellen Prokuratoren des Ordens, verbrennen und ermorden!“ begann der Erzbischof nach einer formlosen Begrüßung.
„Philipp von Sens...von Seiner Ehrwürden liegt mir auch ein Schreiben vor, in welchem Ihr der Begünstigung der Häresie angeklagt werdet.“
„Das ist lächerlich!“ rief Gregor von Rouen empört. „Alles, worum ich mich bemühe, ist, das der Kommission anvertraute Verfahren ordnungsgemäß durchzuführen!“
Papst Clemens merkte, wie sich ein neuerlicher Krampf in seinem Magen zusammenballte und öffnete das alabasterne Medizindöschen. Während er etwas von dem Pulver in die kleine Wasserkaraffe neben sich schüttete, erwiderte er:
„Die Maßnahmen Philipps von Sens halten sich korrekt an das kanonische Recht. Ihr habt keinerlei Beweise, dass der Erzbischof von Sens auch nur etwas mit dem Verschwinden des Zeugen Di Bologna zu tun hat, geschweige denn, dass er ihn ermorden ließ. Im Gegenteil: am Morgen, nachdem er angeblich seine Ermordung veranlasst hatte, forderte Erzbischof Philipp erneut eine Überstellung des Zeugen! Ich kann ihn nicht zur Rechenschaft ziehen!“

„Dann gebt mir größere Vollmachten! Mir und Eurer Kommission! Heiliger Vater, ich habe Euch die Protokolle mitgebracht, und sie sagen es deutlich, wie es deutlicher nicht sein könnte: Der Templerorden ist unschuldig! Ihr werdet zu dem gleichen Schluss kommen, wenn Ihr sie lest! Wir müssen dem Orden jede Unterstützung geben, derer wir fähig sind!"
„Ich habe Euch alle Vollmachten gegeben, Gregor."
Der Erzbischof von Rouen schüttelte enttäuscht den Kopf. „Was ist unser Recht wert, wenn es nur dem Unrecht zum Sieg verhilft?" dachte er, während er sich zur Tür wandte, mit einem Male die Müdigkeit und die von der langen Reise schmerzenden Glieder überdeutlich spürend.

Im November nahm die päpstliche Untersuchungskommission ihre Arbeit wieder auf. Sechs Monate verhörte sie die noch aussagewilligen in Paris anwesenden Templer. Ein Teil der Ordensbrüder brachte den Mut auf, die persönliche Unschuld zu beteuern und auch den Orden wenigstens nicht zu belasten. Andere wiederholten frühere Geständnisse oder die Bekenntnisformeln, die man ihnen vorlegte. Als die Kommission das Verfahren im Juni 1311 schloss, bewiesen die unstimmigen, unglaubwürdigen Geständnisse die Unschuld des Ordens ebenso wie ein Jahr zuvor die Verteidigung.

Frankreich, Juli 1311

Yvo de Montfort lehnte sich gelangweilt an die Mauer. Er hasste die Ausflüge des Königs zum Temple von Paris. Hier gab es keine Waffenübungen, keine Spielleute, ja nicht einmal streitende Mägde, einfach nichts, was Zerstreuung bot. Seit Jocelins Tod wusste Yvo nicht mehr so recht, was er mit sich und seinem Leben anfangen sollte. Das Ziel, das er gerade erst geglaubt hatte zu erkennen, hatte sich aufgelöst wie Morgennebel. Umso belastender waren ihm Stunden der Untätigkeit. Aber als erster Schildknappe Seiner Majestät musste er Philipp begleiten.

Mit langsamen Schritten machte sich Yvo auf den Weg zum südlichen der vier Flankentürme. Bei dem letzten Besuch des Königs im Tempel hatte Yvo mit einem der jungen Söldner Freundschaft geschlossen. Er wollte sehen, ob sein Freund heute Dienst hatte. Tatsächlich, der junge Söldner saß im Wachraum und ritzte zum Zeitvertreib Muster in die Mauer.

„Yvo, seid gegrüßt!“ rief er. „Wart Ihr letzten Sonntag mit dem König auf der Jagd?”

Yvo bejahte und ließ sich neben seinem Freund auf der Bank nieder.

„Ihr müsst mir von der Jagd erzählen!”

„Fast den ganzen Morgen sind wir einem Eber hinterher.“ berichtete Yvo. „Die Treiber hatten ihn zweimal eingekreist, aber er ist immer wieder durchgebrochen. Vier der besten Jagdhunde hat er getötet! Und Prinz Charles...“

Der junge Graf senkte die Stimme. „Prinz Charles hatte solche Angst, dass er sich hinter einem Baum versteckte!“

„Ja, das ist ein Hasenfuß! Das sagt jeder! Er sorgt sich zu sehr um sein hübsches Gesicht!“

„Nun jedenfalls wollte Seine Majestät die Jagd schon abbrechen. Da stand plötzlich der Eber vor uns! Ich sage Euch, so ein riesiges Tier habt Ihr noch nie gesehen! Er ging auf den König los! Und wisst Ihr, was Sire Philipp tat? Er griff seine Lanze -”

Yvo hielt inne. Ein Geräusch wie ein weit entfernter Schrei war zu ihm gedrungen.

„Habt Ihr das gehört?“

Der Söldner nickte.

„Jetzt wieder! Es klingt, als käme es… von da!“
Ungläubig machte Yvo eine Bewegung über den Steinboden des Hofes.
„Das ist möglich. Hier drunter sind die Kerker, mein‘ ich.“
„Ich wusste nicht, dass der König Gefangene im Tempel hat!”
„Doch, einen. Einige von meinen Kameraden sagen, es sei ein Hexenmeister und der König wolle ihn zwingen, Gold zu machen!”
Das also war der Grund für Philipps Ausflüge zum Tempel!
„Und habt Ihr ihn schon mal gesehen?”
„O nein. Niemand bekommt ihn zu Gesicht außer dem König! Es heißt, er habe den bösen Blick, und wer ihn ansieht, erstarrt sofort zu Stein! Aber der einarmige Rodolfo, der hatte mal Wachdienst im Kerker, und er sagte, er habe die Engel zu ihm niedersteigen sehen. - Naja, wahrscheinlich war er besoffen.”
Yvos Neugier war geweckt. „Was ist, wetten wir, dass ich herausbekomme, wer der Gefangene ist?”
„Warum nicht. Um was?”
„Meinen Schwertgurt.”
Der junge Söldner schlug ein. „Abgemacht.”

Am Abend, als es dunkel wurde, bezog Yvo in der Nähe des Eckturmes Stellung, wo der Eingang zu den Verliesen lag. Gedeckt von einem großen Holzstapel wartete er ab, dass irgendwer kam, um den Gefangenen herauszuführen. Doch die Stunden verstrichen ereignislos.
Als Regen einsetzte und sich unangenehme Kälte ausbreitete, beschloss Yvo, aufzugeben. Vielleicht ließ König Philipp sich den Gefangenen erst morgen vorführen. Der Junge erhob sich und wollte gerade die Treppe zum Wehrgang hinauf. Da bemerkte er die Gestalten unter den Arkaden des Kreuzgangs. Hastig drückte sich Yvo in eine Wandnische.
Zwei Bewaffnete führten einen dritten Mann, dessen Kopf mit einer Art Maske oder einem Tuch verhüllt war. Ketten klirrten. Yvo kauerte sich ganz klein zusammen, als die drei Männer den Hof überquerten und nahe an ihm vorüber kamen. Sein Blick folgte ihnen bis zum Tor des Hauptturmes.
Weder das Wetter noch die Müdigkeit brachten den jungen Grafen dazu, seinen Beobachtungsplatz zu verlassen. Die Augen auf das Tor

gerichtet wartete er, dass die Männer mit dem Gefangenen wieder auftauchten...

Das Schleifen der Ketten über die Steinfließen riss Yvo aus dem Halbschlaf. Er sah gerade noch, wie die Bewaffneten den Gefangenen durch eine Pforte hinter den Arkaden stießen. Kurz darauf kamen sie allein zurück.
„Allmächtiger!“ hörte Yvo den einen gähnend sagen. „Bin gespannt, wie lange der Kerl noch durchhält!“
„Ich würde das nicht mal meinem ärgsten Feind wünschen! Philipp ist ein Schwein!“ Der andere spuckte aus.
„Na, lass‘ Seine Majestät das nicht hören!- In einer Woche sollen wir ihn wieder vorführen.“
„Dann werden wir ihn wohl auf der Bahre tragen!“ Die Bewaffneten bogen um die Ecke.
Yvo stand auf und reckte die steifen Glieder. In einer Woche... Für ihn stand fest, dass er dabei sein musste, wenn der Gefangene dann vor den König gebracht wurde.

In Unruhe verbrachte Yvo die folgende Woche am Hof des Louvre. Stundenlang grübelte er über eine Möglichkeit, in das Privatgemach des Königs zu gelangen, aber nichts wollte ihm einfallen. Als er am Samstag mit Seiner Majestät zum Temple aufbrach, war er selbst zu nervös, um etwas zu essen. Den ganzen Tag wanderte er durch die Festung, immer wieder seinen Schwertgurt betrachtend. Er wollte das schöne Stück ungern verlieren. Endlich, nach dem Nachtessen, kam ihm die Vorsehung zu Hilfe. Der Page des Königs stolperte und fiel die Treppe hinunter. Während alle liefen, um zu sehen, was passiert war, nutzte Yvo die Gunst des Augenblicks und huschte in das Gemach Seiner Majestät. Dort sah er sich um, fand, dass die prächtigen Vorhänge ein gutes Versteck abgaben und kletterte kurz entschlossen auf den Fenstersims.
Eine knappe Stunde später betrat König Philipp den Raum.
Kurz darauf öffnete sich die Tür, ein Bewaffneter kam herein und flüsterte Seiner Majestät etwas zu. Der König nickte, und der Bewaffnete verschwand wieder. Unerträglich lang erschien es Yvo, bis er erneut das leise Knarren der Tür vernahm.
Mit angehaltenem Atem spähte er am Vorhang vorbei. Ein weiterer

Mann in Kettenhemd und Lederwams war hinter seinem Kameraden eingetreten. Und er stieß den geheimnisvollen Gefangenen in den Raum. Nicht mehr in der Lage, allein zu stehen fiel jener auf die Knie. Jetzt sah Yvo, dass es eine lederne Maske war, die man über sein Gesicht gelegt hatte. König Philipp wies die Bewaffneten hinaus und schloss die Tür. Dann trat er auf den Gefangenen zu und riss ihm die Maske herunter.
Yvos Hände umklammerten den Fenstersims.
Das war Sire Jocelin!
„Nun, Templer, habt Ihr es Euch überlegt? Mein Angebot gilt noch! Wer sind Eure Helfer, wo verstecken sie sich? Und wo sind Eure Schätze?“
Philipps stets bedrohlicher werdende Finanznot hatte die Möglichkeit von noch vorhandenen Geldern der Templer zum Wunsch und den Wunsch zur festen Überzeugung werden lassen. Er glaubte sich von einer unsichtbaren Verschwörung umgeben, die mit unsichtbaren Reichtümern operierte. Mit schmalen Katzenaugen starrte er auf den Gefangenen zu seinen Füßen.
„Antwortet!”
„Ich habe keine Schätze... außer dem Blut und den Tränen meiner Brüder... das... sind unsere Schätze bei Gott...”
„Wer hat Euch all die Jahre unterstützt?“
Die Gestalt am Boden antwortete nicht.
„WER?“
Es war diese Machtlosigkeit, die Philipps Zorn am meisten anheizte. Der Arzt hatte ihm gesagt, dass der Templer eine weitere Folterung kaum überleben würde. Und noch immer wollte er nicht reden! Er, König von Frankreich, mit der Macht über Leben und Tod; er, der mit einem Federstrich das Schicksal von hunderten besiegeln konnte – er fand sich plötzlich ohne Gewalt einem halbtoten Gefangenen gegenüber! Unerträglich!
„Ich war lange genug geduldig“, sagte Philipp mit schneidender Stimme. „Wenn Ihr jetzt nicht redet, schicke ich Euch in den Tod!“
Etwas wie ein Lächeln glitt über die ausgemergelten Züge des Ordensbruders.
„Ich sterbe... seit einem Jahr! Ich werde den Tod... willkommen heißen! Möge Gott... Gott Euch vergeben am Tage des Gerichts!“
„Ihr wagt es, zu mir von Vergebung zu sprechen?“

Zum ersten Mal in seinem Leben verlor König Philipp seine Selbstbeherrschung.
„Wir wollen sehen, wie weit Eure Großmütigkeit reicht, mir zu vergeben!“ Er stürzte zur Tür und brüllte nach den Bewaffneten.

Yvo war nicht in seine Kammer gegangen. Er saß im Hof unter den Arkaden, den Kopf in die Hände gestützt und starrte in die Dunkelheit. Wie sollte er auch schlafen können nach dem, was er gesehen und gehört hatte! Sire Jocelin war am Leben! Und die ganzen Monate war er schon hier im Kerker. Jedes Mal, wenn König Philipp sich in den Temple begeben hatte, dann um ihn zu verhören. Und jetzt? Nie zuvor hatte Yvo den König so außer sich gesehen. Würde er Jocelin verbrennen lassen wie die anderen Brüder? Der Junge erinnerte sich an das Gesicht seiner Mutter, als sie damals La Blanche verlassen hatte, um sich in das Kloster von Bonlieu zurückzuziehen. Wie jene weiße Frau aus den Legenden hatte sie ausgesehen, ganz durchscheinend und grau, und er hatte sich nicht einmal getraut, ihr einen Abschiedskuss zu geben.
“Jemand hat sie mit ins Grab gezogen“, hatte die Zofe Jeanette damals geflüstert. „So ist es, wenn jemand stirbt, den man sehr lieb hat, Junge...“
Entschlossen stand Yvo auf. Er wusste, was er tun würde… Alles was er noch brauchte, war ein Plan, um das WIE zu bewerkstelligen.

Der Henkersknecht zog mit einem Haken das glühende Eisen aus dem Feuer und wandte sich der vor ihm ausgespannten menschlichen Gestalt zu. Um den Hals des neben ihm stehenden Wachpostens baumelte ein kleines goldenes Kreuz, das er dem Gefangenen abgenommen hatte, als man ihn das erste Mal vorführte. Was brauchten Ketzer auch ein Kreuz?! Jetzt glänzte das kleine Schmuckstück im Feuerschein auf, als der Wächter sich vorbeugte und dem Henkersknecht die Hand auf den Arm legte.
„Hör‘ auf! Er hat bis jetzt nicht geredet, und er wird auch nicht mehr reden! Er ist ja schon so gut wie tot."
„Aber König Philipp hat angeordnet-"
„Ach, König Philipp! Seine Majestät sieht ihn alle paar Wochen für einen Moment. Ich sehe diesen Unglücklichen Tag für Tag. Ich TRÄUME davon!“ entgegnete der Wächter. „Es ist genug. ICH hab genug! Binde ihn los und lass‘ ihn in Frieden sterben.“
Er riss mit einer heftigen Bewegung das Kreuz vom Hals, als sei es plötzlich etwas, an dem Unheil haftete, und warf es dem Gefangenen auf die Brust. Reflexartig schloss sich dessen linke Hand um das Schmuckstück, kaum dass die Fesseln gelöst waren. Es schien die letzte Bewegung, der er noch fähig war.
Der Henkersknecht warf das Folterinstrument auf den Rost neben dem Feuer und erstickte mit einer Ladung Dreck die Flammen.
Unvermittelt donnerte es gegen die Kerkertür. „Aufmachen! Im Namen des Königs!"
Hustend kam der Wachposten dem Befehl nach. Hinter den Rauchschwaden gewahrte er einen blutjungen königlichen Gardisten in prächtigem Lilienwams.
„Ich komme, um den Gefangenen abzuholen.“
„So, hat Seine Majestät es sich also anders überlegt!“ schnaufte der Henkersknecht. „Er hat aber noch kein Wörtchen gesagt, wie immer."
„Seine Majestät will ihn sofort sehen!"
„Ja, ja. Nur keine Ungeduld." Der Henkersknecht zog Jocelin hoch. Ein Schmerzensschrei gellte durch das Gewölbe.
„Soll ich mit Euch kommen?“ fragte der Wachposten. Es irritierte ihn, dass König Philipp einen Gardisten geschickt hatte.
„Nein, das ist nicht nötig. Meine Männer warten oben!“
Die Stimme ließ Jocelin den Kopf heben, und durch den milchigen

Schleier aus Blut und Tränen vor seinen Augen erblickte er ein Gesicht, das in diese Welt nicht gehörte. Yvo de Montfort? War das das Ende? Zu sehen, zu hören, was nicht sein konnte?
Yvo war sich nicht im Klaren, ob Jocelin ihn erkannt hatte. Er wollte keine weitere Zeit verlieren und riskieren, aufzufliegen. So roh, wie er es über sich brachte, griff er den Ordensbruder am Arm und machte kehrt. Während er die Treppe hochstieg, den Gefangenen mit sich zerrend, wurde ihm zum ersten Mal klar, dass er ein todeswürdiges Verbrechen beging. Plötzlich hatte er das Gefühl, der Wächter würde ihm jeden Moment nachstürzen...
Aber nichts geschah. Im Freien angelangt peitschte Regen ihnen ins Gesicht. Darum kämpfend, bei Bewusstsein zu bleiben, begriff Jocelin, dass es kein Fiebertraum war, sondern dass die Arme, die ihn aufrecht hielten, tatsächlich Yvo gehörten. Dass es tatsächlich Regen war, der ihm ins Gesicht rann, er frische Luft atmete… und sie sich tatsächlich auf die Stallungen des Tempels zu bewegten...
„Ihr seid wahnsinnig!" flüsterte Jocelin, als Yvo ihn auf einem Strohballen niederließ. „Wir werden niemals hier herauskommen!"
„Doch, Sire. Vertraut mir!"
Er zog hastig das zweite blaue Gardistenwams, Tunika und Stiefel aus dem Stroh und half Jocelin beim Umkleiden. Zum Glück regnete es jetzt so stark, dass es nicht auffallen würde, wenn sie die Kapuze tief ins Gesicht zogen... Draußen im Hof begann sich etwas zu regen. Yvo fühlte einmal mehr Angstschweiß den Rücken hinunter rinnen, als er Jocelin auf eines der gesattelten Pferde hob. Hatte der Kerkermeister vielleicht schon Alarm geschlagen?
Wenig später ritten sie auf das Tor zu. Yvos Herz raste. Er hatte diesen Weg dutzende Male zurückgelegt im königlichen Gefolge, ohne auch nur auf ihn zu achten. Aber in diesem Moment schien sich die Entfernung unermesslich zu dehnen. Er biss die Zähne so fest zusammen, dass es knirschte.
„Wohin wollt ihr?" kam die mürrische Frage der Posten.
„Befehl Seiner Majestät. Geht euch nichts an!"
Der Posten brummelte etwas wie ‚arroganter Kerl' und sagte dann: „Zeigt euren Geleitbrief!"
„WAS? Glaubst du mir vielleicht nicht, Bauernlümmel? Ich sorge dafür, dass der König dich morgen früh auspeitschen lässt, wenn du nicht gleich aufmachst! Wir haben eine Botschaft! Für… den

Erzbischof von Sens!“
Mit einem obszönen Fluch auf den Lippen setzte sich der Wachposten nun in Bewegung und schob die mächtigen Riegel zurück. Die Pforte öffnete sich. Während die beiden Flüchtlinge die Rue du Temple hinaufgaloppierten, schlossen sich die Torflügel wieder.
Jocelin sank erschöpft auf den Hals seines Pferdes. Yvo flößte ihm etwas Wasser ein und lenkte die Tiere in Richtung der Abzweigung nach Fontainebleau. Aber - waren die Templer überhaupt noch dort, fiel dem Jungen in diesem Moment siedendheiß ein. Es war über ein Jahr her seit den letzten Ereignissen in Paris… womöglich hatten sie sich wo ganz anderes versteckt… und dann? Wie sollte er sie finden? Oder sonst irgendjemanden, der ihnen half?
Seine Mutter war im Kloster von Bonlieu… weit weg... Yvo hatte sich überhaupt keine Gedanken darüber gemacht. Aber das war im Augenblick gleichgültig! Sie mussten auf jeden Fall aus der Nähe von Paris gelangen! Am Horizont färbte sich der Himmel bereits rosa.
Der junge Graf zog Jocelin vor sich in den eigenen Sattel und jagte dann das zweite Pferd mit einem Hieb gegen die Flanken davon. So würden sie schneller vorankommen. Und vielleicht brachte das reiterlose Tier ihre Verfolger auch erst einmal auf eine falsche Fährte!
Als die Flüchtlinge den Wald erreichten, brach das erste Morgenlicht durch die gespenstische Schwärze des Blätterdaches.
„Jocelin? Sire? Ihr müsst mir helfen, den Weg wieder zu finden!“ Yvo rüttelte ihn am Arm.
Der Ordensbruder fuhr sich über die tränenden Augen. Er hatte Mühe, überhaupt irgendetwas zu sehen, geschweige denn, den Weg durch das Dickicht zu erinnern. Der große Fels, der einst als Markierung gedient hatte, war unterdessen schon fast von Gestrüpp überwachsen.
„Ich habe nicht geglaubt, dass ich die Sonne noch einmal sehe...” sagte er leise und ließ die Hand durch die herabhängenden Zweige gleiten. Wassertropfen sprühten, in denen das Licht glitzerte. Es faszinierte ihn, obwohl es seinen Augen Schmerzen bereitete.
„Ich hätte Euch eher befreit, wenn ich gewusst hätte, dass Ihr noch am Leben seid! Aber ich dachte, Ihr wäret tot. Alle haben das gedacht.”

„Ja. So wollte es König Philipp."
Ein Fieberschauer überfiel Jocelin und er krümmte sich zusammen.
„Wollt Ihr Euch etwas ausruhen? Dort drüben, auf dem Moos?"
„Zu gefährlich... Nur etwas Wasser, bitte. Ich habe Durst."
Yvo griff nach der Feldflasche und merkte, dass sie leer war. Aber nicht weit entfernt schlängelte sich ein Bach durch das Gehölz.
„Ich hole Euch etwas!"
Er glitt aus dem Sattel und stieg die Böschung hinunter. Als er sich über das Wasser beugte, richtete sich eine Schwertspitze auf ihn.
„Schickt Seine Majestät jetzt schon Kinder nach uns? Dann ist es schlecht bestellt um seine Armee!"
Erschrocken wurde Yvo sich bewusst, dass er ja noch immer die Gardistenuniform trug.
„Ich... ich..." stammelte er und fühlte sich am Kragen gepackt.
„Lasst ihn los, Bruder Jean!"
Yvo sah, wie der dunkeläugige Mann, der ihn festhielt, sich bekreuzigte, mit offenem Mund auf Jocelin starrend. Einen Moment später lockerte sich der Griff.
„Heilige Dreifaltigkeit! Wenn ich nicht wüsste, dass ich schon seit Monaten keinen Tropfen Alkohol mehr getrunken habe…! Komtur Jocelin!!! Woher kommt Ihr?"
„Aus dem Verlies des Tempels", antwortete Yvo. „Ich war unterwegs zu euch. Aber ich wusste nicht, ob ich noch jemanden hier antreffen würde."
„Nun, ich und ein paar andere sind noch hier. Wir haben uns geteilt, um sicherer zu sein. Ich…"
Jean brach mit einem Blick auf Jocelin ab. Er wollte nicht einfach so damit herauspoltern, dass er hauptsächlich wegen Bruder Louis hier geblieben war, weil er glaubte, er würde sie vielleicht in seinen weniger lichten Momenten in Gefahr bringen. Und wegen Arnauds, von dem er meinte, dass der alte Mann keine gefährliche Flucht an den Schergen der Inquisition vorbei mehr überleben würde...
„Ich bringe euch zur Höhle. Vorsicht mit dem Weg dort drüben, da ist alles sumpfig…"

Jean de Saint-Florent hatte Jocelin in den Schatten des Höhleneingangs getragen und sich dann nach Arnaud umgesehen. Wie jeden Tag fand er den alten Ordensbruder im hinteren Teil der

Höhle vor der Felswand kniend, die Arme kreuzförmig ausgestreckt und die Stirn gegen den Stein gelehnt. Seine Lippen bewegten sich in den immer gleichen Worten, aneinandergereiht mit wechselnder Inbrunst: „Herr vergib mir meine Schuld, vergib mir, vergib mir…"
Jean streckte zögernd die Hand nach dem alten Mann aus. „Bruder Arnaud?"
„Bist du der Todesengel? Wenn nicht…geh fort…"
„Bruder Arnaud! Wacht auf!"
„Die Flammen der Hölle... Sie werden mich verschlingen..."
„Bruder Arnaud, Jocelin ist am Leben! Verdammt, Arnaud!"
Jean rüttelte ihn an den Schultern, bis er sich tatsächlich umwandte und die Arme sinken ließ.
„Was…Das ist nicht möglich… Lasst mich…"
„Doch! Er ist hier! Begreift doch! Der junge Graf von Montfort hat ihn aus dem Kerker geholt! Er ist hier! Und ich bringe Euch zu ihm!" Kurz entschlossen griff Jean seinen Ordensbruder und zog ihn auf die Füße.
Als sie zum Höhleneingang zurückkehrten, waren Jocelin und Yvo bereits von den anderen umringt.
„Was ist mit der Verteidigung?" hatte Jocelin eben gefragt. Ranulf antwortete zögernd: „Es gibt keine Verteidigung mehr. Isnard de Montreal legte sein Amt nieder, als uns die Nachricht von Eurem angeblichen Tod erreichte. Dann verschwand Bruder Pietro di Bologna; wahrscheinlich hat Marigny ihn ermorden lassen. Mit Robert von Paris konnten wir auch keinen Kontakt mehr aufnehmen."
„Robert... Robert war mit mir im Kerker." Jocelin bewegte den Kopf, versuchte, des Schwindels Herr zu werden, der ihn erfasst hatte und sich zu konzentrieren, zu sprechen. „Wir müssen… müssen wir ihn befreien!"
Seine Stimme erstarb, als er Jean und Arnaud bemerkte. Sein Pflegevater wirkte wie ein knorriger alter Baum, den ein leichter Windhauch schon zu entwurzeln vermochte. War soviel Zeit vergangen? Dann ging ihm durch den Sinn, wie er selbst aussehen musste...
„Jocelin?" Arnaud hatte fast Angst, den Namen auszusprechen, Angst vor einer furchtbaren Enttäuschung. Unsicher streckte er die Arme aus. Jocelin ergriff die Hände seines Ordensbruders. Weinend ertastete Arnaud seine Gesichtszüge.

„O mein Gott, es ist wahr! Es ist wirklich wahr! So hat der Herr dich mir zurückgebracht! Er hat mir vergeben! Endlich hat Er mir vergeben!”
„Allmächtiger!“ dachte Jean de Saint-Florent. „Schon für den Kummer, den er Bruder Arnaud bereitet hat, verdiente König Philipp das Höllenfeuer! Ich wünschte, ich könnte ihn persönlich dort reinstoßen und zusehen, wie er langsam röstet!“
Ein anderer Bruder sprach seine Gedanken aus. „Wir werden Euch rächen, Sire Jocelin! Euch und die anderen! König Philipp wird für alles büßen!”
„Nein!”
Mit zitternder Hand machte Jocelin eine abwehrende Geste. „Wir dürfen uns nicht beflecken. Das Blut… ist an seinen Händen. Nicht an unseren… Der Herr allein wird uns rächen!” Die schwache Stimme duldete keinen Zweifel und keinen Widerspruch.

Der Kerkerwächter hatte bereits ein ungutes Gefühl gehabt, als Seine Majestät ihn zu sich befahl. Nun, da er vor dem Thron niedergekniet war und die Stimme des Königs vernahm, wusste er, dass sein Leben verwirkt war.
„Ist der Templer tot?“ hatte Philipp gefragt.
„Euer Majestät, Ihr habt ihn doch vergangene Nacht holen lassen...“
Was habe ich?“
„Ein Gardist kam und verlangte die Auslieferung des Gefangenen in Eurem Namen, Majestät.”
„Ein Gardist?! Ich weiß nichts davon! - Wo ist der Templer?“
„Euer Majestät, ich...“
„Wo – ist - er?“
„Euer Majestät, es war ein Gardist! Nie hätte ich sonst den Gefangenen übergeben!“
„Er ist also nicht mehr da?! - An den Pranger!“
Zwei Söldner ergriffen den Wachposten.
Der König wandte sich taub für dessen Unschuldbeteuerungen ab. Wer hatte es gewagt, den Templer zu befreien? Ja, wer wusste überhaupt, dass er hier war? Wer hatte ein Interesse an seinem Leben? Und warum, warum, bei allen Heiligen, hatte er dann solange gewartet, über ein Jahr? Ähnliches hatte Philipp sich schon einmal gefragt. Damals, als die Kommission überraschend die zweite

Vorladung erlassen hatte. Wem von den Männern um ihn lag etwas daran, den Templern zu helfen?
Der Gedanke, dass sich unter seinen Vertrauten offenbar ein Verräter befand, beunruhigte ihn. Er schickte nach dem Kommandanten der Garde, dem Befehlshaber der Söldner und nach seinem Siegelbewahrer. Wer auch immer diesem Bastard zur Flucht verholfen hatte, weit konnten er - oder sie - noch nicht gekommen sein! Eine Gier loderte in Philipp auf, wie sie ihn vor Jagden zu befallen pflegte.
In kurzer Zeit hatte sich der Tempel in einen aufgescheuchten Bienenschwarm verwandelt. Söldner sammelten sich im Hof, in aller Eile wurden die Pferde gesattelt, um die Verfolgung der Flüchtlinge aufzunehmen. Torwächter, Knappen und Dienstleute wurden befragt, ob sie etwas Verdächtiges bemerkt hätten. So erfuhr Seine Majestät, dass zur zweiten Nachtwache zwei Gardisten - auf königlichen Befehl, wie sie behaupteten - die Festung verlassen hatten.
Von ihrem Wiedereintreffen war hingegen nichts bekannt, und der Gardekommandant schwor, alle seine Männer seien auf ihrem Posten. König Philipp kannte den alten Ritter gut genug, um sicher zu sein, dass er nicht log. Das bedeutete, jemand hatte die Uniformen gestohlen...
Philipps eisiger Blick ruhte auf der Gruppe der Knappen. Einer von ihnen fehlte.
„Wo ist Yvo de Montfort?“
„Ich weiß nicht, Euer Majestät“, antwortete ein zierlicher Rotschopf. „Er war schon die ganze Nacht nicht da. Und sein Pferd ist auch weg.“
Die ganze Nacht? Philipps Gesicht spannte sich. Das hieß, sein Schildträger war seit der gleichen Zeit verschwunden wie der Gefangene! Das konnte kein Zufall sein! ‚Ein bartloser Jüngling‘ hatte der Torwächter gesagt, ‚aber mit der forschen Stimme eines Mannes‘...
„Yvo de Montfort“, murmelte der König, „Eine Schlange habe ich an meiner Brust genährt! Eine Schlange!“

Die Mittagssonne kämpfte sich mühsam durch die Wolkendecke und warf einen gelblichen Schein auf die grauen Mauern des Cisterciensers klosters von Bonlieu. Der raue Stoff des Schleiers kratzte über ihre Wangen, als Ghislaine sich bückte, um das Unkraut in einem weiteren Kräuterbeet auszujäten. Die Äbtissin hatte sich anfangs dagegen verwehrt, dass eine Dame von Adel wie die Gräfin von Montfort derlei niedere Arbeiten verrichten wollte. Irgendwann vor einem halben Jahr hatte sie zugestimmt, was den Kräutergarten im Kreuzgang anbelangte, nachdem ein ‚Rat' des Erzbischofs von Rouen bei ihr eingetroffen war, der ein guter Bekannter ihres Generalabts war…
Noch hatte Ghislaine die Gelübde nicht abgelegt, noch war sie nur eine ‚Donata' – eine Frau, die sich mit ihrem Leben dem Orden geschenkt hatte und dafür die Wohltaten von dessen Gebeten erhoffte, so lautete der Text in der Urkunde, die sie vor einem Jahr ausgefertigt hatte. La Blanche und ihren Landbesitz ließ sie seither durch ihren Onkel verwalten, bis zur Volljährigkeit ihres Sohnes. Ghislaine verrichtete jeden Dienst klag- aber auch freudlos, aber es war ihr lieber, dass es sich um schwerere körperliche Arbeiten handelte. Welchen Sinn sollte es noch haben, ihre Kräfte zu schonen? Je eher der Lebensatem sie verließ und ihr Leib seine Ruhestätte in diesen Mauern fand, desto besser… Sie hielt kurz inne in ihrer Arbeit und blickte auf das Holzkreuz, das an der Wand gegenüber im Kreuzgang hing. Es zeigte einen anderen Christus als den, den sie aus ihrer heimatlichen Kapelle kannte, einen gequälten, sich vor Schmerzen windenden Menschen, der das ganze Leid der Welt auf sich vereint zu haben schien.
Bald würde sie die Braut dieses Schmerzenskönigs werden... Sie fand einen bitteren Trost bei dem Gedanken, dass sie ihre Gelübde Jocelin ein wenig näher bringen würden, ehe sie der Tod endgültig vereinigte.

Hastige Schritte ließen sie sich umwenden. Eine junge Nonne lief mit gerade noch schicklicher Eile durch den Kreuzgang auf sie zu. „Madame", berichtete sie dann mit gedämpfter Stimme, „Euer Sohn ist hier!"
Ghislaine sprang auf. Yvo in Bonlieu? Was hatte das zu bedeuten? Gott im Himmel… hoffentlich war es dem König nicht eingefallen,

sie an irgendwen zu vermählen! Sie lief in das Sprechzimmer, das die Nonne ihr wies. Die Begrüßung erstarb Ghislaine auf den Lippen, als sie ihren Sohn gewahrte. Er war in einen armseligen Bauernkittel gekleidet.
„Was hat das zu bedeuten, Yvo?“
Er beugte sich zu ihr und flüsterte ihr die Nachricht ins Ohr. Ghislaine stieß einen leisen Schrei aus und schlug die Hände vor den Mund. „Er lebt, er lebt, er lebt!” flüsterte sie dann, als könne sie ihren eigenen Worten nicht glauben. Dann schloss sie ihren Sohn in die Arme und küsste ihn.
„Yvo, ich muss zu ihm!”
„Wir müssen vorsichtig sein, Mutter. Der König lässt schon nach mir suchen.”
Ihre Gedanken überschlugen sich, erst jetzt wurde ihr wirklich klar, was Yvo getan hatte… „König Philipp wird deine öffentliche Exkommunikation fordern!“
„Das kann doch vor Gott nicht gültig sein! Ich habe gegen kein Gebot der Kirche verstoßen! Sire Jocelin ist kein Ketzer! Denkt Ihr nicht ebenso, Mutter? Ihr habt den Templern auch geholfen, obwohl der Bann angedroht war!“
„Yvo…Yvo, du weißt ja gar nicht, was du sagst…“
Trotzdem war sie so stolz auf ihn, so glücklich über das eben Gehörte, dass sie den Jungen am liebsten nie mehr losgelassen hätte. Doch hatten sie keine Zeit! Jeder Moment, den sie länger hier blieb, gab ihren Verfolgern Zeit, die Schlinge zuzuziehen! Irgendwann so eng, dass sie nicht mehr entkommen konnte!
„Nun sind wir also Ausgestoßene wie Jocelin und seine Brüder“, sagte sie leise.
„Lieber bin ich ein Geächteter als ein Ritter dieses Königs!“ entgegnete der Junge entschlossen. „Ich hab gesehen, wie Philipp wirklich ist, hinter seiner frommen Fassade! Er ist ein gemeiner Mörder!“
Wenig später waren Ghislaine und Yvo auf dem Weg nach Fontainebleau. Am Abend erbaten sie Obdach in einer Burg und erfuhren bestürzende Neuigkeiten.
„Der ganze Hof in Paris zittert vor Angst!“ sagte der Burgherr, ohne zu wissen, wen er vor sich hatte. „Irgendjemand muss Montfort ja geholfen haben, den Gefangenen zu befreien, und Seine Majestät

wird nicht aufgeben, bis er ihn hat! Ah, ich bin froh, dass ich hier war und kein Verdacht auf mich fallen kann! Nein, in Paris möchte ich jetzt um keinen Preis der Welt sein! Den Kerkerwächter hat man schon gehängt!"
Ghislaine hatte Mühe, ihr Entsetzen zu verbergen. Keinen Bissen der aufgetragenen Speisen konnte sie essen. Sie war froh, als sie endlich mit ihrem Sohn allein in einer Kammer war.

Als sie am nächsten Morgen weiter zogen mahnten sie die große Anzahl umherschweifender Söldner, die Straßen zu meiden. Auf Umwegen setzten sie ihre Reise fort, und erst nach drei Tagen erreichten sie den Wald von Fontainebleau.
Erleichtert wurde sie begrüßt.
„Gelobt sei Gott, dass Euch nichts geschehen ist, Yvo, Madame Ghislaine! Nach dem Aufmarsch der Söldner in den letzten Tagen hatten wir das Gefühl, dass keine Maus mehr dem König durch die Finger schlüpfen kann!"
„Oh, so schnell kriegen die uns nicht!" antwortete Yvo an ihrer Stelle.
Aus dem Halbdunkel des Höhleninneren sah die Gräfin Bruder Jean auftauchen; wie viel hagerer war er geworden, seit sie ihn das letzte Mal gesehen hatte…
„Willkommen, Ghislaine", sagte er. „Ich hatte Eurem Sohn befohlen, er soll wie der Teufel persönlich reiten und Euch holen! Also hat er meine Order befolgt! Aber ich…" Sein Blick blieb an ihrem grauen Reisemantel und dem Schleier hängen, „... wusste nicht, dass Ihr … in den Heiligen Stand getreten seid…"
„Ich habe noch keine Gelübde abgelegt. Aber ich glaubte, mit diesem Gewand sei es sicherer unterwegs." Sie schob den Schleier in den Nacken. „Wo ist Jocelin?"
„Ich bringe Euch zu ihm, Madame. Aber - erschreckt nicht. Die Leute des Königs haben ihn übel zugerichtet, und er ist sehr krank."
„Ich werde ihn gesund pflegen. Ich habe in Bonlieu einige Zeit in der Krankenabteilung gearbeitet. Und auch einige Medikamente mitgenommen."
Sie versuchte sich selbst Mut zu machen mit diesen Worten, denn plötzlich hatte sie Furcht vor dem, was sie erwartete.
Jean führte sie tiefer in die Höhle, zu einer Feuerstelle, bei der man

Jocelin eine Lagerstatt hergerichtet hatte. Neben jener saß Arnaud, und Jean fand, dass der alte Ordensbruder kräftiger wirkte als in all den Monaten zuvor, obwohl er seit Tagen fast ohne Pause neben Jocelin ausharrte. Gerade so, als hätte die Rückkehr des Totgeglaubten seine verlöschende Lebensflamme neu angefacht. Gab es noch Wunder in dieser Endzeit? Wenn ja, dann wollte Jean de Saint-Florent dies dazu zählen.

„Bruder Arnaud?" fragte er flüsternd, sich zu ihm beugend. „Gräfin Ghislaine ist hier."

„Ghislaine de Montfort…" Seine Stimme ließ keinen Rückschluss darauf zu, was er von ihrer Anwesenheit hielt, aber er erhob sich langsam.

Ghislaine kniete neben Jocelin nieder, betrachtete erschüttert sein blasses, mageres Gesicht, in das sich die Spuren des monatelangen Leidens gegraben hatten. Sanft strich sie über die grauen Strähnen, die sich unter sein dunkles Haar gemischt hatten. Dann erkannte sie das kleine Reliquienkreuz um seinen Hals. Ihr Kreuz... Damals in der bischöflichen Kapelle in Paris hatte sie sich geschworen, Jocelin niemals mit ihren Gefühlen in Bedrängnis zu bringen. Jetzt musste sie die Kraft aufbringen, mehr denn je, dieses Versprechen zu halten.

Langsam hatte er die Augen geöffnet.

„Ghislaine…?"

„Ja. Ich -"

Die Stimme versagte ihr, während sie gegen aufsteigende Tränen kämpfte. Sie hatte von schrecklichen Verstümmelungen gehört, die von den Folterknechten begangen wurden. Wenigstens, so schien es, war Jocelin davon verschont geblieben… Doch sonst ähnelte die Gestalt vor ihr nicht mehr sehr dem Bild in ihrer Erinnerung.

„Ich habe oft an Euch gedacht im Kerker..." Er musste die Augen schließen, die noch immer das Licht nicht ertrugen.

„...Philipp wollte die Namen… unserer Helfer. Ich durfte Euch nicht in seine Hände fallen lassen... manchmal war das alles, was ich noch denken konnte. Aber… irgendwann war ich nicht mehr sicher… ob ich etwas gesagt hatte… oder nicht. Konnte mich nicht mehr erinnern… Ich war nicht mal mehr sicher, ob ich am Leben war... oder schon in den Qualen des Jenseits..."

„Jetzt wird alles gut!" erwiderte Ghislaine. „Ihr seid in Freiheit und in Sicherheit!"

Aber sie wusste, dass ihre Worte der Festigkeit entbehrten, die sie so gern in diesem Moment in sie gelegt hätte. Nein, nichts war gut! Vor ihrem Refugium zwischen den Felsen spürten königliche Söldner ihnen nach, und sie waren hier so wenig sicher wie ein Fuchs im Bau, wenn die Meute ihn umzingelt hatte!

Einige Fetzen der Unterhaltung klangen bis zu Arnaud, der sich auf den Weg nach draußen gemacht hatte. Ein Teil von ihm drängte danach zu sprechen, endlich auszusprechen, was er seit so langen Jahren behütete. Das Verlangen war mächtig genug, ihn innehalten und sich umwenden zu lassen. Doch dann sagte er sich erneut „Jetzt nicht." Nein, jetzt nicht! Es hatte immer dieses ‚jetzt nicht' gegeben, und er hatte dutzende Gründe gefunden, es vor sich selbst zu rechtfertigen.
„Du bist ein Feigling, wirklich ein erbärmlicher Feigling", sagte er sich selbst. Er hatte es fertig gebracht, im Heiligen Land allein gegen eine sarazenische Truppe zu reiten, er hatte den Folterknechten der Inquisition widerstanden – und trotzdem… Er unterdrückte einen Seufzer und ließ sich vor der Höhle nieder.

Seit drei Wochen tagte nun das Konzil in Vienne. Papst Clemens hatte einen Sonderausschuss berufen, der getrennt von den übrigen Konzilsvätern die Templerangelegenheit beraten sollte. Hinter verschlossenen Türen begutachteten die Delegierten unter dem Vorsitz Erzbischof Gregors von Rouen die Protokolle, die von der Pariser Generalkommission vorgelegt worden waren.
An diesem Tag war man bei der Zusammenfassung der Prozesseinreden, als plötzlich Erzbischof Philipp von Sens in den Saal rauschte.
„Ehrwürdige Väter, mich erreichte soeben eine Nachricht Seiner Majestät. - Der Graf von Montfort hat einem Feind der Krone und der Kirche -" Mit jedem Wort steigerte sich seine Stimme: "… einem gottlosen Templer zur Flucht verholfen! Behauptet Ihr etwa, nichts davon zu wissen?" Er deutete mit seinem beringten Finger auf Gregor von Rouen. „Ihr seid doch aus der Familie der Montfort! Einer Familie von Verrätern!"
Der Erzbischof kam nicht dazu, etwas zu entgegnen.
„Meine Herren, ehrwürdige Väter des Konzils", rief Philipp von

Sens", ich fordere die Absetzung Gregors von Rouen als Vorsitzender dieses Ausschusses! Ich fordere, dass er sich vor dem päpstlichen Gericht verantwortet!"
Doch bei seinem Angriff hatte Philipp de Marigny nicht bedacht, wie sehr die Stimmung sich in den vergangenen Monaten zugunsten der Templer gewandelt hatte. So wurden zahlreiche Stimmen zur Verteidigung laut.
„Ihr betreibt die Absetzung Erzbischof Gregors nur, weil Ihr wisst, dass der Heilige Vater den Templern die Verteidigung vor dem Konzil gestatten wird!" behauptete ein kastilischer Bischof. „Und das wollt Ihr nicht!"
„Kein Häretiker darf auf einem Konzil sprechen!" kam die zornbebende Erwiderung. „Jeder, der das zulässt, ist ein Begünstiger der Häresie und selbst ein Häretiker!"
„Wollt Ihr verurteilen aufgrund dessen?"
Die Hand eines Prälaten schwenkte ein Bündel Protokolle. Ein Abgeordneter der Pariser Universität schrie nun, alles sei ein Komplott gegen König Philipp. Rasch hatten sich zwei Parteien gebildet, die sich gegenseitig der Häresie beschuldigten. Nur der Besonnenheit des Kardinals Berengar Fredoli war es zu verdanken, dass es zu keinem Handgemenge kam. Er schlug vor, dass beide Parteien ihre Forderungen schriftlich dem Heiligen Vater unterbreiten sollten. Das konnte keiner ablehnen und – die Gemüter würden Zeit finden, sich zu beruhigen. Mit hochmütigem Gesicht verließ Philipp de Marigny den Sitzungssaal, gefolgt von dem Abgeordneten der Pariser Universität.
Dann ging auch Gregor von Rouen, hinunter in den Kreuzgang der Kathedrale. Am Brunnen setzte er sich und lauschte dem leise dahin plätschernden Wasser.
Er wollte allein sein, allein mit diesen üblen Nachrichten. Und gerade jetzt, wo er kurz davor war, die Verteidigung des Ordens auf dem Konzil durchzubringen! Yvo - und einen Gefangenen befreien, und einen solchen noch dazu! War der Junge nicht erst vierzehn Jahre alt? Der Erzbischof seufzte. Welche Sorgen würde das Ghislaine wieder bereiten! Er konnte sich unmöglich für Yvo verwenden, gerade jetzt, nach dieser Anklage des Erzbischofs von Sens! Er ließ den Blick über die sorgfältig gepflegte Kräuterbepflanzung des Kreuzganges schweifen. Ein Kraut gegen

jedes Übel... Ein Gedanke, der ihn zu einem bitteren Lächeln veranlasste.

Zwei Tage darauf erreichte Erzbischof Gregor ein päpstliches Schreiben. Es enthielt seine Abberufung als Vorsitzender der Sonderkommission.
Zu entsetzt, um zornig zu sein, ließ Gregor von Rouen sein Pferd satteln und machte sich unverzüglich auf in das Palais, in dem der Papst seit Beginn des Konzils residierte.
Clemens schien es gut zu gehen an diesem Tag. Er spielte mit seinem Kammerherrn Schach, als Erzbischof Gregor gemeldet wurde. Nun wies er den Kardinaldiakon hinaus. Mit gebeugtem Haupt nahm Gregor von Rouen den Segensgruß des Papstes entgegen, aber dann trat er entschlossen vor.
„Das ist eine Intrige Philipp de Marignys!" rief er, die Hand mit dem Brief erhebend.
Als habe er die Worte nicht gehört, blickte Papst Clemens gedankenversunken auf das kostbare Schachbrett mit seinen Bergkristallfiguren.
„In zwei Zügen bin ich schachmatt."
Er hob den Kopf und sah Erzbischof Gregor an.
„Ich will Euch meine Lage erklären. Heute trafen die Ergebnisse der Provinzialkonzilien von Ravenna, Salamanca und Tarragona ein. Alle haben die Templer ihrer Provinzen für schuldlos erklärt und freigesprochen. Immer mehr Konzilsväter verlangen eine Verteidigung des Ordens, und daran seid Ihr nicht ganz unbeteiligt! Ich muss diese Verteidigung gestatten, andernfalls würde das Ansehen der Kirche schweren Schaden nehmen. Aber wenn die Templer sich verteidigen, erweisen sie ihre Unschuld, das wisst Ihr besser als ich! Doch König Philipp hat mit einer förmlichen Anklage gegen Papst Bonifatius gedroht, wenn der Orden nicht aufgelöst werden sollte! - Ihr seht, ich bin schachmatt, es sei denn..." Clemens griff nach einer der Spielfiguren", ich opfere diesen hier."
Erzbischof Gregor begriff. Er begriff nur zu gut.
„Ich bin das Opfer, nicht wahr?"
„Philipp de Marigny verlangt Eure Abberufung."
„Um meinen Platz selbst einnehmen zu können?! Euer Heiligkeit, ich bitte Euch, ich flehe Euch an, nicht um meinetwillen, sondern

um der Kirche willen, gebt dieser Forderung nicht nach! Jetzt verlangt Marigny meine Abberufung, und was dann? Die Eure? Mit einer Marionette wie Marigny auf dem Stuhl Petri, was könnte Seine Majestät aus der Kirche machen?"
Papst Clemens führte den beabsichtigten Spielzug aus und ließ die Figur auf den Teppichboden fallen. Sie rollte ein Stück weiter und blieb unter dem Fenster liegen, im Sonnenlicht glitzernd.
„Ihr vergeudet Eure Zeit. Ihr seid abberufen als Vorsitzender des Templerausschusses."

Wieder klangen die Schwerter aufeinander.
„He, Ihr seid nicht schlecht!” rief Raimond seinem jungen Gegner zu. Yvo stieß einen grimmigen Kampfschrei aus und stürzte nach vorn. Lachend ließ sich der junge Ordensritter in den Sand fallen. „Ich ergebe mich, Messire! Oho, Ihr werdet die Leute des Königs noch das Fürchten lehren!”
„Das werde ich!” wiederholte Yvo entschlossen, mit der Unbekümmertheit der Jugend. Ghislaine machte sich Sorgen. Wie sollte es weiter gehen mit ihr und ihrem Sohn? Im Augenblick waren sie auf das Wohlwollen der Ordensbrüder hier angewiesen, die doch kaum genug für sich selbst hatten.
Nicht, dass Jean de Saint-Florent, der momentan die kleine Gruppe kommandierte, nicht noch den letzten Brotkrumen mit ihr geteilt hätte – aber sie wollte niemandem zur Last fallen! Und ihre Besitzungen hatte König Philipp natürlich unterdessen eingezogen! Ob es ihrem Onkel noch gelungen war, etwas davon zu retten, wusste sie nicht. Und an Kontakt zu ihm war schon gleich gar nicht zu denken. Sie sah hinüber zu Jocelin. Er saß am Feuer neben Louis und löffelte langsam die Suppe, die einer der Brüder erfinderisch zusammengebraut hatte. Ein paar mal in den letzten Wochen hatten die Brüder von Fontainebleau befürchtet, er würde aus dem Ringen um sein Leben nicht als Sieger hervorgehen. Oder zumindest sein rechtes Bein verlieren, das angeschwollen war und sich eines Morgens dunkel verfärbt hatte. Bruder Jean hatte kurz entschlossen die kaum verheilten Wunden der Folterungen nochmals geöffnet und den schief zusammen gewachsenen Schienbeinknochen wieder gebrochen.
Ghislaine hatte sich die Hände gegen die Ohren gepresst, aber trotzdem war ihr Jocelins Schreien durch Mark und Bein gegangen. Doch nach dieser Prozedur begann es ihm Tag um Tag besser zu gehen...
Raimond klopfte sich den Staub von der Tunika und wollte sich zu den Brüdern gesellen. Da erhob sich Jocelin. „Wartet, Bruder Raimond! - Yvo, leiht mir Euer Schwert!”
„Jocelin, nein! Ihr seid noch viel zu krank!” Ghislaine war aufgesprungen und es hätte nicht viel gefehlt, dass sie ihn festgehalten hätte. Im letzten Moment bezwang sie sich, hoffend, dass sie ihre Gefühle mit dieser Sorge nicht allzu deutlich nach außen getragen

hatte.
„Ich muss üben. Vielleicht sind wir bald gezwungen, um unser Leben zu kämpfen! Wer weiß, wie lang wir hier noch in Sicherheit sind!“
Die Ordensbrüder wussten nur zu gut, dass er Recht hatte. Die Suche nach seinem entflohenen Gefangenen und dessen Helfern hatte sich bei König Philipp zu einer regelrechten Besessenheit gesteigert. Jocelin griff nach Yvos Schwert. Die kleine, leichte Waffe wog ihm schwer wie Blei. Mit zusammengebissenen Zähnen suchte er sie zu heben und in Angriffsstellung zu gehen. Aber sein rechtes Bein knickte unter ihm weg und die Klinge rutschte ihm aus der Hand.
„Ich bin immer noch so schwach wie ein Milchkind!” murmelte er, sich mit Raimonds Hilfe wieder erhebend. Ghislaines besorgten Blick mied er.
„Ah, Sire Jocelin, für einen, der noch vor zwei Monaten dem Tod die Hand geschüttelt hat, geht es Euch schon ganz gut!” entgegnete Raimond.
In diesem Augenblick hallten Hufschläge von den Felswänden wider. Der Posten oben auf dem Rand des Kessels winkte. Also gab es nichts zu befürchten. Es waren Ranulf und Guy, vor einigen Tagen als Kundschafter nach Paris gesandt, die kurz darauf in den Kreis der Brüder ritten.
„Es gibt gute Nachrichten!”
„Komtur Robert?” fragte Jocelin hoffnungsvoll.
„Ja. Er lebt, und es geht ihm gut. Der Bischof von Paris hat vor einem halben Jahr seine Auslieferung durchgesetzt, und so ist er jetzt in einer Kammer des Bischofspalais.”
„Konntet ihr ihn sehen?”
Guy nickte. „Ich sage Euch, das ist ein heiliger Mann! Als ich mit ihm sprach, da hatte ich das Gefühl, es gäbe keine Mauern mehr um uns, sondern alles wäre Licht und Liebe Gottes! Ich sagte, wir würden alles daransetzen, ihn zu befreien, aber er lehnte ab. ‘Ich bin frei, beau frère.’ hat er gesagt, und wir sollten nichts aufs Spiel setzen um seinetwillen.”
„Aber vielleicht wird er doch bald frei sein“, fuhr Ranulf fort. „Papst Clemens hat die Templer vor das Konzil zitiert. Dort will er über unsere Sache entscheiden.“

Zu viele Enttäuschungen hatten die Ordensbrüder erlebt, als dass diese Worte übermäßige Freude auslösen konnten. Ruhig hörten sie zu, was Ranulf von dem Dekret berichtete, das an Notre Dame angeschlagen worden war.
„Das ist alles?!" rief Jean de Saint-Florent dann. „Keine Schutzzusage für die Zeugen? Kein freies Geleit? Das ist ein Hohn!"
Enttäuschtes Murmeln gab ihm Recht. Niemand würde sich so vor dem Konzil melden können. Aber was erwarteten sie auch, nachdem Philipp de Marigny die Leitung des Sonderausschusses übernommen hatte?! Jetzt würde er zu Ende führen, was er damals mit der Verbrennung ihrer Brüder in Paris begonnen hatte…

In der Nacht darauf wurde Jocelin vom leisen Rascheln von strohumwickelten Pferdehufen aufgestört. Wer verließ da die Höhle, und offenbar heimlich? Leise Stimmen waren zu hören. Bruder Arnaud und Guy? Er stützte sich hoch und folgte auf seine Krücke gestützt den Geräuschen aus der Höhle hinaus in den Talkessel. Verwundert erblickte er im ersten matten Schein des Morgens seinen Pflegevater zu Pferde, gekleidet in sein Ordensgewand! Und neben ihm Bruder Guy auf einem zweiten Reittier.
„Arnaud, was habt Ihr vor, bei allen Heiligen?!"
„Ah…ich hatte gehofft, niemand würde uns bemerken. Nun denn…"
„Arnaud!" So rasch er konnte, legte Jocelin die restliche Wegstrecke zurück und versperrte seinen beiden Ordensbrüdern den Weg hinaus.
„Lass uns passieren, ich bitte dich. Ich reite nach Vienne, vor das Konzil." Arnauds Stimme klang ruhig und gefasst. „Ich werde den Orden verteidigen."
„Was?! Allein? Das ist –"
„Jocelin, lass mich gehen. Es ist das Letzte, was ich tun kann, um meine Verbrechen zu sühnen. Ehe es zu spät ist…"
„Nein!" Entschlossen griff Jocelin in die Zügel des Pferdes seines Pflegevaters. „Verbrechen? Wovon redet Ihr, Arnaud?"
Der alte Ordensbruder senkte den Kopf und murmelte dann: „Guy, geh zurück zu den anderen! Ich lasse dich rufen, wenn ich soweit bin!"
„Ja, Messire." Der ehemalige Landarbeiter aus Etampes schwenkte

sein Reittier herum und führte es langsam zurück bis zum Eingang der Höhle.
Arnaud stieg ab und hielt den Arm fest, den sein junger Bruder ihm reichte und fuhr beschwörend fort:
„Lass mich gehen, im Namen Christi! Es ist meine Pflicht, ich bin der Adjutant des Meisters! Und wenn man mich tötet, so ist es die Buße, vor der ich mich all die Jahre feige versteckt habe! Ich habe gesündigt, Jocelin, schwer gesündigt! Ich habe die Regel unseres Ordens gebrochen und die Gebote Gottes! Und... ich muss endlich dafür bezahlen!“
„Wir alle haben gegen die Regeln verstoßen in den letzten Jahren!“
„Nein... nein, du verstehst nicht... Nicht jetzt, Jocelin! Damals!“ Er scheute zurück, ein letztes Mal, aber diesmal war er bereits zu weit gegangen, um den angstvollen Stimmen in seinem Innern zu gehorchen. „Du erinnerst dich, wie ich dir von deinem Vater erzählt habe? Dass er bei einem Angriff der Sarazenen auf sein Haus verbrannte, gemeinsam mit deiner Mutter?“
„Ja“, entgegnete Jocelin verständnislos. Was hatte das plötzlich mit Arnauds Vorhaben, nach Vienne zu ziehen, zu tun?!
„Nun...das... war eine Lüge“, sagte der alte Ordensbruder jetzt. „Der Herr der Seigneurie von Judäa wurde nicht von Sarazenen erschlagen, er wurde von einem Templer ermordet. In einem Handgemenge ... wegen deiner Mutter. Und ... er war keineswegs dein Vater.“
„Aber...“
Arnaud ließ ihn den Satz nicht beenden. „ICH bin dein Vater, Jocelin“, flüsterte er, während sich seine Hände um die Schultern seines Ordensbruders klammerten. „Deine Mutter war über zwei Jahre meine Geliebte! Ich habe sie ins Verderben gebracht damit! Und als ihr Gemahl uns eines Tages aufspürte, habe ich ihn getötet. Ich habe gelogen und Meineide geschworen, um dir eine Karriere im Orden zu bahnen... und dabei... dabei habe ich dein Leben ebenso zerstört wie das von Catrina, deiner Mutter...“
Einen Moment lang war Jocelin zu geschockt um zu sprechen. Dann aber nahm er Arnauds Schluchzen wahr und schloss die Arme um ihn, zögernd erst, dann fester.
„Ich habe den Weg nie bereut, den Ihr mich geführt habt“, sagte er. „Alles, was ich bin, was ich kann, habe ich Euch zu verdanken!

Nein, Ihr geht nicht nach Vienne! Nicht allein! Wir alle werden vor das Konzil treten, alle, die in Freiheit sind! Wir sind es unseren ermordeten Brüdern schuldig, für die Wahrheit einzutreten! Und wenn wir sterben, Arnaud, dann gemeinsam!“
„Jocelin…du weißt, dass deine Gelübde nicht gültig sind? Dass du ein freier Mann bist?“
„Wir gehen vor das Konzil“, wiederholte er nur. „Ich sage den anderen Bescheid!“

Noch in derselben Nacht begannen die Templer ihren Weg nach Vienne zu planen. Wer noch sein Ordensgewand besaß, machte sich eifrig daran, es zu säubern und zu flicken- es galt schließlich, in die letzte Schlacht zu ziehen! Boten wurden ausgeschickt, um die übrigen freien Templer zu benachrichtigen und zusammenzurufen. Nicht nur jene von den alten Gefährten aus Etampes, Provins und der Auvergne, sondern auch jene, mit denen man in den letzten Monaten Kontakte geknüpft hatte. Geflohene, Rekonziliarisierte und Freigelassene, der Jagd Entkommene von jenseits der Grenzen. Während der letzten Jahre hatte sich ein effizientes Netzwerk gebildet, mit geheimen Zeichen zur Verständigung, Schlupfwinkeln und Hilfs-Seilschaften bis hinunter nach Spanien. Ein wenig war es wie einst in Palästina, in den von den Ungläubigen besetzten Gebieten. Nur dass sie sich heute im Territorium Seiner Allerchristlichsten Majestät befanden…
Guillaume de Nogaret beobachtete jede Regung des Vorkosters. Die Speisen, die man aufgetragen hatte, schienen in Ordnung zu sein. Aber der Siegelbewahrer wusste, dass es heimtückische Gifte gab, und so würde er dennoch mit Unbehagen essen. Er hatte Angst, Philipp de Marigny würde versuchen, ihn zu vergiften. Er war überzeugt, dass der Erzbischof von Sens gegen ihn intrigierte. Hinter jedem noch so unbedeutenden Ereignis meinte er dessen Betreiben zu entdecken. Und jetzt, wo König Philipp nach der Befreiung des Templers gegen jeden am Hofe misstrauisch war, mochte er die Gunst der Stunde für sich nutzen...
Zu gern hätte er Philipp de Marigny in den Schlund der Hölle befördert, den jener so gerne in seinen Predigten heraufbeschwor. Aber es war ganz einfach kein Herankommen an den Erzbischof.
Er hatte eine exzellente Leibwache und, wie es schien, arbeiteten

selbst die Spatzen auf den Dächern für ihn als Spitzel…
Missmutig und appetitlos stocherte er ein wenig in seiner Pastete und trank einige Schluck Wasser, als Schritte auf der Treppe klangen. Einen Moment später ließ der Waffenknecht, den Nogaret seit einiger Zeit vor der Tür seines Privatgemachs postiert hatte, einen Mann mit den Insignien eines königlichen Boten zu ihm vor.
„Seine Majestät wünscht Euch zu sprechen, Sire Guillaume!“ meldete er knapp.
Der Siegelbewahrer wischte sich mit der Serviette über den Mund und stand auf, geradezu dankbar für die Unterbrechung des freudlosen Mals. Doch gleichzeitig nistete sich ein beunruhigender Gedanke in ihm ein. Was mochte der König zu dieser Stunde von ihm wollen…?

König Philipp war zornig. Noch waren die Flüchtlinge nicht aufgegriffen worden, und jeder Tag, den er vergeblich wartete, steigerte seinen Zorn. Hinzu kam, dass das Konzil keine Anstalten machte, die Templer endlich zu verurteilen und ihm die ersehnten Güter zu übertragen. Vielleicht war Philipp de Marigny doch zu sehr an seiner eigenen kirchlichen Karriere als an den Belangen des Reiches interessiert!
„Sire Guillaume“, richtete der König das Wort an seinen Siegelbewahrer. Still hatte Nogaret eine Stunde auf diese Anrede gewartet und nichts von der inneren Qual erkennen lassen, die ihm dieses Ausharren im Ungewissen bereitete. Dieser Kunst zu warten verdankte er einen großen Teil seines Ansehens bei Seiner Majestät.
„Sire Guillaume, Ihr geht nach Vienne. Teilt Papst Clemens mit, ich wünsche, dass der Orden der Templer unverzüglich aufgehoben wird, ohne eine Verteidigung! Man braucht nicht zu hoffen, dass sich irgendwelche Verteidiger melden! Ich wünsche weiterhin, dass alle bewegliche und unbewegliche Habe des Ordens der französischen Krone zugesprochen wird. Wenn Seine Heiligkeit das tut, so verspreche ich, von der Anklage gegen Papst Bonifatius abzusehen... und einen Kreuzzug zur Befreiung Jerusalems zu führen.“
„Einen … Kreuzzug, Euer Majestät?“
„Nun, warum nicht? Die Heiligen Stätten brauchen einen würdigen Verteidiger, nachdem sie von diesen ketzerischen Hunden der Templer so schmählich im Stich gelassen wurden, findet Ihr nicht?“

Seit das Konzil begonnen hatte, war die Einwohnerzahl der Stadt Vienne um das Doppelte gestiegen. Jeder der Prälaten führte eine eigene Truppe Bewaffneter und einen Tross Diener mit sich. Gastwirte und Händler verdienten mit den üblichen Preisaufschlägen Vermögen; Diebe und Huren erlebten goldene Zeiten. Unmöglich war es, innerhalb der Mauern noch ein Quartier zu bekommen, und wäre es der erbärmlichste Verschlag.
Als Jocelin und seine Gefährten ankamen, blieben sie daher im Waldgebiet vor Vienne zurück. Einige Tage sandten sie Brüder in die Stadt, um die Gegebenheiten und die Lage auf dem Konzil zu erkunden. Dann entschieden sie, vorerst nur eine kleine Abordnung vor das Plenum zu schicken, die Sicherheiten für die Zeugen aushandeln sollte. So ritten Jocelin, Arnaud, Ranulf und sechs weitere Brüder die Hügel nach Vienne hinunter.
Staunend, erschrocken, nicht wissend, was sie davon halten sollten, machten die Leute den Männern im weißen Habit Platz. Selbst die Stadtbüttel und die päpstlichen Gardisten vor dem Portal der Kathedrale wichen zurück wie vor einer Erscheinung, von der noch nicht klar war, ob sie Gottes Wohlwollen oder sein Strafgericht ankündigte. Ungehindert schritten die Ordensbrüder die Treppe zur Kathedrale hinauf, niemand wagte sie anzufassen
Ranulf stieß die Portalflügel auf, und dann marschierten die Templer in den Licht durchfluteten Kirchenraum. Mit einem Schlag waren die Gespräche der Konzilsväter verstummt. Ein Augenpaar nach dem anderen wandte sich ihnen zu. Bestürzt, ungläubig die einen, deutlich verängstigt die anderen.
Jocelins Stimme klang laut und klar durch das Gewölbe: „Heiliger Vater, wir entbieten uns zur Verteidigung des Ordens vom heiligen Tempel!“
Papst Clemens umklammerte die Lehnen seines Thrones. Sie waren also doch gekommen! Allen Erwartungen zum Trotz! Er hätte nicht entsetzter sein können, wenn die himmlischen Heerscharen vor ihm hernieder gestiegen wären.
„...Wir verlangen einen neuen, einen rechtmäßigen Prozess, wie er uns nach Euren Privilegien zusteht! Wir sind nicht die Einzigen, die für die Unschuld unseres Ordens bereit sind zu sprechen! Noch viele andere Brüder warten -”
„Sie wollen das Konzil überfallen!“ rief einer der königlichen

Parteigänger und sprang in Panik auf. „Sie wollen das Konzil überfallen, sie haben sich zusammengerottet! Hört doch! Heiliger Vater, Ihr müsst handeln!"
Es war der Vorwand, den Papst Clemens brauchte. Verzweifelt griff er danach. „Verhaftet diese Männer!" befahl er mit einem Wink zu den Wachposten.
Einer der Templer zog sein Schwert, ein anderer tat es ihm nach.
„Die Waffen weg!" schrie Jocelin sie an und warf er sich vor dem Papst nieder. Er wollte nicht glauben, dass Clemens sie wieder verriet!
„Heiliger Vater, hört uns an! Bei der Liebe Christi-"
Drei Söldner stürzten sich auf ihn, zerrissen seine Tunika, während sie ihn fortzerrten.
„Clemens, Ihr kreuzigt Christus noch einmal!!!"
Noch lange schien der Schrei durch die Kathedrale zu hallen, als werde er von den Statuen an den Säulen und den Fratzen auf den Kapitellen wiederholt.

Ghislaine schritt unruhig im Kreuzgang der Kathedrale von Vienne auf und ab. Sie wartete auf Gregor von Rouen. Am Morgen, als die Templer beunruhigt über das Ausbleiben ihrer Ordensbrüder einen Kundschafter in die Stadt schicken wollten, hatte sie sich erboten, zu ihrem Onkel zu gehen. Endlich erschien der Erzbischof.
Seine sorgenvolle Miene erhellte sich etwas, als er die Besucherin in der Tracht einfacher Landfrauen erkannte. „Ghislaine, mein Kind! Ich bin so froh, dich gesund zu sehen nach allem, was geschehen ist!" Die näheren Umstände wagte er kaum anzusprechen. „Du bist hier wegen Yvo, nicht wahr? Wo ist der kleine Tunichtgut? Was für Sorgen macht er dir nur immer..."
„Yvo ist bei - bei guten Freunden", antwortete sie im letzten Moment ausweichend. „Sorgen? Ja, aber trotzdem bin ich stolzer auf ihn jetzt als zu der Zeit, als er Knappe am Königshof war. Gott vergebe mir!"
Gregor von Rouen seufzte. „Ich kann nichts für den Jungen tun, Ghislaine. Schon deshalb nicht, weil ich selbst keine sonderlich gern gesehene Person mehr am Hof bin. Mit Philipp de Marigny als bösem Geist am Ohr Seiner Majestät zählt das Wort jedes Bänkelsängers mehr als das meinige."

„Es geht mir nicht um Yvo, Vater Gregor..." Allen Mut zusammennehmend sprach sie weiter: „Gestern sind neun Brüder des Templerordens vor das Konzil gegangen. Ist Euch bekannt, was mit ihnen geschehen ist?"
„Meine Tochter!" murmelte der Erzbischof erschrocken. Unwillkürlich sah er sich um, ob irgendwer die Worte hatte hören können.
„Ich war nicht anwesend bei dieser Sitzung", flüsterte er dann. „Soviel ich weiß, hat man die Templer verhaftet, weil sie drohten, das Konzil zu überfallen."
„Das ist nicht wahr! Das kann nicht wahr sein! Jocelin war bei ihnen! Nie würde er so etwas zulassen!"
„Jocelin?! Er ist am Leben?! Der Bischof von Mende redete wirres Zeug von einer Auferweckung der Toten und Dämonen... jetzt begreife ich! War er es, den Yvo befreit hat?" Die Stimme des Erzbischofs hatte sich zu einem kaum noch hörbaren Hauch gesenkt.
„Ja", antwortete Ghislaine ebenso leise und ergriff die Hände ihres Onkels. „Fast umgebracht hatte ihn der König! Und jetzt ist er wieder im Kerker? Das dürft Ihr nicht zulassen! Ihr müsst uns helfen!"
Der Erzbischof legte ihr beruhigend die Hand auf den Kopf. „Ghislaine, höre mir zu: Ich will für Jocelin und seine Ordensbrüder tun, was ich kann. Aber das ist nicht so leicht, wie du vielleicht glaubst! König Philipp ist mit einem Heer nach Lyon unterwegs. Gewiss denkt keiner der Konzilsväter, ein Häuflein Templer könnte dem Konzil gefährlich werden, aber sehr wohl kann das König Philipp, wenn wir ihm nicht willfährig genug sind..."

Der Kerkermeister drehte die Münze zwischen den Fingern. „Geh!" befahl Ghislaine. „Ich will allein mit ihnen sprechen, sagte ich!"
Der kahlköpfige Mann rührte sich nicht von der Stelle. Bedeutungsvoll ließ er den Blick von der Münze zur Tür des Verlieses wandern. Zornig presste Ghislaine die Lippen zusammen, riss ihren Ring vom Finger und warf sie in die gierigen Hände. „Reicht das jetzt?"
„Zehn Vaterunser lang!"
Gemächlich stapfte der Kerkermeister die Treppe hinauf. Ghislaine öffnete die kleine Klappe in der Tür und drückte das Gesicht gegen

die Gitterstäbe.
„Jocelin! Jocelin, hört Ihr mich?“
Aus dem Halbdunkel schälte sich eine Gestalt und eine leise Stimme fragte:
„Ghislaine, was sucht Ihr hier?“
„Ich komme von Erzbischof Gregor. - Wie behandelt man Euch und die anderen?”
„Wir nehmen unser Schicksal an in Gottes Namen. Betet, dass man uns einen raschen Tod gönnt!“
Gütiger Himmel, sie wollte so etwas nicht von ihm hören! „Nein, gebt noch nicht auf! Ich habe mit meinem Onkel gesprochen. Er sagte, viele der Konzilsväter, fast das ganze Kardinalskollegium und auch Clemens selbst seien für eine Verteidigung des Ordens. Aber König Philipp ist mit Truppen nach Lyon unterwegs...“
Diese Erwähnung ließ Jocelin schaudern. Von einem Augenblick zum anderen waren die Schreckensstunden in den Händen der Folterknechte wieder so deutlich präsent, dass seine Knie zitterten. „Ich habe nicht die Kraft, es noch einmal auszuhalten“, dachte er.
„...Man fürchtet, er könne Vienne angreifen, falls dem Orden die Verteidigung gestattet wird. Aber wenn Philipp abzieht, dann -“
„Ah, Madame“, rief Ranulf aus der Dunkelheit. „Philipp und das Feld räumen? Seine Majestät wird keinen Fuß zurücknehmen! Das sind vergebliche Wünsche! Eher fließen die Flüsse aufwärts und die Bäume wurzeln in der Luft!“
„Vielleicht nicht...“ sagte Arnaud plötzlich nachdenklich. „Stünden die Templer Papst Clemens bei, vielleicht...?“
„Ja.“ Jocelin hob den Kopf, kämpfte mit seiner eigenen Stimme gegen sein wild pochendes Herz und die Beklemmung an. „Ja, Ihr habt recht, Sire Arnaud! - Ghislaine, richtet dem Erzbischof von Rouen aus, die Schwerter des Tempels stehen dem Heiligen Vater zur Verfügung! Und sagt Bruder Jean, er möge sich bereithalten, dem Befehl Papst Clemens‘ zu folgen!“
Arnaud streifte den Ring von seinem Finger.
„Madame, hier habt Ihr unser Siegel!“
„Ghislaine, Ihr dürft nicht noch einmal zu uns kommen!“ flüsterte Jocelin, während er ihr das Unterpfand reichte. „Bleibt bei unseren Brüdern vor der Stadt! Ganz egal was geschieht! Kommt nicht noch einmal zu uns!”

Er streckte eine Hand durch das Gitter, berührte ihr Gesicht. Für einen Moment überlegte er, ob er ihr sagen sollte, wie schön sie war… so viel schöner als in all seinen Fieberträumen im Kerker… und wie viel sie ihm bedeutete. Aber was würde das bringen in dieser Stunde? Was außer Leid? Er wollte ihr das nicht antun. Sie schmiegte eine tränennasse Wange in seine Hand.
Da klangen die Schritte des Kerkermeisters auf den Stufen.
„Schluss!" erklärte er barsch, schob Ghislaine zur Seite und schlug das Fensterchen zu.

Über eine Woche verhinderte Papst Clemens' schlechter Gesundheitszustand, dass die Konzilsväter zu einer allgemeinen Sitzung zusammentrafen. Als man sich endlich wieder in der Kathedrale einfand, brach augenblicklich der Streit über den Templerorden los. Gestärkt durch die Nähe König Philipps wechselte die Partei des Bischofs von Mende zwischen Forderungen, die Templer zu verurteilen und Anklagen gegen Papst Bonifatius und Papst Clemens. Schließlich drohte sie sogar, das Konzil zu verlassen. Erst Kardinal Berengars Ankündigung, die Betreffenden in diesem Fall zu exkommunizieren, brachte die Anhänger des Königs dazu, ihre Plätze einzunehmen.
Erzbischof Gregor erhob sich im Plenum der Konzilsväter. Er hatte die ganze vergangene Nacht mit sich gerungen, ob er tatsächlich in die Tat umsetzen wolle, woran er dachte. Aber nun hatte er keinen Zweifel mehr. Er musste sprechen, mochte ihm das möglicherweise auch recht bald sein Amt und sein Leben kosten!
„Von unserer Versammlung, dem ökumenischen Konzil, erwartet die Christenheit Gerechtigkeit und Erbauung, die Kirche neuen Ruhm und die Zukunft ein großes Beispiel", begann er. „Wir haben über das Schicksal eines Ordens zu entscheiden, der berühmt und mächtig ist diesseits und jenseits der Meere. Ihr kennt die Hauptanklagen; man hat Euch die Ergebnisse der Untersuchungen vorgelesen. Nun! Wer von uns glaubt jetzt noch an die Schuld des Ordens und der Ritter? Es heißt, sie hätten Götzenbilder angebetet. Mehrere Zeugen sagten aus, es habe solche Bilder in England, Frankreich, in Italien und Spanien gegeben. Wie kam es, dass diese Bilder an dem Tag verschwunden waren, als man sich der Ritter und der Güter des Ordens bemächtigte? Ist es an uns, diese plumpen

Lügen der Anklage blind zu übernehmen? Haben wir vergessen, dass die Templer vom Altar, dem Zeugen ihrer heiligen Verpflichtung, zum Kampf eilten, und dass sie nur in Gefahr und Tod gingen, um unsere Religion zu verteidigen? Ich wage zu sagen, je mehr das Unglück und die Vorurteile auf dem Orden lasten, um so mehr halte ich es für eine Pflicht, nicht endgültig über sein Schicksal zu entscheiden, ohne die Verteidiger zu hören! Ein feierliches Versprechen des Heiligen Vaters erklärte, diese letzte Zuflucht solle ihnen nicht verwehrt werden. Sie haben die Hoffnung, dass Euer endgültiges Urteil sie für die Fesseln, die Foltern, die Scheiterhaufen, die sie bis zum Tode beim Verfechten der Unschuld des Ordens erduldeten, entschädigen wird. Ihr allein, Heiliger Vater, bleibt ihnen auf Erden, und Gott im Himmel!"
Clemens senkte den Kopf, als sei die päpstliche Krone eine zu schwere Last geworden.
Gregor von Rouen sprach weiter: „Ich schlage vor, dass man die Fesseln sprengt, mit denen man in so unwürdiger Weise die neun Ritter gebunden hat, und dass man sie anhört. Ich sage noch mehr: den Meister, den man zum Unheil verdammt zu haben scheint, zur Qual, seine tapferen Brüder zu überleben, suche ich unter uns. Ich verlange, dass er am Konzil teilnehme -"
„Euer Heiligkeit, den Prozess gegen den Meister habt Ihr Euch reserviert!" schrie der Bischof von Mende dazwischen, im Versuch, den Papst auf seine Seite zu ziehen. "Wie sollte das Konzil es wagen, sich darüber ein Urteil anzumaßen? Es ist mir unverständlich, wie Seine Ehrwürden Gregor eine solche Sache fordern kann!"
Doch der Erzbischof von Rouen bewahrte die Ruhe. „Der Heilige Vater hat sich sein Urteil vorbehalten, sagt Ihr mir. Aber der Meister hat unaufhörlich um dieses Urteil gebeten! Er hat stets verkündet, er werde sich vor dem Papst verantworten. Warum also hat man ihn noch nicht angehört? Einen Unglücklichen nicht zu richten, den eine feierliche Anklage vor der ganzen Christenheit verleumdet, wenn er seit so langer Zeit verlangt, man möge über sein Schicksal urteilen, ist vielleicht ein größeres Unrecht, als ihn unschuldig zu verurteilen! Nahezu 500 Templer hatten sich zur Verteidigung gemeldet; was ist aus ihnen geworden? Die Scheiterhaufen oder die Kerker haben sie verschlungen. Welcher Christ, welcher auch nur vernunftbegabte

Mensch hätte sich nicht entrüstet und empört bei der Nachricht von dem, was bei mehreren Provinzialkonzilien in Frankreich vorging? Ich wende mich an die Prälaten, die ihnen vorstanden: Wo findet man in den verschiedenen Untersuchungen gegen den Orden und die Brüder den Beweis dafür, dass die Templer der Ketzerei verfielen, wo findet man vor allem den Beweis, dass sie ihr WIEDER verfielen? Indessen hat man sie verurteilt, als ob sie rückfällige Ketzer gewesen seien. Unter welchem Vorwand? Weil sie bezeugten, sie hätten nur der Folter nachgegeben und vor der göttlichen und menschlichen Justiz nichtige Geständnisse widerrufen. Welches Gesetz aber gestattet eine so außerordentliche Verurteilung? Meiner Ansicht nach ist dies die schlimmste Ketzerei, die jemals der Kirche Ärgernis bereitete, dass man Kämpfer, die sich allesamt öffentlich zu unserer Religion bekannten und es für ihre vornehmste Pflicht hielten für sie zu sterben, zu rückfälligen Ketzern stempelte! Die meisten französischen Templer sind in der Folter und in den Flammen umgekommen, andere, die man in den Gefängnissen unmenschlich behandelte, sind dort gestorben als Opfer ihrer Ergebenheit an die Pflicht und an die Wahrheit. Die Wächter dieser Unglückseligen bezeugen, dass der letzte Schrei der Sterbenden ein Schwur der Unschuld war! Trotzdem behandelte man sie wie Exkommunizierte, sie starben verabscheut von den Menschen!“
Als er einen Augenblick lang schwieg, herrschte vollkommene Stille. Selbst das verhaltene Murren der königlichen Partei war verstummt.
„Es ist an der Zeit, diesen Märtyrern Recht zuteil werden zu lassen. Hier, in dieser und in der jenseitigen Welt!” rief Erzbischof Gregor dann, beschwörend die Hände ausgebreitet. „Ja, ich rufe Gott selbst zum Zeugen auf, um die Rechte und Ansprüche der unterdrückten Ordensbrüder zu wahren und sie vor Unheil zu schützen!“

Noch während der Rede hatte Papst Clemens die Kathedrale verlassen. Von zwei Bediensteten ließ er sich in seine Gemächer führen. Er fühlte sich sterbensmatt. Er fiel in einen unruhigen Schlummer, aus dem ihn jedoch schon bald der Kammerdiener weckte.
„Erzbischof Gregor ist hier, wollt Ihr ihn sprechen, Euer Heiligkeit?“
„Ja, er möge eintreten“, gewährte der Papst und brachte sein

Gewand in Ordnung.
„Heiliger Vater, ich bringe Euch das Ergebnis der Konzilsabstimmung. Vier Fünftel der Konzilsväter haben sich für eine Verteidigung der Templer ausgesprochen.“
Der Papst legte die Liste des Erzbischofs zur Seite, ohne sie anzusehen. Stattdessen reichte er Gregor von Rouen ein Pergament, an dem noch das zertrennte Siegelband hing.
„Lest das!“
„Zeugen, die beschwören, dass Papst Bonifatius Zwiesprache mit den Dämonen betrieb... Zeugen, die beschwören, dass er der Unzucht ergeben war... Zeugen, dass er seine Amtsvorgänger ermorden ließ, um auf den Stuhl Petri zu gelangen...“
„Das brachte mir heute morgen ein Bote Seiner Majestät“, fügte Clemens erklärend hinzu.
Gregor von Rouen ließ das Blatt sinken.
„Die Verurteilung der Templer mag ein schweres Unrecht sein“, sprach der Papst weiter. „Aber ein schweres Unrecht zerschlägt nicht die Kirche! Doch wenn ich Bonifatius verurteilen muss - und wenn Philipp diese Aussagen an die Öffentlichkeit bringt, würde mir nichts anderes übrig bleiben - das würde bedeuten, die von ihm gespendeten Bischofsweihen sind ungültig, auch die meinige! Und die Bischöfe haben Priester geweiht, Sakramente gespendet, all das wäre dann ungültig! Hunderte Christen wären nicht getauft, nicht gültig verheiratet! Die Kirche würde im Chaos versinken!“
„Seine Majestät hat kein Recht, entsprechende Verurteilungen von Euch zu fordern, weder die eine noch die andere!“ entgegnete Gregor von Rouen mit der Entschiedenheit, deren Notwendigkeit ihn die vergangenen Wochen gelehrt hatten. „König Philipp hat die Mitglieder eines geistlichen Instituts gefangen genommen, sie in schwerster Weise misshandeln lassen und ihre Güter an sich gerissen. Taten, für die mehrere Eurer Vorgänger Bann und Interdikt verhängt haben, Heiliger Vater.“
„Ach, meine Vorgänger! Soll ich Philipp exkommunizieren? Ich würde nicht mehr lang genug in Freiheit sein, die Sentenz zu veröffentlichen! Auch Bonifatius hat damals in Anagni die Exkommunikation König Philipps vorbereitet, als Nogaret ihn überfiel, wisst Ihr das nicht mehr?“
„Bonifatius hatte keine Armee, die ihm ergeben war! Ihr schon! An

die 100 Templer sind bereits in den Wäldern ringsum versammelt! Stellt ihnen einen gerechten Prozess in Aussicht, und sie werden für Euch kämpfen bis zum letzten Atemzug! König Diniz von Portugal hat Euch ebenfalls Hilfe und Schutz zugesagt!"
Aber Papst Clemens besaß kein Vertrauen in eine Armee, deren Stärke er nicht mit eigenen Augen sah. Nach Portugal fliehen? Das eine Gefängnis mit einem anderen tauschen? Im war nicht nach Abenteuern dieser Art zumute! Mit einer matten Handbewegung befahl er lediglich, den Erzbischof wieder hinauszuführen.

„König Philipp ist da!"
Der Schrei riss die im erzbischöflichen Palais wohnenden Prälaten in der kommenden Nacht zu ungewohnt früher Stunde aus dem Schlaf.
„Heiliger Vater, König Philipp -"
Clemens schob die Vorhänge seines Bettes zur Seite, starrte den Kammerdiener entsetzt an.
„Philipp? Wo?"
„In Vienne! Vor der Kathedrale, Heiliger Vater!"
Der Papst stand auf, kleidete sich in aller Hast an. Seine Finger waren plötzlich so kalt und steif, dass er den Gürtel zweimal fallen ließ, aber er wollte sich nicht helfen lassen. Kurz darauf in der Galerie des Palais angelangt sah er das Schreckliche. Im Schein dutzender Fackeln stand Seine Majestät auf dem Kathedralplatz, begleitet von zweien seiner Söhne, eine große Zahl Bewaffneter hinter sich.
Genügend, um das Konzil gefangen zu nehmen... Die Kälte kroch höher in den Papst hinauf und legte sich wie eine unsichtbare Schlinge um seinen Hals.
„Euer Heiligkeit, wünscht Ihr wieder in Euer Gemach zu gehen?"
„Nein, hinunter in die Kathedrale!" erwiderte Clemens, gegen seine Übelkeit ankämpfend.
Schnell rief der Kammerdiener ein paar Kerzenträger herbei, die die finsteren Treppen und Gänge vom Palais zum Gotteshaus erleuchten sollten. Auf dem Weg gesellten sich noch einige aufgeregte Prälaten und Bedienstete zu der seltsamen Prozession. Noch im Nachtgewand huschte der Ostiarius mit den Kirchenschlüsseln an ihnen vorbei. Einen Augenblick später öffneten sich die Flügel des

Kathedralportals und Papst Clemens trat hinaus. Im selben Moment glitt König Philipp aus dem Sattel, lief die Stufen hinauf und neigte sich zu einem eleganten Fußkuss vor dem Heiligen Vater.
„Euer ergebenster Diener, Euer Heiligkeit! - Wir sind froh, Euch wohlauf zu sehen! Nachdem Uns Gerüchte erreichten, dass eine Bande Templer hier ihr Unwesen treibe, hielten Wir es für Unsere Pflicht, zu Eurem Schutz zu eilen.“
Unbewusst wich Clemens einen Schritt zurück.

Im Wald vor Vienne saßen die Brüder um ein nur noch glimmendes Feuer. Wieder war ein Tag vergangen, ohne dass sie etwas von Jocelin und den anderen in Vienne Gefangenen gehört hatten. Jean de Saint-Florent vernahm einen kurzen Wortwechsel Ghislaines mit dem Posten und sah sich erstaunt um.
„Ihr seid schon zurück, Madame?”
„König Philipp ist in Vienne.”
„Philipp in Vienne?”
Ghislaine nickte. Die Schreckensnachricht stand ihr noch ins Gesicht geschrieben. „Gestern Nacht ist er gekommen, mit beinahe 200 Söldnern und Rittern. Ein Teil lagert vor der Kathedrale.”
„Dann ist alles verloren“, murmelte einer der Ordensbrüder resigniert.
„Verdammt!” stieß Raimond hervor. „Dann holen wir Clemens doch einfach raus!“
„Ohne ausdrückliche Billigung Seiner Heiligkeit können wir nichts, GAR NICHTS tun!“ entgegnete Jean.
„Es würde aussehen, als wollten wir den Papst entführen, ihn mit Waffengewalt zwingen! Das wäre das endgültige Todesurteil für den Orden! Clemens muss uns wenigstens EIN Zeichen geben, so lautet der letzte Befehl von Komtur Jocelin.”
Raimond seufzte. „Ich kann nur das verfluchte Warten nicht mehr aushalten! Sollten wir nicht versuchen, unsere Brüder zu befreien?”
Daran hatte Jean mindestens ebenso oft gedacht. Ghislaine hatte ihnen beschrieben, wo Jocelin und die anderen festgehalten wurden. Aber unterdessen konnte man sie längst an einen anderen Ort gebracht haben. Er schüttelte den Kopf.
„Das ist zu riskant! Und falls der König bisher noch nichts von den Gefangenen weiß, wird er es dann mit Sicherheit herausbekom-

men!“
„Ihr glaubt, die Prälaten haben es ihm nicht längst geflüstert?“
„Wir können nur hoffen, Bruder Raimond. Und beten! Und uns bereithalten, wenn die Nachricht kommt…”
Noch bevor er ausgesprochen hatte, sah er, dass Ghislaine niedergekniet war und sich ihre Hände um den Rosenkranz schlossen.
„Betet!“ wiederholte er laut. „Betet! Alle!“

Obwohl später Vormittag, war es noch düster. Kein Lichtstrahl erweckte die Szenen in den farbigen Fenstern der Kathedrale von Vienne zum Leben. Von irgendwo blies ein heftiger Luftzug durch das Gewölbe und löschte die Kerzen der Akolythen aus, die Papst Clemens zu seinem Thron begleiteten. Verärgert ruhten die Blicke einiger Konzilsväter auf Clemens. Zwei Wochen hatte er mit König Philipp außerhalb des Konzils verhandelt. Strengste Geheimhaltung umgab all diese Unterredungen. Heute saß Seine Majestät neben Papst Clemens. Hinter dem Thron Philipps stand, ungeachtet der noch immer nicht gelösten Exkommunikation, Guillaume de Nogaret. Der Papst hatte sich erhoben. Während er das Eröffnungsgebet sprach, näherte sich ihm sein Notar. Auf einem Samtkissen trug er feierlich eine Pergamentrolle mit dem großen päpstlichen Bleisiegel. Erzbischof Gregor von Rouen bemerkte, wie Clemens' Hand zitterte, als er die Bulle entgegennahm. Ebenso unsicher klang auch die Stimme des Heiligen Vaters.

„Bischof Clemens, Diener der Diener Gottes, zum ewigen Gedenken…“ Die Bulle gab eine kurze Zusammenfassung der bisherigen Verfahren gegen die Templer und ihrer Ergebnisse. Einige Konzilsväter hüstelten gelangweilt.

„...erschien es der Mehrheit der auf dem Konzil anwesenden Prälaten, dass dem Orden eine Verteidigung eingeräumt werden müsse, und dass der Orden ohne Beleidigung Gottes und in gerechter Weise allein aufgrund der erhaltenen Beweise für die Häresien, die Gegenstand der Ermittlungen gewesen waren, nicht verurteilt werden kann...”

„Er spricht sie frei!“ dachte Erzbischof Gregor, im Stillen jubelnd. Doch nur einen Augenblick währte seine Freude.

„...es ist zutreffend, dass aufgrund der bisher unternommenen Schritte der besagte Orden kanonisch nicht durch definitiven Urteilsspruch als häretisch verurteilt werden kann... aber den Skandal, den so viele Geständnisse, und besonders das Bekenntnis des Meisters, verursacht haben, können wir um des Wohles der Kirche willen nicht übergehen... Folglich lösen Wir durch apostolische Verfügung und nicht durch richterlichen Entscheid besagten Orden des Tempels mit ewiger Gültigkeit auf, beseitigen seine Regel, sein Ordensgewand und seinen Namen.“

Erzbischof Gregor schloss entsetzt die Augen.
„Gott sei uns gnädig!“ murmelte er. Wie aus nebelhafter Ferne vernahm er die übrigen Entscheide:
„Wir verbieten ausdrücklich, dass fernerhin irgendjemand in besagten Orden eintrete, sein Ordensgewand annehme, es trage und sich als Templer bezeichne. Handelt jemand dieser Verfügung zuwider, so sei er exkommuniziert...“
Ein Lächeln verzerrte die Lippen Nogarets. Dies war seine Stunde, der Sieg, den er eingebracht hatte, und nicht Philipp de Marigny! Dies war die Vollendung seiner Rache an der Kirche! Welch ein Triumph! Von ihrem eigenen Haupt war der Kirche ihr Schwertarm abgeschlagen worden! Zugrundegehen würde sie an dieser Wunde, langsam zugrunde gehen! Und nie wieder würde einer der Weißmäntel einen wehrlosen alten Mann in den Dreck stoßen!

Die Ordensbrüder waren überrascht, als Gregor von Rouen ihr Verlies betrat. Nie war der Erzbischof selbst zu ihnen gekommen.
„Messires, ich habe Euch den Erlass des Heiligen Vaters mitzuteilen“, sagte Gregor von Rouen, ein Pergament entrollend. Er las schnell, versuchte, sich hinter den trockenen Rechtsformeln zu verstecken.
„Der Orden ist... aufgelöst?“ wiederholte Arnaud fassungslos die letzten Worte des Erzbischofs. „Clemens hat es nicht gewagt, den Orden zu verurteilen, und trotzdem löst er ihn auf?!“
„Sagt mir...“ fragte Jocelin, „was hat Philipp dem Papst für diesen Verrat gegeben?“
„Die Anklage gegen Papst Bonifatius wurde zurückgenommen.“ Gregor von Rouen vermied, die Brüder anzusehen. „Ich habe Befehl vom Heiligen Vater, Euch freizulassen.”
„Was nützt uns nun diese Freiheit? Ist Clemens zu feige, uns zu richten? Hat er Angst, unser Blut könne auf seiner Seele lasten? - Ich werde nicht gehen!“
Zwei andere der Gefangenen stimmten dem Rufer zu.
„Nein. Wir werden gehen! Unsere Brüder warten auf uns“, erwiderte Jocelin leise, aber bestimmt. „Es ist unsere Pflicht, uns um sie zu kümmern.“
Der Prälat nickte ihm zu. Er führte die Templer aus dem Kerker in eine angrenzende Kammer. Hier lag ein Bündel weltlicher Kleider

bereit. Schweigend kamen die Ordensbrüder der Aufforderung nach, sich umzuziehen. Erzbischof Gregor wies unter ein schmales Dach, das sich an der Mauer entlang zog.
„Dort sind Eure Pferde. - Geht mit Gott, Messires!“
Jocelin machte einen Schritt, doch dann wandte er sich noch einmal um. „Ehrwürdiger Vater, ich möchte Euch um etwas bitten. Es geht um Ghislaine, Eure Nichte...“
Mit einem Nicken lauschte der Erzbischof den rasch geflüsterten Worten.

Jocelins Augen glitten über die versammelten Ordensbrüder. Das Entsetzen über das eben Gehörte lastete auf ihnen. Sie waren gekommen, um in die Entscheidungsschlacht zu ziehen. Und nun hatte man sie vernichtet, bevor sie die Waffen hatten ergreifen können. Fünf Jahre lang hatten sie um einen gerechten Prozess gekämpft, und jetzt war alles umsonst gewesen. Der Orden war aufgelöst. Mit einem einfachen Federstrich ausgelöscht. Das war genug, einen Mann loderndem Zorn auf Gott und die Menschen anheim fallen zu lassen. In den Gesichtern mancher seiner Brüder sah Jocelin das Feuer dieses Aufbegehrens, hörte die stummen Schreie nach Vergeltung. So viele brauchten Orientierung... Nahrung und Kleidung nicht nur für den Leib, sondern auch für die Seele. Sie mussten sich um sie kümmern. Sie mussten Wege finden!
„Brüder“, begann er und erhob sich. „Papst Clemens hat eine schwere Sünde begangen, für die der Herr Rechenschaft von ihm fordern wird. Niemals dürfen WIR unsere Hände zu einer Rache erheben! Niemals, sage ich, und ich beschwöre einen jeden von Euch, dies zu halten! Solange Clemens lebt, haben wir nichts zu hoffen, aber eines Tages wird ein neuer Papst kommen, ein neues Konzil, frei von König Philipp. Bis dahin können wir das Kreuz unseres Ordens nicht mehr auf unseren Gewändern tragen. Aber wir werden es auf dem Herzen tragen! Das, was immer der Geist unseres Ordens gewesen ist, wird uns Kraft geben, auszuharren, bis die Wahrheit offenbar gemacht wird: die Liebe zu Christus bis zum Tod! Kein ungerechtes Urteil kann den Tempel zerstören!”
„Aber wie sollen wir leben, Sire? Wohin sollen wir gehen? Hier in Frankreich können wir nicht bleiben!”
„Wir können ins Reich gehen“, riet einer der Brüder, ehe Jocelin

antworten konnte. „Dort war man uns freundlich gesinnt."
„Nein, ziehen wir nach Spanien oder Portugal! Dort haben die Provinzialkonzilien den Orden freigesprochen."
„Ja! Und außerdem habe ich gehört, bereite der König von Aragon einen neuen Kreuzzug vor!" kam ein anderer Ruf.
Ein Kreuzzug? Das war eine Nachricht, die in manchen der verzweifelten, zornigen Herzen, den gedemütigten und verstörten Seelen, wieder den Funken der Hoffnung entzündete. Doch viele andere schüttelten nur den Kopf. Hatte nicht auch Philipp von Frankreich von einem Kreuzzug gesprochen? Gegen die Feinde des Glaubens? Aber zu Feinden des Glaubens hatte die Krone auch ihren Orden und jeden einzelnen der Brüder erklärt...
Jocelin wandte kurz den Kopf Richtung Vienne. Von der Stadt mit ihrer Kathedrale nur noch ein dunkelgrauer Schemen vor dem Nachthimmel zu erkennen. Der Wind trug die Silben des Nachtwächter-Singsangs bis zu ihnen. Und dazwischen war immer wieder das vereinzelte Klirren von Waffen und Rüstungen zu hören, die einem geübten Ohr sagten, dass König Philipps Truppen keinesfalls daran dachten, untätig auf das Ende des Konzils zu warten. Sie waren unterwegs, um endgültig zu tilgen, was das Dekret des Papstes gerade entwurzelt hatte….
„Wir müssen fort von hier! An einen Ort, der nicht so leicht einzunehmen ist! Gebt den Befehl zum Aufbruch, Richtung Süden!"
Er wollte zu seinem Pferd, aber Jean de Saint-Florent hielt ihn zurück.
„Wartet! Was ist … mit Ghislaine?"
Jocelin drehte sich um, konnte in der Dunkelheit noch ihre Gestalt neben einem der Pferde ausmachen. Sie unterhielt sich mit ihrem Sohn, der damit beschäftigt war, die Packtaschen am Sattel zu befestigen. „Ich habe mit Erzbischof Gregor gesprochen, ehe wir Vienne verlassen haben. Er hat mir versprochen, sich für sie zu verwenden und ihre Sicherheit zu garantieren…" Noch während er sprach, kamen Jocelin diese Worte hohl wie Getreidespelzen vor. Welche Sicherheit konnte Gregor von Rouen garantieren? Der Papst hatte die Sicherheit ihres Ordens ebenso wenig ‚garantieren' können! Dennoch fuhr er fort: „Er wird versuchen, sie inkognito in einem Kloster in den Pyrenäen unterzubringen."
„Jocelin…" Jean schüttelte den Kopf und rang sichtlich mit sich,

vorzubringen, was er vorbringen wollte. Er konnte sich aber einfach nicht länger zurückhalten. „Das könnt Ihr nicht machen! Das könnt Ihr doch einfach nicht fertig bringen!"
„Bruder?"
„Ghislaine liebt Euch, seit Jahren! Sagt mir nicht, Ihr habt keine Ahnung davon! Eure Gelübde sind nicht gültig und –"
Von einer Sekunde zur anderen veränderte sich Jocelins Gesichtsausdruck; er starrte seinen Ordensbruder entgeistert an. „Woher wisst ihr das?" fragte er flüsternd.
Jean hob seufzend die Hände. „Ich habe Wache gestanden oben auf den Felsen. Ich habe nicht gelauscht. Es war ganz einfach jedes Wort zu verstehen, die Wände haben es nach oben getragen wie in einem Kathedralgewölbe. Ich wollte immer darüber schweigen, aber... verdammt noch mal, Ihr könnt Ghislaine doch nicht einfach im Stich lassen! Oh, ich weiß, SIE würde bereit sein, in irgendeinem maroden Konvent zu verschwinden, wenn Ihr das wollt – aber bei allen Heiligen Gottes, ich kann nicht so zusehen, wie Ihr -"
„Ja? WAS? Wie ich sie vor einem Leben in Armut und Elend bewahre? Was soll ICH ihr bieten, sagt mir das, Jean?!" Jocelin senkte seine Stimme etwas, als er merkte, dass sich einige Augen in ihre Richtung bewegten. „Ein Leben in Furcht und Flucht, am Bettelstab? An der Seite eines exkommunizierten, hinkenden Krüppels, den jede Nacht Albträume von den Folterungen plagen? Eine schöne Zukunft für sie, findet Ihr das?"
„Habt Ihr sie gefragt? Oder seid Ihr zu feige -"
„Was?!" Jocelins Gesicht war weiß vor Zorn. „Was maßt Ihr Euch an? Mein Bruder! Mein Waffengefährte! Und Ihr verratet mich, jetzt?!"
„Ich verrate Euch nicht! Ihr selbst tut es! Ihr seid ein verbohrter –"
Ein zischendes Geräusch unterbrach Jean und er fuhr herum. „Was war das?"
Ein Pfeil, der knapp neben ihm in einen Baumstamm fuhr, beantwortete die Frage. Hinter dem Blattwerk waren jetzt auch zahlreiche kleine Feuer zu sehen. Die Söldner hatten Fackeln angezündet, um ihre Beute heraus zu treiben.
„Rasch! Auf die Pferde und los!" rief Jocelin und Jean nickte. Der Streit von eben war bedeutungslos und vergessen angesichts des nahen Feindes. „Sie versuchen, uns den Weg zum Pass abzuschnei-

den! Wenn wir uns beeilen, können wir ihnen über die Westroute entkommen, über das Köhlerdorf!“
„Das ist verdammt gefährlich in der Nacht. Die Pferde könnten sich die Beine brechen oder wir im Dickicht stecken bleiben!“
„Aber was sonst? Einen Kampf können wir nicht riskieren, die anderen sind schon zu weit weg, unsere Gruppen sind zu weit auseinander gezogen; wir haben keine Zeit, uns zu organisieren!“
Fünf Jahre lang waren er und seine Brüder dem König entkommen, sollte er jetzt noch Erfolg haben? Als Krönung seines teuflischen Triumphs?!
„Auf die Pferde!“ wiederholte Jocelin entschlossen. „Jean, Ihr werdet voran reiten! Ghislaine, Yvo, Ihr in die Mitte! Lasst alle Satteltaschen, alles, was irgendwie hinderlich sein könnte, zurück! Schnell! Ich nehme Arnaud vor mich!“
Die Fackeln zwischen den Bäumen tanzten näher, die Stimmen der Söldner waren deutlicher zu verstehen. Unter ihnen eine Stimme, die Jocelin bis ans Ende seines Lebens nicht vergessen würde: König Philipp! Seine Majestät selbst war hier, auf der Jagd, um das Wild endlich zur Strecke zu bringen, das sich ihm so widerspenstig bisher entzogen hatte...
„Vorwärts!“ flüsterte er, gerade laut genug, dass die anderen ihn noch hören konnten. Der Feuerschein der Fackeln huschte wieder durch dunkle Nadelholzstämme und nachtschwarzes Blattwerk. Sie mussten froh sein über jeden, der in dieser Nacht aus Vienne entkam! So rasch der unebene, wurzelübersäte Untergrund es zuließ, ritten die Flüchtlinge vorwärts, tiefer in den Wald, in dem sich irgendwann in westlicher Richtung die Köhlersiedlung öffnen sollte. Steine klapperten unter den Hufen, stachlige Ranken rissen an Gewändern und peitschten über die ungeschützten Flanken der Tiere. Fort, nur fort von den Stimmen der Jäger und dem Feuerschein!

Plötzlich – ein erschrockenes Wiehern. Jocelin sah schemenhaft, wie sich eines der Pferde aufbäumte und seinen Reiter abwarf. Zweige knackten, dann hörte er einen leisen Schrei. Ghislaine! Er zog die Zügel an, starrte in das Gewirr aus Buschwerk und glitt aus dem Sattel. Eben riss das Mondlicht ihr erschrockenes Gesicht aus der Finsternis. „Ghislaine, seid Ihr verletzt?“

„Nein, ich glaube nicht... Jocelin, kümmert Euch nicht um mich! Reitet weiter! Flieht, um Gottes Willen!“
Schon klangen die Jäger wieder nah, bedrohlich nah.
„Ich kann Euch nicht einfach hier zurücklassen!“ Er beugte sich zu ihr, griff sie unter den Armen und zog sie hoch.
„Jocelin...geh!“ flüsterte sie jetzt. „Sie werden mir nichts tun! Und wenn... sterbe ich lieber jetzt und hier, als... als nach Jahren der Einsamkeit in irgendeinem Konvent! Ich kann nicht leben ohne dich... und ich will es nicht!“
Er nahm ihr Gesicht in seine Hände, versank in ihrem Anblick, den silbrigen Reflexen, die das Mondlicht in ihren Augen zauberte. „Ghislaine, niemals! Niemals lasse ich dich hier zurück!“ Mit einem Mal war ihm alles gleichgültig, nur diese Worte zählten und die Wärme ihres Körpers, die er durch das Gewand spürte. „Ich liebe dich, ich liebe dich, Ghislaine...“
Ihre Lippen berührten sich, gerade als ein Feuerschein durch das Blattwerk brach und ihrer beider Gestalten in flammendes Orange tauchte.
Jocelin wandte sich um.
Vor ihnen stand ein Reiter auf einem unruhig aufstampfenden Pferd. Das Fackelleuchten irrlichterte hinter den Baumstämmen, huschte über ein ebenmäßiges Gesicht, glänzte auf goldenen Lilienapplikationen, einer florentinischen Rüstung und einem blanken Schwert.
„Gräfin Ghislaine de Montfort, was für ein unerwartetes Wiedersehen“, sagte der König als befände er sich auf der Promenade des Louvre. „Und wen haben wir da? Eure ketzerische Buhlschaft?“ Er ritt ein paar Schritte näher. „Hast du geglaubt, du könntest meinem Richtschwert entgehen, Templer?“
Jocelins Hand fuhr zu seiner Waffe, als er das schleifende Geräusch eines anderen Schwertes hörte, das aus der Scheide gerissen wurde. Im Spiel von Licht und Nacht sah er entsetzt, wie Arnaud seinem Pferd die Sporen in die Seite schlug und mit gezogener Klinge auf den König zusetzte.
„Arnaud!“
Die Waffen des blinden Ordensbruders und König Philipps trafen klirrend aufeinander.
„Vater!!!“

Der nächste Hieb Seiner Majestät schlug Arnaud das Schwert aus der Hand, zerfetzte das Kreuz auf seinem Gewand und die ungeschützte Brust darunter.
„Christus...hilf..." war das Letzte, was er über die Lippen brachte. Als der alte Templer aus dem Sattel rutschte, war er bereits tot.
Die eigene Klinge jetzt in der Hand suchte Jocelin einen sicheren Stand zu bekommen und den König abzuwehren. Doch die Hufe von Philipps sich aufbäumenden Reittier waren drohend über ihm. Ghislaine schrie. Ihre Stimme hallte ihm wie splitterndes Glas in den Ohren.
Und dann... ein kaum hörbares Klacken. Eine Armbrust! Jocelin rollte sich zur Seite, entging den schlagenden Hufen und sah aus dem Augenwinkel einen weiteren Reiter. Seine kleine Statur machte ihn deutlich erkennbar, noch ehe er ein Wort gesprochen hatte. Yvo!
„Lasst sie gehen, oder ich töte Euch!" schrie der Junge jetzt.
Philipp erkannte seinen ehemaligen Schildträger, ebenso wie er die Entschlossenheit in seiner Stimme als einen Widerschein der eigenen wahrnahm. Nein, das waren keine leeren Worte! Der junge Montfort würde ihn umbringen, ohne Zweifel! Der König ließ sein Schwert sinken und drängte sein Pferd einige Schritt rückwärts, Yvo mit tödlichem Hass fixierend. Doch der Junge hielt die Armbrust schussbereit, während Jocelin und Ghislaine sich in den Sattel des Pferdes zogen. Schon schimmerten die Helme und Panzerungen der königlichen Begleiter durch die Bäume; es fehlte nicht mehr viel, und sie würden die Flüchtlinge eingekreist haben...
Einen raschen, verzweifelten, ungläubigen Blick warf Ghislaine noch ihrem Sohn zu, während sie sich an den Hals von Jocelins Reittier klammerte. Dann schlug das Dickicht hinter ihnen zusammen, legte sich wie eine Mauer zwischen sie und die Verfolger. Gedämpft vernahm sie das Wiehern eines Pferdes und menschliche Schreie.

Frankreich, Frühjahr 1314

Der junge Mann mit dem noch spärlichen Bart richtete sich im Sattel auf und musterte bewundernd die wehrhafte Anlage, die sich vor ihm erstreckte.
„Das war also Jocelins Komturei…"
„Ja", brummte Jean de Saint-Florent lediglich. Ihn schmerzte der Anblick der roten Standarte mit dem weißen Kreuz über den Zinnen von Provins – der Standarte der Hospitaliter.
An vielen alt vertrauten Plätzen hatten sie sie auf ihrem Weg bereits gesehen, das Zeichen, dass die frühere Heimat nicht mehr die ihre war und Fremde dort lebten, beteten und arbeiteten. Den Hospitalitern hatte Papst Clemens die Güter des aufgelösten Templerordens übertragen.
Natürlich war diese Entscheidung auf den Widerstand des Königs gestoßen. Er bestand auf einer Erstattung der Kosten des Prozesses sowie des Unterhaltes der Gefangenen. Monatelang hatte er an der Kurie gegen Hospitalorden geklagt, bis diese sich bereiterklärten, ihm eine Million Livres zu zahlen. Eine Million! Jean schüttelte den Kopf, als er daran dachte. Dafür, dass seine Brüder in den Kerkern langsam verrotteten, eine Million Livres!
„Kommt, Yvo!" rief er und lenkte sein Pferd zurück auf den Weg.
Seit vier Wochen waren sie unterwegs in die Normandie. Zu Erzbischof Gregor von Rouen einerseits, der seinem Neffen ein kleines Vermögen übereignen wollte, was er damals an der Einziehung der Montfortschen Güter vorbei gerettet hatte. Andererseits zu einer kleinen Gruppe ehemaliger Ordensbrüder, die sich unter Lebensgefahr im Pariser Umland um Versprengte kümmerte. Denn immer wieder tauchten umherirrende Rekonziliarisierte auf. Die Provinzialkommissionen hatten zahllose Templer, die sich geständig und reumütig gezeigt hatten, in Klöster eingewiesen. Für die niedrigsten Dienste missbraucht und von allen verachtet entschlossen sich nicht wenige zur Flucht. Andere wiederum hatten keine Familie mehr, die sie unterstützen konnte und vagabundierten durch die Lande.

Wie Donnergrollen klangen die Schritte durch das Gewölbe des

Verlieses, immer näher. Meister Jacques de Molay erhob sich gefasst. Sie kamen also. Er erwartete diesen Augenblick, seit König Philipp ihn und seine Leidensgefährten aus Corbeil in den Louvre gebracht hatte. Es war ihnen gesagt worden, eine Kommission untersuche ihren Fall. Bisher hatte niemand sie verhört... Die Riegel der Kerkertür wurden zurückgerissen. Einen eigentümlichen singenden Ton gab das Eisen von sich, als sie auf den Anschlag prallten. Dann wurde die Tür aufgetreten.
„Mitkommen! Los!“ schnauzte ein königlicher Söldner.
„Bei Gott, könnt ihr uns nicht endlich in Ruhe lassen?!“ brach es verzweifelt aus Godefrois de Charny hervor. Er kniete am Boden neben Hugo de Pairaud, der nach Atem rang. „Seht ihr nicht, dass er im Sterben liegt?“
Ohne ein weiteres Wort zu verlieren, stieß der Söldner Meister Jacques durch die Tür und packte Hugo de Pairaud. Ein neuer Hustenanfall schüttelte den ehemaligen Visitator. Blut quoll aus seinem Mund. Erschrocken ließ der Söldner ihn los.
„Trag ihn!“ befahl er Charny. „Und jetzt raus hier!“
Der Weg aus dem Verlies hinauf in den Hof des Louvre war nicht weit. Aber den Gefangenen bedeutete jeder Schritt Anstrengung und Schmerz, und nur mühsam schleppten sie sich vorwärts und wurden schließlich einen Karren hoch gezerrt.
„Bringt man uns... vor den Papst?“ keuchte Hugo de Pairaud. Die Hoffnung auf den Heiligen Vater war das einzige, was ihn die letzten Wochen noch am Leben gehalten hatte.
Er erhielt keine Antwort. Rumpelnd setzte sich der Wagen in Bewegung. „Papst Clemens!“ dachte Molay bitter. „Warum sollte er uns jetzt anhören, jetzt, nachdem wir sieben Jahre um dieses Gehör gebeten haben?“
Der Wagen ratterte über die Seinebrücke zur Ile de la Cité. Nein, vor den Papst schaffte man sie gewiss nicht… Er raffte sein fadenscheiniges Gewand über der Brust zusammen, im vergeblichen Versuch, etwas Wärme zu finden.

Philipp de Marigny, Erzbischof von Sens, sah mit geteilten Gefühlen auf die Menge, die sich zu beiden Seiten des Platzes vor Notre Dame eingefunden hatte. Eine stille Urteilsverkündung unter Ausschluss der Öffentlichkeit wäre ihm lieber gewesen. Aber Seine Majestät

hatte ein großes Schauspiel gewünscht. Aller Welt sollte noch einmal vor Augen geführt werden, wie berechtigt die Aufhebung des Templerordens vor zwei Jahren gewesen war. Denn zahllose Stimmen sprachen noch immer von einem Verbrechen, noch immer verehrten manche die Ermordeten von Sens als Märtyrer. Und noch immer hielten sich hartnäckige Gerüchte, der Orden sei nicht wirklich vernichtet, hier und da gäbe es noch Grüppchen, ehemalige Templer, die sich mit geheimen Zeichen untereinander verständigten und auf Rache sannen, die wie die Dämonen im Dunkel lauerten…
Unruhig rückte Philipp de Marigny mit der behandschuhten Rechten an seinem großen goldenen Pektorale. Eigentlich war vom Papst Gregor von Rouen das Amt übertragen worden, über die vier obersten Würdenträger des aufgelösten Ordens zu richten. Aber als sich der Erzbischof in ein Kloster zurückgezogen hatte, nötigte Seine Majestät dem Heiligen Vater die Ernennung Marignys ab.
Die Söldner erschienen mit den Gefangenen.
„Seht ihn euch an, den stolzen Orden vom heiligen Tempel!“ hörte Erzbischof Philipp einen seiner Gardisten flüstern, und erleichtert lehnte er sich in den gepolsterten Thron zurück. „Ich hatte Angst vor einem Hirngespinst!“ sagte er zu sich selbst. Diese vier zitternden, zerlumpten, schon halbtoten Greise, wie könnten sie noch eine Gefahr darstellen? Wahrscheinlich waren sie zu taub, um überhaupt das Urteil zu verstehen! Der Gedanke brachte Philipp de Marigny zum Lächeln. Wie schade, dass der gute Nogaret das nicht mehr erlebte! Vor einem Jahr war er gestorben, nach dem Verzehr eines wohl schon leicht verdorbenen Fischgerichts… Was für ein bedauerlicher Unfall war das doch gewesen… Und das auch noch, bevor Nogaret endlich seine Exkommunikation loswerden konnte…
Die Eskorte hatte vor der Tribüne haltgemacht. Hugo de Pairaud krümmte sich hustend zusammen und presste einen Lumpen gegen den Mund. Nachdem er gesehen hatte, dass nicht der Papst auf sie wartete, verließ ihn seine letzte Kraft.
Mit einigen salbungsvollen Worten wandte sich der Erzbischof von Sens an die Menge. Im gleichen sanften Tonfall fuhr er dann mit der Verlesung der päpstlichen Verordnungen und der Geständnisse der vier Würdenträger fort.
Godefrois de Charny starrte verzweifelt zu Boden.
Weshalb mussten sie diese widerlichen Lügen noch einmal hören?

Glücklich war der ehemalige Großkomtur des Poitou zu preisen, der nichts von alldem mehr wahrzunehmen schien!
„...hat bekannt... hat bekannt..." Wieder und wieder! Ihre Widerrufe waren nie auf das Protokollpergament gelangt!
„...und in Anbetracht der Abscheulichkeit dieser Verbrechen, der Schwere dieser Sünden, verurteilen Wir, Philipp, durch die Gnade Gottes Erzbischof von Sens, die oben genannten Brüder Jacques de Molay, Godefrois de Charny, Godefrois de Gonneville und Hugo de Pairaud zu lebenslänglicher Kerkerhaft. Im Namen -"
Der Schrei Jacques de Molays bereitete den Worten des Erzbischofs ein Ende.
Mit der Gewalt eines Blitzschlages hatte den Meister der Urteilsspruch getroffen. Alle Hoffnungen, die er bis dahin noch gehegt hatte, verglühten in einem Augenblick. Nichts blieb mehr zu erwarten!
„Es waren Lügen!" rief er, sich dessen bewusst werdend. „Nichts von diesen Verbrechen ist wahr! Mein einziges Verbrechen ist, dass ich falsche Geständnisse abgelegt habe!"
Jacques de Molays Stimme hallte mit einer Kraft über den Platz, die man nicht mehr in ihm vermutet hätte. Am allerwenigsten der Erzbischof von Sens. Marigny war vorgeschnellt und stieß einem der Gardisten in den Rücken. „Stopf ihm doch das Maul! Los!"
Der Bewaffnete sah sich um, sichtlich in Bedrängnis gebracht von der plötzlichen Wende des Geschehens und warf einen unschlüssigen Blick auf die Stadtbüttel. Wenn diese eingriffen...
„Im Angesicht des Todes bekenne ich, was ich vor dem Inquisitor gestanden und damals vor der Universität bestätigt habe, ist falsch! Ich habe gelogen, verlockt von falschen Versprechungen! Der Orden des Tempels ist ohne Makel!"
Aufs Neue von Marigny angefaucht, setzte sich der Gardist jetzt in Bewegung, packte Meister Jacques, wollte ihn am Weitersprechen hindern. Aber schon hatte sein Mut auch Godefrois de Charny ergriffen, und auch er widerrief…
Unter dem anwesenden Volk begann sich der Unmut mit lauten Flüchen gegen den Erzbischof Luft zu machen.

„DAS haben sie gesagt?!"
König Philipp riss dem Boten des Erzbischofs von Sens den Brief

aus den Händen. Es war geschehen, was er nie mehr für möglich gehalten hatte. Der Meister des Tempels und der Großkomtur der Normandie hatten alle Geständnisse zurückgenommen! Dies stellte in Frage, was er, Philipp, bisher erreicht hatte, was er mit Zähigkeit sieben Jahre verfochten hatte! Neben der Wut packte den König mit einem Mal auch Angst. Er hatte den Sturm auf den Tempel inszeniert, um sich Reichtum und Macht der Ordensbrüder zu Eigen zu machen, um sie in den Dienst seines Reiches zu stellen. Aber das Gold war ihm durch die Finger geronnen wie Sand, und die Güter des Ordens hatte der Papst den Hospitalbrüdern in ihren gierigen Rachen gestopft! Und die Macht, die er zu zerbrechen geglaubt hatte? War sie nicht noch immer lebendig, mächtiger und bedrohlicher als je zuvor? Durch seine Erinnerung huschte das Bild eines zu allem entschlossenen jugendlichen Armbrustschützen damals im Wald vor Vienne... Der junge Montfort hatte zu diesen Verfluchten gehört! All die Monate, die er an seinem Hof gewesen war, hatte er heimlich hinter seinem Rücken für sie gearbeitet! Und Ghislaine, Yvos Mutter! Und wer noch? Und wer gehörte JETZT noch zu ihnen, plante insgeheim sein Ende? Vielleicht gerade dort draußen, auf dem Platz?!
„Wo sind die Templer jetzt?“
„Seine Ehrwürden hat sie in der Kapelle des Bischofspalais eingesperrt. Das war der nächste Ort, und er meinte, wegen des Volks...“
„Ja, gut. Sollen sie dort bleiben! - Sire Enguerrand“, wandte sich der König hastig an seinen Finanzminister, das einzige gerade anwesende Mitglied des Kronrats, „...benachrichtigt den Prévot! Er soll mit seinen Männern und dem Henker kommen! Die beiden rückfälligen Ketzer werden verbrannt!“
Enguerrand de Marigny eilte an Seiner Majestät vorbei. Natürlich, er wusste, dass dem König ein solcher Urteilsspruch nicht zukam. Doch es wäre unklug gewesen, diese Bedenken zu äußern!

Es dunkelte bereits, als Jean de Saint-Florent und Yvo in Paris einritten. Doch die Straßen waren noch voller Menschen. Sie standen in Gruppen beieinander, sich aufgeregt unterhaltend, schienen auf etwas zu warten. Plötzlich kam eine Frau gelaufen, schrie, gestikulierte wild. Ein paar Leute rannten ihr nach zum Fluss.
„He!“ Jean hielt einen jungen Mann an. „Gab es ein Unglück?“

„Der König schickt zwei Templer ins Feuer!"
„Den Meister und noch einen!" fügte ein anderer Bursche hinzu. „Heut' morgen haben sie widerrufen!"
„Bei allen Heiligen Gottes…" entfuhr es Jean. Die Flammen der Scheiterhaufen zeichneten noch seine letzte, im Grunde seine einzige, Erinnerung an Paris…
„Wo?" schrie er den Leuten nach.
„Vor Notre Dame, hab' ich gehört!"
„Nein, nein", bestritt eine Frau kopfschüttelnd. „Auf der Ile des Juifs! Ich habe gerade das Boot gesehen, das sie hinbrachte!"
Jean stieß seinem Pferd die Sporen in die Seite. Gefolgt von Yvo jagte er die enge Gasse hinab.

König Philipp hatte keine Zuschauer gewollt bei diesem letzten Akt seines Schauspiels, diesmal nicht. In aller Eile war der Scheiterhaufen auf der kleinen Seineinsel aufgeschichtet worden. Ein doppelter Reigen königlicher Gardisten umschloss ihn. Die Fackeln der Henkersknechte warfen goldene Reflexe auf ihre Rüstungen. Unter dem unnahbaren Blick des Königs führte der Henker die beiden Verurteilten die Stufen zum Scheiterhaufen hoch. Jacques de Molays Gesicht war friedlich. Er hatte abgeschlossen mit der Welt. Und endlich schwieg auch sein eigenes anklagendes Gewissen. Jetzt würde er die Schande tilgen, die er auf sich und seinen Orden gehäuft hatte... Der Henker stieß die Männer gegen den Pfahl und warf einen Strick um ihre Schultern.
„Ich bitte, binde mich so, dass ich hinauf sehen kann zu Notre Dame! Die Heilige Jungfrau stand am Beginn unseres Ordens, und so Gott es gefällt, soll sie auch an seinem Ende stehen."
Der Henker zuckte mit den Schultern und schob ihn ein Stück nach rechts, ehe er die Fesseln festzurrte. Dann kletterte er hinunter und winkte den Knechten mit den Fackeln.
Schon senkten sich die Flammen an die Reisigbündel, da gebot die Stimme des Inquisitors Imbert Einhalt. Ein Kreuz in der erhobenen Hand schritt er auf den Scheiterhaufen zu.
Nichts durfte er unversucht lassen! Das Seelenheil zweier Menschen wog mehr als der Wille des Königs! Vielleicht widerriefen sie ja noch einmal!
„Ich bezeuge, dass der Orden des Tempels immer rechtgläubig und

rein war!“ antwortete Jacques de Molay der Aufforderung des Inquisitors. „Und ich weiß, dass jene, die uns zu diesem ungerechten Tod verdammt haben, dafür leiden müssen!“
„Gott erbarme sich Eurer!“ Abrupt drehte Imbert sich um.
„Eurer möge er sich erbarmen! Und Eurer, Philipp, König von Frankreich!“ schrie Godefrois de Charny.

Jean de Saint-Florent sprang aus dem Sattel und bahnte sich einen Weg durch die Menschen, die sich auf der Seinebrücke drängten. Verzweifelte, wahnsinnige Gedanken an Rettungsversuche schossen ihm durch den Kopf. Er erreichte die Brüstung, klammerte sich an das Geländer, sah, dass es zu spät war. Als eine übergroße Fackel erleuchtete der Scheiterhaufen die Nacht. Er merkte, dass Yvo das Gesicht in seinen Mantel presste. Hart fasste er ihn an den Schultern.
„Nein, Yvo! Seht es Euch an!“ flüsterte er, selbst mit den Tränen kämpfend. „Seht es Euch an, denn vielleicht müssen wir einmal das Gleiche erdulden!“
Der junge Mann starrte mit zusammengepressten Lippen in die Flammen und den Rauch, der sich für ihn zum Bild des Königs zu formen schien, damals... Er glaubte, die eisigen Augen aus dem Feuer auf sich gerichtet zu sehen und selbst das Scharren der Hufe seines Reittiers zu hören... und dessen entsetztes, qualvolles Wiehern, als der Pfeil der Armbrust seinen Hals durchbohrte und es straucheln ließ, König Philipp mit sich zu Boden reißend...
„Ich hätte IHN töten sollen!“ dachte Yvo. „IHN, nicht sein Pferd...“
Betroffen schauten die Pariser dieser Hinrichtung zu. Ohne allen Spott, der sonst so leicht über ihre Lippen kam. Ohne alle Freude an der Sensation, der sie sonst so gern nachjagten. Bis nur noch ein Häuflein Asche in die Nacht glühte...

Sich bückend, um nicht an den Türsturz zu stoßen, traten Jean und Yvo in die ärmliche Kammer in der Pariser Judenvorstadt. Ranulf lief ihnen entgegen. „Gelobt sei Jesus Christus!“
„In Ewigkeit Amen. - Ihr wisst es schon?“ fragte Jean.
Bruder Ranulf nickte. „Ich war dabei. Auch heute morgen, als Meister Jacques und der Provinzmeister widerrufen haben. - Kommt, setzt Euch! - Der König hat sie verurteilt“, fuhr er fort, „Ohne die Entscheidung der Kirche abzuwarten!“

„Nun, das Urteil Philipp de Marignys wäre kaum anders ausgefallen…“
Ranulf füllte einen Becher mit Wein und reichte ihn Yvo, dem der Schrecken noch immer im Gesicht geschrieben stand.
„Es ist wohl nicht zu erwarten, dass Papst Clemens dagegen protestiert“, sagte Jean. „Nach allem, was man hört, rechnen die Kardinäle täglich mit seinem Tod.“
„So hat der Tempel zwei neue Märtyrer!“
Eine Weile saßen sie einander stumm gegenüber. Nur das leise Knistern der brennenden Kerze war zu hören, und das Pfeifen der Ratten draußen auf der Straße.
„Ich soll Euch grüßen von allen Brüdern in Spanien und Portugal“, ergriff Jean dann wieder das Wort.
„Ich danke Euch! Erzählt, wie geht es Sire Jocelin? Er ist doch am Leben, oder?“
„Oh ja.“ Für einen kurzen Augenblick waren Jean de Saint-Florents Erinnerungen angenehmerer Natur, aber das Lächeln misslang ihm. „Er ist Kastellan an der Grenze, an der Pilgerstraße des Heiligen Jakob. Als ich ihn zuletzt besuchte, erwartete Ghislaine gerade ihr zweites Kind. Bruder Louis ist auch bei ihnen geblieben. Jocelin hat begonnen, die Geschichte unserer Verfolgung zu schreiben. Sollte Gott es zulassen, dass der Orden des Tempels nicht überlebt, dann wird man vielleicht wenigstens aus dieser Schrift die Wahrheit erfahren.“
„Ja, da habt Ihr recht, das ist wichtig. Wir werden Euch gern dabei helfen! Zwei von uns hier arbeiten als Notariatsschreiber. Sie haben Zugang zu Pergament und könnten Euch in ihrer freien Zeit einige Berichte abfassen!“
„Als Schreiber... Dann habt Ihr genug zum Leben?“
„Ja, es geht so. Ich verdinge mich auf Baustellen, wenn gerade ein Ingenieur gesucht wird. Aber wir müssen noch immer sehr vorsichtig sein. Die meisten Leute mögen nicht mehr an eine Schuld des Templerordens glauben; manche brüsten sich insgeheim, wie gern sie den Brüdern geholfen hätten. Doch wenn es darauf ankommt...“
Ranulf seufzte. „Vor etwa einem halben Jahr stieß ein Rekonziliarisierter zu uns. Isnard... Isnard de Montreal nannte er sich. Er sagte, er habe mit Sire Jocelin zusammen den Orden vor der Großen Kommission verteidigt…“

„Ich erinnere mich an ihn."
„Ich habe ihn weiter nach Spanien geschickt, auf sicheres Terrain."
Einer der Pariser Brüder hatte ein kleines Brot gebracht und Käse. Während er den Besuchern etwas davon abschnitt, berichtete Ranulf weiter.
„Wir versuchen, den Kontakt zu den Brüdern aufrechtzuerhalten, die noch in der Stadt gefangen sind. An die zwanzig hat die Kommission des Bischofs von Paris zu lebenslänglichem Kerker verurteilt…"

Der Morgen graute. Yvo lehnte sich an die unverputzte Lehmwand der kleinen Kammer, in die er und Bruder Jean sich zur Ruhe zurückgezogen hatten. Ruhe - die fand der junge Mann nicht.
„Ich hätte Philipp damals umbringen sollen... verdammt!" murmelte er, mit seinem Dolch zornige Muster in den Lehm stochernd. „Ich hatte es in der Hand, ich hätte nur..."
Seit Stunden raubte ihm dieser Gedanke den Schlaf. Noch immer war das Pfeifen der Ratten unten von der Strasse zu hören, und das Kreischen der sie verfolgenden Katzen. Durch den halb geöffneten Fensterverschlag sah er bereits den Morgen heraufziehen.
„Nein, was hätte uns das gebracht?" erwiderte Jean de Saint-Florent plötzlich und drehte sich in seine Richtung. „Denkt an Sire Jocelins Worte: Das Blut wird an IHREN Händen sein! An den Händen unserer Henker, nicht an unseren, am Tage des Gerichts. Ihr habt getan, was nötig war und das Leben Jocelins und Eurer Mutter gerettet."
Yvo antwortete nichts. Er hob den Blick wieder zu dem heller werdenden Stück Himmel jenseits ihres ärmlichen Quartiers. „Messire?"
„Ja?"
„Werdet Ihr mich in den Orden aufnehmen?" fragte er dann.
Der Angesprochene setzte sich auf. „Wollt Ihr das noch, nach allem, wovon Ihr Gestern Zeuge wart?"
„Ich will", erwiderte Yvo, „mehr denn je!"
„Ihr werdet ausgestoßen sein und von der Welt verachtet. Ihr werdet verfolgt sein bis in den Tod. Ihr werdet gekreuzigt sein jeden Tag Eures Lebens... Seid Ihr entschlossen, dies alles zu erleiden?"
„So Gott will!" Yvo blickte ihm fest ins Gesicht. Alles Jungenhafte

war plötzlich aus seiner Mimik verschwunden.
Jean de Saint-Florent war sich noch immer nicht völlig sicher, ob es richtig war, seinem Wunsch nachzugeben. Andererseits... war Yvo die vergangenen zwei Jahre treu in ihrer Mitte geblieben. Und gestern hatten sie zwei Brüder verloren – wie viele würden noch folgen in nächster Zeit, im Kerker und auf den Scheiterhaufen? Vielleicht war es Gottes Wille, dass sie wenigstens diesen einen neuen Bruder gewannen...
Er streckte die Hand aus und legte sie auf Yvos Arm.
„Gut. Wenn wir zurück sind in Spanien!" versprach er. „Nicht hier, auf diesem verfluchten Land!"

Epilog
November 1318 – Portugal

Jocelin blickte aus dem schmalen Fenster des Turmes hinunter auf die Furt, zu deren Bewachung dieses Grenzkastell vor einem knappen Jahrhundert erbaut worden war. Die Berghänge lagen im abendlichen Nebel, und ein Turmfalkenpaar schwebte über die schroffen Felszinken seinem abendlichen Ruheplatz zu.

In den Sommermonaten herrschte hier reges Begängnis. Doch jetzt im Winter kamen kaum mehr Reiter oder Fuhrwerke; zu schlecht war das Wetter und der Fluss unberechenbar, sobald der erste Schnee weiter oben in den Bergen fiel. Nur Schmuggler und einiges andere Gesindel gedachten dann die Gunst der Stunde zu nutzen. Oder Vertriebene, die keine Rücksicht auf die Witterung nehmen durften, um ihr Leben zu retten...

Ein paar mal waren ganz besondere Flüchtlinge hier aufgetaucht, ehemalige Templer aus Frankreich, die einer der alten Brüder auf den sicheren Weg in den Süden gesandt hatte. Doch es waren weniger geworden mit den Jahren. Im Sommer hatte Jocelin zum letzten Mal drei dieser speziellen Gäste auf dem Kastell beherbergt. Er erinnerte sich an die Neuigkeiten, die sie mitgebracht hatten: vom Tod des Großinquisitors Guillaume Imbert...

Jocelin schloss den Fensterladen, um die heraufziehende Kühle auszusperren. Imbert... Der letzte ihrer Verfolger und Folterer, der vor den Richtstuhl Gottes befohlen worden war! Alle anderen waren sie tot unterdessen: Papst Clemens und König Philipp, die nur ein paar Wochen nach der Verurteilung von Meister Jacques in die Ewigkeit abberufen worden waren. Enguerrand de Marigny, den man der Veruntreuung angeklagt und gehängt hatte, sein Bruder Philipp, Erzbischof von Sens...

Ihre Gesichter vor Augen stieg Jocelin langsam die schmale Treppe hinunter, zuerst in die obere Wachstube, wo drei Männer seines Kontingents bei einem Brettspiel saßen, um sich die Abendstunden zu vertreiben, und dann hinunter in die Räumlichkeiten, die seiner eigenen Familie als Heim dienten.

Louis hatte gerade noch etwas Feuerholz nachgelegt und stand neben dem Kamin, wie fast immer einen seltsam verlorenen

Ausdruck in den Augen. Ein Teil seines Selbst schien nie mehr den Weg zurück aus den Kerkern von Winchester gefunden zu haben...
Ghislaine war gerade dabei, Brot zu schneiden. Jocelins jüngster Sohn, der vierjährige Jacques, saß ungeduldig mit den Beinen strampelnd am Tisch und versuchte den großen Suppentopf in dessen Mitte zu erreichen. Sein älterer Bruder Arnaud stand auf Zehenspitzen an einem der Fenster und spähte hinaus in die aufziehende Dunkelheit.
„Arnaud, mach die Läden zu, es wird zu kalt hier drin!" rief Ghislaine.
Der Junge streckte die Hände nach den Eisenschlaufen aus. „Da kommt noch jemand durch die Furt!" rief er dann. „Ein Engel! Ein weißer Ritter! Sieh mal, Mama!"
Sie trat zu ihm... und traute ihren Augen kaum. „Mein Gott... das ist ... Yvo!"
Jocelin beugte sich neben ihr aus dem Fenster. Auch sein Blick blieb wie gebannt an der Gestalt zu Pferde haften, die jetzt auf das Tor zuritt. Sie trug einen weißen Waffenrock und einen Mantel, der sich im Abendwind bauschte, weiß und mit einem roten Tatzenkreuz auf der linken Seite! Narrten ihn die Sinne oder was bei allen Heiligen sah er da?!
Ghislaine war bereits aus der Tür, und Arnaud rannte ihr hinterher. Jocelin folgte ihnen so rasch er konnte. Merkend, dass der kleine Jacques versuchte, sich an seinem Umhang festzuklammern, hob er sein Söhnchen auf die Schultern.
Kurz darauf standen sie im dämmrigen Burghof einem jungen Mann gegenüber, der aus einer längst vergangenen Welt zu stammen schien. Und doch machte der Schweißgeruch seines Pferdes, die Atemwölkchen in der Luft und der Klang seiner Stimme deutlich, dass es kein Traumbild war.
Jocelin strich über den Stoff des Mantels und das aufgenähte Kreuz und sah jetzt auch, dass es nicht ganz jenes war, das die Ordensgewänder der Templer einst geziert hatte. In der Mitte des roten Stoffes war ein kleines weißes Kreuz zu sehen.
„Das Kreuz der Christusritter!" rief Yvo, sich aus der Umarmung seiner Mutter lösend. „König Diniz hat den Orden neu gegründet! Seht, Sire Jocelin! Das weiße Kreuz als Zeichen unserer Unschuld! Unsere Ehre ist wieder hergestellt! Überall wird man wieder unser

Banner sehen können! Ich bin sofort los geritten, um Euch die Nachricht zu bringen!“
Jocelin ergriff seine Hände und dankte ihm mit einem stummen Nicken, zu bewegt, um Worte zu finden. Ja, es war gute Botschaft, eine Gnade, ein Geschenk, die seinen gejagten und entrechteten Brüdern da zuteil geworden war!
„Aber unsere Ehre“, dachte der ehemalige Komtur der freien Templer und jetzige Kastellan von Jordao, während er Ghislaine und ihrem unverhofften Gast zum Turm nach schritt, „...unsere Ehre kann nur der wiederherstellen, der sie uns genommen hat. Der Heilige Vater in Rom. Nur er kann das Unrecht beseitigen, den Makel der Verleumdungen tilgen...uns den Frieden geben...“
An der Pforte blieb er noch einen Moment stehen und wandte sich um in die beginnende Nacht, die die Berghänge einzuhüllen begann und sich über den Burghof breitete. Auf der Mauer schwang eine Laterne im Wind.
„Nur der Heilige Vater in Rom“, wiederholte Jocelin leise, und das Fauchen des Windes trug seine Stimme mit sich. „Wir werden warten und beten... und unsere Nachfolger werden warten und beten. Bis der Tag gekommen ist.“

Anhang
Historische Personen (im Umfeld des Königs):

Clemens V.	Papst von 1305 – 1314, gest. im April 1314
Floyran, Esquieu de	der Mann, der die Templer denunzierte
Fredoli, Berengar	geb. um 1250, Rechtsgelehrter, Diplomat und Kardinal, gest. 1323
Imbert, Guillaume de	Dominikanermönch, Beichtvater des Königs und Großinquisitor von Frankreich
Joinville, Jean de	geb.1224, Kreuzritter und Biograph König Louis IX., gest. im Dezember 1317
Marigny, Philipp de	Bruder des Finanzministers, 1306 Bischof von Cambrai, Erzbischof von Sens ab 1309, gest. im Dez. 1316
Marigny, Enguerrand de	geb. 1260, Finanzminister der französischen Krone, gest. im April 1315
Nogaret, Guillaume de	geb. um 1260, Siegelbewahrer König Philipps IV. und Rechtsgelehrter, verübte 1303 das Attentat auf Papst Bonifatius VIII. in Anagni, gest. im April 1313
Philipp IV.	geb. 1268, König von Frankreich seit 1285, gest. im November 1314.

Historische Personen (aus dem Templerorden):

Bologna, Pietro di	Priester, Prokurator des Ordens bei der römischen Kurie, Mitglied der Verteidiger, verschwindet 1310 unter ungeklärten Umständen
Charny, Godefrois de	Provinzmeister der Normandie, hin gerichtet im März 1314
Molay, Jacques de	geb. um 1245, Meister des Ordens seit 1292, hingerichtet im März 1314
Montreal, Isnard de	eigentlich Jean Cassanhas de Montreal, Komtur von Carcassonne, seine Aussagen vor den Untersuchungskommissionen sind erhalten.

Mehr zum Thema Templer

Die Tempelherren

Das gespaltene Kreuz

finden Sie unter

www.templerfilm.de

Das Buch zum Film
ISBN: 978-3-936457-34-6
Preis: 11,90 Euro